大方
sight

英雄
情人
势利鬼
恶人

FAULKS ON
FICTION

28个英国小说人物的秘密生活

[英]塞巴斯蒂安·福克斯 著　李小均 译

中信出版集团｜北京

图书在版编目（CIP）数据

英雄、情人、势利鬼、恶人 : 28 个英国小说人物
的秘密生活 /（英）塞巴斯蒂安·福克斯著；李小均译
. -- 北京 : 中信出版社 , 2021.5
书名原文 : Faulks on Fiction
ISBN 978-7-5217-2869-9

Ⅰ . ①英… Ⅱ . ①塞… ②李… Ⅲ . ①小说评论 - 英
国 - 现代 - 文集 Ⅳ . ① I561.074-53

中国版本图书馆 CIP 数据核字 (2021) 第 035943 号

英雄、情人、势利鬼、恶人：28 个英国小说人物的秘密生活

著　　者：[英]塞巴斯蒂安·福克斯
译　　者：李小均
出版发行：中信出版集团股份有限公司
　　　　　（北京市朝阳区惠新东街甲 4 号富盛大厦 2 座　邮编　100029）
承　印　者：北京利丰雅高长城印刷有限公司

开　　本：880mm×1230mm　1/32　　印　　张：10.875　　字　　数：202 千字
版　　次：2021 年 5 月第 1 版　　　　印　　次：2021 年 5 月第 1 次印刷
京权图字：01-2021-1243
书　　号：ISBN 978-7-5217-2869-9
定　　价：59.00 元

作家的人生一点儿不重要；重要的是其作品。

——引自 1875 年 12 月
居斯塔夫·福楼拜写给乔治·桑的一封信

目录

序言

　　人们对于书籍的思考方式和评论方式总是在变。我是靠"新批评"滋养长大，尽管我接触到新批评时它已有些年头。新批评认为文学作品是自足的实体，它不鼓励评论者在文本和真实世界（特别是和作家的人生细节）之间努力建立联系。你只需要围绕一首诗或一本书来写评论，写它是如何实现自己的意图。尽管如所有的批评流派一样，新批评最后也走向极端，但它还是为理解小说提供了很有道理的批评方法。在二十世纪七八十年代，新批评被其他批评理论取代。这些新理论从别的学科汲取了资源，特别是马克思主义和精神分析学说。它们之中最富成果的理论都建基于语言学。至少，都以神经系统科学为基础。正是缺少科学的严谨，许多文学批评家觉得自愧。但是，即便有那样严谨的批评理论，也无一对阅读大众造成影响。部分原因是，在"理论"的世界，收益迅速递减，太多的赘语，太少的洞见，让人读了一两页，就再也提不起兴趣。

　　过去二十年，流行的是传记批评。作家人生及其对作品的影响不但没有遭封禁，还成为批评的重要场域。对作家人生的再次强调，好处是让人们重新用人文的方式来看待书籍：它使小说重新显得是关于人和经验，而非结构语言学的东西。但其坏处是，它也打开了猜测和流言之门。它认为一切艺术作品都是作家人格的表现，传记批评家把创造行为降格为依附性的活动。现在，甚至走到了这一步，一些文学记者似乎唯一有信心去碰的话题，是小说中的人物和事件是"根据"什么人物和事件而创作。激进的新批评强调批评在文本的"封闭系统"中运行，要求绝对摒弃作家人生。最初，传记批评可能是对这种倾向的有益反拨；现在，它也可能走到了尾声。

1993年，我出版了第四部小说《鸟鸣》。我在英国国内做了系列阅读推广，许多读者都难掩他们的失望。他们原以为我有105岁，是一个法国人，（还奇怪地以为我）是一个女性。有人问我，我怎么知道一战中发生的索姆河战役是怎么回事。我告诉他，我查阅了许多档案，走访了现场，然后进行了虚构。"虚构？！"他几乎要喷我口水。他不相信我的话，在场的其他人也不相信。他们认为我发现了一摞旧报纸，将其据为己有。英国政要温斯·卡贝尔在一本杂志上推荐《鸟鸣》时，也向读者保证，这部小说取材于我在家中阁楼发现的祖父信件。老实说，所谓的信件和阁楼，都是子虚乌有。

我的第五部小说《人迹》与精神病学的早期岁月有关。在一次作为宣传活动一部分的午宴上，我发表了一席演讲。但在我看来，在座的嘉宾不理解小说的观念。他们认为，小说中的一切都是以个人经历为根据，然后稍微加工，甚至根本不必加工。为了说服他们不是这么回事儿，我断然声称《鸟鸣》的故事完全不必当真。最后，我调侃道："既然说服不了你们，那我现在举手投降，只好承认，没错，我就是那个105岁的法国老太太，为了写作《夏洛特·格雷》，我在1942年乘坐降落伞到了法国的索姆河地区；我创作《人迹》，是因为我的姑婆在1895年进了精神病院。"

听众席上传来零星同情的笑声，但就在我离场时，一个女士拦住我，满脸关切地问，"你姑婆住在哪家精神病院？"

事情何以至此？毕竟，这不是正常状态。孩子对于虚构的故事，第一反应是惊奇；他不会问，侏儒怪的原型是谁；他喜欢虚构的故事中一把会飞的许愿椅子，或者会说话的动物。在成人的小说中，惊奇的要素不知怎的就丢失了。有些读者似乎认为，这是一种可怕的想法，作家居然可以凭空虚构人物、场景和情感，但在我看来，这才是小说家唯一可兜售的技艺，是他独特的卖点。

我承认，许多小说家没有采取自救措施。二十世纪六七十年代，小说创作中出现了一场反虚构的运动，走向半自传体写作（关于这点我在分析《金色笔记》那一章再详谈）。事实和虚构的分野，不像纯粹主义者（我是其中之一）希望的那样分明。小说家只要不是生活在纯属虚幻世界的神经病，他所创造的人物，他赋予人物的想法，在两方面就与现实相关：一方面，他把人物放在一个可以辨识的世界；另一方面，人物多次浮现于他的心灵，而他的心灵本身是由现实中数百万经验形成。我可以坦白地说，我笔下的人物在观念上都不是自传性的人物。他们无一是我。但在某个时刻，我保证，细节来自于我看到或感受到的事物，然后，交叉检查这些细节是否贴切之后，它们才被允许嫁接给我虚构的人物，作为他自己的细节。比如，洗热水澡的感受，或者淋雨的感受，许多诸如此类的经验。我笔下人物的经验，无疑类似于我的经验，难分彼此。但它们只是细节。我相信这句话，无论十八世纪的哲人可能有何争议，现象世界存在人的共同经验。在我的小说《恩格尔比》中，恩格尔比庆幸摆脱了地狱般的晕车状态，哪怕是被关入布罗德莫尔精神病院他也情愿，这时唤起的不是我的晕车经验，而是你的晕车经验。

尽管不可避免，许多现实部分多少会以不变的形式渗透入小说，但这改变不了，过去所写的最优秀的小说，大多数中的大部分内容，要么纯属凭空虚构，要么只是现实的部分面相，这些现实部分经过激烈重塑和重组，本质上变成了某种新东西。它们不是混合物，而是具有自身活性的复合物。在我看来，这是一条底线，因此，再也不能向传记还原论妥协。

在一篇评论福特·马多克斯·福特的文章中，戈尔·维达尔对那些追求"根据"的批评家们令人厌倦的批评本质做了总结："我必须承认，我历来讨厌文学传记的主要目的。作家的人生是人生，作品是作品，两不相犯，毕竟，这就是全部真相。我也从来没有丝毫兴趣，想知道一个作家笔下的人物，如杰夫，他是根据哪个人而创造；如果杰夫与简的情事，与格拉迪丝在现实生活中的情事很像，我会觉得我在与手中的小说玩拔河游戏……英文教师不应该鼓励学生去玩这类游戏。学生只需要学会如何阅读和理解小说，这就够了；只需要学会看到书页中究竟是什么让人产生（小说大师亨利·詹姆斯一针见血所说的）兴趣，也就够了。"

这里或许是我们现在所处困境的主要原因。正如在二十世纪八十年代，英国小说家（其中许多人毕业于东英吉利大学创意写作班）勇敢地背离二十世纪六七十年代的半自传体小说创作，重新强调小说家的虚构能力，但与此同时，文学传记的庞大产业成长起来，吸引了那代人中最有才华的一些作家。显然，这是合法的，一

4

个写学术传记的作家，在全面分析《名利场》这样的作品时，顺便提及作家萨克雷因为非常喜欢一个年轻骑兵的络腮胡，才给了他笔下人物乔治·奥斯本的络腮胡。我们需要承认，这是合法的，但没有趣味。尽管对于那类传记中最优秀的作品来说，书中不仅指出某个人物的来源，还有许多别的东西，但有可能，这些卓越的传记作家带给传记文学的一些光彩，会让热衷于寻找杰夫和格拉迪丝之间情事的那些才华不足的传记作家觉得自己的努力有法可依。因此，不难理解，为什么一个记者读到一篇令人赞赏的、揭示某个人物是"根据"某个人物创作而成的传记评论后，会觉得他得到了许可，在他自己的评论或报道中，可以放任引用这类推测。如果你认为我对上一辈的伟大传记作家不公平，不妨听听其中最优秀的传记作家之一迈克尔·霍洛伊德爵士的话："传记是历史这汪池水的浅端……真理是简单的。福楼拜出生。福楼拜写小说。福楼拜死去。独特的是其作品，重要的是其作品，不是他与许多人共有的平凡经历。"

　　但是，这种寻求"根据"的传记写作方式，源自最优秀传记作家，经过那些才华不足的传记作家的推波助澜，绕道进入报纸，最终走出文学圈，进入真实世界。现在，寻求"根据"已经变成了许多读者阅读小说的默认模式。有许多阅读小组，读者每月定期碰面，讨论一部小说，最后谈论的只有两样东西：内容在多大程度上来自作家的人生，在多大程度上反过来吻合读者的经验。衡量小说成败的标准，看的是作家被人认为的自传叙事多么接近读者对于类似事件的经验。如果一个小说家努力通过虚构把现实重塑成某种新的东西，某种更加满意的东西，如果他碰巧听到了此类交谈，他会觉得莫名心寒。

本书并不打算成为文学批评著作，更不是学术著作。毕竟，它生命的开端，只是作为一档电视系列节目的配套读物。我把本书中评论的这些小说人物，都看成真实的人物；我没有参考作家的人生，我只设法理解究竟是什么使得他们鲜活。无疑，我故意采取了不时髦的批评方法，但我希望，这种方法可能是对自传还原论这辆跑车的一记刹车，也是对沿此方向思考之人的一次鼓励。如果听我如此劝导的人中正好有六年级中学生，那当然更好。

本书选讲的小说人物，选择的依据是：即使电视观众没有读过这些小说，我们也理应期望他们听说过。这看来是个挺好的想法，将这些人物分成四个类型。他们是英国小说家最常利用的四种类型。除了审视个别的例子，还要追问为什么这四种类型如此有用，这也是个挺好的想法。书中涉及的作家或小说人物，并非必然是我一直喜欢的作家或小说人物（尽管许多的确是）；选择他们，是出于电视节目的需要。

但是，随着写作此书的进程，它的确看起来获得了独立的身份。我希望它是一部激情之书：用来讴歌小说家的创造力，那种无中生有或来自想象的能力。我听从戈尔·维达尔的忠告，努力完整阅读并理解书中提到的28部小说，努力看到书页中究竟是什么让人产生（小说大师亨利·詹姆斯一针见血所说的）兴趣。没有写作此书的激励，我可能再也不会翻开《苔丝》或《远大前程》，我会认为，早在学生时代就把它们"干掉"了。这里的28部小说中，23部是重读。绝大多数情况下，我重读的乐趣超过了初读。至于为什么我以前没有读过《拉吉四部曲》或《白衣女人》，我想不出理由，我只能说，这次读完它们我很开心。

偶尔，我在阅读中的乐趣会被悲伤感染。那时，我必然是想到了"后世"，或者说，想到这些小说在百年后被人阅读的概率。写作此书时，我和一个大学讲师谈起过这个问题。我问她的学生是否还喜欢读《名利场》。她笑着告诉我，《名利场》和《米德尔马契》再不会有本科生阅读，因为"篇幅太长"了。她继续说，有一两个勇敢的学生会读轻量级的《织工马南》，大多数至多只读影印的一章。但是，来自这个世界的证据不是一致的。参与这档电视节目的两个研究生助理，为这些小说人物的接受史撰写了精彩的背景说明，这些文字足以表明，他们读过本书中提到的大多数作品。更何况，至少在2011年，《米德尔马契》还是一家考试委员会A级考试的指定书目。

但是，过去半世纪，英国实行的三级教育体系，其冲击力已消灭了这样的观念，根本没有一本书比另一本书"更好"这么回事儿。在此背景下，一本书的内在价值"足以使之流传"，这种想法似乎荒谬不堪。二十世纪七八十年代是批评"理论"年代，其附带危害的一部分就是，许多英国文学教师为了追求新的科学的严谨，接受了这样的观念，他们不能证明《米德尔马契》就比漫画周刊《比诺》"更好"，因为"更好"一词不精确、不科学。逻辑上说，这是对的；只不过这些迂腐的人继续将逻辑推到了理性之外：我尴尬地记得，听到一群接受过非常好教育的人，在BBC四台宣称，你们切勿以为《神曲》就比英国流行组合"高歌女孩"的作品好……

因此，可能没有辉煌的后世，没有生存的适者，因为文化不再认为有"适者"之类的东西存在；承认某些东西比其他更好，其社会和政治危害已变得难以承受。[1]但那是太悲观的想法，我不应止步于此。对于我来说，对于成千上万乃至数百万的读者来说，本书中接下来出场的小说人物依然活着。尽管难以想象，我对这些小说人物的热情，我对他们置身于其中的小说的热情，对他们的生命力会有多大影响，但我希望，下面的内容至少可以读解为一个读者写的一封长长的衷心的感谢信，感谢从他者的心灵创造出的鲜活人物身上学到的一切。

---

1 但出版界讨厌虚无。尽管学术界宣布，没有什么东西比别的东西更好，消费者群体却投了完全相反的一票。无论是咖啡馆、对冲基金还是手机群体，只要主办一个文学奖，都会公布一张书单，列出它们取舍的书目；一位有失谨慎的评委往往透露，进入终选名单的作品，哪部"最终"排名第二或第三。文学节和报纸上充斥着销售榜或排行榜；2010年，好几个机构公布了四十年前发表的小说最终可能的排行榜，并且设想如果那年有一个文学奖，结果将会如何……2003年，英国广播公司搞了一次"大阅读"投票活动，邀请参与者列出他们最喜欢的小说，时期不限，最终，评出了最受欢迎的一百部作品，并按1至100排序。

英雄

HEROES

人们把小说中的主要人物称为"英雄"(hero)，时日至今并不长。但对于这样一个词——往好里说是用词不当，往坏里说是范畴错误——来说，它已有漫长的生命。我怀疑，差不多两百年来，这种误用甚至影响了最优秀的小说家对作品的思考方式，影响了他们放入作品中的内容。

安东尼·特罗洛普似乎就是这样认为，他在1866年写道："或许，对于小说家这个职业，最有害的两个术语，莫过于'hero'和'heroine'。尽管允许作家对这两个术语进行自由阐释，人们还是期待他们具有某种英雄品质。但是，如果作家照本来面目描写，他描写的那人物的英雄品质会是多么少啊！"

因此，即便小说以其目前可辨的形式出现了约150年，特罗洛普仍然觉得，读者"期待"他有一个主要人物，展示非凡的品质。但期待这个主要人物总是红头发或左撇子，会不会同样有理？

不过，要解释这是怎样产生的，倒也十分简单。与许多英语词汇一样，"hero"一词也在演变。通过语义迁移，它的意义随着时间而变。其概念的演变大致如下：(1)指神和凡人所生的半人半神，如阿喀琉斯，父亲是凡人珀琉斯，母亲是海洋女神忒提斯；(2)指战功卓著之人（可能完全是人类血统）；(3)指任何领域中的大勇之人；（4）指史诗中的主要人物，然后泛指戏剧或故事中的主要人物。

我们不必担心，类似的语词很多，[1] 但在《牛津英语词典》中，很少语词的语义变迁像"hero"一样被梳理得如此清楚。我们现在所用的第四重含义，最早见于1697年德莱顿的《维吉尔传》："His Hero falls into... ill-timed Deliberation."（他的英雄陷入……不合时宜的沉思。）德莱顿实际上指的是埃涅阿斯，这真正是一个半人半神的英雄；但我们可以看到，"hero"一词在这里略带幽默的用法如何可能遭到误读。这就是语义迁移经常发生的情形：某人脱离开语境使用一个词或对它的意义稍加改造，一个读者没有看出其中的反讽或张力，于是其他人纷纷效仿。

到了1711年，理查德·斯梯尔用了"hero"一词的新意义："The Youth who is the Hero of my story."（这个年轻人是我故事的主要人物。）从此，这个词的新意义就流传下来。但问题是，为什么该词不仅改变了意义，逐渐意指"这种令人兴奋的新文类的主要人物"，却忘记了最初所指的半人半神英雄呢？为什么在1866年，读者明明知道这不现实，但还是期待特罗洛普小说中的主要人物是一个女神的孩子呢？

答案依然不复杂。语义的演变和物种的演变一样，都不是截然分明；在新物种独立成型之前，其前身的遗迹还可保留，但已经不能与其后代一起繁衍。同样，在小说史上绝大部分时间，"hero"一词的语义就是这样：两个多世纪以来，那个古老含义"令人崇拜

1　与"buxom"对比一下，该词的语义变化大致是：（1）灵活的；（2）驯顺的，恭谨的；（3）愉快的，活泼的；（4）丰满漂亮的（妻子），健美活泼的（女人）；（5）胸部丰满的。

3

的半人半神超人",已经隐藏在"主要人物"这种新含义之后。

你会明白,为什么十八世纪初的读者喜欢这样一个词语,它允诺小说这种新的类型具有某种令人兴奋的东西。你也会明白,为什么一种未加验证、与宗教相违背的文类的写作者,一开始就享有这种天生具有光荣感的观念:通过至少暗示他们的作品会有一种道德的形态,这让他们值得尊重。不像诗歌,小说最初没有多少需要讨论的批评语汇,比起"主要人物",人们更快接受的是"英雄"这种用法。像大多数语义迁移,"hero"(英雄)一词始于一次误用,但它满足了需要,所以流传下来。

最初,一切尚好。《鲁滨孙漂流记》是第一部小说[1],其主要人物碰巧是一个英雄。他有不寻常的、几乎超自然的天赋。他成功地将"文明"价值和秩序带进一个原始世界。无论是在"hero"的原初意义(指高于人的半人半神),还是在其衍生意义(指主要人物),他都是一个英雄。但是,或许他一启动小说,就把小说送进了一条死胡同。如果摩尔·弗兰德斯这个人物是可以绕过的话,那么,可能笛福本人也是这么想的。

在汤姆·琼斯这个人物身上,菲尔丁做了另一种尝试。他认为,一颗善良之心是最好的财富。这是一个朴素、有时过于朴素的世界观。鲁滨孙依靠自我的力量幸存;相比之下,我们会觉得,汤姆·琼斯的幸存依靠的是作者的干预。汤姆天生正派,他充满爱

---

1 这里的"第一部"是就英国小说而言。其实,并没有真正第一部小说这样的事儿,总有人会想出比你能想出的第一部小说还要早的作品,比如罗马帝国时期作家佩特尼乌斯的作品、公元前二世纪印度作家德富的作品或者中国唐朝作家张鹭(zhuó)的作品,甚至还会改变小说家定义,把诗人也包含进去。

欲和义愤。他"充当"了一个英雄，因为他足够幸运，成为一次精心安排的漫游的主角，成为一份慈爱天意的产物。

到了《名利场》中的贝姬·夏普出场之时，小说已经修订了英雄的观念。贝姬是一个心地冷酷、唯利是图的浪女，一个对孩子漠不关心的母亲。如此说来，她哪点像一个英雄？当然，首先，她胆大：她抛掉约翰逊博士的词典及其所代表的父权制传统；她挺身反抗这个世界（在这个世界上哪怕是阿喀琉斯也要依靠神助）。其次，她坦率，或者至少说，尽管她在人前两面三刀，但她对自己还是十分坦率。再次，她是最有趣的人物，在贝姬这个人物身上，通过展示小说人物能够具备的最高美德是有趣，萨克雷第一次表明，生活中的道德和文学中的道德有分裂。约翰·厄普代克用"活力"来取代"有趣"，但这是同一回事。以上三个理由的合力产生了最后一个、也是最有决定性的一个理由：我们读者支持她，这个失职的母亲，这个自私的勾引者，是我们在名利场中的代言人。我们优先选择她，胜过其他人，哪怕是老好人多宾。因此，贝姬抓住了将变成英雄永久品质的东西：读者的认同。

在《名利场》中，萨克雷成功地解构了小说中"英雄"的观念。他这方面的关切，显示于小说的副题："没有英雄的小说"。顺便提一句，狄更斯如特罗洛普一样，也关心"英雄"这个词，尽管在《大卫·科波菲尔》的开篇，他用喜剧的方式来传达他的焦虑："我会否成为我自己人生的英雄，那个位置会否被别人占据，下文必见分晓。"

夏洛克·福尔摩斯或许是英国小说家虚构出的英雄作为主要人物的最好例子。福尔摩斯具有半人半神的特征：他一方面回望的是阿喀琉斯，另一方面前瞻超人。我们不知道，他是否像阿喀琉斯一样，全身除了脚踵，都泡了神水，还是像超人一样，来自氪星，但从他的举动来看，某种半人半神的东西出现在他的青春期。他的事迹在他的敌人看来好似有些魔性或近乎超自然。但他也吸毒成瘾，有抑郁症；他在情感依附方面有缺陷；他饱受失范困扰，沉迷暴力犯罪，或者说，至少是沉迷于解决暴力犯罪。在他的超级理性精神之上，似乎悬挂着世纪末的预感：在某种可怕的冲突中，理性之力将遭吞噬。

1918年后，英雄在严肃小说中要找到一席之地越来越难。第一次世界大战教会人们，人是杀戮性族类的一部分，根本不是很聪明。在西线战事，面对机械化的屠杀武器，个体的行为无足轻重。要说多宾和乔治·奥斯本是滑特卢战役的英雄，还可商榷，但要说某个人是索姆河战役的英雄，似乎完全不得要领。

1918年后，难以重燃的是这个观念：对于任何东西，个体都有价值。一些战后"意识流"小说，从事后来看，简直像绝望的努力，从内心世界寻找价值，因为若声称外在世界的意义，简直就是忽视、更糟的是抹黑这个事实：整间工厂的员工，整支足球队的队员，好几届的大学新生，他们全都肩并肩地埋葬在泥浆里。

在二十世纪，英雄失去了自由。他变成了囚徒——环境或国家的囚徒。理查德·阿尔丁顿的《一个英雄之死》是一战后出现的优秀小说之一，其实，他完全可以把书名改为《英雄之死》。然而，经过一段时间在严肃小说中的缺席，英雄在1949年重新出现，或者更确切地说，在《1984》中重新出现。温斯顿·史密斯是一个犹疑、不大可能的英雄。他背叛了爱和良知，遭政治力量粉碎，这些政治力量像病毒孢子一样在佛兰德斯的弹孔和奥斯威辛的焚尸炉里生长。《1984》更关心的是政治，而非人物塑造，但温斯顿的确作为一个小说人物在起作用。那是因为在其所是（一个身体衰弱、苟延残喘的人）和政权分配给他的叛逆英雄的角色之间存在张力。正如我们支持贝姬·夏普，我们也支持温斯顿，但我们支持他，是因为，坦率地说，他是唯一的选择。

　　欧洲大陆作家对二十世纪中叶的书写采取了不同的方式。从卡夫卡、加缪到萨特，经历了思想革命和虚无主义，出现了"反英雄"（一个不是很有趣的短命概念）这样的可疑人物。"反英雄"是什么意思？是的，他是一本书的主要人物，反常的是，他没有英雄品质。但正如我们看见，严肃小说的英雄，几乎从来没有任何"英雄"品质。要想具有长期的魅力，反英雄的观念本应在所有主要人物都极有美德的时候才出现，但那样的情况——如果曾经有过的话——已经是很久以前的事了。当然，你可以用另一种方式把反英雄定义为一个人生完败的人物，然后追踪他的痕迹，堂吉诃德、《尤利西斯》中的布鲁姆、《局外人》中的默尔索、幸运的吉姆，直到《第二十二条军规》中的尤索林。但幸运的吉姆追到了那个女孩；堂吉诃德与其说是反英雄，不如说是喜剧英雄；按他自己的标准，默尔索是个英雄；其他所谓的反英雄也各自有申辩的理由。有趣的是，不同于"英雄"（一个最初可能产生于误解但的确在某方面管用的术语），"反英雄"这个术语已经绝迹。

　　《幸运的吉姆》中的吉姆·狄克逊，在大道咖啡馆里，不抽法国高卢烟，不喝茴香酒；与默尔索一样，他没有反复思考能不能杀人，因为杀与不杀的结果完全都一样。他不干这些；他在老板的背后扮鬼脸；他喝醉酒后烧报纸。他有一份相当体面的工作，真的，很有面子，是大学讲师。但他觉得自己是囚徒，受制于这份职业，必须对他上司——那个荒唐的教授有礼貌，他需要钱、安定、固定教职……二十世纪五十年代的英国将他死死扼住，正如《1984》中的大洋国，把温斯顿·史密斯死死扼住。吉姆的反抗姿态很幼稚，但他具有某种新的东西：他是第一个没有尊严的英雄。甚至患有静脉曲张性溃疡的温斯顿都卷入了一场高贵的战斗，但吉姆的战斗是琐屑的。不过，尽管他的世界特别平淡乏味，我们还是能够对其产生认同。我们支持他，不是因为他是唯一的选择（如鲁滨孙、温斯顿），不是因为作者的干预叫我们这样去做（如汤姆·琼斯），而是因为我们喜欢看见的东西（如贝姬）。

　　到了我们看见《钱》和约翰·塞尔夫的时候，英雄作为出类拔萃之人的观念就完全死了。约翰·塞尔夫的英雄品质就是他的过度。这个走路摇摇晃晃、不断打嗝的卡利班式的人物，坦白承认追求的是别样的东西：肉欲。在每一个小小的自我（self）中，都有一个小小的塞尔夫（Self）。我们都喜欢布拉斯特福特斯牌热狗，喜欢酗酒。与塞琳娜做爱呢？我们都能做一点儿。是的，做一点儿，但我们能多做一点儿吗？这是个问题。这个问题就是塞尔夫的大事。他的世界只有一个轴心：数量。他是非常典型的二十世纪英雄。正如我们将看到，他也是囚徒。我们看着他，就像看着渔网里一条肥硕的江豚，捞起来后不断扑腾。约翰·塞尔夫身上最有英雄品质的地方，就是他的自虐程度。这个英雄最后变成了流浪汉。

在漫威作品及电影衍生品中，英雄继续拼命地活着。他从电脑制作的摩天大楼上跳下，用枪扫倒成群结队的暴徒。在某种不太重要的程度上，英雄还活在一些虚构文类里。在那些地方，夏洛克·福尔摩斯早就为他找到一条路。过去二十年，全世界最广为人知的人物，是一个传统的英雄，他有着阿喀琉斯一样的神奇品质和静穆美德，他就是哈利·波特。《达·芬奇密码》的主要人物罗伯特·兰登也有英雄品质。但《哈利·波特》是童书，《达·芬奇密码》是……别的某种东西。对于主流小说来说，不再有英雄。

鲁滨孙·克鲁索

被挑拣出来

英国小说中的第一个大英雄是一个名叫克鲁茨纳尔的德国人。他的父亲来自德国的不来梅，但母亲来自英国约克郡，母亲家族姓氏叫鲁滨孙。不久，约克郡这家人把德国姓氏"克鲁茨纳尔"改成更地道的英国姓氏"克鲁索"。这种日耳曼人和约克郡西区人的血统，在任性而机敏的鲁滨孙·克鲁索的身上表露无遗。他那"像一个古人"的父亲希望他当律师，但十八岁的鲁滨孙只渴望出海。他天生是冒险家，但他也是商人；他出海的想法，不是为英国皇家海军效劳，而是经商发财，买卖烟草、黄金、奴隶等一切货物。丹尼尔·笛福的《鲁滨孙漂流记》（1719年首版）的奇特之处在于，其主要人物大部分人生都是独自度过，所以被剥夺了"人际关系"的世界，而随着小说的进程，这种"人际关系"的世界，将成为小说的主要题材。不过，通过给予读者特权，进入一个人不断变化的心理状态，《鲁滨孙漂流记》的主要人物还是为小说这种新文类的可能所为提供了一套金本位制；在这方面，小说似乎一出生就完全定型。

鲁滨孙的父亲如同菲利普·罗斯一部小说中的父亲，充满了移民的警惕，他力劝年轻的儿子找一份稳定的工作，执守"中道”，不要过野。毕竟，他已丢了两子。从一开始，鲁滨孙就表现出既有主见，也很狡猾。他决定不听劝告，但他没有直言，而是找母亲斡旋，把打算透露给父亲。他机灵地等待机会，等待母亲心情不错的时候才去搭话，"我认为这时她比平时要和善一点儿"。这些幽默的笔触，在一个很快不再有任何人际关系的故事中，是至关重要的。鲁滨孙第一次出海，船刚出霍伯河口，就遇到风暴，他晕船得厉害，发誓今后要听父亲的话。次日，他被船友灌得大醉。只要没有风暴，只要喝醉了酒，他就忘了改悔的如意算盘。船行到雅茅斯港口附近，更大的风暴打翻了船，幸好无一船员丧生。船主的儿子告诉他，他应该将之看成是不适合出海的征兆。鲁滨孙尽管意识到命运之手操控一切，但他偏不服输。他要勾引天命：这里的"勾引"就是"考验"的意思。他是来自北方的新教徒，"天命"在他眼中，不过是上帝之手引导下在这个世界上的机会运动；"天命"不像"宿命"那样一成不变，也不像源自神灵直接干预的某些东西那样灵活随便；它位于两者之间，是你冒险要"勾引"的某种东西。他对"天命"的态度和上帝的态度随着情节的展开而变。故事的叙事者是上了年岁的鲁滨孙，他从故事中年少的鲁滨孙的经历中学到许多东西，他能够将他的人生看成是一则基督徒叙事，里面许多"奇怪"而"惊人"的事件，不过是充当例证，上帝在选择自然的手段，为人类，也为鲁滨孙本人，演绎他做出的天命安排。

《鲁滨孙漂流记》的叙事平淡而奇异。如同许多最伟大的小说，这部小说背景设定的时间（开始于1651年）早于故事书写的时间（1719年）[1]若干年。看起来，它为进入过去提供了直接的路径。你会觉得，这近乎新闻记录那些日子的生活是怎样，没有经过美丽言辞粉饰，而是使用一个船员兼商人的语言。这种效果无疑令人激动，如同时光旅行。更令人激动的是，鲁滨孙的态度有着某些现代的东西。他敢打敢闯的商业精神看起来很熟悉，只有那些宗教的顾虑——在小说中断断续续受到约束——似乎才特别属于它们的时代。

在鲁滨孙出海前往非洲海岸尝到一次甜头之后，他再次启航，结果被摩尔人海盗俘虏，卖给一艘私掠船船主当奴仆。后来，他和一个穆斯林男孩成功逃脱，在海上被一艘葡萄牙船只拯救。他把这个穆斯林男孩卖给船长当奴隶。他跟着这艘葡萄牙船只到了巴西，在那里他建了一个烟草种植园，尽管经营成功，但他还是选择再次出海，前往非洲，希望弄到更多的奴隶贩卖。小说中提到奴隶贸易，用语和其他商品贸易一样（"很少买得到黑奴，这些商品特别贵"），尽管读起来令人震惊，但读到这些未经时代错乱的判断干扰的文字，还是令人耳目一新。不过，他的船还没有走多远，就在加勒比海附近遭遇风暴而沉。鲁滨孙是唯一的幸存者。他被冲到一个荒无人烟的岛上，在那里开始了孤独的生活。

众所周知，这部小说写的是幸存。小说的戏剧性部分来源于身体需求——这是笛福用技巧和幽默写的历险故事——但更重要的是来自孤独导致的精神折磨。小说中有宗教信仰的问题，有基督教

1 背景时间没有设定为发表时间的小说，是所谓"历史小说"的一部分，相对说来这是比较近的观念。但小说的主流一直是写历史，即便大多数读者认为写的是现代，正如《鲁滨孙漂流记》或《呼啸山庄》（出版于1847年，背景主要在十八世纪七十年代），因此何为"历史"不好轻易界定。

文明在一个包括了食人族在内的世界中的价值问题。当然，还有鲁滨孙必须回答的压倒一切的考验：人是否已经充分演变和足以自立，以至于没有任何同类的帮助，他依然能够继续表现得像一个人。我认为这本书最有趣的层面是考虑到，智人通过进化形成人类的那些因素，在压力之下多大程度可以成立，又在多大程度上使鲁滨孙能够维持他独立于其他造物。人类意识进化的关键时刻之一是，某个个体首次能够离开群体独立活动，比如外出打猎或独自垂钓，但心里还想着他人依然活着，虽然他者没有在场。[1]鲁滨孙独自一人时，不仅对人类充满了坚定的信念，而且对欧洲新教的狭义上的美德充满了坚定的信念。在小说中，他的英勇信念得到成功证明。

鲁滨孙的沉船幸好搁浅在一片沙洲，这样他才能够游出来。他用破裂的船板做成木筏，尽量把能带的物品带上岸，最重要的是一些"打猎的家伙"（枪支）和做木活的工具箱。沉船上有大量的欧洲国家和巴西的钱币，他也曾经心动，但他立刻恢复了理智。他意识到此时钱对于他来说没有用，因此最好还是埋在海底，像"一个没有必要再救的人"。但是，鲁滨孙的有趣之处在于这种经常具有喜剧色彩的身份张力。一方面，他是一个虔诚的低教会派的日耳曼人；另一方面，他知道铜价，是一个努力奋斗的小商人。因此，他告诉我们，"转念一想，我还是把钱币带走"。带走钱币，也表明了他的乐观信念：总有一天，他的人生将补回他花钱的机会。

他首先捕杀的猎物中，有一只正在哺乳的山羊。他希望把那只

---

[1] 对于这种假说时刻的有趣讨论，参见朱利安·杰尼斯的《二分心相中的意识起源》（米夫林出版社，纽约，1976），第一部分，第六章"文明的起源"。

失去母亲的小山羊当成宠物养大，但"它不吃东西，我只好杀了来吃"。这是鲁滨孙的典型行事顺序：首先是知道对错，接着陷入对自己行为的不安，最后是按照现实需要进行处决。他另一惯性的思维模式是悲叹自己凄惨的命运——在荒凉孤寂中一直与同类保持隔离——他不断问"上帝为什么要彻底毁灭其造物"；然后，就在即将陷入绝望之际，他又感叹自己的好运，是海难中唯一的幸存者。"为什么获救的不是他们，死去的是你？"他像个加尔文信徒一样问自己，"为什么你被挑拣出来？"

他的精神拯救方案是要说服自己，他不孤独，而是被上帝挑拣出来；他没有遭抛弃，而是上帝的宠儿。尽管他声称"我心里很少有宗教观念"，但他似乎吸取了许多宗教观念。他总是提醒自己，"在这个世界上，哪怕是在最可怜的处境……我们总会找到一些自我安慰的东西"，其中就折射出新教观念。一个人若从来没有受钦定《圣经》节奏的沁润，不可能写出这样的沉思："一句话，我的人生，既是悲哀的人生，也是沐浴恩慈的人生，我不需要任何东西，使之成为有慰藉的人生，只要能够理解上帝对我的善意，能够理解在这种处境中上帝对我的关爱，成为我每日的慰藉；在我对这些事物做了正当的改进之后，我将离开，不再悲伤。"

不再悲伤……但是，强化他对神意之兴趣的是某种在他看来属于奇迹的东西。当初，他从沉船上捞回一个口袋，里面有些玉米壳，他没在意，就随手一扔，谁料过了一段时间，他在丢弃的地方看见长出了一株小小的大麦。从这同样看来不可思议的地方，还长出了一株水稻。他认识这些不同的庄稼，这是一回事；但知道如何做面包，那是另一回事情。鲁滨孙绝不是天生的小型农场主，更不是厨师。如同我们中间大多数人，谷物如何收割、去壳、碾磨等等知识，他知道得相当有限。他笨手笨脚地努力做哪怕是最简单的人类食物，这方面的描写颇为动人，也相当可信。至于他做陶器……

这部小说叙事的步调和特征因某些篇幅而不同于日记。它们另一个目的是造成时间流逝的印象：一天、一季、一年。鲁滨孙头脑中的哲学争论呈现出更明显的轮廓。他后来承认，先前他疏忽的上帝其实一直仁慈。这意味着上帝肯定是万能，因此是上帝将鲁滨孙带到这个关口。但是，绝望再次向他招手示意；不过，通过反思他"浪费的生命"，追问为什么他在先前的数次海难中没有丧生，为什么在非洲没有被野兽吃掉，没有被海盗谋害，他又再次把自己从绝望中拯救出来。这些死里逃生，尽管幸运，但无一真正构成了"浪费"的青春。他可能后悔的那些事情——奴隶贸易和贪婪——他从来没有想过是些错误。但是，他从很少思考上帝，走到给予上帝"衷心的感谢"，感谢上帝给了他这座岛上的孤独，在这孤独的岛上，他比在社会中还可能幸福。当他在从沉船中抢救出的《圣经》中见到这样一句话，"我绝不会、绝不会离开你，也不会放弃你"，他相信，这是专门为他写的。无论一个人信仰什么宗教，此刻，读到这里，难免眼睛一酸。

绝望和囚禁的大多数叙事都包含了一个超越的时刻，在这个时刻，船沉后漂流至孤岛之人或囚徒会把自己看成是一个更大创造工程的一部分，不但能够接受他的命运，还会为他的同类、甚至为迫害他的人祈福。我们想起柯勒律治笔下的老水手，他射杀了信天翁，冒犯了自然秩序，给自己的同伴带来了死神，他最终能够获得拯救，是因为他看见海蛇在无尽海洋的水面下痛苦扭动时，他给予了祝福。罗马尼亚牧师理查德·乌姆布兰德在二十世纪六十年代受到当局的迫害和监禁，他写了一本书《在上帝的地狱》，其中有一个场景，乌姆布兰德在所受折磨和孤独监禁的黑暗中，起身舞蹈，因为他想起了《圣经》中的诗篇教人要快乐。新近的一个例子是布莱恩·基南的《邪恶的摇篮》，里面动人地描写了他在黎巴嫩的狱中岁月，其中有一个美丽的时刻：他伸出双手，想象着将同情传递给那些冤枉他的人。同样，笛福会把班扬在贝德福特监狱写的《天路历程》献给迫害者。

读者不需要是信徒，也不需要相信鲁滨孙是真诚的信徒，都会被他热烈的希望打动。小说的关键，不管其核心场景是多么奇特，它似乎引起我们所有人共鸣的原因，在于这样一个事实：鲁滨孙彻底的孤独，他对此生或来世对于人际交流的强烈希望，本质上是每个身处暗夜之人的境况。

《鲁滨孙漂流记》的精神方面给了小说深度，相比之下，位于前景的实际生存故事给了小说魅力。鲁滨孙设法自己做衣，尽管看起来像个小丑一样，但还是引出了许多著名的绘画：一个满脸胡须的男子穿着动物皮做的裤子，带着一把羊皮伞。"如果说我是一个手艺差的木匠，"鲁滨孙承认，"那么，我是一个手艺更差的裁缝"——这里他特别强调了手艺不好。但他从来没有真正"入乡随俗"。即便身处热带，他还是带着北欧人的习性：实际，接地气，无论绝望怎么阵阵发作，依然保持自信。他草草做了脚蹬，用绳子套住滚动，当作短柄斧头的磨石；他划着匆忙制造的独木舟出海，看见"潜流如同磨坊的水闸"。他从来没有忘记把欧洲的室内发明作为他的准尺和比较对象。这种严格的对照使他的努力看起来笨手笨脚，但使读者对想当然的一切默默自豪。比如，运用河水的冲力来磨谷物：还可能有什么比之更加优雅和"绿色"的发明？350年前，所有这些东西还是相当新潮，因此，对于鲁滨孙来说，更是强大的自豪之源。

但是，鲁滨孙秉持他所离开的那个世界之标准，这种做法中不仅是自豪，也不仅是出于现实的考虑。他身上一直有一场战争，为的是保持人性，保持他自己和动物——无论是驯化还是野生的动物——的区别，那些动物也是岛上的住客。我认为这是重要的一点，鲁滨孙没有变成素食者。起初，当肉食是他唯一的食物来源，他没有选择；但一旦除了可以获得水果之外，他还种了庄稼，可以制作面包、乳制品、黄油和奶酪等，那么，肉食成为可以选择的东西。我想，大多数人在与世隔绝的环境中，天生就想从所处环境的其他生物那里获得安慰、帮助和共情。这会意味着设法在其他生物层次上与之沟通，正如鲁滨孙在有限的范围内与一只野猫、一只鹦鹉和一条狗交流；但对于大多数人来说，这会意味着有一件事情先于其他一切，那就是，不要杀死为他提供友情的唯一伙伴。但是，可以说，鲁滨孙觉得没有必要像自然中其他四肢动物那样爬行。他是人，即便或许是天命的玩物，但他相对于别的一切动物来说是一个人，是一个可以得救的欧洲人。比起那些动物，他有更加高级的意识；他记忆中装的不只是前一天他所做东西的知识，而且装有他全部人生的知识；此外，他记忆中还装有他的同类所做的东西——碾磨、种植、播种、缝补——依靠认知能力和巧妙的双手，只要朦朦胧胧有点理念，他就能够做出真正果腹的面包。他没有必要过爬行生活。

　　鲁滨孙通过了他族类的考验。无论他可能从他的上帝那里征用了什么帮助，使他成为人的那种基因要素，继续让他独立或超越于岛上的其他动物。他现在做好了见一个人的准备。他看见沙滩上有一个脚印，他的反应让他吃惊，或者说，他的反应至少让讲述这个故事的上了年纪的鲁滨孙吃惊。他如同我们一样，本应期待这会"让我起死回生，是上苍可能降临的……最大赐福；但我现在要说，对于看见一个人的那种害怕，我现在还会颤抖，那时，我都准备藏在地下，哪怕看见的只是一个人的影子或悄然出现，看见的只是他在岛上留下的脚印"。

　　一个人应该对所期望的东西保持警惕；当它真的到来时，鲁滨孙只觉得恐惧或迷茫。部分说来，这是自然的殖民者的警惕。没有警惕，欧洲人不会征服其他大洲的广袤土地。部分说来，这也是一个习惯了孤独之人的惊恐：他难以直视自己思考暴力，他也难以直视自己思考友谊。在从《圣经》中寻找安慰之后，鲁滨孙继续加固他的住所，使之安全对抗入侵者。作为叙事者的鲁滨孙，对于流落荒岛上的那个年轻鲁滨孙的反应，觉得有一点害臊；对于他自己来说，鲁滨孙不是英雄——尽管这或许是使之成为读者心目中英雄的东西。

　　脚印的秘密最后揭开，一群可能来自附近岛屿或者来自只有鲁滨孙知道的大陆某个地方的人，在利用他的荒岛举行吃人仪式。一个俘虏被带到岛上来，杀了吃掉，这在鲁滨孙的心中引起了盘算，他是否应该出手干预——尽管他的炮火一样意味着杀戮。他盘算的结果是，他没有必要先动手，为此他无尽感谢上帝让他免于"双手沾血的罪孽"。一度，鲁滨孙生活在恐惧中，在一个临时搭建的无烟的炉灶里烤面包，以免泄露他的踪迹。最终，他相信岛上再次只有自己一个人。自船难以来，已经过了二十三年多，但他还是不停地想，要是他一直留在巴西，经营烟草种植园和奴隶贸易，他会赚了多少钱。他继续自责违背父愿的"原罪"，但奇怪的是，他不承认，正是违背父愿，他才走上追求如今魂牵梦绕的那些财富之途。他也开始订了计划：下次，当那些"野人"带着俘虏来时，他会出手解救，把他当仆人，让他当水手，驾驶他现在已经修得坚固的独木舟一起回到文明世界。这个计划的首要问题是，他需要杀死那些"野人"，对此他觉得有些不安，"尽管这是为了自我解救"；第二个问题是，他渴望逃离荒岛，表明他对给了他稳固藏身之地中舒适生活的天命还不够的感激。

不久，天命朝对他有利的形势发展。一个即将遭生吃的俘虏逃脱了控制，两个"野人"在他身后追击。鲁滨孙想，如果他能够解决这两个追击的野人，其他的野人不会知道他们的遭遇，他就能够把活下来的俘虏当作仆人。不是"朋友"，而是仆人。事情正好如愿发生。一个追击者正要朝鲁滨孙开弓射箭，鲁滨孙先发制人，一枪毙命，这算是正当防卫。那个获救的俘虏感激之下，借了鲁滨孙的剑，一剑就把另一个追击者的头砍下。总之，坏事都是不信基督徒的加勒比海人干的，鲁滨孙的良心是清白的。

鲁滨孙拿衣服给他救下的俘虏穿上（正如我们知道，他为之取名为"星期五"），给了他一项兔皮帽，"很方便，很时髦"。他拦住"星期五"，不准他吃先前追捕者的尸体。他很快发现这是个忠实的仆人，简直可以说是孝顺。他教"星期五"说英语，"我开始真的喜欢这个家伙；至于他的感受，我相信，他爱我胜过他此前可能爱的任何东西"。"星期五"受的教育越来越多，就问了一两个很难的神学问题，比如为什么全能的上帝不消灭邪恶，但鲁滨孙对于宗教的态度是实际的，"我假装没有听到问题"。鲁滨孙和"星期五"之间的友谊喜剧显得更加有效，是因为这个事实，尽管在"星期五"的帮助下，鲁滨孙神奇地摆脱了孤独，但他似乎从来没有觉得狂喜——他总是把"星期五"当成仆人，当成达到目的之手段。

鲁滨孙在孤岛上生活了二十八年两个月零十九天。他离开荒岛时，带上了他的羊皮帽子，他的鹦鹉，他的伞，他从沉船上拿走的钱币。他经历的考验是他将抛在身后的东西。他现在想重新经商，这些考验是个累赘。但这些考验也是衡量他这个人和他胜利的尺度。他打败了野兽，摆脱了食人族，带着一帮外国船员出海，在他的孤岛上建立了一个和平的殖民地。他看见了时间的空洞和人心的空洞，如果他偶尔眨眼，那也是很快恢复了平视。他展示自己是天命摆在他面前的一切之主人；只要他需要，他会召唤那个看不见的上帝，但仅此而已。他既不匍匐在上帝之前，也不匍匐在野兽之前。他依赖他的同类、家庭和国家所获取的知识。

经历了一连串忙乱和困难——涉及"星期五"的爸爸、更多的食人族、一艘英国船只、一个西班牙船长和船上叛乱——鲁滨孙最终从荒岛得救。这是对叙事性质的一种奇怪反思：与其说抓住所有这一切忙乱的事件当作解脱，读者更加神往的是那些更加安静的部分，比如，鲁滨孙学习如何制作一个不漏水的陶罐来做羊肉汤。

笛福把他笔下英雄的内心生活刻画得趣味盎然，这种兴趣太有说服力，以至于相形之下，小说中的冒险部分如同反高潮。还有可能，通过展示在这种新文类中内心生活总是会胜过外在生活，这第一部伟大的英国小说为后来的作家指明了道路。

汤姆·琼斯

一个没有脑子的轻浮青年

汤姆·琼斯是亨利·菲尔丁1747年小说中的英雄，"好心"似乎是用来形容他的标配。无论是否幸运，菲尔丁的写作与塞缪尔·理查森是同一时代，精明的读者往往将两人看成风向标。理查森是一脸严肃的清教徒。他的作品是为了基督徒（尤其是女基督徒）的美德而做的长篇说教。《帕美拉》和《克拉丽莎》都写了年轻女子陷入好色男子的罗网，无疑传递了理查森的说教意图。理查森对《克拉丽莎》做了大量修订，使之道德意图更加清晰，排除了读者同情勾引克拉丽莎的罗伯特·洛夫莱斯之可能。相对于思想狭隘、精神干枯的理查森形象，菲尔丁则显得健康自由，不为清规所役，对人之美德具有更多宽宏和现实的看法。他就像是贝蒂·伍斯特在赛艇晚会后想立即上钩的男教师。对于这样一个勾引者，理查森会将他关进监狱，但菲尔丁却会将之送往感化院，并附赠五十便士。亨利·菲尔丁，这个名字似乎就散发出国家信托基金的慈善气息。

我们应感激的是两者的对比不限于此。的确，菲尔丁还写了《约瑟夫·安德鲁》。这部小说开始是对理查森《帕美拉》的戏仿。小说主角是帕美拉兄弟，其美德受到类似的考验。菲尔丁把手指向

《帕美拉》的缺陷：如同许多读者，他不相信帕美拉之"美德"完全建立在宗教顾虑上；这其中似乎有算计的因素，因为一个年轻女仆知道她最值钱东西的价格；最终，帕美拉成功劝诱追求者与之成婚。菲尔丁还写了一部《莎美拉》，对理查森《帕美拉》进行了更加猥亵的戏仿。但不管怎样，菲尔丁对《克拉丽莎》相当推崇，无疑，这部小说的心理洞见将之带入少有其他作家可以企及的领域。正如我们（在讨论《克拉丽莎》中的罗伯特·洛夫莱斯时）将看到，理查森的写作也可能生动活泼，机智诱人，富于暗示，灵活多变，甚至比起菲尔丁的写作，还更加深入地揭示了人类动机。

十七岁时，我假装读完了《汤姆·琼斯》。要写一篇像模像样的学生论文，这相当容易，因为观点（那是我当时从两三篇评论中瞥见的观点）看起来明确而新颖。后来，我在大学时真正读完了这部作品。我就读的学院是由理查森那样的清教徒创建，他们把小教堂建在南北的中轴线上，避免给人任何象征意味（比如，圣子是在东面的祭坛升天）。十九岁时的大学入门考试，我发现《汤姆·琼斯》是我最有信心的一部作品。汤姆是一个学生会产生共鸣的那种英雄。尽管他人生开局不利，是一个弃儿；尽管他总遭人误解，也不大爱学习；尽管他好色，但他有活力，天生一副好心肠。光是"好心"一词，就值得我们共鸣了。当然，相比于导致克拉丽莎早死的那种基督教的教条，支配汤姆的那种"道德"要灵活得多。照我看来，这主意不错，汤姆应和伦敦的贝拉斯通夫人有一腿，靠她的慷慨资助生活，同时找寻到他的真爱索菲亚·威斯顿。贝拉斯通夫人"有地位"、富有，汤姆是个浪子：正如无产者总要仰赖有产者，不善持家的主人也有权剥削家中的仆人。可怕的是，汤姆的两个老师斯卡姆和斯奎尔，一个教宗教，一个教哲学，最后都证明是充满心机的伪君子。他们一袭黑袍，满身粉笔灰，代表了一本正经说教的上一辈。菲尔丁和我们一样知道，他们拒绝了生活和情欲。我喜欢这一点，汤姆好色，但他爱情自由的观点却很现代，他与人结交，不看对方是"谁"——是否有价值、值得尊重——而看对方所"是"：本质上是好人，本质上要好玩。是的，汤姆·琼斯——既然我最终读完了他的故事——那么，汤姆·琼斯就是我。

我期待再次遇见汤姆，通过他或许会再次遇见年少的我。当我重新打开《汤姆·琼斯》，我有些期望双菱形和数字6的芬芳会从久未打开的书页中升起。然而，你碰到的第一个人不是汤姆，而是亨利·菲尔丁。他将一直在场，引导你穿越接下来的奇遇。第七章的副标题是"这一章写的全是严肃的事，读者自始至终一次也笑不出来，除非笑作者本人"；在这一章，我完全忘了作者的身影是多庞大。但是，我们对菲尔丁的叙事有信心。在描写汤姆童年生活的地方，也就是乡绅奥尔华斯在萨默塞特的家，菲尔丁没有用太多的细节，就产生了亨利·詹姆斯所说的"丝丝入扣"的效果。一些人物名字尽管有英国戏剧家琼森之风格，如正派的奥尔华斯、爱抽鞭子的斯卡姆，但也不乏灵巧的笔触。在维京经典版中，菲尔丁的诙谐声音陪伴了912页，带着有趣的实验性质，正如这种声音不断在场提醒我们，小说是一种尚未定型的新文类。理查森完全置身于他的小说之外，他只是把主角之间的书信排印出来（他是职业印刷商）。菲尔丁则完全相反，他与笔下的人物混在一起，像个慈祥的长辈一样搂着他们的肩膀。我们有时会好奇，要是没有菲尔丁在场唤醒他，汤姆会不会起床。这两种写法都有效，小说最终证明是一种对读者友好的通俗方式。当然，后来的小说家还会发现许多其他写法。我们容易忘记的是，早期的小说家——最著名的是写出《项狄传》的劳伦斯·斯泰恩——多么快就将小说打碎或"解构"，如同孩子对待有趣的机械新玩具。如此说来，英国小说兴起大约百年后，简·奥斯丁借助不同人物的视角，创立了缺席叙事的模式，成为其他小说家的写法模板，这绝非简·奥斯丁最微不足道的成就。

菲尔丁给我们这种有趣的感觉，除了一路走着编故事，他还在观看他能用小说这一新形式做什么。尽管他那种虚张声势的约翰逊一样的信念，他古典作家一样的长句和大量的拉丁引文，但我们不会偏离他小说的历险性质，不会偏离他那个蕴藏于小说核心的相当激进的善之观念：善是独立于宗教教条之外的东西。菲尔丁的善之观念仍然是基督教的观念，不过它比起理查森的更为虔诚的"美德"观念要宽泛。所以当汤姆在三卷第二章最后出场时，书中这样写道："我们被迫以比我们希望的还不利的方式将我们的英雄带上台；宣布……这是奥尔华斯全家人的一致看法，他肯定生来就要被绞死。"他大多数时间在偷苹果和盗猎，然后带给奥尔华斯庄园的猎场看守人布莱克·乔治。"他事实上是一个没有脑子的轻浮青年，做事缺乏冷静，面相更是冲动。"

比起乡绅妹妹布里奇特·奥尔华斯的儿子布利菲尔，汤姆在人们心目中的印象差很多。布利菲尔是汤姆的少年玩伴儿，他是母亲的宠儿。布里奇特指责兄长对弃儿汤姆过于友善。但是，随着汤姆长大，"表现出勇敢而殷勤的架势，很有女人缘"，布里奇特也被他征服，转而喜欢汤姆胜过自己儿子。比起读者在这个阶段所知的，她心态的变化更有意义。

奥尔华斯的邻居乡绅威斯顿有一个女儿，名叫索菲亚。她是《汤姆·琼斯》的女主角，是菲尔丁最成功人物之一，一个出生于好家庭的乡下姑娘，没有心机、值得信赖、精力充沛，只是在爱情方面有点儿轻浮，但还算聪明，有自知之明，清楚自己的价值（当然不是商业价值）。索菲亚这个出色人物是菲尔丁对理查森笔下帕美拉的终极反驳。而且，"自从她知道了'敬重'和'鄙视'这两个词的含义，她就敬重汤姆·琼斯，鄙视布利菲尔少爷"。但是，汤姆还没有做好准备爱上索菲亚，此时，他正与布莱克·乔治那个心甘情愿的女儿过着放荡的日子。幸运的是，一次骑马的事故给了他机会对索菲亚献殷勤；他心灵的堡垒很快坍塌，"爱神得意扬扬地大步闯入"。

菲尔丁对他所谓"不完美的英雄"感兴趣，给了《汤姆·琼斯》的特性，在小说出版时也招来丑闻。大众读者仍然期待小说在宗教意义上有教化作用，他们发现菲尔丁这种灵活而人道的是非观念令人震惊。愤怒是快意的尺度，用来衡量小说这种新形式似乎具有的力量。我不认为我读过一本社会史，社会历史学家在里面没有说过，他所在时代的根本特征之一是"一个新的强大中产阶级出现"；但在理查森和菲尔丁的时代，的确似乎是这么回事。随着帝国贸易增长，图书市场繁荣，商业阶层文化素养不断攀升，这意味着小说可能抵达诗歌、历史或布道文辐射不到的人群。小说从开始就是通俗的中产阶级艺术形式。不会认字的大众欣赏文学，依靠的是教堂中的圣经教育或民间传统的口头文学。对于许多人，文学和

"改良"密不可分。因此，一种新文学形式，不仅可能缺乏传统的说教立场，而且可能有力量抵达成千上万的读者，这种想法是惊人的，可以想象，对于小说家来说是刺激的。

我认为，汤姆·琼斯这个人物必须放在这个语境中来看。在本书中，我把小说人物当成似乎是真实人物来讨论。我的焦点故意很小，放在心理活动方面。我极力恢复这种简单的观念，人物是无中生有的创造，这是一种奇迹，是小说家推销给大众的礼品。当然，我承认这种做法不无争议。不过，我的确认识到，还有其他写法来谈论小说。就《汤姆·琼斯》而言，我认为，相比于紧紧聚焦在主人公的心理活动塑造，将它放在文学史的语境可能更有意义，理由相当简单，《汤姆·琼斯》这部作品很重要，但汤姆·琼斯这个人物并不太重要。

菲尔丁围绕汤姆成功地制造出一种危机感，那是一种真正的可能性，奥尔华斯和威斯顿两家的成年人将联手迫使索菲亚嫁给卑微虚伪的布利菲尔。小说张力来自索菲亚是否能够抵制住他们的压力。汤姆还有一个更危险的敌人，那就是他自己。当奥尔华斯从似乎是致命的疾病中康复时，汤姆兴奋过头喝醉了。布利菲尔借机挑拨，他对奥尔华斯说，汤姆对恩主的健康不闻不问。误会之下，奥尔华斯伤心地赶走了汤姆，叫他滚出国。汤姆决定出海，前往布里斯托。

在去布里斯托的路上，汤姆滞留在厄普顿的一家旅店，在那里和一个名叫华特斯夫人的女人有一段苟且。碰巧的是，索菲亚为了逃离嫁给布利菲尔的父命，在去伦敦的路上途经同一家旅店。她发现了汤姆的私情。这时我们看到，汤姆连裤子都穿不上。这次苟且的危害性可能大于那些对他不利的中伤，如他俩年岁不合，他是穷鬼。在这个场景中，读者也跟着滞留在厄普顿的旅店。这个并不太有趣的小事件足足占了两百页篇幅。我还没有读到过英国文学中更长的旅店描写。我若真的碰到，我可能会以头疼为由求饶。

汤姆的性欲似乎完全没有办法控制，但在十九岁的我看来很有道理。但这次，他的性欲似乎受到一点儿考验。不久（按照这种不慌不忙叙事的标准而言），他上了贝拉斯通夫人的床。贝拉斯通夫人是伦敦社会名流，喜欢猎色。汤姆这段艳情，可怜的索菲亚也将发现。尽管我们会很喜欢她、仰慕她，但也难免会有点儿好奇，她对汤姆的钟情和信心，什么时刻会开始动摇。

但是，汤姆·琼斯的确在作为一个英雄起作用，因为，无论对他有多少保留意见，我们对他依旧有共鸣。他是私生子，受到布利菲尔污蔑，只要是逆境，他都奋起反抗。正如所有英雄，他是我们在社会中的代表。他决斗的剑法比我们可能想象的高超，他比我们敢于自认的还要有女人缘，我们将自身投射在他身上，这令我们开心。他对待境遇不如自己之人的方式表明，他天生（如果不是通过后天习得）就有牢靠的价值观念，就连素不相识的人也会夸他是"绅士"。

但是，正是"天生"这个方面，是有局限的。引导汤姆的道德是复杂的道德，甚至可以说，比起理查森的女主角们生活所依凭的宗教箴言还复杂，因为在某种程度上，汤姆的道德是临时拼凑的，吸收了菲尔丁的广博哲学知识。尽管这样说也对，但汤姆对其道德的理解，似乎完全出于本能。他不是思想家。甚至比起那个务实的商人鲁滨孙，汤姆似乎更没有精神生活。人生中出现的冲突，他没有解决。他没有头脑智胜敌人，他似乎也缺乏道德勇气做自我牺牲，比如做到克制或对爱忠诚。他总是在事后才宽厚，但很少有足够自我意识，在事前或者在做其他事之前就要宽厚。

一桩桩不幸堆积起来，直到小说结尾。汤姆似乎被工于心计的贝拉斯通夫人困住，后者有能力掌控他的生死。后来，在最倒霉的时候，因为与一个名叫菲茨帕特里克的男子非法决斗，他锒铛入狱。在监狱里，他从帕特里奇——那个喜欢讲拉丁语的老师，犹如《堂吉诃德》中一路陪伴主人的仆人桑丘——那里获悉，他在厄普顿的旅店睡过的华特斯夫人，名叫詹尼·琼斯。这个来自萨默斯特的农村女人，是汤姆的……母亲。

汤姆急需帮助，但他自我拯救了吗？一次也没有。在一个名叫兰丁格尔的朋友帮助下，汤姆摆脱了贝拉斯通夫人的罗网。兰丁格尔为他出主意，要他向贝拉斯通夫人求婚，借此将她吓退。这一招果然奏效。汤姆的旅店情人华特斯夫人将他弄出监狱。她对汤姆承认，是她挑起的事端。她告诉乡绅奥尔华斯，菲茨帕特里克并非死于决斗。她继续解释，有一个律师受到一个无名男主顾的委托，劝她陷害汤姆。奥尔华斯猜测这人就是外甥布利菲尔，于是决定与之绝交。华特斯夫人透露，汤姆的母亲不是她（也就是婚前的名字詹尼·琼斯），而是乡绅奥尔华斯的妹妹布里奇特。最不可能的帮助来自小说中体罚过汤姆的老教师斯奎尔先生。他写信告诉奥尔华斯，在其生病期间，汤姆举止得体，汤姆醉酒，是看见他康复后精神放松的缘故。美好的童话在继续。汤姆在伦敦的女房东米勒夫人对索菲亚解释了汤姆为什么要向贝拉斯通夫人求婚。汤姆最终的解救来自受到痛苦考验的索菲亚。她满怀爱意地原谅了汤姆。

这部小说的胜利与其说是人物汤姆的胜利，不如说是菲尔丁情节的胜利。利用暗示，菲尔丁幽默地引导我们走向一个被忽略的问题：汤姆的父母是谁？汤姆的困境都是自找的；为了摆脱困境，他需要的不是一个人，而是五个人（兰丁格尔、华特斯夫人、斯奎尔先生、米勒夫人和索菲亚）的帮助，他们像舞台上的解围之神，逐一从天而降，才把他解救出来。对于这样"一个没有脑子的轻浮青年"，这无疑很能表明他的无能。汤姆无法拯救自己，在我看来，虽不至于威胁到菲尔丁的道德方案，但却削弱了汤姆这个人物。首先，我们往往会忽视这样一个人，他如此依靠机缘，依靠他人的善良和努力，来弥补他缺乏的东西。更重要的是，汤姆的被动使他成为一个不太有趣的小说人物，因为他没有内心的挣扎，也没有冲突和成长。他是波涛汹涌大海上欢快的软木塞，仅此而已。

有读者认为，理论上说，人到中年的汤姆将会活跃在公共舞台中，为社会带来光明，影响社会舆论。这可能是对的。但我有一种可能不太受欢迎的想法，考虑到汤姆称索菲亚是"管理人员"，我认为年过半百的汤姆会是喜欢冲动的萨默斯特乡绅。当他再次轻轻地提到自己"在路上的奇遇"时，索菲亚会宽容地瞥他一眼；她会有点儿伤感地眺望门外远山，想知道自己年轻时对这个男人一往情深是否明智。

贝姬·夏普

这个小妖精

简·爱是女主人公（heroine）；贝姬·夏普——萨克雷《名利场》（1847–1848）的主要人物——是英雄（hero）。似乎没有人质疑这个区别，因为太明显了。但难的是说清楚为什么。我考虑再三，最后认为这是关于独立性的问题。简·爱有韧性，比贝姬·夏普道德高尚，但她的幸福，她心灵的"圆满"，似乎依赖于她获取另一个人物罗切斯特先生的爱和陪伴。她从孤儿时代开始的所有战斗，都被表现为是导向这一个目的，无论她在这些战斗中是多么勇敢和聪明。贝姬不可能是女主人公，因为她不是足够"好"的人。简·爱的优秀品质保佑她在与世界的抗争中平安度过，贝姬·夏普则与世界随波逐流。但是，贝姬·夏普在与世界打交道过程中体现出的计谋和手腕，首先赢得了我们的兴趣，接着赢得了我们的支持，最终赢得了某种如同英雄地位的东西。

一个英雄可能有一个爱人。追逐爱情为英雄提供了机会展现浪漫和忠贞等品性。最终，尽管英雄可能爱情失意，甚至失败，但这不重要，因为配对成功不是英雄成长轨迹的目标或圆满的标志。英雄是将其品质印刻在社会之上，以此战胜错误或窒息的社会限制。鲁滨孙的任务是，尽管在孤岛上隔离了二十八年，他依旧要把欧洲

"文明"世界保留在头脑里。他有妻子吗？是的，他的确有。他在回英格兰的途中结过婚，但他的妻子不久就死了，所以他又出海。汤姆·琼斯的任务是体现其作者关于伦理方案的哲学观，这种伦理方案比起体现于教会教义中的伦理方案更加灵活。汤姆将与城乡社会结构作战，最后依靠个人品质战而胜之。如果索菲亚最终厌倦了他在性方面的失控而嫁给了别人，这对于汤姆作为反抗社会的英雄地位不会造成致命威胁。婚姻或爱情的"成功"，是女主人公必须具备的条件；但对于英雄来说，这是附加的选项。

对于男人来说，贝姬·夏普无疑很迷人，但她对男人却相当冷淡。打小的时候，她就喜欢和男孩子在一起，但"安定下来"或"找个合适男人"的想法，在她看来挺可笑。她嫁给了劳顿·克劳利，因为他是其人生事业——不劳而获进入上流社会——最易接近的临时伙伴。正如萨克雷直言，他不过是她"高级仆人和管家"。在贝姬所玩的终生生存游戏中，男人、性和婚姻是重要成分，但绝非主导成分。萨克雷从来没有暗示，贝姬的情感生活是将影响她世俗行为的生活。小说中，大多数女人在某个阶段都会紧紧抓住对某个男人的感情，作为生活的支点、优选，或者至少是指引生活航向的一颗熟悉的星星。但贝姬从来没有抵达那样一个投诚阶段，她会认为，承认她人生中的进步依赖于某些如同"感情"一样不可出售的东西，这是一个弱点。

这是维多利亚时代中期激进的女性人物观。正是这种观念，读者才对贝姬有了永恒的兴趣。如同汤姆·琼斯，贝姬的人生起点很不光彩。她的妈妈是法国歌女，爸爸是酗酒画师。这个男人虐待妻女。但从我们见到贝姬的第一眼，她就在不断成长。她不是想"修正"对于父母的记忆，不是想证明"社会"对他们的鄙视出于势利或恶意，而是想为自己闯出一条路，不管自己条件多么不利。贝姬的世界全是以自己为中心的世界；她面临的挑战是如何在一个世界中凭借自我驱动保持她的信仰。比起菲尔丁笔下的伦敦，这个世界更加见利忘义、腐败堕落、令人窒息。萨克雷的伦敦实际上是前维多利亚时代的伦敦，属于摄政王朝时期。这也是故事的背景。但是从《名利场》书名的《圣经》隐喻和诸如巴里克雷斯夫人等的寻常名字来看，萨克雷的伦敦也象征着各个时代的伦敦。

贝姬开始其"战役"（萨克雷的形容堪称贴切）时，陪伴她的是友善但傻乎乎的爱米丽亚·塞德利。贝姬脸色苍白，身材娇小，头发浅棕色，一双大眼睛，似乎很能迷住男人，其中就包括爱米丽亚胖乎乎、腼腆可笑的哥哥约瑟夫（昵称乔斯）。约瑟夫在印度殖民地做官（印度首席收税官），正好回老家度假。碰巧，贝姬也在塞德利家暂住。她立刻俘获了约瑟夫的感情，很有希望诱骗他求婚。但约瑟夫起初醉酒过度，忘了求婚，随后他的感情又遭到乔治·奥斯本奚落。乔治是年轻骑兵，留着浓密的络腮胡，他成为贝姬下一个潜在的猎物。贝姬看见乔治对着镜子自我欣赏的时候，她没有对他爱慕虚荣而感到失望，而是开心于摸清了他的底细。不利的是，乔治是爱米丽亚倾心的对象，人们都看好他们结合。不过，对于贝姬来说，这不是大问题。如果她真想要乔治，她会不假思索地把爱米丽亚踢开，只是目前她想等等，看可否做得更漂亮。她虽一文不名，但对自己有自信。

贝姬在克劳利家找到家庭教师的差事。克劳利家的主人皮特爵士是汉普郡一个腐败行政区的议员。他帮贝姬把行李拿进屋时，动作很大，贝姬把他误认作仆人。她在卧室看见了皮特爵士两个儿子的照片，"一个穿着学位服，另一个（劳顿）穿着红衣，像个士兵。当她入睡时，她希望梦见穿学位服的孩子"。我们在这里看见的是一个少女，她一心想改善自己的地位，她能够控制无意识，甚至在睡眠中，都要在无意识中播下爱的种子，或者当成是爱的某种东西。显然，在小说的这个阶段——这是一部系列连载的小说——萨克雷对贝姬的处理很享受。他想给读者一点点惊讶，轻轻地把我们推向反对的立场。当然，叙事的高昂产生的效果却是，萨克雷每次不满的嘘声——"这个小妖精"——就将我们一点点地拖近她。我们是小说读者，不是苦修哲人。我们完全知道哪个人物握着打开我们快乐之门的钥匙。

很快，贝姬成了克劳利的宠儿。她的举止就像家里的少奶奶。但她还是小心翼翼不去冒犯那些老仆，"因为尽管年轻，可我们的英雄人生经验老到，如果（我们的读者）还没有发现她是一个很聪明的女子，那我们就白写了"。有趣的是，萨克雷乐意把英雄头衔给贝姬，因为他刚刚一口拒绝了将之给予道德更正直的爱米丽亚（"因为她不是英雄，所以没有必要写她"）。在萨克雷的心目中，"英雄"这个词似乎就代表了主角，他用这个阴性词（heroine）来称呼贝姬，因为那个时代的这个词，还没有在性别界限上改造，如果用阳性词（hero）来称呼，会是一种失礼或语病。他把《名利场》的副标题称为"一部没有英雄的小说"（a novel without a hero），我认为，他在暗示，没有一个男性人物充当英雄的角色。换言之，小说中没有这样一个男性人物：他的人生之路起于卑微；哪怕是奉承，他也有令读者产生共鸣的一点；他至少有一个值得崇拜的品质；他战胜了往往是不公地设置在他面前的障碍；他在一个敌意的社会留下了个人价值的烙印，证明了他用个人自由伦理是正确的，抗拒了世人认同的规范。小说中的多宾，那个英勇的战士，终生仰慕爱米丽亚的男子，是英雄的候选者。他有别的男性人物所不具备的诚实和忠诚等品质，但说来奇怪，他的道德品质还是不够；随着他的成长，他似乎成了一个可有可无的小说人物。正如他的名字暗示，多宾只是一匹循规蹈矩的大马，不是可以离开跑道的烈马。

贝姬利用了人生经验，她把更多的牌握在手中，她玩牌的技术也日趋老练。回到伦敦，她再次遇见乔治·奥斯本。这次她能居高临下对待他，开他一家成了新富豪的玩笑。原来，老奥斯本是心地冷酷的金融家，老塞德利是券商，在后者的通风报信下，前者提早抛盘，避免了一场暴跌。现在，塞德利一家即将破产，赚了一大笔新钱的奥斯本一家却不愿报恩。

贝姬·夏普的真正问题不在于她的智力、教育、美貌或机敏——在所有这些方面她都能得到高分——而在于资本市场流动性的匮乏。对于一个出生中产阶级但没有钱的聪明姑娘，要获得足够多的钱过上好日子，这是非常难的事情。相比之下，要是在1980年到2008年间，贝姬可能在金融业找到一份工作，她会冷静地判断交易和市场。但在英国摄政时代（1811-1820）的伦敦，女性没有这样的机会。尽管一直仰慕贝姬的斯泰恩爵士靠赌博积累了大量财富，甚至凭牌桌上的成就赢得了头衔，尽管老奥斯本捞到一大笔投机收益（暴富后的他对有恩于他的塞德利一家置之不理），但在

《名利场》中——或从其他一些银行家，诸如狄更斯《小杜丽》中的梅德尔和特罗洛普《如今世道》中的麦尔莫特——几乎都没有暗示，除了直接放高利贷，金融业中没有任何来快钱的方式。金融业中有泡沫、有狂热和有股债发行，但都有危险。那时的市场也不是全球市场，几无公开交易，也无价差套利，金融衍生品和其他盈利交易选择虽然存在，但只是作为个体在饭后下的赌注，不是环环相扣那种可达数十亿美金的杠杆赌。假如贝姬和劳顿生活在过去三十年的某个时间，可以想象，劳顿可能会发现自己在金融业有一席之地。他是一个冷静的赌客，并不全是直来直去。他似乎有资格在投资银行占据一把专用交椅。

事实上，由于传统使然，贝姬无法到社会上工作。我们认为，她有足够的道德顾忌，而不仅仅是为钱卖身。为了那源源不断的昂贵礼物，她是否真正和斯泰恩爵士睡过，我们不知道，因为萨克雷告诉我们，他也不知道。凭借嫁入克劳利家，直接获得钱财，这也因一纸有争议的遗嘱——这在维多利亚时期的法律和小说中很常见——而变得困难。因此，贝姬要找到钱的机会是很少的，难怪捞钱是她人生的主业。

她最好的机会似乎在于发战争财。在滑铁卢战役前夜，英国派军团前往布鲁塞尔。萨克雷对"战役"的兴趣显而易见。他既是对战争本身感兴趣，也是对贝姬的个人战斗感兴趣。我们在小说中看到，贝姬"养成了最漂亮、最利落的骑马习惯，她骑上一匹漂亮的阿拉伯小马……旁边就是英勇的塔夫托将军"。萨克雷笔下的布鲁塞尔场面对于大多数的读者来说是小说中最成功之处。在别的地方，萨克雷传递的社会信息——"一切皆虚妄"——可能显得狭隘和单调。作为作者，他对笔下人物的嘲笑，也经常阻碍他们获得深度和色泽。他事无巨细地记录他们所有小小的虚妄，让人觉得窒息，因为叙事中没有留下空间供读者反思他们自己的判断。但是，在战争中，就不是这么回事。战前的华服和派对——面临死亡的时尚和香槟——自然成为虚妄主题的靶子，接下来的战争屠杀给读者带来史无前例的急迫感。第一次，虚荣的乔治·奥斯本（这时他已三心二意地娶了爱米丽亚），纯粹是奸商的劳顿·克劳利，胆怯的胖子约瑟夫·塞德利和精明的机会主义者贝姬·夏普，似乎在他们木偶的骨骼上长出了真实的肌肉。第一次在小说中，我们与他们息息相通。在一个放荡的夜晚狂欢之后，在出征的前夜，乔治轻轻地走进爱米丽亚的卧室，怀着歉疚的心情向她道别，这是小说中最动人的时刻。那时，时间似乎停滞。人生的整个规划及其所有脆弱的关联，全都一览无余。

贝姬一边为出征的丈夫劳顿做准备，一边与乔治·奥斯本若即若离，没有完全令他丧气。她还重新煽起约瑟夫·塞德利对她的兴趣，作为在必要时撤离布鲁塞尔的退路。"'如果遇到最坏的情况'，贝姬想，'我会安全撤退；在那辆四轮马车上，我还留有一个右手位。'"这些作者的圈套看来不再是戏笔和敷衍，而是深入骨髓，如简·奥斯丁的写作一样给人深切的创痛。在这件事上，贝姬会卖出她所有的马匹给约瑟夫·塞德利，换取一大笔钱，她心里盘算，再加上她作为战争寡妇得到的抚恤金，卖掉劳顿的动产，她就有足够的钱过下半辈子生活。但是，对于贝姬来说不幸的是，阵亡的不是她的丈夫劳顿，而是爱米丽亚的丈夫乔治·奥斯本，"一颗子弹打穿了他的胸膛，他趴在地上，死了"。

依靠约瑟夫买马的那笔钱，贝姬和劳顿移居巴黎，在那里生活了一年。这是他们人生的顶峰。看起来，没有巴黎人把贝姬看成是新贵，他们似乎也不关心。劳顿四处赌博，"他的运气不错"。在巴黎住了一年后，他们回到伦敦，在上流住宅区梅菲尔的柯胜街购置了一套房。在一章名叫"如何一分钱不花就好好过一年"中，萨克雷暗示，"克劳利上校"在牌桌上"捷报频传"，原因当然是"耍阴招"。贝姬生下小劳顿，但令人震惊的是，她对儿子漠不关心。利用她的魅力和一种简单的庞氏骗局，贝姬把劳顿的1 500英镑军饷增值了十倍。伦敦社交圈或至少伦敦社交圈中名声不好的人都认为，"劳顿这个老公相当蠢，贝姬这个老婆很有魅力"。

《名利场》的叙事兴趣来自于：小说到了中途，显然，尽管有各种大的本事，贝姬不会大获成功。即便对她那样一个女冒险家，那个世界在金融业等方面的社会限制也太大。因此，她的故事变成一个忍耐和多变的故事。尽管她是维多利亚时期文学中最有心机的英雄，但贝姬保留了奇怪的天真。当她住在汉普郡的公婆家中时，她想，自己要是乡绅太太，可能会相当幸福，数着院墙旁杏树上的杏子，送碗汤水给穷人，穿"前年"流行的服饰——一年只要有5000英镑就足矣。正是差了这笔钱，"才造成她和诚实女人的区别"，萨克雷暗示，"除了贝姬，谁知道她的想法是对的呢?"

另一条通往满足的道路——遵从心灵的感受——不是贝姬思考过的道路。她似乎没有深情。尽管她很喜欢劳顿作为她的商业伙伴和"高级仆人"，但她并不爱他。她也不喜欢自己的儿子。她对于爱米丽亚既同情又鄙视。她从见面的第一天就看穿了乔治·奥斯本的浅薄。她喜欢斯泰恩爵士的奉承，或许喜欢和他在一起，但小说中没有暗示她真正喜欢他。从心理学而言，这种情感淡漠症在某些人身上似乎是可信的。他们和贝姬一样，童年经历了虐待、贫穷和蹂躏。感情，尤其是爱，需要以信任为基础，然后从这基础出发。在小说开始时，贝姬的人生中没有任何东西给她理由相信任何人。但是，贝姬令人着迷的东西，不是环境带给她的，而是萨克雷的强烈暗示，她天生就是这样的：一个心灵不能被任何人俘获的聪明而妩媚的女人。在那时，这种人物观看起来让人震惊，即便今日，这种人物观依然令人激动。

但是，对于贝姬来说，这不仅意味着独立，也意味不满和可以忍受的孤立。她用琐事来安慰自己，用这种想法来安慰自己——她的弟妹是一个伯爵的女儿，她是伦敦社交圈的名流，嫁给了一个上校，上校的哥哥是世袭的男爵。所有这样的想法好过她寄人篱下的生活；好过她父亲酗酒之后打发她去杂货店以赊购的名义骗取糖和茶叶。或者，至少这也会好点儿——只要她有私房钱。她想过从大伯子那里弄钱，但没有成功，最终只好求助于"照顾"留给一个仆人的那笔丰厚遗产。

贝姬身上最让人受不了的一点——因为这点许多读者和她分道扬镳——是她不喜欢自己儿子小劳顿。她没有母爱。她冷落儿子，甚至凌辱他，她鄙夷他从父亲那里获得的宠爱。她打发他在厨房或者和仆人一起吃饭，早早就将他送去寄宿学校。有一次，"看见大家都在表达温情"，她也当众吻了儿子，结果，儿子当场大声说，她在家里可从不这样。劳顿·克劳利这个父亲，如同一个失去勇力的参孙，只有依靠他的大利拉的媚术，从与妻子调情的那些男人身上抽钱。他以前是英俊的骑兵，现在临时要客串台球桌边的骗子或者牌桌上的老千。因为债务纠纷，他被债主逮住，下了监狱，但贝姬并不急着保释。最后，他还是靠嫂子帮忙才获得自由。当劳顿回家时，他发现贝姬正与斯泰恩爵士亲热。贝姬为自己的清白辩护，但劳顿看得够多了。斯泰恩生气地质问贝姬，到底是什么"清白"，容许她靠别人送给她的礼品来供养老公。劳顿在贝姬的钱包里发现了一张 1 000 英镑的支票。用世俗的观念来说，现在，她就是"一个邪恶的女人，一个没心肝的母亲，一个不忠的妻子"。

这是贝姬希望不劳而获就过上体面日子的下场。从现在开始，她成了一个流亡者，一个漂泊者，一个明显名誉扫地的人。萨克雷描写她的方法变得不稳定，在幽默中带着几分认同的立场和更加疏离的立场之间摇摆。与此同时，他的叙事兴趣也转向了多宾与爱米丽亚之间经久不衰的爱情。正是在这里，他赋予了小说伟大的动情时刻。爱米丽亚看不见忠实多宾的价值，因为她仍然心系那个追寻自我的乔治·奥斯本。萨克雷，如同托尔斯泰一样，允许我们在岁月流逝后重温人物，看清他们微妙而可悲的变化。爱米丽亚出场的时候，与贝姬相比，生活就像泡在蜜糖里。如今，她守寡，贫穷，没钱。她看见心爱的儿子被奥斯本一家——这家人过去对他父亲是那么忘恩负义——夺去抚养，心痛不已。但这些磨难似乎还不够，萨克雷为她准备了更糟糕的命运。多宾回来对她说，他绝望地爱了她那么多年，他现在依旧爱着她，但她还是拒绝了他。萨克雷让我们看到，多宾对于爱米丽亚的一往情深已变得多么浅陋和不值。

长时间做了受气包的可怜虫多宾，这时挺起身来，说了一番精彩的话。最后他说："好的，我走。我不怪你。你心很好，你也尽力；但你不能——不能达到我对你的那种感情的高度，那种感情是一个比你更崇高的灵魂可能骄傲地分享的感情。再见，爱米丽亚。我看见你的挣扎。让它结束。我们都厌倦了。"这是维多利亚时期小说中最伟大的一段话。正是大多数人这种非常典型的礼貌和大度，使得这句匕首一样插入的话"一个比你更崇高的灵魂"，成为如此难以承受的盖棺定论。

接下来，小说的叙事妙计是回到贝姬，让她对爱米丽亚透露（不是出于自私的原因），在滑铁卢战役的前夜，乔治叫她私奔。现在，随着乔治这个偶像的破碎，爱米丽亚回想起了多宾的好处。但是，多宾和我们都知道，到了现在，爱米丽亚已不值得拥有。这一刻堪比托尔斯泰笔下的伟大时刻——尽管有一些批评家极力主张从整体上将《名利场》抬高到《战争与和平》的高度，但它还不够。在《战争与和平》中，娜塔莎、安德烈，特别是索尼娅，他们提供了更多、更有穿透力的例子，让读者看到，随着时间的流逝，一个人如何展示出不同的性情；这种展示如何改变我们对他的看法；他性情的变化如何在往昔的岁月中投下长长的反讽影子。

贝姬再次出场干预情节更具讽刺意味的是，事后证明，在她向爱米丽亚透露乔治的秘密之前，爱米丽亚已写信给多宾，叫他回到身边，因此，贝姬无私的举动与这两人是否重燃旧情毫无关联。她自己绕了一圈之后，抓住的还是她迷恋的第一个男人：爱米丽亚那个脂粉气很浓的哥哥约瑟夫。他们一起在法国生活。约瑟夫后来在普罗旺斯地区的艾克斯神秘死亡，贝姬——或者如她自称的克劳利夫人——成为寿险的受益人。最终，她虽然过得不算很好，但至少还比较舒服。约瑟夫之死是否要由贝姬负责，我们觉得，这不是我们需要知道的东西。不过，多宾退回了他和爱米丽亚的那份保险，从此与贝姬绝交。

贝姬·夏普引人感兴趣的地方在于，她是一个没有良好道德品质的英雄。她完成了叙事对于英雄的要求，但萨克雷放弃了一个英雄必须是"好人"的观念。奇怪的是，这个观念看起来管用。叙事的功能压倒了道德的善好。小说是为读者着想的一部机器。

夏洛克·福尔摩斯

因我的存在而更甜蜜

夏洛克·福尔摩斯重振了小说中英雄的现象。尽管萨克雷、特罗洛普和其他十九世纪中叶的小说家已写了这个现实主义的问题——小说主要人物不仅有趣而且应是"英雄"（这是一种令人难以置信的观念）——柯南·道尔还是创造出一个不但道德高尚、才华出众，而且有趣可信的英雄。不过，值得注意的是，他创造的英雄不属于主流的小说，而是属于当时还没有发展起来，但很快就会有其自身文类的小说：侦探小说。

到了二十世纪末，书店里充斥着各种侦探小说，里面有形形色色的侦探——醉酒的、硬汉型的、压抑的、离异的侦探等等——以至于人们都忘了，在十九世纪末，夏洛克·福尔摩斯出现之前，没有出现任何重要的侦探小说。诚然，在《荒凉山庄》和《月亮石》中有一类侦探，但福尔摩斯唯一真正的前辈是爱伦·坡笔下的奥古斯特·杜宾，《毛格街血案》（1841）的主人公。《毛格街血案》奠定了侦探小说文类的许多特征："古怪"的业余侦探，作为叙事者的不那么聪明的朋友，行动迟缓的警察，最终当着所有人的面戏剧性地揭秘。这也是一个"密室推理故事"，柯南·道尔和后来的阿加莎·克里斯蒂都把这类小说看成是对情节布局的最佳考验。遗憾的是，《毛格街血案》里的故事有点儿白痴：作案的不是男管家，而是一只猩猩。

福尔摩斯探案故事的荣耀来自于柯南·道尔编撰故事的认真态度，故事情节一般处于瞎扯和可信之间合理的边界。它们通常有两三个环环相扣的转折或变化；一般来说，它们会公平对待我们读者，让我们获得重要证据——尽管有时候我们没有目睹福尔摩斯发现重要的事实。当然，最重要的根源是福尔摩斯这个人物本身。他的推理能力很怪异，有时他把这种能力运用得像表演魔术，娱乐读者，给读者留下深刻印象。他的敌手认为他的才华像"魔鬼"。的确，他的才华似乎接近超自然。福尔摩斯利用了一些阴暗面，如可卡因、抑郁症、哀怨小提琴声等。不像好友华生，他是城里人，乡村空气或怡人海滨对他没有吸引力。在《住院的病人》这个故事中，华生说起伦敦八月的炎热天气，"我渴望前往新森林国家公园的林中空地或者南部海滨游乐场的石头滩"，但"无论乡下还是海边，对福尔摩斯都没有任何吸引力。他爱生活在五百万人口的城市中心，他的灯丝延伸出来穿越他们，对关于未破案件的每一个小小流言或怀疑做出反应"。他不是那种传统的侦探，他独立于官方的警局系统展开活动，尽管他与之保持良好的合作关系。他似乎没有柔情，除了少数几个场合，在把华生推入不必要的危险之后，他会表露出一丝对朋友的爱惜。他从来没有爱过一个女人。据作者暗示，这不是因为他"生来不喜欢女人"，而是因为他一切活动都理性或知性。关于"心"是什么，福尔摩斯有一种奇怪的不符合科学的看法——心是储藏空间有限的阁楼，所以放什么东西进去要慎重——在他所理解的"心"里，干脆没有留给感情的空间。在《波希米亚丑闻》中，尽管他崇拜艾琳·阿德勒，但"这并不是说他对她有任何近乎爱的感情……他从来没有谈到温柔的感情，除非是带着嘲讽和讥笑"。

柯南·道尔敏锐地意识到，福尔摩斯需要这些阴暗面，才使得他的英雄品质更具吸引力。我们从来没有发现他感伤，或者发现他太好，尽管我们或许应该发现。在《最后一案》中，他告诉华生："伦敦的空气因我的存在而更甜蜜。在上千桩的案子中，我都没有意识到，我把能力用错了地方。"他勇敢、无私、可敬、节俭。他对报复或用法律量刑（哪怕是那些罪大恶极之徒）没有兴趣。他宁愿让他们有机会去见警方。他拒绝了骑士头衔和各种荣誉，不过他会出于爱国的立场用心帮助当时的政府。当我们最后一次见到他时，他在萨塞克斯郡的当斯一面养蜜蜂，一面为准备大战来临的国家出谋划策。

甚至福尔摩斯活动的空间一般都是阴暗的。在他第一个侦探故事《血字的研究》的开头，我们被告知，伦敦"是一个大粪池子，帝国的懒人和闲人不可避免地被排进这里"；福尔摩斯"经常长距离漫步，似乎想走到伦敦的最底部"。从新闻的角度而言，这些侦探故事是那个时代绝佳的快照，使用的是一种柯南·道尔本人可能不会欣赏的方式。这些故事表现的是华生在一开始就宣布的东西：帝国与（白沙瓦和白利）家的相遇；新南威尔士和旺兹沃斯的相遇；坦葛尼卡和图廷的相遇。[1]在这些覆盖着紫藤的郊野别墅，有许多惨死的人，他们头骨粉碎，脸上残留着恐怖的狞笑，让人难以

---

1 或许值得注意，柯南·道尔是苏格兰人，他可以板着脸写英国的郊区。大多数英国作家提到"埃舍尔地区"时，都会下意识地一阵哆嗦。

直视。但隐藏于这些暴力之后的激情，在埃普索姆和雷德希尔等地方却很少激起。那些激情的怒火是因为维尔德的敌视、布什的背叛或者旁遮普的奸情。柯南·道尔聪明的想法是，当心灵的空白填满了棕榈和金鸡纳树之时，他要去看看金链花花坛和杜鹃花大道之后隐藏的是什么戏。无论是华生（在第二次阿富汗战争中，他因为受伤从英军医疗队退役）、福尔摩斯（他热爱体育，擅长肉搏，足迹远至黑海边的敖德萨和斯里兰卡的亭可马里港），还是柯南·道尔本人（做过医生，喜欢打橄榄球），面对一个开始收缩的帝国，他们都对一个阳刚的帝国充满思念。当人们从金矿和茶叶种植园归来，从大型动物狩猎和东印度贸易中归来，他们做一些绝望的事情，还是获得一些小小的纵容：尽管谋杀和暴力总是错误的事情，但帝国的建造者们已经有过非凡的人生，人生苦短，他们冒险在异国拼搏，远离家园的舒适，经常为国内的同胞带来经济利益。现在，他们回国重新安顿下来，总是困难重重。因此，即便是最鲁莽的行为，最具报复性的行为，往往也能获得一定程度的谅解。吉卜林在1897年为维多利亚女王登基六十年庆典而写的诗歌《曲终人散》，也许可为福尔摩斯所有的侦探故事提供背景音乐：

> 我们先祖自古信奉的神，
> 我们辽远战线的主，
> 在你可畏的手下，我们统治
> 长满棕榈和松柏的疆土——
> 万军之主啊，请与我们同在，
> 让我们永志不忘，永志不忘！

喧哗与骚动终会沉寂，

君王与贵胄都将死去，

惟留你古老的祭品

和一颗谦卑忏悔的心灵。

万军之主啊，请与我们同在，

让我们永志不忘，永志不忘！

远去了，我们的军舰消隐，

海隅和沙丘上，烟火低沉，

啊，我们昔日所有的煊赫

与尼尼微和推罗同归于尽！

万国的主宰啊，请宽恕我们，

让我们永志不忘，永志不忘！

　　许多读者认为柯南·道尔是英国小说作者中最好的说书人。我不反对这个观点，但只有一个方面例外，那就是，他把太多的行为交给了话语。需要承认，这是幽灵故事（如《呼啸山庄》）的传统手法，也是一些情节为重的小说（如康拉德的《黑暗的心》）的传统手法，利用一个困惑的叙事者来"讲"可怕的事件。不过，这种手法的危险是它把行为控制在咫尺之内。对于福尔摩斯来说，那些来到贝克大街、气喘吁吁地上楼的当事人，简洁地说出自己遇到的麻烦，这当然是必要的，但在我看来，有太多的篇幅，页面中段落的开头都是引号。你会觉得，要是交给华生，可能轻易就会总结要点。但小说中往往是这样，福尔摩斯会对华生讲他独自最初去探案时的遭遇；有时这里面包含了再一次漫长的证词，我们看见在福尔摩斯的引号内又加了一重引号。这明显有一种间离效应，可奇怪的是，柯南·道尔这样的叙事高人，却乐于让这一切发生。事实上，最好的故事往往是那些大多数行为被目击而非被叙述的故事。

夏洛克·福尔摩斯可能会不朽。在《回忆录》的结尾，当他看似要从莱辛巴赫瀑布边上掉下去的时候，读者非常生气，柯南·道尔只好把他带回来。福尔摩斯受过正规教育，但他的知识面显示出自学者的局限。华生惊讶他对天文学、文学和哲学完全无知；甚至一些科学方面，他也不灵光。在《空屋》中，他关于遗传的看法是异想天开，尽管收录这篇故事的集子《归来记》出版于1905年，当时一些遗传学的原理已开始普及。[1]从学术的角度来看，只有在化学，特别是化学毒品方面，福尔摩斯的看法才令人信服。

在金钱方面，福尔摩斯抱有不现实的看法，他对金钱也不感兴趣。只有一次是明显例外。在《修道院公学》中，他为霍尔德尼斯公爵找到了失踪的儿子，收了6000英镑作为回报。当时，公爵同意再加一倍，要他封口。我不知道最后支票上的数字是6000还是12000英镑，我只知道福尔摩斯"小心翼翼地将支票夹在笔记本里。'我是穷人'，他温柔地拍了拍笔记本，边说边把它放进内兜"。如果用零售价指数为标准来算，1895年的6000英镑相当于2011年的516000英镑；如果换用平均收入来算，大约相当于2890000英

---

[1] 在二十世纪初的头十年，孟德尔于1865年在杂交领域的创新研究被"重新发现"，在德·弗里斯、贝特森、托马斯·亨特·摩根等人的推动下，迅速发展成为一种貌似合理的遗传理论。尽管福尔摩斯主要是个化学家，读者还是期望他对生物学中这一激动人心的领域正发生的东西有所了解。

镑。因此，福尔摩斯在他的其他案件中对金钱毫不在意也就不足为奇了。

福尔摩斯几乎不喝酒，吃得也很俭省。不过，在《戴面纱的房客》中，他指引华生去吃一顿听起来不错的晚餐，"餐台上有山鹑冷盘……和一瓶梦拉榭葡萄酒"。在《希腊译员》中，福尔摩斯告诉华生，他的祖先是乡绅，祖母是"法国艺术家维内特的妹妹"，正是这个缘故，他对遗传才有了一些更不科学的猜测："血液中的艺术细胞可能以最奇怪的形式显现。"他相信自己的观察力是"遗传"，并以其更有才华的兄弟迈克罗夫特为证。在《萨塞克斯吸血鬼》中，华生有一次碰巧获得一条福尔摩斯还没有捕捉到的信息，对此，福尔摩斯并没有表示感谢。华生用近于批评朋友的口吻说，"这就是他骄傲自满的怪癖之一，尽管他心里能够立刻准确地处理任何新信息，他嘴里却很少对提供新信息的人表示感谢"。

众所周知，华生的作用是去质疑，去得出明显但错误的结论，去表达他对福尔摩斯天才的惊叹。难怪他使用了大量的感叹句。"'我亲爱的福尔摩斯！'我感叹道"，他在《住院的病人》中回忆说。在早期两本侦探故事集《冒险史》和《回忆录》中，华生频频地感叹，甚至给自己的生活带来了不便。最好的例子莫过于在《歪唇男人》中他和福尔摩斯一起值夜。"在黯淡的灯光下，我看见他坐在那里，嘴里叼着老烟管；他迷茫地看着天花角落，蓝色烟雾从他嘴里冒出，沉默无声，一动不动，灯光照在他老鹰一样的脸上。我躺下准备睡时，他是那样坐着；睡梦中我突然一声惊叹，醒来发现，他还是那样坐着。"在后来的两本集子《归来记》和《最后致意》中，华生的感叹没有那么频繁，到了最后一本集子

《新探案》时，他似乎完全停止了感叹。这到底是因为有人私下和柯南·道尔说了什么，还是因为这个参加过阿富汗战争的老兵的生命力在逐渐消退，这似乎超越了本文探究的范围。

但是，福尔摩斯的生命力依旧不可阻挡。他为那些一眼看上去似乎无解的局面提供了理解、解决和拯救方案。我不是第一个注意到这件事的读者：柯南·道尔写作福尔摩斯探案故事时，弗洛伊德发表了他早期的研究病案。他们两人都是叙事大师，都有一种神奇的力量。他们为现代世界——随着城市化的进程，随着科学的进步和宗教信仰的缺失，这个世界变得非常焦虑——带来了慰藉。弗洛伊德在一个病案的结尾写道："我们有时候会骂自己，居然没有注意到那么明显的'线索'，这线索是某一个年轻女人肚子痛或口吃的'真正'原因。"弗洛伊德本人也意识到这种写法的文学性，他评论说："这仍然让我自己觉得奇怪，我写的这些病案读起来像短篇故事，有人可能会说，它们缺乏严肃的科学印记。"[1]可以说，在福尔摩斯的探案故事中，帝国就代表了无意识，这么说不会太离谱。在那些暴力激情、遭到遗忘或压制的阴暗地区，调查者必须寻找目前症状的原因。郊区别墅的一具尸体，失踪的马，或者红发会，就相当于第一次就诊时表现出来的症状，当然肯定令人奇怪和不安，但对于主要关注其代表性或象征性价值的专家来说，他们会很有兴趣。

福尔摩斯和弗洛伊德的一个区别在于福尔摩斯的解决方案更

---

1 《歇斯底里研究》，标准版，卷2，页160。

加科学。在诊断方式上，两人也有更多差异。弗洛伊德认为他所有早期的病人都患了"歇斯底里"，至于这种症状的病原，无论是弗洛伊德，还是他在巴黎读书时的教授让-马丁·沙可，都没有确定。这导致他误诊了许多今日看来患有癫痫或（有一例是）图雷特抽动综合征的年轻女子。这就像福尔摩斯解释事情"到底"是如何发生的，说得让人心服口服——却指认错了罪魁祸首。

当然，当弗洛伊德放弃了他在神经病学领域中的投机性研究，成为一个真正拥有洞见的心理学家时，他的伟大作品也就随之而来。但是，若让弗洛伊德和福尔摩斯来一场较量，这个阶段谁的作品能够更好地经受住时间的考验，答案毋庸置疑是福尔摩斯。我想，这是小说人物的一个优势。

英雄福尔摩斯超越了孕育他的那些故事，正如柯南·道尔很担心的那样，现在"活在儿童想象中怪诞不定的地带，活在一些不可思议的奇怪地方，在那里，菲尔丁笔下的俊男可能与理查森笔下的美女在做爱，司各特笔下的主人公在高视阔步，狄更斯笔下快乐的伦敦佬在大笑，萨克雷笔下的俗人继续干着不法勾当"。

如果柯南·道尔没有意识到需要用十九世纪末的毒品和黑暗来平衡超级英雄身上基督的救赎品质，福尔摩斯就不会有那么大的影响。如果柯南·道尔没有看见侦探谜案的巨大娱乐潜力，没有看见周围人们从参与帝国扩张之后回到伦敦郊野和周边地区所隐含的戏剧性，福尔摩斯根本就不会活下来。

柯南·道尔的愿望——用更加精明的侦探及其更不那么精明的助手填补他们空出的舞台——没有得到实现。尽管后来出现了许多眼尖的探长和猪队友一样的搭档，但福尔摩斯创立的模式对于他的追随者来说太有诱惑、太难撼动。百多年后，福尔摩斯依然是公众想象中不可或缺的，即便最难看的电影改编也难以抹杀其生命力。他是第一个也是最好的一个侦探，他给了文学英雄一个新方向：远离主流，进入一个更适合的领域，也就是类型小说的领域，如惊险小说、恐怖小说、童话小说和科幻小说等，在那样的世界里，"善好"不仅可能是好东西，也会留住淫荡读者的兴趣。[1]

1927年，柯南·道尔本人列了一个他最喜欢的福尔摩斯探案故事的清单，顺序如下：

1. 斑点带子案（《冒险史》）

2. 红发会（《冒险史》）

3. 跳舞的人（《归来记》）

4. 最后一案（《回忆录》）

5. 波希米亚丑闻（《冒险史》）

6. 空屋（《归来记》）

7. 五颗橘核（《冒险史》）

8. 第二块血迹（《归来记》）

9. 魔鬼之足（《最后致意》）

10. 修道院公学（《归来记》）

11. 马斯格雷夫礼典（《回忆录》）

1　本章后面部分包含了排序，仅为福尔摩斯的狂热爱好者而写，其他读者可以忽略。

12. 赖盖特之谜（《回忆录》）

在这些侦探故事中，《斑点带子案》具有前面列举的所有优秀品质。这是爱伦·坡可能梦想的"密室推理故事"，尽管它的可信度面临更大的考验，但它的确站得住脚；它短小、精练，几乎所有动作都是第一手看见。《红发会》为一桩普通的银行抢劫案布下一个离奇的阴谋，结果大获成功，因为其中绝妙的超现实氛围让人眼花缭乱。《跳舞的人》有一个等待破译的正确代码，有英国诺福克和美国芝加哥之间的联手，不过核心故事缺乏转折。《波希米亚丑闻》有最好的标题之一，其中的人物艾琳·阿德勒是福尔摩斯"崇拜"的女人（如果谈不上爱的话）；同样值得注意的是，福尔摩斯在和她的智力比赛中落了下风；但这个故事不够错综复杂；这只鸟儿只知道飞。《空屋》实际上只是一个花招儿，让福尔摩斯起死回生，因为在《最后一案》结尾，在和死敌莫里亚蒂的打斗中，读者以为福尔摩斯掉下莱辛巴赫瀑布之后丧了命。不过，比侦探故事更刺激的是福尔摩斯和华生在贝克大街对疑犯的一次监视，他们用了福尔摩斯的蜡像，藏在透着灯光的百叶窗之后。《最后一案》的情节比较老套，就是想法杀掉福尔摩斯，同时，莫里亚蒂的罪犯身份没有说服力，更别说他是"犯罪界的拿破仑"。《五颗橘核》有死亡警告（橘核）和黑手党的背景；结尾还用了自然灾害（海上风暴）来分配正义；当柯南·道尔想要避开陈腐的复仇观念或法律制裁，暗示福尔摩斯站在更高的自然正义一边时，他就常常采用自然灾害这一策略；不过，这个故事本身并非他最好的故事，柯南·道尔将它放进这个名单，只是证明在他开始厌倦福尔摩斯之前，他是多么喜欢他早期的作品，也就是《冒险史》和《回忆录》这两个集子里的故事。

《第二块血迹》是另一回事。他表明福尔摩斯卷入了高层政治，但从标题也可看出，这个故事还是包含了正式的侦探线索，最终揭谜"谁干的"还是令人信服。《魔鬼之足》将福尔摩斯带到遥远的康沃尔，一些读者发现他在那里不自在。但我喜欢这个故事。它有出色的帝国关联，对一个"罪犯"采取了宽恕的态度。这是另一个"密室推理故事"。《修道院公学》采取同样路径，尽管这次是在一个没有具名的"英格兰北部"郡。故事里有精彩的自行车痕迹侦察，有一个恐怖的作案者；修道院公学中那个德语教师的名字取得很妙，叫海德格尔。《马斯格雷夫礼典》的标题也很棒，里面有好玩的三角术，结尾是精彩的"活人墓"。这或许是第一个"男管家干的"犯罪故事，这样说也没有什么不好。然而，《赖盖特之谜》（还有比柯南·道尔更会取短篇故事名的作家吗？）是一个俗套故事，缺乏特性。

后来，柯南·道尔补充了另外七篇他喜欢的故事，其中一篇来自他后期的侦探故事集《最后致意》，其他都来自最初的两部集子《冒险史》和《回忆录》。他也按照喜欢的顺序排列如下：

1. 银色马（《回忆录》）

2. 布鲁斯–帕廷顿计划（《最后致意》）

3. 驼背人（《回忆录》）

4. 歪唇男人（《冒险史》）

5. 希腊译员（《回忆录》）

6. 住院的病人（《回忆录》）

7. 海军协定（《回忆录》）

这里面有三篇相当出色。《银色马》对《斑点带子案》作为最伟大的福尔摩斯探案故事的地位提出了挑战。奇怪的是，柯南·道尔在第一份名单中完全将之忽略。它是一种舒加赛马类型电影的悬疑故事，只不过结局更欢快。它的结局令人拍手叫绝，细节超级棒（咖喱羊肉，跛羊），作为故事背景的达特莫尔也很真实，里面还有许多名言，其中一句是那个牧师谈到晚上不叫的那条狗时说的。《驼背人》描写了帝国世界和伦敦周边地区世界之间精彩的冲突，里面充斥了激烈的背叛和报复，是一部缓慢推进的恐怖故事。《歪唇男人》又是一个"密室推理故事"，最后作为回报的大解密，从事后来看，读者其实很容易找到答案；在我看来，这是最好的伦敦故事之一，此外，还有一个鸦片馆的场景，让读者一饱眼福。

接下来，让我也像柯南·道尔一样，按照价值的高低，列出我最喜欢的十个福尔摩斯侦探故事：

1. 斑点带子案

2. 银色马

3. 歪唇男人

4. 红发会

5. 驼背人

6. 马斯格雷夫礼典

7. 修道院公学

8. 孤身骑车人

9. 第二块血迹

10. 魔鬼之足

如果将它们结为一集，会相当震撼。这里有九个故事是柯南·道尔本人的选择，我只增加了《孤身骑车人》（一个年轻女人遭一个骑车络腮胡的男子追求，强迫结婚，故事背景链接了伦敦附近小镇法纳姆和南非草原）。不过，我大大改变了柯南·道尔的排序。他明显最喜欢的是他第二部侦探故事集《回忆录》（他从中选择了八个故事）。这是有道理的，因为到那时，他觉得自己找到了节奏，也还没有厌倦写作福尔摩斯故事。我们都不想从他最后一部集子《新探案》中选择作品，因为看来这是水准最低的一部。

温斯顿·史密斯

孤魂野鬼

乔治·奥威尔的《1984》首次出版于1949年。在他虚构的第一空降场中，无论是温斯顿·史密斯还是任何其他人，都没有机会成为英雄。这在小说开篇就明白无误。从给出的细节描写可以看出，在那样一个社会，自由——无论是思想的自由还是行动的自由——作为一种观念都难以存在，更别说是一种可能；当然，这都与那个社会中的人有意无意的共谋有关。

生性胆怯的温斯顿三十九岁，但似乎看起来年岁更大。他右脚踝处静脉曲张，常年咳嗽，要回到他在胜利大厦的破败公寓，他觉得爬楼都很困难。他的姓氏暗示他是普通人，他的举止表明他的顺从和失败。对于乔治·奥威尔来说，小说一开始就确立完全的控制权很重要。因此，温斯顿的一点点享受，比如，硝酸味道一样的杜松子酒和劣质的香烟，都要由一个中心委员会来分配。第一空降场中的人虽被国家碾碎，但也依靠国家。

在视屏（一种既充当广播也充当室内监控的装置）监控不到的角落，温斯顿·史密斯开始写日记。不过，他好像也没有太多话可写。疲惫窒息了他的文思，他放下笔。他早就注意到室外那个"看起来胆大的女孩，约莫二十六七岁，头发乌黑浓密"，因为她是青少年反性同盟成员，所以他认为她可能是为党干活的间谍，在他这样一个毫无生气、单调乏味的人身上寻找"思想犯罪"的痕迹。温斯顿不喜欢女人，"尤其是年轻漂亮的女人"，特别是这个"动作轻快、喜欢体育活动"的女人。因为她们否认了性本能，所以他讨厌"她们身上散发出的曲棍球场、冷水浴和结伴徒步远足的气息"。

因此，在小说开头的十二页，奥威尔已告诉读者，温斯顿根本不是一个英雄；小说中不可能有英雄行为；那个腰缠红色大腰带的反性同盟的女孩一心要单身。到了这个地步，这个故事还可能走向哪里？事后证明，小说从最不可能的方向最终重新弹回现实世界。在这个现实世界，温斯顿·史密斯成为东欧共产主义国家中瓦尔克拉夫·哈维尔等异见领袖的灵感来源。

无论才华还是技艺，奥威尔都赶不上他同时代的格雷厄姆·格林、伊夫林·沃、亨利·格林。他的非政治性小说，如《叶兰在空中飞舞》或《上来透口气》，虽写得不错，读起来也享受，但缺乏心理洞见、伟大主题、深刻情感和结构野心。不过，他是顶尖的散文家，他的作品将流传——只要后代阅读——因其捕捉到了政治制度在二十世纪运作方式的本质。奥威尔的文风出奇的清晰洗练，从而把思想传递给尽可能多的读者，在此意义上，他的作品富于民主气息。

我十四岁时第一次读到奥威尔。他的散文《行刑》让我猛然顿悟。这篇文章写于他在缅甸的殖民警察局服役期间，讲述的是一天早晨，他护送一个犯了民事罪的当地囚犯去刑场处决。

说来奇怪，直到那时，我才明白，杀死一个身体健康、意识清醒的人意味着什么。当我看见这个犯人侧身避开面前的水洼，我才醒悟，在生命正旺盛的时候就把它掐断，这是一种难以言喻的错误。这不是一个垂死之人，他就如我们一样活着。他所有的器官都在工作——肠子在消化，皮肤在更新，指甲在生长，组织在形成——所有这一切都严肃地傻乎乎地忙碌着。当他站在绞刑台上，当他从空中掉落下来还有十分之一秒活着的时间，他的指甲仍在生长。他的眼睛看见黄色的沙砾和灰色的墙壁，他的脑子还在记忆、预判和推理——甚至会想起那些水洼。他和我们是一起走的一群人，看见、听到、感觉和理解的是同一个世界。但在两分钟之后，突然"啪"的一声，我们中间的一个就会消失——少一颗心灵，就少一个世界。

在此之前，我知识的核心就是传统的正义和报应观念。这是我第一次接触到自由主义理念的挑战。它改变了我的世界观。我读了《英国式谋杀的衰落》中的其他文章，发现同样令人激动，即便写的是我几乎不知道的东西。差不多每个句子都有让人醍醐灌顶的力量。后来，在要求给学生讲"创意写作"时，我经常援引这段话。我想，或许只有一次我没有用，那是2005年我在给布拉德摩尔医院的一组病人授课，当时我换用了汤姆·冈的诗歌《想想这只蜗牛》。

我第一次读《1984》时，正在巴黎学法语。在圣米歇尔大道一家大型"图书馆"，我看见它和好几部诱人的英国平装本摆在一起。

当时我心想，法国的图书馆系统就是比英国好，新书都可供读者借阅。我不清楚一次可以借多少，就壮胆取了五本走向"借阅台"。谁知我当场收到一张付费单据，我没好意思抱怨，只好默默地交钱，结果我接下来十天没有钱吃午饭。那时，我法语水平还很差，分不清"书店"和"图书馆"这两个法语词。谢天谢地，巴黎第七区的美国图书馆免费开放，此后许多周，那里就变成了我周一的目的地：我从巴黎十七区的住地出发，先坐地铁到阿尔玛站，然后从阿尔玛桥过塞纳河，再轻快地拐上哈柏大街（哈柏大街有一家咖啡馆，卖的卡芒贝尔三明治比我住地的酒吧足足贵10生丁）。在美国图书馆，我第一次读到亨利·詹姆斯、海明威、菲茨杰拉德和梅尔维尔。作为阅读完《白鲸》的奖励，我还获赠了一本哈珀·李的《杀死一只知更鸟》。

再次阅读《1984》时，尽管我已知道，有人指出奥威尔作为小说家（部分是自己强加）的局限，但我还是对他聪明的布局印象深刻。在我的心目中，《1984》不是人们常认为的宣传小册子，而是真正的小说。书中安排的一切，都是为了让你认为，温斯顿平淡乏味、病弱无力、毫无生气。但是，他做的第一件事情，开始写日记，是可能被处死的事情。他不知道这点，他是勇敢的英雄。这是需要很高技巧的平衡术，让读者认为一个英雄不是英雄；诱骗你认为没有人，尤其是温斯顿这样一个失败者，可以起而反抗人类想象中最具压迫的一个庞大组织，然后，在你还没有反应过来是怎么回事的时候，奥威尔向你展示温斯顿就在这么做了。

温斯顿还没来得及真正开始写日记，就被讨厌的邻居小男孩、监视他的佩尔森发现："'你是叛徒'，这个小孩吼道，'你是思想犯！你是欧亚国的间谍！我要枪毙你，我要让你人间蒸发，我要送你下盐井做工！'"温斯顿知道，写日记的"思想犯"，就意味着他要死了。他知道时日不多了，这倒让他获得继续写的自由。"他是一个孤魂野鬼，说出没有人听过的真理。但只要他说出，冥冥中人类的连续性就不会破坏。不是靠让你自己的话被人听见，而是靠保持清明，你才传递人类的遗产。"奥威尔让温斯顿的反抗看起来那么渺小和无望；因此，他使其作为一个普通英雄变得可信。与此同时，二十世纪所有的悲剧——古拉格、集中营、数百万无名死尸——似乎都包含在温斯顿表达的简单思想里。它们启发我们读者走向这个虚构人物，向他证明，我们后人还是愿意花时间和心血倾听他的心灵。

可以肯定，三十九岁的温斯顿生于1945年。他的母亲在一次"大清洗"中消失，当时他大约十一岁，因此或许是在1956年（显然，奥威尔不可能知道这是苏联入侵匈牙利的一年；这一年是东欧共产主义运动的分水岭）。温斯顿自小就记得"原子弹落在科尔塞斯特"那天，因为从此世界各大洲一直战火纷飞。他认为第一空降场就是过去的英国，他深信伦敦总是伦敦。奥威尔聪明地没有给出温斯顿小时候的详细细节，因为读者在接受他的遗忘程度时会有一些逻辑麻烦。有一天，温斯顿在一间酒吧遇见一个老"无产者"。后者还能够记得过去的岁月，但巧妙的是，出于这部小说的逻辑考虑，他喝醉了，说的话也就不可靠——他记忆中的"细节全是一堆垃圾"。温斯顿逼问他是不是更喜欢过去，但这个老人认为这只是在问他的身体。难以想象，在1984年，四十岁到六十岁的人全都像温斯顿一样有失忆症。真理部会有五六十岁的同事,温斯顿若问他们关于过去的事,也许会更多所得,不过,他们要是回忆过去,估计太危险,所以不敢回忆。

那个老人的回答让我想起在莫斯科一栋高楼采访的一个老太太。当时我在为小说《绿海豚街》搜寻素材。我问她,她经历过几任领导人——从列宁到叶利钦——的统治,她认为谁最好。她毫不迟疑地说是"斯大林"。这次访谈也是BBC综合节目栏的部分内容,留存的录像带显示,我当时在吃蛋糕,在听到这个出乎意料的答案时,我差一点呛食。BBC在当地的联络人后来告诉我不必那么吃惊。她说,许多人会同意老太太的看法。(她告诉了我另一个老人的故事,他经历了沙皇到戈尔巴乔夫的统治,在回答同样问题时,他的答案也是"斯大林",他还补充说,"因为他在任时,我的阴茎可以更有力地勃起"。)

奥威尔或许认为,在第一起降场,过去不可复得,是由于这个集权国家能够抹杀人民的道德,俘获他们的心智。奇怪的是,《1984》写于1948年,奥威尔不可能未卜先知,因为东欧共产主义集团的思想控制程度还没有见诸文字。因此,《1984》不仅是基于深刻政治理解的审慎幻想,它还是预言。顺便说一句,奥威尔也预见了艾森豪威尔总统后来所谓的"军事-工业情结"的运行机制:需要不断发动战争来为经济服务。

温斯顿"生活中最大的快乐是在工作的时候",他的工作是重写历史以符合党的要求,"需要巧妙地伪造"。他的同事希姆在从事破坏乔叟、莎士比亚、弥尔顿和拜伦的工作,将他们的作品翻译成新话，有人会觉得，党若是把这些书统统烧掉，岂不更容易。希姆在他的工作中看见了一些问题。党需要新口号来反映这种简化的新话。"自由的概念都遭废除了，怎么可能会有'自由即奴役'的口号呢?"他问温斯顿。没有把语言的弹性看成自己写日记的理由，温斯顿只是想，希姆聪明过头，注定要"蒸发"。

语言是自由的仓库。自由的另一个仓库是爱。我们知道，温斯顿在"无产者"街区找了一个妓女。如其所料，活儿干得沮丧，但这表明，他没有放弃：情欲来自精力，来自活下去的欲望。政党看见了情欲的危险，所以要给少女洗脑，放弃自然的冲动。温斯顿的理性告诉他肯定有女人没有被洗脑成功，"但他的心里不相信会有"。在某些方面，奇怪的是，温斯顿背叛老大哥，是围绕他与那个扎着红腰带的姑娘茱莉亚的情事展开。在那样一个毫不妥协的反乌托邦里，这似乎是一个普通平凡的几乎是感情用事的过程。但奥威尔是正确的，这或许再次超越他的时代，他认为，个体的激情和人际之间的亲密关系是深具颠覆性的东西。至少，他见证了一些苏联的政治异见者和集中营的幸存者，依据他们，他得出结论，只要你有语言和爱，就不会完全被奴役。

如果有希望的话，温斯顿认为，"希望就在无产者"。他对"无产者"生活的描写，吸取了赫伯·乔治·威尔斯的《世界战争》和马克思的影响。奥威尔拓展了马克思的"无产者"观念，不是指一个无用的少数群体，而是指全体"工人"阶级。这也预言了西方和东方在当下的生活，显示了在一个后宗教的世界，利用大众娱乐，如何令数百万人有相对舒适生活的同时，保持相对的消极被动。电影、足球、啤酒和牌戏是党的处方，但无一比得上博彩业的力量，

"每周开出的巨大奖池，是无产者严肃关注的一个公共事件。可能有几百万的无产者，对于他们来说，彩票即便不是唯一的，也是活下去的主要理由。只要与彩票相关，哪怕是文盲，好像也会精确计算，记忆力惊人"。我记得在1971年第一次读这本书时，我感觉这里写得有点儿过火。

有一阵，看起来温斯顿要成为马克思一样的活动家，为解放无产者而奋斗，但幸好，奥威尔把焦点重新转回到一个普通人对一个极权国度的反抗。正是在极权主义统治下的家庭生活细节，隐藏着这部小说的灰色魅力。温斯顿在一个杂货铺楼上租了一间屋，这个小小的温馨空间唤醒了他身上对于更美好生活的"古老记忆"。当茱莉亚把一张纸条塞进他手里时，他们开始了恋情。纸条上写的是"我爱你"。事实证明，茱莉亚是一个经验丰富的情人。"无论如何，没有上百次，也有几十次"，她告诉他。温斯顿喜欢她的滥交，因为他将之看成一种颠覆。"这种一视同仁的简单欲望，就是将党撕得粉碎的力量，"他后来心想。这种想法听上去再次超越了他的时代，就像嬉皮士1967年在五角大楼前的游行。"他们的拥抱是一场战斗，他们的高潮是一场胜利。这是对党的一次重击。这是一种政治行为。"茱莉亚的工作是为小说部的色情处改写软色情故事，回收俗套情节和场景。温斯顿给茱莉亚讲了他的婚姻生活。他妻子凯瑟琳性冷淡，他们每周做爱一次，凯瑟琳说这是"我们对党的义务"。温斯顿顺带提及，凯瑟琳"很蠢，没有看出他的异端想法"。我们看见，无论是写日记的反抗，还是现在与茱莉亚的爱情，都不是突然的冲动。平淡的小人物温斯顿·史密斯长期以来一直是一个异见者：他是一个等待时机的"潜伏者"。

这对情人在杂货铺楼上的房间幽会，他们幽会的心情和所有的情人一样：时间是他们的敌人。对于温斯顿和茱莉亚来说，他们的行为是对国家政权的僭越，这不是浪漫的悲观主义，而是他们所为的作用："有时，濒临的死亡似乎如他们躺的床一样真实可感，他们疯狂地做爱，死死地贴在一起。"奥威尔的首要兴趣不是浪漫的爱情，而是时光流尽的感觉，从而赋予温斯顿和茱莉亚的关系一种普世性和动人的紧张感。

思想警察一直在监控他们的爱巢。在被思想警察逮捕后，温斯顿在爱情部受到折磨。他问自己："如果给我双倍的痛苦就可以拯救茱莉亚，我会愿意吗？是的，我愿意。"但这是在他受考验之初；过了一夜，他承认，"面对痛苦，没有英雄"。当他完成洗脑，变成了相信党的一员，温斯顿完全放弃了他捍卫的东西。在考验的后期，他还依然相信，他代表的东西从精神上说比党代表的东西更好。折磨他的奥布莱恩问他，这是什么精神，温斯顿有气无力地回答道："我不知道。人的精神。"当奥布莱恩指给他看，他已变成多么可怜的人类标本时，温斯顿撤退到他最后的精神堡垒：他没有背叛茱莉亚。然而，在101房间，就连这最后的防线也遭粉碎。眼看老鼠要咬掉他的眼球，他不由自主地尖叫："去咬茱莉亚！咬茱莉亚？不要咬我！咬茱莉亚！"

温斯顿·史密斯是一种新型的英雄：一个失败的英雄。在他的人生中，在他的故事里，温斯顿被击败，正如他一直知道他将被击败，击败他的是那些更高的力量，没有人能抗衡的力量。事后证明，当初卖日记本给他的那个人就是思想警察，因此，哪怕是温斯顿的小小反抗，也是无孔不入的当局给他布下的圈套。

在二十世纪，小说中的英雄往往是囚徒。他不再如汤姆·琼斯或贝姬·夏普一样，有自由的立场对抗社会，或者如鲁滨孙·克鲁索一样，通过个人的力量，战胜身心所处世界的危险。温斯顿的英雄行为在于，他敢于写下他的故事，敢于思考，敢于去爱，尽管他一直知道，这会招致折磨和死亡。这是否会招致"失败"，则是另一回事儿。

奥威尔知道，与极权主义斗争的结果，不会在战斗者生前就揭晓。无论是在古拉格，还是在奥斯威辛，都没有"胜利者"。温斯顿·史密斯和现实生活中数百万类似的人物，是否构成了失败或成功，不是取决于他们的成就，而是取决于我们这些后人是否做好准备，帮助理解力做想象跳跃；取决于我们是否还会用心读书和学习；取决于我们能否做出救赎和爱的姿势。

在为小说《夏洛蒂·格蕾》（又名《乱世有情天》）收集素材时，我查阅了1942-1944年犹太儿童的运送资料。法国宪兵队先把他们转移到巴黎郊外的德朗西羁押营，然后装进牛栏里，用火车运送到奥斯威辛。这些犹太儿童——有些是法国籍，有些是外籍——都是法国政府自愿完成纳粹要求的"配额"。战后，法国当局一直否认参加了这种积极、有些时候甚至争先恐后的共谋行为。直到二十世纪八十年代，一个罗马尼亚出生的律师谢尔盖·卡拉斯菲尔德用一个简单办法——他指证出名字——证明了被遣送的犹太儿童高达八万人。在估计的八万名遣送者中，他指证出75721人。

在翻阅卡拉斯菲尔德留在巴黎的这些令人震惊的研究档案时，我看到这样一段文字：

你要记住他们。记忆是一种教育，一种爱的信息……记忆摇落了他们坟墓的尘灰；我们用悲伤的致意，将他们从坟墓中赎回；唯一真正的死亡是被遗忘。在最后的时刻，这是对他们的慰藉：我们要让他们知道，他们不仅是过客，他们还在我们心灵的记忆中找到了永远安息的一席之地；知道这样的信息，他们方能长眠。

吉姆·狄克逊

他感到很不舒服

　　吉姆·狄克逊是金斯利·艾米斯写于1954年的小说《幸运的吉姆》里的英雄。他引人发笑。显然，在二十世纪五十年代的英国，笑声很稀少。在一封给朋友的信中，特德·休斯说这十年是"我们必须穿越的苔原"。粮食、工作、金钱和快乐都短缺。1951年，英国举办了不列颠节，不管它"给英国提供的什么补品"，就文化乐事而言，无论在剧场、书籍还是音乐（传统爵士乐和噪声爵士乐还没有发力），似乎都寥寥无几，建筑领域的焦点在于重建炸毁的码头和城市。在欧洲反击纳粹的战场上，英国是唯一屹立不倒的国度，它用尽了每一分精力，做到了彻底的自我牺牲，其表现甚至超越了它对自身极高的期许。在那些二十出头的年轻人——他们带着啤酒味儿的宿醉，驾驶单引擎飞机从机场草坪起飞——身上，英国找到了英雄豪情；在意大利安齐奥的可怕狭长战壕里，在法国诺曼底海滩的血雨腥风中，英军咬紧牙关；在北大西洋的水域经历了炮火的考验之后，英美两军和苏军会师，尽管在推进的过程中消耗了大量的实力，但终究取得了全局的胜利。然而，到了五十年代中期，英国隐约出现了一种普遍的失落感，一个无怨无悔做了这一切，因其勇敢和坚韧而赢得世人景仰的国家，结果似乎没有捞到战利品，相反却彻底破产。人们盼望，酒吧营业时间恢复到战前状态，晚上十点关门，退伍军人应该得到的不只是雾雨和定额，不只是模糊电视上老掉牙的"智囊团"节目和同样古老的晚祷钟声。诚然，在1957年，英国首相哈罗德·麦克米伦宣布，"我们大多数人的生活从来没有如此美好"，但他的话似乎没有得到大家共鸣。

　　五十年代，另一件似乎让成人，特别是单身的成人烦恼的事，是性的匮乏。吉姆·狄克逊的大部分挫折来自社会各界似乎联起手来阻止女性与他睡觉。小说的第一个场景写他怨怼教授韦尔奇——他工作的那个未具名的地方大学的系主任——因为他心里真正想的是当晚与玛格丽特·皮尔的约会。他有些怕，因为这个同事新近自杀未遂。

　　并不是因为玛格丽特不让他睡，他才没有与玛格丽特睡；更多的原因是，如果他不假装约她出来又不和她睡，他就无法得到他真正心仪的女孩。在他书写的第一个关于男人和女人的场景中，金斯利·艾米斯就撕开了一条让双方同样尴尬的口子。尴尬正是他要的效果，这招他用得得心应手，后来他将之提升到一个书名《女人难搞》。和玛格丽特搞在一起，事事都让吉姆委屈。她要自杀，这让他觉得有罪，尽管这不是他的错。她有另一个"正牌"男友——"烂人"卡奇普尔；为此，吉姆觉得自己不够格。她控制了性的问题，像个正经女人；她能够提供或拒绝，这一切都不关吉姆这个男人什么事。吉姆希望玛格丽特认为他迷恋她，不是因为他的确迷恋，而是这样想，她会自我感觉好一些。他觉得有罪，因为他对她有像蝙蝠吱吱声一样持续的欲望；他觉得有罪，因为那欲望又不太强；他觉得有罪，因为她认为他迷恋她；他觉得有罪，因为他没有迷恋；他真的有罪，因为她对他的感情没有强烈到自杀程度。不是因为他真正想她去死，不是因为那是他的错，不是因为……

　　与玛格丽特之间纠葛的关键在于，吉姆接受了这种看法，这种充满罪恶感和乏味的酸涩的禁欲是他的命运。像他这样的年轻人，来自北方，上的文法学校，聪明但不时髦，不能直接约他们喜欢的漂亮女人出来，调情做爱。在吉姆的世界里，这样的事情没有发生。这对他的快乐是制约，如同他在二流大学无聊的工作和他一直缺钱和前途。吉姆·狄克逊从来没有真正睡过女人，这很可能是合理的推断。即便他和玛格丽特在一起约会的时候，他也在打量酒吧台女招待。"他想自己很喜欢她，要是他俩认识，她也会很喜欢他，与他有很多共同点。"他的想法就到此为止；他自认为没有能力结识对方。

　　在所有文学英雄的气质中，毫无疑问，金斯利·艾米斯的主要人物提供的英雄气质是与读者产生共鸣。1954年，无论男女读者，都嘲笑吉姆·狄克逊，因为他令人沮丧的生活似乎是自身生活的复制。面对日常生活的不公和乏味，吉姆只有靠一点点幼稚的胜利来弥补（做鬼脸，撕杂志，憧憬报复）。几乎所有金斯利·艾米斯的主要人物都是吹哨者。他们以一种低调而传统的方式问，"这不就是我吗？别人要我尊敬的家伙明摆着不是个白痴？要是我搞错了，请多包涵，但那个家伙难道不是十足的骗子吗？难道喝一杯都不行吗？"这种低调令人亲近，但也折射出这个定型世界的压力，人们极力想移动一点点轴心。在笑声的背后有愤怒，但这不同于约瑟夫·海涅的《第二十二条军规》中的热讽，也不同于马尔科姆·布拉德利后来的校园小说《历史人》中的热讽；这更多是一种精心记录的不断综合的挫折；这是一种礼貌的符合逻辑的英国式愤怒，需要时间的培育才能达到足够的数量。

在吉姆的生活世界中，每个人——无论是同租客，那个挑剔的学生，米奇·韦尔奇和他的家人，他的同事，还是房东太太（她倒茶的方式除了她自己知道，不可能为外人道）——都有自己的烦恼。在吉姆·狄克逊的眼中，整个世界本质上是一个骗局。在这群愚蠢和自欺的动物中，吉姆是唯一的清醒者（当然荣幸的是，还包括我们读者）。我认为这是艾米斯的策略：一点点地扩大他笔下英雄的幻灭程度，小说看起来就变成了既是个人喜剧，也是社会讽刺剧。关于社会或政治，好像都难以一概而论，无论说的是否简明。通过逐一刻画人物，刻画他们下意识的行为习惯，艾米斯建构出了社会图景。一个女人会为如何摆放桌子上的东西而生气，一个男人会为说话时给某些单词不必要地增加辅音而烦恼，他还会为自己太抠门、不买新的刮胡刀片而生气。这个社会有成千上万的烦恼，只好各自面对，各自消化，各自体会。这种写作方法你不妨称之为点彩画法，尽管我不认为金斯利·艾米斯会同意。有时候，有趣的不只是这些观察到的人物细节，而是这些人物的想法。正是由于人物的想法，作家才可能不厌其烦地去分析和再造那些现实生活中真实而琐屑的烦恼。

过了不久，吉姆看见一个女人，正是他喜欢的模样儿："金色的短直发，棕色的眼睛，没有抹口红……丰乳细腰……穿着一条深红色的灯芯绒裙，一件纯白的亚麻布罩衫。"他的反应是一种挫败感。"这样的美女，哪里可以找啊，她们是伯特兰（韦尔奇那个神通广大的儿子）这些男人的财物；这种想法他太熟悉不过了，似乎他早就不认为这有什么不公。"事实上，这不只是一种失败的心态，而是一种失败主义的心态："看见伯特兰的女友，狄克逊的情绪很低落，他都怕人介绍他们认识。"这是一种强烈的自怜，很心酸，但又那么真实。在韦尔奇家那场无聊的音乐晚会上，吉姆觉得手足无措，最后只好提前告辞，逃到一家酒吧解闷。这家酒吧在城外，打烊时间不是十点，而是十点半。吉姆原本以为酒吧十点关门，现在凭空多出的半个小时成了关键。接下来就是英国小说中最喜剧化的场景之一，高潮是对吉姆次日宿醉的描写。这段描写经常收入各种选本，结尾是这样写的："一只夜行的小动物，趁着他睡着的时候，爬到他的嘴上拉屎撒尿，结果被他咬死在嘴边。夜里，他不知怎的还梦见了一次越野跑，后来被秘密警察抓住，熟练地毒打了一顿。他感到很不舒服。"我最喜欢的一句话出自前一夜，吉姆醉醺醺地跑到玛格丽特住处——玛格丽特好好地接待了他——过夜，他像一个拆弹专家一样，一点点地推进他的好运："他们躺在床上，他的一个动作不但毫不暧昧，甚至可以说相当直白粗鲁。玛格丽特的回应很猛，但不知是何意。"很猛，但不知是何意……这看起来是矛盾修辞，其实不是。当然，它泄露了玛格丽特的复杂心思，使人忍不住掩卷暗笑。吉姆醉醺醺地灌了一肚子酒，喝的正是"头天晚上韦尔奇一脸庄重倒出一点儿给吉姆喝"的酒。在此我们看到，哪怕是上演宏大的身体闹剧，艾米斯也没有忘记，在韦尔奇的人格赤字上再加一笔小账。在金斯利·艾米斯的末世论中，吝惜酒，不是一种用钱可以赎回的罪恶，而是一种致命的罪恶。

在次日的早餐上，吉姆碰到伯特兰的漂亮女友克里斯汀。艾米斯故伎重施，来写吉姆对克里斯汀的强烈感情。吉姆故意用他夸张的北方口音为前夜的误解道歉，在得到对方的谅解后他感谢不已。克里斯汀要了许多番茄酱，他觉得这很好地表明她不装，正如她的方尖手指，没有留指甲。她不只是有昨晚聚会上的吵闹，还有一种朴质的大笑，她这样笑时，仔细梳理的头发就会垂下一缕。她的门牙有点不整齐。"不知什么原因，这可能比她有一口漂亮的牙齿更让他动心。他开始心想，他现在已经注意她身上太多的东西，谢谢你。"在这里，作者只用了几个字眼，只用间接引语就带我们从客观的叙事悄悄滑向默默的独白。后来，当克里斯汀帮助吉姆掩盖他给韦尔奇家一间空房造成的火灾时，他"愤怒地看到，她比他想象的还漂亮"。他愤怒，是因为他知道不可能得到她。因此，她在他心中引起的是"愤懑、悲伤、怨恨、气恼、悲怆，反正是各种各样的痛苦"。他因为她的存在而愤怒，更糟糕的是，他因为她让他看见她而愤怒。"那些乏味的爱情女王——意大利电影女星，百万富翁太太，挂历女郎——他都能够忍受……但这个女孩，他宁愿不看。"

与此同时，艾米斯把玛格丽特描写成病态的情感讹诈者。"'你对我太好了'"，她告诉吉姆，"'我现在越来越喜欢你。'她说这话的口吻既生动又平静，如同一个伟大的女明星表演如何用简洁的语言传递强烈的情感。"可以想象，"越来越喜欢你"是在暗示，她可能允许吉姆对她"自行其是"，权当她或他的无心之举，但这样一个前景对于吉姆来说，既是诱惑也是打击。玛格丽特的人物描写入木三分的效果在于，艾米斯暗示，她情绪的自我放纵、她的自负、她的不诚实和她对男性的操控，是她这种性别的典型特征。在小说后文，吉姆碰到了玛格丽特为之自杀的那个烂人卡奇普尔，他了解到他们根本不是恋人，那场自杀也是在演戏。卡奇普尔从一开始就很谨慎，"很快我就意识到，她是那种人——那种人往往是女人——离开了疯狂就过不了日子。"

在艾米斯职业生涯的早期阶段，他认为男人有男人的通病，女人有女人的通病，这种观念还只是处于胚胎期。与此观念相平衡的是，他对现实、诚实、像个假小子一样的克里斯汀的描写。克里斯汀不会嘲笑吉姆。如果真想要，没问题，她会和他睡。但我认为，毫无疑问，正是对所有女性通病的暗示，玛格丽特才成为一个让人害怕的人物。对于艾米斯来说，玛格丽特是一片丰饶的土壤，以至于克里斯汀之类的人物纷纷从他后来的作品中凋零。在那些作品中，所有女性的特征都源于玛格丽特，且有所发展。当然，人物刻画"入木三分的效果"与受人欢迎不是一码事；艾米斯后期对所有女性一概而论，即使艾米斯最热烈的崇拜者，对此也觉得难以容忍。

在学院夏日晚会上，吉姆趁机邀请克里斯汀共舞。克里斯汀同意了，吉姆觉得自己就像"一个间谍，一个海盗，一个芝加哥军阀，一个土豪，一个石油大亨，一个年轻的流氓贵族"。他感到很开心。有些东西在吉姆身上开始起了变化。看起来他会主动负责，而非被动接受。舞会结束后，有一段精彩的描写，艾米斯用出租车玩了一个花招。我读了《幸运的吉姆》好几遍，我不敢说我搞清了他的玩法。反正，吉姆拦截了一个老教授及其太太预约的出租车，他还把克里斯汀塞进去，说服司机打破公司规定，一直朝前开。这时的吉姆不再是一个老受欺负的倒霉蛋，倒像是一个圣斗士。克里斯汀告诉他，她只有十九岁（但吉姆和我们都认为她不止这么大）。

她还说，她不太擅长和男人打交道。这些话让吉姆的胆子更大一点。克里斯汀与伯特兰的关系，有点儿像玛格丽特和卡奇普尔之间关系的雏形，但吉姆"像老戏骨一样自信"，没有将之放在心上。他身在无名之海；他真的不知道该对这个"褪去了假小子气息的漂亮小姑娘"说什么，但他似乎在下赌注。如果他保持平静，说了心里话，那么，很可能，他们两个就像正常人一样能结成同盟，不会被愚蠢、阶级意识、自负、假正经、废话、假怀旧、算计和虚伪——这些破碎机一样的东西构成了吉姆知道的世界——改变或败坏。他可能最终有性生活。

信心开始在吉姆的血液中流动。他就像在韦尔奇家的音乐晚会上喝了八品脱苦啤酒一样兴奋冲动。他坚持要一个脾气不好的侍者找零。他站起来挑战盛气凌人的伯特兰，告诉他，他知道他和自己一个有家室的女同事调情。两个男人当场打起来。吉姆把伯特兰打倒在地。他踩在伯特兰身上，用典型的吉姆式话语告诉对方自己的看法。正如戴维·洛奇指出，"这是吉姆第一次说出真心话"。"一个垃圾场里插的他妈的旧鞋拔子脸破靴子脸的图腾柱，吉姆心里一边想嘴里一边说，'一个垃圾场里插的他妈的旧鞋拔子脸破靴子脸的图腾柱。'"

小说中另一个深受读者喜欢的片段，是吉姆针对一个重要事件的醉后发言。他被大学革职，但他因祸得福，得到了一份更好的工作。这是一份闲职，给伦敦某位要人当私人秘书。卡奇普尔向他透露的消息让他对玛格丽特不再怀有内疚感。克里斯汀也和伯特兰斩断了关系。无疑，吉姆和克里斯汀会成为恋人，他们一起离开小地方前往大伦敦。吉姆的赌注——在一个充满感情的世界，诚实的举止让他自由——取得了成功。韦尔奇家的虚伪人生将会继续，但书中吉姆最后一个动作不是谴责这种生活，只是嘲笑而已，尽管他想的是要谴责。他看见韦尔奇父子，觉得十分好笑。"他步履蹒跚，身子似乎像被刀子割了一样弯曲着。"第一次，这部小说的一个动作是真实的。他变成了幸运的吉姆，非常幸运。但这需要一种英雄气质支持他的预感，诚实的举止方可达到目的。

约翰·塞尔夫

准备干任何事

马丁·艾米斯是才华非凡的作家,这点从他1973年的处女作《雷切尔文稿》的第一页就清晰可见。他是文体家:他的每个句子似乎都受到难以想象的并置所产生张力的压迫。他是金斯利·艾米斯之子。金斯利·艾米斯喜欢写这样的句子——吉姆付完钱给垃圾工,出租车就开走了——似乎想挑战读者,让读者看看他的意思如何可能更加清晰表达。马丁·艾米斯似乎不想放过任何句子,除非语词相互逼着产生令人不安的效果。在马丁·艾米斯的典型风格的段落里,崇高用来修饰庸俗,庸俗用来修饰崇高,喜剧来源于对照。非但如此,他笔下几乎每个句子都包含了一个语词的意外:一个词或词组被迫进入陌生的语境。就文风而言,几乎很少有小说家像他一样容易辨识;几乎很少有小说家把如此多的精力如此明显地投入语言,将语言作为作品主要的快乐来源。

因此,当《金钱》中的主人公约翰·塞尔夫走出纽约的出租车时,马丁·艾米斯是这样写的:"现在,我拿着箱子站在这里,站在惩罚的天光和岛雨中。我身后大量的水隐现,罗斯福大道的工业紧身衣……现在肯定还不到八点,但这一天眼泪汪汪的呼吸仍然遮

77

蔽了天光，摇曳不定的天光，非常可怜——雨继续下，继续漏。"

　　使你正襟危坐的是许多不同语域的词汇。"惩罚"（smiting）是《圣经》词汇；"岛"（island）是地理词汇，提醒我们在曼哈顿；"大量的水隐现"（massed water looms）给人美国情色小说的印象；"工业紧身衣"（industrial corsetry）近乎矛盾修辞法；"眼泪汪汪"（weepy）常用来形容家庭主妇；"天光，摇曳不定的天光"（glow, a guttering glow）是在假装抒情；"非常可怜"（very wretched）是将"天光"（glow）拟人化，但也颇为简洁有力；最后的"雨继续下，继续漏"（rained on, leaked on）使用了重复的修辞法，结尾的介词（on）传递出口语般的亲切。在这个片段中，还有半谐音、节奏渐强、现在时态的紧迫感……你还可以继续分析下去。如果是金斯利·艾米斯来写，可能就一句："我抵达纽约时，正在下雨，但仍有天光。"

　　这种风格的问题是，它是否值得。显然，在马丁·艾米斯早期的作品中，在街巷俚语和时尚话语之后，有一个学究在苦心经营——他不但知道他语词的意义，而且能够从它们冲突的涵义中创造和谐。当然，如果你做过艰苦的准备，博览群书，勤查词源，你也可能做到这点。（艾米斯似乎从美国小说家——最明显的是贝娄和纳博科夫——那里学到许多；他的文风有时完全就是大西洋中部的气息，这也是为什么他的文风在《金钱》中体现得淋漓尽致的一个原因，因为这个故事在伦敦和纽约之间穿梭。）这么多不同语域的词汇混合在一起，难免有潜在的噪声，但节奏和效果却绝不动摇。马丁·艾米斯有文体家——特别是在修辞上有野心的文体家——的罕见才华：他有完美的音调。对于那些能够听到他狂野、充满影射的音乐之人，这些早期小说令人赏心悦目。的确，人们读它们主要是为了追求句子的刺激，但这些句子传递的不只是可以品味的高超技法；它们还传递了狂乱的笑声。

我不知道这些作品在当时的遭遇。那时，小说批评正处于低潮，我隐约记得，看见马丁·艾米斯的一些早期作品出现在每周"书情一览"中，夹在三四号位置。有些评论家烦他使用"污言秽语"。文学奖评审委员会通常对他视而不见。这些作品没有出现在任何畅销书单中。但在他的崇拜者看来，这些小说似乎与当时大多数作品大异其趣。那时流行的是追求更高的语词强度。即使他不那么成功的小说，如《死婴》或《他人》，大家都同意，"胜过他人的佳作"。

《雷切尔文稿》仍然是书写后青春岁月中焦虑的一部经典。主人公是极度坦诚的查尔斯·海威。面对崇高的文学生活和邋遢的学子生活之间的鸿沟，他迷惑不已。他病态的自我意识带来了非常喜剧的时刻，正如他将情欲的对象（雷切尔）送进出租车时，他告诉我们，"我用阴险的动作向她再见"。先前，许多想当作家的人认为，他们要出书，就要写一部半自传的"喜剧小说"：来到伦敦，花天酒地，追逐爱情，等等。《雷切尔文稿》杀死了这种文学亚类：它一言不发转身离去。

众所周知，雅俗并置，会产生喜剧效果。在他的第三部小说《成功》中，马丁·艾米斯故意撕碎高雅和低俗的界限。叙事者之一格里高利是一个花哨的纨绔子弟；另一个叙事者是教育缺失的劳工特里。我们很快看到，尽管格里高利的生活里是画廊、餐厅和狂欢，特里的生活里是办公室、酒吧和乏味，但描写他们的风格实际上完全一样。这是查尔斯·海威的修辞风格的升级版：冠冕堂皇的废话和催人泪下的心声产生了不和谐的喜剧。事实上，这是马丁·艾米斯的独特声音，他的伟大天赋，也是他必须协调的问题。在《成功》中，他找到了一条途径，使这种风格切合格里高利和特里。这种风格容许两者援引或反驳对方的叙事，让我们怀疑他们的叙事是同一个人的手笔。这是一种带着炫耀完成的危险游戏；《成功》是他最优雅、最有趣的小说之一。

《金钱》中的主人公约翰·塞尔夫是一个近乎文盲的懒汉，他贪吃、粗俗、好色、酗酒、拜金、邋遢。他的英雄气质首先是他的过分，其次是描写这种过分的狂欢方式。这不仅使读者与他充斥着酒、毒品和性的狂欢共谋，而且由于无尽的快乐，这种共谋体验就像是儿童般的天真。自然，这给我们带来了约翰·塞尔夫本人所谓的"一个现实问题"。就合理性而言，一个近乎文盲的人，不可能接触到那些语词，更别说有制造术语的能力。但是，玩弄语言的能力，正是约翰·塞尔夫的内心生活和他观人论世的典型特征。这一直是马丁·艾米斯小说的一个问题：风格即人，这个人总是马丁·艾米斯。在《金钱》中，他找到了最优雅、具有说服力的解决办法。

马丁·艾米斯告诉我们，约翰·塞尔夫的脸"宽大而灰暗，散发出古老青春、廉价食品和垃圾中钱币的气息，这张胖蛇一样的脸，带着所有罪恶的迹象"；他肥胖的身子是"一堆水管，如同一个遭抽打的老流浪汉的翻滚锅炉"。尽管他才三十五岁，但他已经混出头，成了商业广告制片人，有合伙公司："卡伯顿-林内克斯-塞尔夫有限责任公司"。他在纽约拍一部纪录片。他很少正儿八经去谈生意。早餐他到汉堡快餐店解决，要了"四块华夫饼，三根烤肠，还像美国人那样，外加一扎九罐装的啤酒"。之后他觉得"有点儿饱，有点儿困，但除了这个……准备干任何事"。我怀疑没有任何小说，像《金钱》中描写的那样，把埃德·柯克市长治理下的纽约的堕落气息描写得淋漓尽致。那不只是纽约某个时期的写照，而是细数历来的特性。只要你愿意，你可以把《金钱》当作一本旅游指南，忘记它是虚构小说。即便现在，它也应该是你可以放进前往纽约的旅行箱里的最佳读物，哪怕今日看不到从曼哈顿鲍里街神秘清除的蜂窝结构建筑，看不到第五大道高级珠宝店外无家可归的裸者。要承受这个挑战，需要一个精神分裂的人物和一种狂热的文风，借助非现实主义的手法，展现出一个超现实的城市图景。

约翰·塞尔夫认为，他代表了一类无知的新富，他们在社会上崛起，吓坏了受过良好教育的阶层。他对莎士比亚的了解，仅限于知道莎士比亚出生在一家名叫莎士比亚的酒吧的楼上，仅限于有一次去斯特拉福德为一种名叫"小哈姆莱特"的"油亮可炸的猪肉鸡蛋圆面包"做广告。一个朋友劝他阅读《动物庄园》，他以为那是童书。"还读什么？"他气哼哼地问，"《鲁伯特熊》对吗？"朋友继续劝他读《1984》时，他想，"第一起降场就像我家乡的小镇"。

但当《金钱》在1984年面世时，约翰·塞尔夫似乎没有代表一个可辨认的阶层。这部小说创作于经济衰退、公共开支减缩的年代。那时，既没有后来经济繁荣时期那种钱多的开发商，也没有投资银行的奸商。约翰·塞尔夫在吃"马尔维纳斯群岛的一种出人意料的小东西"，"裹在牛排中的三种食材做的烤杂排"，这里有对1982年英国和阿根廷之间马岛战争的影射，但他并不是真正出于政治考虑而构思的人物，倒像是作者浓厚兴趣的产物。在这方面，《金钱》与其说是对时代精神的写照，不如说是对作为二十世纪末特征之物质狂欢的预言。

在一张小报上读到一个女孩病危，因为她"对二十世纪过敏"，约翰·塞尔夫心想，"我对二十世纪不过敏，我迷恋二十世纪"。这也是粗人约翰·塞尔夫看上去像个十足英雄的地方。他是乐观主义者，他似乎准许我们享受自己搞得乌烟瘴气的这个世界，而不是浪费生命抱怨。"交通信号在说'屈服'，但你不要听！绝不屈服，就这么回事儿。要奋斗，要追求，杀出一条血路——这是纯属意志力的问题"。这番话亲切，令人振奋。我们知道，他巧妙暗示了丁尼生的诗歌《尤利西斯》的结尾，但他还是为自己的无知，更糟糕的是被他的作者所困。在伦敦的一家酒吧，他碰到了一个名叫马丁·艾米斯的作家。有一次在纽约的妓院，他借用了马丁的名字，因为他恨自己的名字。约翰·塞尔夫与人合伙拍了一部动画片。与他共同担当制片人的商业伙伴耍滑头。他让约翰·塞尔夫在法律文件上签两次名，一次签在"共同签名人"下面，一次签在"塞尔夫"下面。约翰·塞尔夫认为这是惯例，没有看出这是圈套，风险完全由他承担：他成了自己的商业伙伴。更糟糕的是，作者让我们看到，约翰·塞尔夫不过是他想象的产物。这也是为什么近乎文盲的约翰·塞尔夫能够如此漂亮地描写他所看到的周围世界。约翰·塞尔夫既是英雄，也是最惨的囚徒：无知蒙住了他的眼睛；商场骗子为他设下陷阱；身体肉欲令他欲罢不能；一个后现代作家采取写作花招把他牢牢困住。作为囚徒的英雄，端倪早就隐伏在他的名字中。

难怪当他说，"看我的人生，我知道你在怎么想：太精彩！太漂亮了！你在想：有些家伙居然有这等运气！"这时，我们不知道是笑还是哭。当约翰·塞尔夫开始觉得上当时，他的叙事声音越来越惊恐。他有严重的时差综合征，以至于他的时差还有时差；他宿醉得厉害，他说不清是上周喝醉还是午餐喝醉。甚至连他难以满足的肉欲也开始衰退。"未来可能走这条路，可能走那条路。未来的未来从来没有看上去如此陡峭。不要投资未来。听我劝告，抓紧现在。现在才是真材实料，唯一的材料，现在才是我们所有的一切，现在，气喘吁吁的现在。"这是我们同情他的另一个原因：他过着我们想要过的生活，只是我们不敢。但事实上，他没有选择：即便他想为未来打算，他也做不到，他没有战略思维。然而，这个事实似乎根本就不重要：约翰·塞尔夫是我这样吃了十年闲饭之人的代表，是物质欲望狂欢的代表。当我们坐在小房间，端着一杯没有加糖的茶，在节能型灯泡的灯光下阅读时，我们在想，加油，约翰，再来一根烤肠，再来三杯酒，买单后去看脱衣舞，让我们看看到底会发生什么……于是，在时代广场的一个经销商那里，他顺从地买了"一张脱衣舞门票、一杯爆玉米花、一瓶可卡因、一块鸦片"，进了一家歌舞厅，在卫生间里，一股脑儿将这些东西吞下。"我吸了口气，全部的味儿都上来了；我明显觉得有些上头，我想，就像我喝完酒出来，感觉健壮如牛。"看见他说"我想"，感觉自己"健壮如牛"的时候，我们禁不住大笑，笑得没有力气继续喊"约翰，加油"。不管怎样，重要的是他的想法。

在伦敦有一个场景，约翰·塞尔夫想请作家马丁·艾米斯为他投拍的一部电影重写剧本。后者教导他，"在史诗或英雄片的框架里，作者会给主角他所有的一切，甚至更多。英雄是一个神，他有神一样的力量或美德……"因为牙痛和宿醉，约翰·塞尔夫跟不上这堂文学课，但他记住了艾米斯说的一段话，"人物越渺小，你处理起来就越自由。你可以做你他妈想做的一切，真的。这会产生一种惩罚欲望。作者难免有施虐冲动。"

有一种感伤的方式用来阅读《金钱》，似乎约翰·塞尔夫是一个"真正"的人物。这样的读者注意到，除了性（那是他能主宰的一切），约翰·塞尔夫要求更多的是亲吻和拥抱这些温柔的情感符号；这样的读者可能为约翰·塞尔夫感到难过，可能希望他可以"安定下来"——或许用那个危险的化名"马丁·吐温"——"振作起来"，改掉坏习惯，从此快乐生活。我认为这种解读没有抓住要点。对于这样的读者来说，约翰·塞尔夫是一个化身，一个代表和一个连接点。但我认为，我们有权纵容作者的"施虐冲动"，享受这个人物悲惨的结局：他身无分文，衣衫褴褛，坐在伦敦街头，等待他的"胖护士"女友，看见有人朝他临时脱下放在一边的帽子里扔进十便士。这个人物可能仰天倒地，但在这部小说里依然有一个英雄挺立。正是小说的语言，赋予了改变人生的力量。

情人

LOVERS

爱情在情感中有一个特殊位置。我们对大多数情感都会约束，但我们不会约束爱情。相反，我们把爱情提升到理性的宝座。没有人说"我是基于悲伤、仇恨或一丝怨恨做的人生决定"，但即使最理性的人，也会基于爱情为自己和家人做出重大决定。

这听上去可信。但且慢，考虑一下这些事实：大多数婚姻以离婚收场（请注意，我这里说的"婚姻"，是指两个人想地久天长）；所谓的婚前爱情关系，全都烟消云散，那些"天作之合"的婚姻，大多结局不幸。靠情感而非理性来指引航向是一回事，但靠你从经验就可知道不可靠且易犯错的一种感情来指引人生，这似乎是奇怪的另一回事。有时候我想，造成这样的情况，是否文学该受责备。

早在小说流行之前，诗歌就表现了两个人之间的爱情并将爱情理想化，但正是在小说中，读者最容易发现爱情的缓缓展开，并跟随热烈的爱情时悲时喜。小说家们迅速看见，小说形式很适合表现内化的深层情感和情人误解的痛苦。但在成功地利用了小说这种优势之后，小说家们会否错误地表现了爱情的舒适或幸福？是否上面勾勒的那种神经机能异常现象——理性之人反复在已知要失败的东西上下赌注——才是小说家们要帮助创造的东西？

达西和希斯克利夫有时候被拿来作为男性情人的原型：前者

是完全理性的社会动物，需要复杂的谈判才能与之结盟；后者拥有狂野的心灵，需要一个遭遗弃的反社会女性的回应。我希望杂志在调查"你是希斯克利夫式的情人还是达西式的情人"时，设计的两份调查问卷长度相当。

正如你所料，这种区分是荒唐的。当他低下高傲的头颅倾听心声时，达西先生体验到伊丽莎白·贝内特强烈的性吸引，读者可以自由推断，在伊丽莎白的经营下，这种感情在变化，最终深化成为"爱情"一样的东西。在《傲慢与偏见》中，关于爱情的一个重要东西是，爱情在起作用：经过悲喜交加的磨难和考验，爱情让主人公们的生活更加美好，至少在小说允许我们可以看见的未来。我们可能看得更远，也会看得更远，但目前，爱情带来了幸福。但是，在希斯克利夫的例子里，我怀疑"爱情"是否真是这个词语，用来指代他对凯瑟琳·恩肖的复杂情感。他有一种需要和一种依赖，无论在现世还是来世，都难以满足。他的激情带来了暴力性的毁灭结果：读者惊讶于他的狂怒，但没有人嫉妒他的狂怒。他根本不是"自由的精神"，他被可怜地囚禁在荒野。他最终甚至没有摆脱呼啸山庄的石头。他的内心生活在故事开始前就因童年遭遗弃而扭曲。达西是社会动物，他有朋友，有社会关系。他比希斯克利夫更自由。假如没有遇到伊丽莎白，他也会和别人结婚。他在一个妻子身上所需要的是活力，弥补自身活力的不足。这种活力他可能在别的地方找到，在一个他认为更加适合他家庭的女人身上找到。一旦希斯克利夫开始依恋凯瑟琳，他就被再次遭遗弃的恐惧所萦绕，这种恐惧变成了自我实现的预言。我想，有人会认为，简·奥斯汀为爱情力量提供了一幅略微错误的画面，因为难以相信，这种感情在她精彩描写的人物之间会长久。相反，艾米莉·勃朗特在《呼啸山庄》中没有鼓励任何人凭借爱情之光度过一生。

《苔丝》中的同名女主人公相信，她遇上的男人会像自己一样动机单纯，情感丰富。托马斯·哈代用一种无情的方式挑明了这种爱情观背后的几点危险。首先，这里有某种无论达西还是希斯克利夫都没有面对的东西：被爱对象的不可靠。安琪儿·克莱尔证明自己配不上苔丝。假如命运和世界对她没有那么不公，他的缺陷也许还可补救。似乎还嫌磨难不够，哈代尖刻地加入了爱情的最大敌人，那就是时间。时间总是与爱者为敌，他们的幸福日子总是限量供应。这最清晰地见于小说结尾，苔丝和安琪儿在新森林中偷得的几日幸福时光。在苔丝的爱情中，仍有某种可欲的东西；她似乎因爱而升华；她的人生因爱而丰富。读者可能感觉到，尽管苔丝的故事结局非常凄惨，但爱情本身没有被一笔勾销。

在《傲慢与偏见》中，达西感觉到了性欲，但没和伊丽莎白有性爱；在《呼啸山庄》中，希斯克利夫和凯瑟琳从来没有睡在一起；在《苔丝》中，苔丝的孩子是强暴的结晶。但在《查泰莱夫人的情人》中，劳伦斯将爱和性放在同一页。康妮·查泰莱发现和奥利弗·梅勒斯在一起的快乐，开始于身体的接触，开始于情欲。性爱为他们打开了一扇门。是否有人会把他们作为榜样，鼓励相信，爱情是生活指南，可以怀疑。在小说结尾，他们彼此分离，有一种感觉，他们的激情可能只是他们独有，他人难以复制。他们的林中空地看起来不真实。

在《恋情的终结》中，正如书名暗示，格雷厄姆·格林聚焦于爱情的短暂。主人公本德里克斯知道痛苦要来临，他的想法是长痛不如短痛。与苔丝一样，他碰到的问题也是恋爱对象的不可靠，但在这个故事中，问题不是被爱者而是他自己。他和萨拉从唾手可得的性爱中得到许多快乐，但这丝毫无助于摆脱通往幸福的障碍。读了这部小说，没有一个人会认为，格雷厄姆·格林在提倡，找到理想的另一半就是确保此生幸福圆满的最佳办法。

安娜·乌尔夫是多丽丝·莱辛《金色笔记》中的主人公，她似乎足够学会了这个教训。她不是在一个而是好几个情人身上寻找幸福。最初，这看起来是个可行的计划。但随着小说的进程变得清楚，安娜美丽的心愿不能掩饰她内心仍然伤感地秉持唯一完美的情人观。这对于读者来说是一种震惊，尤其是安娜的情人观甚至比苔丝还原始和幼稚。

现在的希望何在? 或许，如果"爱情"不是至上的君主，只是位于优先序列的情感之一，这就会是读者可以效仿、可以成就的人生模式? 说到底，这就是艾伦·霍林赫斯特的小说《美丽曲线》中主人公尼克·盖斯特的方案。尼克是一个没有得到爱情回报的情人。在小说开始，他的爱情观天真，没有定型。经历改变了他。到了结尾，他逐渐看到，这种缥缈的"爱"的状态仍然是可欲的状态，只不过潜藏于一种更伟大的爱: 对世界的爱，对艺术的爱，对美的爱——对活着的爱。小说的反讽是，他自己都可能没有得到机会，体验这种新理解的价值序列。

文学中有成千上万的情人，这里只选择了七个来谈论。显然，要说这七个情人的创造者，对于爱情的危险，对于爱情的痛苦，对于爱情容易失败甚至让人丧命，表现有误，或者估计不足，这种指责是毫无根据的。依我来看，恰恰相反，这七个小说家强调的正是爱情的痛苦、短暂和绝望。如果另选七个小说家，结果可能完全不一样。肯定有无数为赚快钱、粗制滥造的爱情小说，书写爱情战胜一切。无论文学抱负的高低，小说如此适合描绘爱情的兴衰荣辱，足见作家们可能夸大了爱情在人生中的重要性。无论是爱情的观念，还是对爱情的体验，都让他们相信，人生在世，譬如朝露，没有其他超越的途径。

达西先生

有失身份

我十四岁时第一次读《傲慢与偏见》。这是对我有决定性影响的书之一。我说"决定性影响"，是从这种简单的意义而言，这些书塑造了我的人生。《大卫·科波菲尔》《傲慢与偏见》《儿子与情人》《麦田里的守望者》……正是那个春季学期阅读的中学阶段必读经典，让我认为文学是世上最重要的东西。这些书是我从一间教室的书架上取的。那间教室里配有木凳，但我拿着这些书，穿过长长的走廊，回到我的小隔间。我在小隔间住了三年，在那里，在铁床上，尽管学校的生活在我周围发生，我自己却莫名地渴望伊丽莎白·贝内特和达西先生结婚；霍尔顿·考菲尔德似乎表达了我所有无法言说的感受；在《大卫·科波菲尔》结尾，当同名主人公对他爱的女人充满感情地说："啊，阿格尼丝！啊，我的灵魂！"我发现鼻子发出奇怪的响声。这是因为我一边暗自抽泣，一边努力张开眼睛，以便能够看清字句。

不管怎样，正是《傲慢与偏见》，带我进入成人文学的世界。我早就听说过这部小说，但发现书名很讨厌（《诺桑觉寺》和《曼斯菲尔德庄园》这些书名还勉强过得去，至少不会误解，但难以想象的是，有人会主动选择阅读名叫《理智与情感》的小说）。我读的那个版本有少女的插图，插图中裙子的腰身高到胸部。我把小说搁在破旧的小桌上。我在小桌上盖了一张滚石乐队《余波》的密纹唱片封面。我懒得去想，下一个房客会突发怎样的奇想，换用什么东西来做小桌的"羽翼"。

至于小说故事，我没有料到简·奥斯汀是一个叛逆者，颠覆了她的长辈和"强大对手"。这是我第一次看到没有把柯林斯先生和凯瑟琳·德布夫人这些"正人君子"拿来当榜样，而是戳穿他们浅薄骗子的面具。这恰好印证了我心里历来对他们的看法。在我看来，这也是一本有道德吸引力的书，它不断邀请读者对人物行为作出恰当的道德判断。有些人物传统——他们礼貌、大度等等——但有些人物不是；有些人物是临时创造的。伊丽莎白没有从家庭得到太多帮助，她只有走一步看一步。她必须依靠自己的力量和严肃的是非观念，对抗社会强大但肤浅的是非标准。她够得上自己的道德标准吗？这是令人兴奋的问题。事实上，这部作品比惊险小说还刺激。那时，我已发现惊险小说根本不惊险。如果走私者在爆炸之前历尽艰险，将金块带出守备森严的口岸，接下来……接下来会怎样？事实上，什么危险都没有发生。倘若伊丽莎白能够鼓起勇气，坚持自己忤逆世界的判断，那么，不可思议的幸福人生将为她开启。当时我不知道简·奥斯汀是否和我有同样的偏爱，但我觉得她会，随着小说的进程，分配给各个人物的小小挫折和奖赏似乎表明，伊丽莎白的道德景观比小说中其他传统人物更微妙，更开阔。阅读的刺激之一是这种悬念，我们不知道作家是否真正理解笔下的人物，她是否清楚一个人物是多么讨厌，另一个人物可能证明是多么有趣，值得拥有。（相反，最尴尬的莫过于悄悄地乞求读者去爱一个没有吸引力的人物；这往往意味着是"根据"作者的安排。）我认为这是简·奥斯汀技巧的一部分，或许她是无意为之，她并不总是表明，她好像都弄明白了。她在文本中留下了暧昧的张力。

大部分时候，对于小说中各种道德观的变化，我在十四岁阅读时能够不太费力地跟上，比如，能够明白作者为何和如何逐渐要求我们远离看上去有魅力的威克姆先生，尽管我认为在第一次阅读时我忽视了对伊丽莎白父亲的明显批评。他的慈爱没得说，但再慈爱也无法洗刷他的懒散，若想莉迪亚免于灾难，需要一个更果决有力的父亲。在小说结尾，当伊丽莎白的母亲必须待在家时，贝内特先生得到允许经常去看望住在彭伯利的伊丽莎白，但是，最常获得去看望伊丽莎白的奖赏留给了简，这个从来没有走错一步的姐姐。简·奥斯汀在最后严格分配奖赏。

至于达西先生，我没有因他的矜持和粗鲁而太受困扰。我认为我从书名和作者描写他的方式感觉到，对他的好感是不可避免的势头，抵制这个势头是愚蠢的。威克姆一直诋毁他，这似乎对他的性格产生了烙印。正如一个学童，老是受到喜怒无常的老师呵斥，他心里难免充满怨气，觉得不公。我对威克姆的谎言和背叛越生气，就对达西先生的爱情越同情。如同伊丽莎白一样，我愿意因这份同情而赶跑其他对于达西先生的更有理据的保留看法。

人到中年，我再次阅读这部小说，有了不同的看法。

第一次阅读时，我忽略了一样东西，那就是简·奥斯汀在小说开头给我们提供的人物底色和速写。比如，关于达西，她是这样写的，"原来大家发现他特别傲慢，自以为高人一等，而且不苟言笑；他虽然在德比郡有大片庄园，但他面目却是极其可憎和讨厌，完全不配与他的朋友相提并论"。这句话带有一点反讽，因为这是来自舞会现场"女士"的观点，我们可能认为她们的判断仓促草率；但是，当我们直接听到达西说话，他印证了这些女士的看法。宾利鼓动他也跳舞时，他说："在这种公共场合，我是很难找到舞伴的。你两个姐妹已经有人陪着，这里别的女人我又不熟，和她们跳舞，对我来说是活受罪。"宾利提醒他注意伊丽莎白时，他回答道："她长得还行吧，但还不够漂亮，不能吸引我。"简·奥斯汀在这里强调了"我"，意在借用达西之口，对他进行谴责：达西不是在对伊丽莎白进行判断，而是在对自己进行判断。他不会降低身段考虑她。伊丽莎白尽管"长得还行"，或许，对于不那么挑剔的人来说还挺好；但用达西喜欢说的一句话，他要是与伊丽莎白跳舞，是"有失身份"。他完全不在乎他人的感受，所以明知伊丽莎白能够听得到他说的话的情况下仍然那样说。

简·奥斯汀作为全知的叙事者描写达西时，她的判断虽比那些"女士"细致，但与她们的看法吻合："在理解事务方面，达西更好。倒不是说宾利天资愚笨，而是达西极其聪明。他傲慢，矜持，挑剔。他有教养，但举止却不讨人喜欢。这方面他的朋友有很大优势。宾利无论走到哪里都很受欢迎，达西则不断地得罪人。"

这里有一个大问题，"有教养"的举止不可能"不断地得罪人"。简·奥斯汀心知肚明，她举了个简单的例子。达西带着表弟菲茨威廉上校到住在罗新斯的姨妈凯瑟琳夫人家。"菲茨威廉上校立刻就跟大家攀谈起来，口齿伶俐，随和，有教养，说话风趣；

可是达西先生，却只跟柯林斯太太把房子和花园稍许评赏了几句，就坐那儿没有跟任何人说话。过了一会儿，他重新想到了礼貌问题，便向伊丽莎白问候她和她全家人的安好。"

由此可见，简·奥斯汀把"有教养的举止"定义为与人礼貌交流的能力；达西缺乏这种能力。因此，把达西最初描写为"有教养"但"不断地得罪人"在语词上是冲突的，除非简·奥斯汀所谓的"有教养"仅指"随便"或"简慢"（换言之，是接近粗鲁的不拘礼节）。在这种意义上，达西和姨妈凯瑟琳夫人有相同的缺点。凯瑟琳夫人很在意自己在生活中的"身份"，自相矛盾的是，她变成了庸俗的象征。

后来，当菲茨威廉上校被用来衬托达西的粗鲁时，有人可能为达西辩解，那是因为伊丽莎白在场，达西受到爱情或情欲的影响，才笨嘴拙舌。但这种理由根本站不住脚，因为我们已得知，达西对伊丽莎白的感情，只是温吞水，"勉强过得去"。再退一步，即便感情还达不到勉强，一个有教养的人也应该先为人着想。所以，在我看来，这是显然的，作者第一次以自己的口吻在段落中将达西的性格和好友比较时，简·奥斯汀向我们展示出了达西性格的重大缺陷。到底是什么造成这些缺陷，她还没有揭示，不过我想，我们在达西低落的情绪中已能看出一些端倪。

至于达西是否"聪明"，这点我们必须相信作者。在小说的叙事中，没有任何显示出他聪明的迹象。他错误地判断了自己对威克姆的真面目三缄其口所造成的后果。在对心爱的女人求婚时，他误算了自己的行为和口不择言的后果。如果他真的"聪明"，那必然表现于叙事范围之外的思想和行为中。事实上，我认为，他的"聪明"表现于插手宾利和简的感情，只不过采取的是令人难以原谅的自私方式。对于简·奥斯汀来说，"聪明"可能也关乎对于知识和思想的熟悉程度——在这些圈子里，这是相当无用的成就，对于达西来说，正如对贝内特先生一样，这与其说是帮助，不如说是折磨。

但是，在小说早期阶段，人物的轮廓仍然用大胆灵巧的笔触勾勒。比如，威廉·卢卡斯爵士是另一个经商赚钱的人，看起来，令他烦恼的与其说是如何赚钱，不如说是成为一个怎样的人。如同宾利的姐妹一样，或许也像自行其是的达西，威廉爵士同样庸俗。他称呼自己的住所为"卢卡斯小舍"（在摄政时期，或许这相当于私家牌照），他喜欢家，因为在那里他能"愉悦地思考自己的重要性"。简·奥斯汀在瓦尔特·艾略特爵士（《劝导》中女主人公的父亲）身上会再现这种人物。威廉"爵士"的骑士头衔，如同凯瑟琳的"夫人"头衔，对于奥斯汀来说，是喜剧的标志。如果达西一上场就被称为菲茨威廉·达西爵士，可能就没有办法改变他小丑一样的形象；正是依靠"先生"这个平淡的称谓——喜剧的是，除了反复使用"先生"这个称谓，伊丽莎白拒绝用其他称谓方式——达西才有了恢复名誉的机会。

很快，简·奥斯汀用幽默的方式让我们直接进入达西的情感。伊丽莎白"那双漂亮的很会说话的乌黑眼睛"引起了达西的注意；达西还注意到"她十分匀称的身材"和她"自如而调皮"的举止。这一切令他觉得"羞愧"，因为他居然被这样一个女子吸引，其"举止完全配不上那种上流社会的举止"。她令他"有失身份"，她有点野，但他发现，这恰是令他入迷和感兴趣的地方。如果他不是那么冷淡的男人——再像威克姆一点儿就好——他会向她求婚，勾引她，将她放在膝盖上；如果伊丽莎白没有立刻意识到自己的价值，她可能会很享受他的追求。达西的脾气越来越坏，他突然意识到，他不能与这个女人做爱，不能找她为伴，吸取她的活力，除非他付出可怕的代价——可能把彭伯利庄园一半的永久产权交给这个生意人的后代。难怪他"脸色难看"。

在接下来令人窒息的社交场合，在冒失的威廉·卢卡斯爵士的怂恿之下，达西只好邀请伊丽莎白跳舞，但她拒绝了。尽管他一阵"恍惚"，但对于遭拒，他没有觉得受到伤害或丢面子，事实上，他直接告诉宾利小姐，他喜欢伊丽莎白。宾利小姐立刻以为他和伊丽莎白订婚了，用嘲讽的语气恭维他将来有一个好丈母娘。对此误解和嘲讽，达西只是调侃了一下，耸肩表示不在意。在此，我们突然看到达西身上有一种坦诚的品质，这是前面没有看到的；这种品质若善加培育，可能使他配得上伊丽莎白。

但这种愿望没有长久。我们接下来看到达西写信给他的妹妹乔治娜，这时，宾利小姐挑逗地站在他身后，要他在信里代问各种祝福。"可否请你通融一下，让我把你对她的喜欢留到下一次写？"达西说，"这次我可能写不了这么多。"这几乎是吓人的粗鲁态度，但宾利小姐是厚脸皮，她的哥哥也没有代她出头打抱不平。在奥斯汀笔下，愚蠢的人是可以开玩笑的对象，受到嘲讽不会招致作者的反对，不过要注意底线（爱玛·伍德豪斯开巴茨小姐关于博克斯·希尔的玩笑就过分了）。达西身上更微妙的一个令人担心的特征——文风笨拙，是宾利挑明的，"他过于热衷使用四个音节的语词"。这样的文风一方面暗示了自负虚荣，一方面暗示了情绪低落——这两种都是达西的罪根。他猛烈反击宾利，指责宾利与之形成对照的轻灵文风不过表示假惺惺的谦卑，故意抬高自己。随后就是一场激烈但不讲道理的争论，伊丽莎白也卷入其中。最后宾利大声叫道："我敢说并没有比达西懂得少，尤其是在特殊的情景和场合；在他自己的家里，尤其是他无所事事的周日晚上的家里。"

周日晚上，幼年丧失双亲的达西在家里长廊上拖地，这令人难忘的一幕是理解他的关键。正是这里，简·奥斯汀开始展示她对达西本性和他受伤害的深刻理解。宾利不介意达西的攻击，他也不介意达西对他妹妹的粗鲁，因为宾利根本不介意任何东西：尽管他可能不如达西"聪明"，但他有无穷的活力。这就是为什么宾利难以置信地成了达西最好的朋友：他能够为达西提供所缺乏的活力。宾利的友情，如同唾手可得的抗抑郁症药物，如果宾利现在娶了简·贝内特，达西立刻就断了药源。因此，在达西阴沉的表情背后，两个计划开始成型。首先就是破坏宾利和简的好事，这样达西就能把朋友留在身边。假如这个计划失败，还有一个备胎。我们可以想象，除了带来性满足，阶级地位"不如他"的伊丽莎白·贝内特还能提供人形的百忧解，达西很精明，他知道这辈子离不开抗抑郁的药物。达西先生可能不是英国小说中第一个抑郁症患者，但几乎可以肯定，他在浪漫小说中带了头。

在这一个富于暗示性的场景之后，达西决定不再对伊丽莎白感兴趣。宾利小姐调侃他，他该把新丈母娘一家的肖像挂在彭伯利庄园。达西听了很生气，心情十分沮丧，整日闷闷不乐，他和伊丽莎白没有说上十个字。他怕越陷越深。

伊丽莎白怎么样呢？威克姆透露，凯瑟琳夫人的女儿从小就知道，她会和自己的表兄达西成亲。我们密切关注伊丽莎白的反应。

她只是好奇地想，宾利小姐多么可怜，徒劳地和这个男子调情。像爱玛一样，她没有心痛，没有心动，甚至没有这个念头，"嫁给达西，舍我其谁"；因此，在尼日斐花园第一次被达西断然拒绝时，无论她的气愤中夹杂了什么没有实现的欲望，我们看到，很快就烟消云散，取而代之的是她饶有兴趣地关注威克姆先生和他的红色民兵服。

在下一场卢卡斯庄园举办的舞会上，夏洛蒂·卢卡斯提醒伊丽莎白，不要因她对威克姆的喜欢，让自己"在比他好十倍的男子眼中令人不快"。但伊丽莎白没有担心，正是达西似乎更加"令人不快"，在和伊丽莎白跳舞时，他发现自己找不到话说。好不容易打开话匣子，话题也是围绕威克姆。伊丽莎白脸若冰霜，她认为达西对威克姆不好，达西仍然认为，主动消除她的误会，自己"有失身份"。舞曲结束的时候，"两个人都闷闷不乐，不过程度不同罢了，达西的心里对她颇有好感，很快就原谅她了，他把一肚子气都转到另一个人身上。"

现在，在描写达西对伊丽莎白的温情时，简·奥斯汀没有反讽，尽管她用的这两个字眼"颇有"很重要。达西的确在控制自己的情感：伊丽莎白·贝内特对于达西来说，本质上仍然是一个心动的备胎，以应对宾利娶了简。但达西必须知道，宾利是适合结婚的类型。宾利包容，富有，传统，如果不是简，他也会娶别的女人，一个更加"般配"的女人，迟早而已。达西若想找到与自己门当户对的人，他能够等几年？[1] 换句话问，他的抑郁症会严重到离

1　达西的外祖父是伯爵，伯爵头衔传给了他的舅舅（舅舅的小儿子就是菲茨威廉上校）。菲茨威廉是达西母亲的姓氏；她在嫁给达西父亲之前，名叫安妮·菲茨威廉夫人，也就是现任伯爵的妹妹。

开了宾利，他非得立刻找来自中产阶级的伊丽莎白来补救？我认为，伊丽莎白加速了他对自己身上的缺点做中长期的全面盘点。毫不奇怪，这时他沉默不语，神情专注：他有那么多的自我需要发现，那么多东西需要盘算，哪有时间关心别的。

与此同时，伊丽莎白不会放任自己的感情增长，除非她弄清了达西和威克姆的历史底细。因此，现在是个死结，双方都没有理解对方，也不清楚自己的感情。不过，在这场感情戏中，达西前进了一步。当拍马屁的柯林斯先生大胆和他说话时，达西的反应先是"吃惊"，接下来是"禁不住好奇"，最后是"鄙视"。（柯林斯先生和宾利小姐一样，作者允许我们嘲笑他们而不受谴责，因为他很虚伪。）接下来是更麻烦的问题，玛丽·贝内特开始调皮打闹，越来越过分，但达西没有生气，他一脸"严肃，任谁都摸不透"。（他现在这张脸，堪比爱玛的奈特利先生在最乏幽默感时那张意味无穷的脸。）在场之人的难堪，只有留给玛丽的父亲出来收场。他对玛丽说了一句话，是简·奥斯汀最常被人引用的话语之一："你这样做得够好啦，孩子。你使我们开心得够久啦。"

一度，故事的焦点离开了达西和伊丽莎白。正如简·奥斯汀后来严肃地评价，叙事保留了"轻盈、明亮和生动"。比如，对于夏洛蒂·卢卡斯和柯林斯先生之间的谈判，她用作者的口吻评论说："她这里未免还不了解他那火急火燎的性格和独立的个性。"简·奥斯汀说这句话尽量直接和幽默。但是，这个场景的明亮色调迅速变暗，夏洛蒂的困境显现出来——"可以肯定的是，柯林斯先生既不通情达理，也不讨人喜欢，同他相处实在是一件令人讨厌的事情，他对她的爱一定也是像空中楼阁那般虚无缥缈。但是他还是要成为她的丈夫。"尽管伊丽莎白比夏洛蒂更漂亮、更有活力,但她更穷,在某种意义上,更不适合"婚嫁",这是值得考虑的问题。拒绝了柯林斯先生,伊丽莎白加倍了赌注,支持她自己内在的品质,反抗"社会"和她母亲的价值观念。柯林斯要证明,他在夏洛蒂这里能够"更好"抓住机会,其目的是要反驳伊丽莎白。对于读者来说,这增加了张力:伊丽莎白最好是正确的。

对于达西来说,菲茨威廉上校扮演了宾利的替补角色。他告诉伊丽莎白为什么达西如此傲慢,"那是因为他怕麻烦"。达西这个抑郁的人缺乏讨人喜欢的精力。宾利和菲茨威廉对他知根知底,所以这种行为不是他遇见伊丽莎白之后才有,不能简单归结为相思。达西继续访问柯林斯夫妇的教区。伊丽莎白住在那里,但他发现没有话说。他把座椅靠近伊丽莎白,然后挪回。特里·伊格尔顿说,他似乎在测量,如果他们结合的话,他需要跨越多少社会和空间的距离。

然后,菲茨威廉上校对伊丽莎白透露了这个可怕的消息:达西插手瓦解宾利对简的感情。正当伊丽莎白气愤不已之时,达西可能再次判断失误,不合时宜地对她示爱。他说,尽管"他想方设法",还是不能压制感情。伊丽莎白趁机问道,既然他的爱违背了他的意志、理性和性格,又何必多此一举说喜欢她。她指责达西挑拨离间宾利和简的关系,达西脸色一变,辩解说,"感情是短暂的"。他再度鼓起勇气,骄傲地宣称自己做得有理。他反问:"难道你希望我为你那些穷亲戚欢欣鼓舞?难道我应该祝贺自己,有望获得这些生活条件绝对不如我的亲戚?"

看来，他们的好事应该就此打住。达西的求婚比柯林斯先生更令人反感，显示出他比柯林斯先生更没有自知之明。他的言行无法原谅。在简·奥斯汀的笔下，伊丽莎白心想，"一个人能在不知不觉中博得别人倾心相爱，也足够自慰了"，但这并没有让伊丽莎白觉得增光。

然后达西做了他本来早就应该做的事情，那就是把他和威克姆的历史问题厘清。但是，他却越描越黑。显然，相比于宾利，达西更加认为贝内特一家的穷出身是个问题（可以想见，宾利的出身也"不如他"）。"除了出身不好，还有其他讨厌的原因。"你听，这个人用的什么字眼来形容他希望与之结亲的家庭！好像他自己的家庭就真的很光彩（他的妹妹是童工，他的姨妈是肯特最庸俗的女人）。但达西没有看见这些。对于他来说，更多的障碍在于，贝内特太太家是商人（"可鄙"），凯蒂和莉迪亚这两个妹子举止轻佻（尽管都还没有像他自己的妹妹一样与人私奔）。达西继续说，他不仅向宾利指出贝内特一家多么庸俗，而且让他相信老实的简根本不在意他。他劝说宾利不要回赫托德郡，然后"有失身份地采取策略"，故意不告之简在伦敦的消息。他说："我这样隐瞒，这样欺蒙，也许有失身份，然而事情已经做了，而且完全是出于一片好心，关于这件事，我没有什么可以再说了，也不用再道歉。"他的话听起来好像这件让他"有失身份"、原本与他无关的事成了自己的事，并不是他的错；他让这件事听起来好像是在说，他插手了，有些后悔，但这根本不是他的错。

这是一个无耻的男人。偶尔，他也会有明智的判断，但正是这偶尔的明智判断，更加反衬出他的无耻。在失去明智判断时，他是一个以自我为中心的忧郁症患者，虚伪，爱操纵人；他意识到自己的一些缺点，但不会为之道歉；由于傲慢，他必然忽视这些缺点，因为是他的缺点，因此，按照他的定义，根本就不是什么缺点。简·奥斯汀全面而深刻地表现了这个病理。读者在佩服这种全面而深刻的剖析之余，此刻已经情不自禁要为伊丽莎白的幸福担心。如果她迫不及待地要摆脱令人难堪的原生家庭，匆忙走进婚姻（看起来她会），读者也许会问，嫁给菲茨威廉上校——他有达西的教养，都不像达西那样心理一直不稳定——会怎样？可是，菲茨威廉"已表明，他自己绝没有什么意图，因此，他虽然受人欢迎，伊丽莎白却不至于为了他而不快活"。当然，她现在肯定也会想入非非，所有的年轻男子在她眼里都是可能的结婚对象。尽管她"还不满二十一岁"，但她想逃离家庭，这令她很危险。正是这种危险，给小说带来了必不可少的战栗。

在小说大约一半的篇幅，简·奥斯汀已经为人物的轮廓和底色下足了功夫。情节，或者说技巧，开始加码。《傲慢与偏见》不再是华美的喜剧，而是变成一场充满复杂伦理色彩的谈判，与其说像奥斯卡·王尔德的作品，不如说更像是亨利·詹姆斯的作品。达西在威克姆事件上受了误解。尽管他愚蠢、懦弱，没有公开揭发威克姆的本性，但毫无疑问，他的做法是合宜的，甚至是大度的。无论他有什么别的缺点，达西并不吝啬钱财。

伊丽莎白最重要的品性是她为自己良好的判断力而自豪。她坚持自己的判断，反对俗世的风尚。尽管她被用来代表小说书名中的第二个品性"偏见"，但她也是第一个品性"傲慢"的代表。因此，当她发现自己的看法也站不住脚的时候，自然也难堪。她觉得羞愧。她对达西态度的真正转变，建立在对事实的纠错；但这种转变的情感动力是她感觉到的羞愧和自我批评。她怎么才能恢复自尊？她没有简漂亮，没有玛丽勤奋，没有莉迪亚和凯蒂有趣。她良好的判断力是她最好的品性；这是她独特的卖点。作为大度之人，她必须与达西和解。在羞愧和大度的刺激下，伊丽莎白·贝内特在威克姆这件事情上改变了对达西的态度。这种态度是基于误判或"偏见"。此外，她对达西的品行还有其他保留看法，那些看法不是基于误判或"偏见"，而是基于事实、真相和达西老朋友们可靠的证言。现在，她因自己在一件事情上对达西态度的改变而抛弃了他对达西品行的其他保留看法。出于在威克姆的事情上误解达西而羞愧，她原谅了达西要破坏简——这个她在世界上最爱的人——生活的罪过。她受伤的傲慢产生了一种后悔的痉挛。她想要恢复对于自我的好感，在某种程度上，也想要恢复达西对她的好感。这种愿望如此强烈，以至于她现在准备忽略他最难以原谅的缺点（"难道你希望我为你那些穷亲戚欢欣鼓舞吗？"）。她在威克姆事件上的误判，如今因对达西更大的误判而得到过度矫正。那是一种傲慢的危险，只不过披上了大度和冲动的外衣。

但现在没有任何东西能够拯救伊丽莎白或简，除非特别的好运。

伊丽莎白回到家，发现家中闹成一团，因为凯蒂和莉迪亚准备去布雷顿。达西一直反感她和家人搅在一起，她"现在觉得他的反感不无道理"。她甚至想，达西阻止宾利和简的婚事，也不无道理！贝内特先生倒是乐观，他说："可怜的小丽莎，不要担心。那些经不起一点小风浪的挑三拣四的年轻人，不值得为之后悔。"

在小说的第三部分、也就是最后一部分的开头，伊丽莎白来到达西的彭伯利。当时，她是与做生意的舅舅加德纳夫妇一起去观光。她被这里的自然风光深深吸引。达西是皮克山区人，这里崎岖不平，远离可耕作的赫德特郡。"就在那时，她觉得，在彭伯利当主妇也可能挺好！"她还注意到，达西的家具"并非华而不实"，比起凯瑟琳夫人的家具"少些气派，但更多真正的优雅"。

然后，伊丽莎白突然碰到达西的老管家雷诺兹太太。雷诺兹提到主人时说，"我一辈子没有看见他说一句气话"，"他是这个世界上最温柔、最大度的孩子"。这种说法完全不同于宾利、菲茨威廉以及后来达西本人的说法。难怪，"伊丽莎白一直盯着她，心里在想，'这是在说达西先生吗？'"

不，当然不是我们知道的达西。但是，这场会面没有得到解释，到底是管家老糊涂了，还是简·奥斯汀只想开个玩笑。但不管怎样，这些话对伊丽莎白产生了强大的影响，她认为雷诺兹太太是天底下最可靠的证人。"还有什么赞美比一个聪明仆人的赞美更有价值？"她想。她没有问自己，这里的"聪明"是不是贴切的用词。雷诺兹太太在情节的发展中有其价值。或许，没有时间来解决悬念。这是一个缺点。但我认为简·奥斯汀的意思是说老管家的证词很重要。在她的世界，正如今日一样，对从事服务行业的人——如侍者、银行职员等等——粗鲁，是可鄙的"上等人"明白无误的标志。你只需看看身边事例就能明白。奥斯汀肯定认为，反之亦然。

彭伯利庄园地势险要，管理严明，气派威严。伊丽莎白正在兴头叹赏美景，无意间看到达西出现，禁不住大吃一惊。这个男子最近才刚刚向她求婚。她生怕被当成是到其庄园一日游。但突然之间，她觉得担心是多余的。达西一改平日粗暴烦躁的样子，变得十分迷人（小说中同样没有解释）。这是达西"再次"带着鲜活面貌出场。一切都不是问题，就连对生意人他也是文质彬彬。幸好，加德纳舅舅上得了台面，伊丽莎白很高兴，达西应该看见，她所有的亲戚并非都令人尴尬。但这个谜仍然未解。"为什么他变了这么多？……不可能是因为我，他的举止才如此温柔吧。"或许，达西自己也不知道，他性情无常的原因，与其说是受环境的影响，不如说是受神经系统的影响。

伊丽莎白的反应仍然不是爱上达西，而是感激达西。达西爱上过她，还笨拙地向她求过婚。她粗鲁地拒绝了他，但他没有怀恨在心，相反，还以意想不到的热情礼待。她松了一口气，也将怀恨放下。她对他的道德价值有了积极的看法，对他产生了温情和感激。简·奥斯汀先前明确暗示过，财产对她有一种强烈的性吸引（"在彭伯利当主妇也可能挺好"）。因此，有趣的是，在这个阶段，她仍然不肯轻易说出"爱"这个字眼。

随后消息传来，威克姆和莉迪亚私奔了。达西同情伊丽莎白，他自责没有预先采取行动阻止。加德纳先生和达西一起商量，买通威克姆，让他定下婚期，尽量减少这桩丑闻的影响。然而，不久，达西再次令伊丽莎白提心吊胆，因为他没有说去参加了婚礼。他有太多的洋相，我们知道他永远容易闹出事儿；但现在的区别是，他本性中更好的一面似乎在起主导作用，他花钱弥补损失。

但是，他对于自己所做之事的解释，显出同样的自我中心主义，同样奇怪的好出风头。对于威克姆的品质败坏，他自责不已，因为"他认为自己有失身份，让威克姆的私行公之于众"。他容忍了威克姆与自己十五岁的妹妹乔治娜私奔，没有阻止他向自己求过婚的女人求婚，然后又和她十五岁的妹妹莉迪亚私奔，因为如果他要有所表示，他就会"有失身份"……这些都是一个非常特别、饱受困扰之人的作为和不作为。

伊丽莎白的舅舅加德纳解释说，达西很"固执"，坚持要亲自做这一切，因为这场私奔全是他的错。达西在花钱上大方，这对贝内特家有帮助。他对伊丽莎白的态度也好，如果他爱她，这是一件好事。但他这里的行为有些绝望和错误的成分，有些疯狂的东西在里面。这或许是爱吗？不是。因为在不久之后，当他和宾利回到朗伯恩，他再次变回了过去那个冷淡的达西，不再是彭伯利那个谈笑风生的主人。他只"寒暄了几句"，这令伊丽莎白"吃惊和困惑"。

现在，伊丽莎白需要一个"解围之神"。援助近在咫尺。我们看到，她对达西态度的改变，动力首先来自她为自己的误判感到尴尬，其次来自感激达西在彭伯利前所未有的礼貌。但现在，随着达西复发的抑郁症的重压，她态度转变的势头受阻。重新恢复这种势头，动力来自最难以置信的一个人：凯瑟琳夫人。她冲到朗伯恩，本意是想劝说伊丽莎白放弃嫁给达西的打算。伊丽莎白的反应值得赞赏，她立马来了劲头，偏偏对嫁给达西的念头重新有了兴趣。正是凯瑟琳夫人，促使伊丽莎白说出了她的想法，把想法变成真，并且自己如此坚信。"嫁给你的外甥，"她庄重地说，"我不认为我有失身份。他是绅士，我是绅士的女儿，我们扯平。"

消息传到了达西的耳朵，伊丽莎白没有给凯瑟琳夫人任何保证——放弃与他结婚的打算。达西推开压在身上的层层抑郁，鼓起勇气再次求婚。这次求婚中他选择自责开场，比起他第一次求婚时的自负和笨拙，令人愉快得多。伊丽莎白暗地里心花怒放，但很明显，这两人的性格相差太大，或许永远难以跨越。两人都有太多觉得羞愧的东西。但伊丽莎白知道自己的错误是诚实的，她已原谅自己，愿意继续前行。她开心地说，"你应该学会我的哲理。只去回顾那些使你愉快的往事。"

　　达西的回答表明了他是这样一个人，长期的抑郁，沉湎于过去，不能为自己的行为负责，"痛苦的回忆会闯入，不能驱逐，也不应驱逐"他说。这是他在小说中最发人深省的话。他继续纠正管家雷诺兹太太对他性格的说法，印证了宾利和菲茨威廉的负面评价。但是，天啦，尽管他学会了伊丽莎白的哲理，他仍然不能为自己负责。他责备死去的父母"惯坏"了他；他没有看到，这些年来他的性格和行为都是自己造成的。他对自己不开心，甚至很苛刻。他把自己锁在一条螺旋线里，总是有"不能驱逐，也不应驱逐"的想法。而且，他没有兴趣爱好；他不做任何事。他会把钓鱼竿借给加德纳先生，但没有考虑过一起垂钓。用现代的治疗术语来说，他需要更深刻地理解自己的情绪，认识自己，参加锻炼，释放胺多酚，放弃自己戴的保护面具（"有失身份"），原谅自己，与过去和现在和解。他有太多的东西需要释怀，有太多的"工作"要做。但我们怀疑，他永远没有能力去做。这正是这部小说的悲伤之处。当伊丽莎白问他，他上次来访时为什么如此沉默，那时他们之间的感情似乎已趋于稳定，他说"不自在"。当伊丽莎白放下所有的防备心理，准备走向结婚殿堂之时，她还是放不下这个问题："不过，请告诉我，你为什么要来尼日斐？"她半嗔半怒地问，"难道仅仅是骑马到朗伯恩，品尝一点儿不自在的滋味？"

对伊丽莎白来说，她难以接受一个抑郁的丈夫，整日精神消沉，只是偶尔爆发出一点向上的活力，而这种小小的改善又会加剧他忧郁的情绪。现在，达西能做的一切就是娶伊丽莎白，他终生的百忧解：这个穿着高腰线裙装、亲爱的、繁忙的、来自中产阶级的女孩，充满睿智和常识，喜欢性爱，对小姑子友好，会和他的姨妈一起大笑。说真的，达西唯一的一次礼貌和偶尔花钱的大方，却得到这么多的回报，远超他的应得。

伊丽莎白呢？她第一次对达西说"爱"是在他们订婚之后。她的爱始于何时？"我必须追溯到我第一次看到彭伯利的美丽风景。"她在与简调侃时这么回答，但值得注意的是，没人要求她给一个更好的答案。她可能爱达西，也可能不爱，她只不过顺势走入了婚姻。何乐不为呢？对于伊丽莎白·达西来说，结了婚，可以与自己觉得有魅力的男人做爱，有钱，有孩子，有大房子，还能摆脱让她不自在的妈妈；如果达西心情好，他们也许还可有交流；既然他愣头青的误解岁月已结束，她甚至可能看见他"聪明"的一面。或许她真的"爱"他。在过去两个世纪，达西对女性读者产生了毫无怀疑的力量。我们中一些人可能难以理解，但伊丽莎白不是最后一个被这个粗鲁而阴郁的男人强烈吸引的女人，否认这点无疑会很愚蠢。

但是，有人会觉得，在这场复杂的谈判中，达西一直占上风，直到最后的反转。伊丽莎白幸福的关键，不是有着瀑布声和园景树的彭伯利，不是腰缠万贯的达西先生。她最成功的时刻，正是读者满意地合上书的这个细节：部分原因是为了摆脱丈母娘，宾利带着简也离开了赫德福特郡，他在离彭伯利只有三十英里的地方买了一处产业。现在，伊丽莎白和她灵魂的孪生姐姐在一起了。她们每周至少见一次面，她可以和天真的简聊天（"你别这样，丽莎"），一起喝咖啡、品茶或吃晚饭；然后，为何不可过夜呢？毕竟，这种生活，这种安排，是现实中人最好的指望；所以，尽管困难重重，《傲慢与偏见》的结尾还是成为英国文学中最令人满意的快乐结尾之一。不过，这只是因为在小说的后半部，简·奥斯汀的高超艺术让我们看见所有的妥协、阴影和谎言。那些小小的谎言中，最重要的一条是，伊丽莎白绝不会告诉简，达西过去想方设法拆散她和宾利的好事，"尽管简是这个世界上最大度、最不记仇的人，但伊丽莎白知道，在这件事上，她肯定会对达西产生偏见"。

简入住德比郡，给达西也带来了一份奖赏：他备用的抗抑郁药，宾利。随着岁月流逝，两家孩子长大，达西和宾利会走得越来越近，他们一起射箭、钓鱼（只要达西真的鼓起勇气装上诱饵加入进去）、打牌、进城。那时，伊丽莎白和姐姐不仅一起偶尔过夜，甚至可能同住几周。故事可能就再次回到开头的情景，男孩与男孩，女孩与女孩，成双结对。

我们不应该太纠结六十岁的达西先生在一个周日雨夜的情绪："可怕"一词可能也只形容出三分。我宁愿相信，一直以来反对世俗传统、坚定捍卫自己道德价值观的伊丽莎白，总会有足够的精力，从接受电击疗法的达西那里抽出身来，与她的孩子和她最爱的人——简——快乐地生活在一起。

希斯克利夫

比我更像我自己

我是在十六岁时第一次读《呼啸山庄》。此前，我在一个闷热的周日下午，守着一台黑白电视看过劳伦斯·奥利弗和梅尔·奥勃朗主演的同名电影。我记得初读的感觉是，尽管小说的焦点主要在两个人物身上，但情节却莫名的复杂。作为小说的结构框架，作者设计了一个前来租房的游客，管家，还有一个名叫林顿的孩子，而小说中的埃德加·林顿也常常只被称作"林顿"。凯瑟琳或她女儿凯西是"真正"的女主人公吗？当希斯克利夫沉湎于痛苦时，我实在难以继续喜欢他。对于刚刚走出阿加莎·克里斯蒂小说世界的青年读者，这本小说需要更确切的识别点。不过，有一样东西的确令我激动。当然，那是最根本的力量：小说有一种紧迫性，一种故事感，有点超越了作者的控制，小说情节的混乱似乎在证明作者艾米莉·勃朗特制造的情感具有摧枯拉朽的力量。结果，原本用来安置情感的小说结构，在它们的冲击之下，彻底摧毁。

希斯克利夫这个人物似乎有两种人生，一种活在世俗的神话里，一种活在《呼啸山庄》的书页中。在前一种人生中，他是浪漫的，狂野的，不妥协的。时任首相戈登·布朗曾经把自己比喻为希斯克利夫，或许，他的意思并不是让人联想起他有这些特征，我认为，布朗先生是在表达他对作秀或社交礼仪的鄙视，他认为在这点上他和希斯克利夫一样。在布朗的神话中，或许他们两个人才是"真东西"——摆脱小家子气、勇于追求真理。对于大多数人来说，这两人差异再大莫过。希斯克利夫是荒原上的吉卜赛人；布朗先生是室内人，在会议室里过着苍白人生，举手投足都得循规蹈矩。但是当小说人物走出书页过上想象的人生时，怪事就这样发生了……

自1969年来，我再没有读过《呼啸山庄》。直到四十年后，我在从纽约回来的航班上打开一本旧的企鹅版的二手书。前面的读者用蓝圆珠笔在内封页面画了一张人物关系树形图。遗憾的是，他被复杂的情节搞晕，弄错了画眉山庄的主人，把凯瑟琳婚配给亨德利。他不是唯一会犯晕的读者。小说极其浓烈的神秘感，部分来自于几个人物之间紧密复杂的关系，现在大多数版本的确配有一幅人物关系树形图。

夏洛蒂·勃朗特在为妹妹这部作品写的序言中谨慎地承认，这部小说"利用家常原料，在荒野的作坊中用简单的工具凿成"，难免有许多不足之处。它像"荒无人烟沼泽地里的石南根一样盘根错节"。艾米莉·勃朗特对世界，对他人知之甚少。夏洛蒂·勃朗特承认，对于那些不了解约克郡西区，不了解那里的沼泽和住民的人，这部小说肯定看起来"粗犷而奇怪"。她为小说语言的粗犷、甚至偶尔用了一些秽语表示了歉意。

但，最重要的是，夏洛蒂为创作希斯克利夫这个人物作了道歉。"创作希斯克利夫这样的人物，是否应当或明智，我不知道：

我几乎不认为是。"她接着立马说，艾米莉从一开始就认为希斯克利夫是坏人，"在他直奔毁灭的路上，她从未动摇过"。作为一个牧师的女儿，她捍卫妹妹的传统道德观念。"希斯克利夫流露出一个孤独之人的情感，但那不是他对凯瑟琳的爱。"不，他的感情流露于他"坦率地承认对哈里顿的关心"，他敌人亨德利的儿子。

但是，无论夏洛蒂·勃朗特为了替妹妹防御维多利亚时代批评家的指责，急切地说了些什么希斯克利夫高于十九世纪英国小说中其他浪漫主义人物，并不是因为他偶尔容忍收养的义侄。他这样做，是因为他对凯瑟琳的感情，尽管夏洛蒂用夸张的语气在否认。

艾米莉·勃朗特先是把她笔下的情侣设定为儿时的朋友，这种设计给了她许多便利。这样一来，他们的感情有了合理的根基：它根源于天真，消除了成年男女偶遇之后陷入爱河可能会有的一点喜剧感——我们在一个老朋友举办的舞会上偶遇……最初，凯瑟琳看见新来的黑皮肤的希斯克利夫时，有些讨厌；但这种不愉快的经历很快就过去，他们的关系很快就变得亲密无间：凯瑟琳和希斯克利夫联起手来，对抗这个世界，我们热情地注视着他们，只有一点点害怕的感觉。这是感人的，因为那样强烈的友谊通常存在于同性别的孩子之间，但他们的友谊跨越了性别和种族。它充分吸取了浪漫主义的亲和观念，或者说另一个世界的观念，在那里，白皮肤的约克郡小女孩和黑皮肤的小男孩——只有上帝知道他来自原本可能是快乐的什么地方——事实上曾经是一体。然而，在来到此世之后，这些碍手碍脚的事实——他们被带到一起，生活在同一个家里，生活在同样的时空——使他们再也不可能成为一体。

正是他们这种如同来自另一个世界的感情，才如此强大和令人不安。我们第一次遇见的凯瑟琳，不是一个少女，而是窗前的幽灵："让我进去——让我进去！"重要的是，这个幽灵有一张"娃娃脸"，因为正是年轻的凯瑟琳在哭着要回来，正是年轻的凯瑟琳，希斯克利夫渴望重新得到。希斯克利夫对幽灵的回应，让我们感觉到，他对凯瑟琳的感情于自己是永恒的折磨。这时，在故事发生的地点，希斯克利夫甚至还没有进入小说故事。这意味着，对于读者来说，还是孩子的希斯克利夫已经是作为成年的希斯克利夫之父，他的命运早就注定，他童年的狂喜因此具有双倍的辛酸。

最初，希斯克利夫被打发给凯瑟琳，多少如同一种战利品，如同一条杂种狗。他"胡言乱语"，人们用"它"来相称；管家内莉·迪恩，接到的指令是"洗一下它，给它换身干净的东西，让它和孩子们一起睡"。这句话暗示，如果任由她自己处理，她可能会把"它"丢进狗窝。希斯克利夫遭到凯瑟琳的哥哥亨德利虐待，但他在拳头之下"没有眨眼，没有掉泪"——这是受害者身上一个让人担忧的迹象。

凯瑟琳冲动，健谈，欢快，幽默，胸无城府，毫不自私。她的缺点在于她对这个奇怪而自闭的小男孩的感情。"我们能想出的对她最大的惩罚，是将她和他分开，"内莉·迪恩回忆说。当凯瑟琳的父亲临终时，内莉发现希斯克利夫和凯瑟琳过了大半夜还在儿童房里。"这两个小家伙在互相安慰，做着我难以想象美梦；他们天真地谈到了天堂，那里的美远非世上的任何牧师可以描绘；我边听他们谈话边哭，禁不住希望我们全都安然躺在那天堂里。"哪怕心地单纯的内莉也感觉到，他们要结合，只有等待另一个世界。起初，沼泽地是那一个更好的世界的替代物，这两个孩子喜欢跑出门在沼泽地玩一天。即便回家受到责罚，也一笑而过。这是一部与环境联系非常密切的小说，但奇怪的是，在凯瑟琳生前，对沼泽地几乎没有任何描写；或许艾米莉·勃朗特觉得，如果沼泽地要保持作为现实之替代物所具有的普世性力量，最好不要给它太多具体的细节。

然而，这种田园诗式的生活是不长久的。他们来到画眉山庄。这是受过教育但冷血的林顿一家的住地。林顿一家和希斯克利夫之间的敌意立刻表现出来。希斯克利夫不想生活在这里，他"宁愿把约瑟夫（家中那个伪善的仆人）抛下高高的山墙，宁愿用亨德利的血来抹门面"。小姑娘伊莎贝拉·林顿认为希斯克利夫看起来像一个吉卜赛人，偷了她驯养的野鸡。在伊莎贝拉父亲的眼里，希斯克利夫就像是"一个东印度的小水手，或者在荒岛逃生的美国或西班牙弃儿"。

有一次，林顿一家的凶狗咬住了凯瑟琳的脚踝，希斯克利夫冒着风险把一块石头塞进狗的喉咙，才把凯瑟琳救下来。希斯克利夫对凯瑟琳还是一往情深。但，凯瑟琳对希斯克利夫的感情却不是那么确定。

林顿一家有豪宅、华服和音乐。看见凯瑟琳开始被吸引，看见他们情感的秘密理想，因一场热闹的朗诵会或化装舞会而遭背叛，我们和希斯克利夫一样痛苦。这是对现实生活中诸多此类割裂的客观真实再现。最伤人的莫过你所爱的人，对于过去海誓山盟的一切，可能一直并不放在心上。

凯瑟琳在画眉山庄里住了五周。她回来时，希斯克利夫大为吃惊，都不愿主动和她说话。他对内莉说，他希望如埃德加那样皮肤白一点儿，像他那样富有。内莉此时的回答很棒。她告诉他，他很帅，要他相信自己是一个印度小王子，嘲笑埃德加这样的"小农夫"。但凯瑟琳变了：她变得高傲，尽管她对希斯克利夫仍有感情。事实上，她在两个山庄之间过着双面生活。在画眉山庄，她尽量表现出彬彬有礼的样子，但在家里，她没有那么矫揉造作。希斯克利夫一怒之下也变了。他放弃了学业，自暴自弃，一心想"挑起新认识的人的反感而非尊重"，他乐此不疲。

最关键的一幕发生在凯瑟琳对内莉说，她曾梦见过天堂，可是不喜欢天堂。她被天使抛出天堂，回到大地上的呼啸山庄。醒来时，她发现自己高兴得哭了起来。这样看来，她甚至连情人之间那种模糊的安慰——他们相信死后在另一个世界可以圆梦——也得不到。我认为这是《呼啸山庄》中最令人烦恼的地方。它直面死亡和时间的问题，其答案也十分的无望。在这个世界之外没有天堂，即便你真到了那个地方，你也会乞求放你回来。正是在这个世界上，情人们必须化圆为方。

藏在暗处的希斯克利夫偷听到凯瑟琳对内莉说的一切。他听见凯瑟琳说，她"不想嫁给埃德加·林顿，正如她不想待在天堂"。事实上，她知道天堂对于她的作用是什么：正是天堂，让她渴望回到呼啸山庄。但由于希斯克利夫遭到她哥哥亨德利的羞辱，凯瑟琳冲动地宣布，"现在嫁给希斯克利夫，是作践自己；他永远不知道我多么爱他：并不是因为他长得英俊，内莉，而是因为他比我更像我自己。不管我们的灵魂是什么做的，他的和我的是完全一样的。而林顿的灵魂就不同，就如月光和闪电不同，霜和火不同。"

无论这部小说在结构和语言方面有什么缺陷，阅读它时总会充满惊奇，我认为，这是因为凯瑟琳·恩肖在谈到这些可怕东西时那种坦然的方式。"他比我更像我自己。"人类爱情的全部遗憾就在这句话里。

还有更多的动人话语。"如果别的一切都毁灭，他留下，我也仍将留下……我对林顿的爱如同森林里的树叶；我深知，时间会改变树叶，如同冬天改变了树木。我对希斯克利夫的爱，如同地下永恒的岩石；它带给你的可见的愉悦微不足道，但却必不可少。内莉，我就是希斯克利夫。他总是、总是在我心里：不是作为一种愉悦……而是作为我自己的存在方式。"

可以确信，这正是无条件之爱的感觉——"它带给你的可见的愉悦微不足道"；事实上，这种爱，正如艾米莉·勃朗特说，不仅令人敬畏，更是让人害怕。我们可能会分享达西先生对活泼可爱的伊丽莎白的感情，但没有人会想体验凯瑟琳和希斯克利夫相互间的感受。我认为，同样有趣的是，许多女性读者声称，她们"爱上"了达西，几乎所有的男性读者都被伊丽莎白吸引，但对于凯瑟琳或希斯克利夫，任何那样个人的情感反应似乎都是荒谬的。他们自我封闭，近乎性冷淡；他们属于彼此，不属于别的任何人。自从童年过后，他们的渴望再无满足。在短暂的狂喜之后，就是漫长的痛苦，这痛苦至死也难休。天堂将把他们抛出来，他们注定在沼泽地一起，又注定在沼泽地永远分开。

借助一个施虐般的情节转折（类似于托马斯·哈代的手笔，《呼啸山庄》面世时，哈代刚好七岁），在偷听到凯瑟琳告诉内莉，她如果现在嫁给他就是"作践自己"，躲在暗处的希斯克利夫绝望之下就走了，他没有听到上文引用的凯瑟琳对他表达的强烈爱意的话。他心如死灰，离开了约克郡。此后，凯瑟琳嫁给了埃德加·林顿。当希斯克利夫从神秘的流亡地回来时，按照内莉的说法，他"丝毫没有先前堕落的痕迹"，"他笔挺的姿势暗示他可能在从军，"内莉说，但她同时承认，"他紧锁的眉宇间还潜藏着几分未开化的野性，眼中闪耀着黑色的火焰。"

希斯克利夫并没有真正改变。达西先生是一个偶在的个体。我们了解他，靠的是他低落的情绪，他的财富和社会地位，他的友谊、欲望和爱情，他对财富的管理和对他人事务的干涉；在某种可议的程度上，由于受到伊丽莎白的影响，他甚至能够改变或改正。如果他没有碰到伊丽莎白，他会娶别的女人，或许，一个他在伦敦遇到的不那么让他"有失身份"的女人。然而，希斯克利夫不是可以通过化学反应改变的复合物或混合物；他是一种元素。他是激情的化身。无论如何，他不能分解或改变。他只是作为凯瑟琳的一团爱火而存在；他和其他人的关系只存在于动物层面。他在流亡中如何度日？这不重要，可能就连艾米莉·勃朗特也不知道。他貌似的一点驯服和他新的军人风貌都是短暂现象，不会长久。关于他唯一的疑虑是，他的本性在多大程度上取决于故事开始前他遭受的虐待和冷遇，多大程度上取决于此后在呼啸山庄受到的粗暴对待。按照内莉·迪恩的说法，似乎的确有此暗示，希斯克利夫的身上一度存在一个"更好"的人。这究竟是否感情用事，我们可以自由判断。

当伊莎贝拉·林顿——凯瑟琳新婚后的小姑子——宣布她爱上了希斯克利夫时，凯瑟琳竭力劝告她放手，就像人们可能警告一个蹒跚学步的孩子别去逗一条长毛猎犬。但是，谁也不能阻止这段婚姻。可不久之后，伊莎贝拉问："希斯克利夫先生是人吗？若是人，他疯了吗？若不是人，他是魔鬼吗？"

在小说的这个阶段，你会觉得希斯克利夫的桀骜不驯所产生的魅力在开始消减。艾米莉·勃朗特可能借用了太多的哥特小说手法，而对现实主义写作手法借用不够。也许，多一点儿奥斯汀小姐，少一点儿拉德克里夫夫人，就会有帮助。当希斯克利夫像哈姆雷特或奥塞罗一样，在命运的可怕炎症的驱使下似乎走向暴力的时候，我们为之感到惊奇，为其感情的纯净感到惊奇，但从他娶了伊丽莎白之日起，驱使他的似乎往往是某种更加卑鄙的东西——是怨恨或任性，或者说与其病因无关的一些小利引发的精神失衡。

但是，在那之前，希斯克利夫即将参与十九世纪小说中最可怕的场景之一：凯瑟琳之死。艾米莉·勃朗特一点儿没有松劲，一切都用大胆无畏的笔墨写下："你害了我——我想，还心满意足"，这是希斯克利夫出现在临终时凯瑟琳的床前，凯瑟琳开口说的第一句话。

在接下来的对话中，我们看到，他们之间的爱已经接近于仇恨。他们悲叹命运，既不能让他们离开对方而生，也不能让他们离开对方而死。要在这一哥特风格浓厚的场景中找到慰藉是徒劳的；这一幕真正令人痛心，简直难以继续下读。这不是普通人如何生活或感觉的问题。谢天谢地，这不是读者的生活版本。但在其致命的绝望中，它击中了我们宁愿不去沉思的真相。

"我没有伤你的心，"希斯克利夫愤怒地吼道，"是你伤了自己的心；你伤了自己的心，也伤了我的心。因为我强大，所以对我来说就特别苦。我想活吗？那是怎样的生活？啊，上帝！你愿意和你在坟墓中的灵魂一起生活吗？"

凯瑟琳乞求他的原谅，就在这最后关头，他找到了一些心灵的高贵。"我原谅你为我做的一切。我的爱谋害了我的人——但害你的人呢？我怎能原谅？"

言尽于此。"他们脸贴着脸，默默无语"，内莉告诉我们，"以泪洗面"。那天晚上，凯瑟琳生下一个"七个月大的瘦小男婴"，小凯西。两个小时后，凯瑟琳死去。读者不得不眨眼一下，回想一下是否知道她怀孕了。我们不喜欢认为凯瑟琳和埃德加有性爱。同样奇怪的感觉是，伊莎贝拉会怀上希斯克利夫的孩子。凯瑟琳和希斯克利夫的爱没有身体的高潮，尽管他在她临终前的亲吻显然有性的意味。在《呼啸山庄》中，爱和性的分离是非常令人不安的。无疑，有许多论文谈到这部小说中的"身体化"和"去身体化"。正是排除了性作为自然的安慰和慰藉，才使这对情人的身体痛苦更加难以承受。

小说的进程刚过半，但随着凯瑟琳死去，小说的活力也就没了。希斯克利夫的身上再无光辉留存，只有坠入痛苦，最后接近疯狂。在凯瑟琳临终前，他说出了可怕的诅咒："你说我害死了你，那就化成鬼缠住我吧！我相信，被害死的人一定会缠住害死他们的人。我知道鬼魂在世间游荡。无论你化成什么样，一直缠住我，把我逼疯！只要不把我留在这深渊，在这里我找不到你。啊，上帝！真不知道怎么说呀！没有了我的生命，我怎能活！没有了我的灵魂，我不能活！"

关于《呼啸山庄》在艺术上的优点，很难有一个明智的结论。

我感到欣慰的是，我不是教师，不是批评家，不需要为它划一条"线"，抵制他者的交叉检查。当我对作家、精神分析学家亚当·菲利普斯谈到这个问题时，他说有类似的体验。我们十几岁时，都把这部小说当课外读物来读，课堂上没有教过；然后，在中年时回头重读，发现这根本不是我们记忆中的"爱情"小说。亚当·菲利普斯认为，希斯克利夫一辈子生活在怕中，他生下来就遭父母遗弃，此后他就怕再遭遗弃。或许，在这种致命的怕中，有某种自我实现的东西。亚当·菲利普斯认为，希斯克利夫和凯瑟琳的关系中主要的情感是匮乏和需求，当然也有"爱情"。但我不那么确定。不过，我们两人都对找到一个圆满的阐释持保留态度。

我记得，利维斯博士说《呼啸山庄》是一种"芽变"。这是一个园艺学术语，指的是枝条嫁接到不同植物上产生了变种，结果很怪异，当然，正如所有的基因试验，结果也有点令人不安。我认为，"芽变"这个术语正好反映了批评家的困境，难以为这部小说定位，难以为这种感觉定位，它难以真正置放在英国小说的主流中。我们看到，《简·爱》的根无疑是传奇故事和哥特小说，它也可以毫无违和地置于从丹尼尔·笛福、理查森、简·奥斯汀到狄更斯的英国小说传统。《呼啸山庄》呢？有些地方，它像莎士比亚的手笔，有些地方，却很花哨拙劣。

我希望，这不是读者的怯懦，承认自己被一本书击败，无论这本书多么值得崇拜。如果有人会继续读《呼啸山庄》，主要也是因为希斯克利夫这个人物。凯瑟琳有许多金句，但难敌希斯克利夫的那声诅咒。他的诅咒长久而恐怖地回荡在我们的脑海，如同李尔王或麦克白的怒号。

苔丝

想再和你见面

在我思想的某个早期阶段，或许大约在十七岁左右，我对一部小说"应该"是什么样子产生了一些固定的看法。我尽力从我最崇拜的那些小说中找出它们的共性，如果说有任何共性的话。这种共性似乎落在一系列的悖论之上，对于学生的心灵来说，悖论是个精彩的玩意儿。

我认为，如果酒吧里有人告诉你一则吃惊的轶事，你会想把这个故事传递出去；酒吧里那些善于讲故事的人，所能指望的最好恭维就是"你应该把它写进书里"。孩提时，我读书主要是追求这种惊奇的效果——越吃惊越好。因此，阿利斯泰尔·麦克林的《没有终点的夜》或《怕是关键》是我认为的最好作品。在读到夏洛克·福尔摩斯之后，我又在人物、环境（比如爬满紫藤的郊区屋舍）和细节（比如二轮轻马车、雾）中找到了乐趣。尽管如此，我判断小说优劣的标准，首要还是看故事是否极端或"刺激"。因此，我认为《斑点带子案》是最好的福尔摩斯侦探故事，哪怕故事内容本身明显不现实。

后来，在我读了《傲慢与偏见》和《儿子与情人》之后，一切都变了。小说中的贝内特一家和莫雷尔一家丝毫没有神秘的气息；它们是寻常人家。但是，通过紧紧聚焦主要人物的内心世界，简·奥斯汀和劳伦斯不但使这些人物活起来，而且使他们的生活看起来特别的重要。在我十几岁的心灵中，我总结出小说的第一条悖论：内心世界，尽管没有枪战和赛车，但比起外在生活更加刺激。

我认为，光有这条悖论还不够。我没有把保罗·莫雷尔看成是詹姆斯·邦德更令人刺激的翻版，看成是内心世界的间谍。保罗做了邦德不能做的一些事情，他引起了我的共鸣。尽管十五岁的我，无论是和保罗这个诺丁汉矿工的儿子及其初恋，还是和邦德这个冷战时期的间谍及其手枪，同样毫无共性，但区别在于，伊恩·弗莱明揭示的我和邦德的差异让我自惭形秽，但劳伦斯仿佛在说，我的一部分可见于保罗，反之亦然。因此，我总结出了第二条悖论：作者能够借助伟大的技巧描写个体，忠实地传递他的每次心跳，并暗示这个人物不仅是个体。这个人物无论多么独特，作者都能挖掘出一些与读者共鸣的东西，无论那些东西多么不真实。借助特殊性，可以揭示普遍性。这肯定是小说家的拿手好戏。

无论如何，人物是故作低调，被看成典型的普罗大众，还是如狄更斯笔下的人物那样缤纷多彩，这都不重要。唯一的考验是看，在小说家审视的压力之下，他们是否显示出更深刻的形象。克拉丽莎似乎证明了那样的品质。汤姆·琼斯肯定也有。两者都是常人，但却置身于特殊的环境。有趣之处不在于克拉丽莎是牺牲品，汤姆是浪子，而是在于他们的行为告诉了你关于他们故事之外生活的道理。尽管我们没有强奸经历，没有与人决斗，但他们的感情与我们共鸣，他们的本性与我们息息相通。

现在回头来看，这似乎显而易见。但无论如何，我还是又总结出一条"规则"。这就是小说的第三条悖论：小说家可以自由书写古怪的人物和极端的事件，但出于说教或教化的目的，他不会假装这些人物是随机选择的典型样板。比如，在《名利场》中，书名和小说中大量作者的评论话语都表明，萨克雷的确希望向读者证明，"一切皆虚妄"。为了证明自己的观点，我认为，萨克雷需要说服读者，他的人物有代表性。我们就举一则新闻报道为例：一个名叫韦恩·波比特的先生，因为不忠，遭老婆剁掉了男根。这是真人真事，但你不能指望通过讲述这个真实的故事，来劝说人们，独身是幸福的秘诀。这个故事太极端，离开了它怪异的环境，没有任何普遍性。说得更重一点儿，萨克雷的更加宏大的主题"一切皆虚妄"要有说服力，除非他说："我可以不要贝姬、艾米莉、杜宾等人物，然后从同样的社会氛围中随机挑出六七个人物来写，这部小说虽不会一样有趣，但道德和主题的含义是一样。"

我想，在这方面，萨克雷是成功的。但是，当我读到《远离尘嚣》《卡斯特桥市长》，尤其是读到《无名的裘德》，我一开始就觉得，托马斯·哈代绝不会通过这场考验。他有道德和哲学的议题，但他没有科学或历史的客观立场来证明他的观点。哈代不是小说界的塞西尔·夏普，后者游历英国，记录下失传之前最后的民谣。哈代不是这样一个人：他倾听自己可爱的家乡，倾听自己的山村，然后写下展现家乡人物生活和命运趋势的小说。在我看来，他似乎更像是这样一个人：在酒吧里听到一个刺激故事，然后凭借他毋庸置疑的小说家才华，把这个故事嫁接在可信的人物身上，将最奇异的一些特征分配给依据现实构思出的人物，最后转向读者问道，"这难道没有表现出生活是多么悲惨吗？"

如果他选择的不是苔丝，而是另一个挤牛奶女工，小说还有同样的道德冲击力吗？如果他选择的不是迈克尔·海恩查德，而是另一个谷物商，结果会一样吗？我想不会。我猜他的反驳会是，"可我选择讲的，正是苔丝的故事或迈克尔的故事。"对此，我可能会说，"那很好，但是，预先选择一个对你的结论有利的例子，你已经伤害了所谓的引起普遍共鸣之说法。"

这条悖论相当抽象，难以精确表达，但它足以阻止我应该像初读一样欣赏哈代的小说，即便我很喜欢那些人物，喜欢他写那些人物所在乡村的生活方式。

我在三十五年之后重新打开《苔丝》，首先注意到的是，哈代是多么喜欢苔丝，喜欢她那"两片娇艳的红唇和一双天真的大眼睛"。从一开始，作者就要我们相信，这个乡下姑娘知道一些动物行为，但几乎不通人事；她是"纯粹情感的容器，没有沾染任何人生的经验"。她就像圣母玛利亚一样，完美无瑕，甚至路人都会"被她的清新迷住"，会"想是否会再次见到她。不过，几乎在每个人看来，她只不过是一个标致如画的乡下姑娘而已"。

我认为，哈代在这里拼命暗示，尽管苔丝是例外，但选择她几乎是随机的。我们路遇的每个清新的乡下姑娘都有生活故事，他暗示，这里只是其中一个故事。如果我们不认为哈代构建他小说的落后环境来证明他更宽广的计划之做法是错误的话，我认为，他诱导我们接受这层暗示至关重要。

小说中第一个重要的事件，在某种意义上也是小说中最重要的事件，其实充满空白。当苔丝出门与一群少女在田野里跳舞时，一个路过的学生安琪儿·克莱尔并没有请她跳舞。他只驻足了片刻，与身边的姑娘（这个姑娘甚至连名字都没出现）跳了一曲，就继续赶路。但是，他注意到了苔丝，苔丝也注意到了她。如果他们在这一刻相识，也许他们之间的一切将会进展顺利。哈代知道，时间是爱情的敌人，他们在不同的轨道上运行。仅仅遇见心爱的人，得到爱情的回报，是没有用的；两者之间还必须机缘巧合。等到苔丝和安琪儿再见时，一切都太迟了。

苔丝的父亲是游手好闲的酒鬼。他认为自家有贵族血统。苔丝的母亲送她到当地一个名叫亚力克·斯托克-德伯的乡绅家"认亲"，希望找份工作或者拿些钱或者兼而有之。亚力克是那种反面角色，"尽管他的外形有些粗野，但在这个绅士的脸上，在他那双大胆的滴溜溜直转的眼睛里，却有一种独特的力量"。他点燃雪茄，透过蓝色的烟圈，打量着这个清新的小姑娘。哈代告诉我们，苔丝也有"不足之处"，她看起来"比实际年龄大，有成熟女人的风味"。我们知道，她会越来越体态丰满。但现在，她少女的清新，加上成熟女人的味道，形成了强大的合力，迷倒了亚力克。

不久，亚力克就开始了进攻。他吩咐苔丝紧紧抓住缰绳和马饰，趁她双手不得闲无法推开他时"强吻"她。苔丝挣扎时，他似乎很迷惑："你一个乡村姑娘，倒很敏感的！"这种铺垫，直到爆炸性的结果，是一种巧妙的设计。尽管同情苔丝，哈代也没有低估她稀里糊涂做了一些事情让亚力克欲火中烧。当然，她很标致，红唇诱人，有女人味，这都不是她的错；但她一个人，不请自来，寻求帮助，那样的独立需要一定程度的自我保护意识。读者心目中的抽象陪审团随时要谴责这个垂涎她美色的亚力克，但也可能准许他提出减免惩罚的申述。

　　苔丝留在德伯家干活。亚力克油腔滑调地对待她，以"表妹"相称。苔丝对他有了一丝信任。她失去了最初的羞涩，有了"新的更加温柔的羞涩"。哈代用这种说法，也许是想表达她在"服从"之前的谦卑。这是十分清楚的：她准备接受亚力克的善意，但仅此而已。一天晚上，苔丝和村里的几个野丫头（其中两个是亚力克以前的"战利品"）打起来，亚力克赶来救她，把她拉上坐骑。她只有任他摆布，尽管他没有立刻乘人之危。他问，是否他的关注总是不受欢迎，她说是，不过，语气没有那么重。亚力克说，他给她爸爸买了一匹新马。苔丝一边感谢，一边"痛苦地意识，这时必须感谢他是多么尴尬"。亚力克继续骑马漫无目的地前行，延长拥抱苔丝入怀的快感。不久，他就能够合理地宣称迷路，然后将苔丝和马留下，徒步去查看身在何地。他回来时，发现苔丝正在熟睡。

　　接下来发生之事的结果是苔丝怀孕了。作者没有说，到底是亚力克强奸了苔丝，还是征得了苔丝的同意。他的话语表明，这是一次草率而不幸的耦合，不过他也暗示，苔丝父亲所谓的高贵祖先"对他们时代的乡下姑娘也会同样对待，甚至更加无情"。因此，虽然亚力克无情，但还留了一些分寸。我们得等着弄清楚这到底是不是强奸。

　　几周后，苔丝泪眼汪汪地告诉亚力克，要是她真的爱他，她"不会因一时糊涂做的事而恨自己！……我的眼睛被你迷住了一点点，就是这么回事"。她然后说，"等我明白过来你的意思，一切都太晚了"。

　　他们听到了其他女人的风言风语。围绕那些风言风语到底是什么意思，他们生气地吵了一阵。最后，亚力克说，"我承认，我做错了"。他说准备安排她一个室内更好的活计，作为补偿。

在失身的事情上，苔丝究竟多大程度上心甘情愿，我们仍然不清楚。她说了"一时糊涂"和"被你迷住了一点点"，暗示在某个时间点她在配合；她说的"等我明白过来你的意思"，也在暗示，至少亚力克问过她愿不愿意，哪怕问得很隐晦。不过，亚力克承认"我做错了"。照他们所说来推断，事情真正的经过应该是这样：亚力克"利用"了苔丝的好感；他怂恿她做了并不真心想做的事；在这个关键时刻，她的眼睛"被迷住了一点点"，没有阻止他继续行动。

对于女儿失身，苔丝的母亲并不操心，她搞不懂的是女儿为什么不抓住亚力克成亲。苔丝自己明白，她不可能嫁给一个自己不爱的男人，无论这是多么现成的人选。正如伊丽莎白·贝内特有品位认识到，达西先生的家具比凯瑟琳夫人的家具要"好"、没有那么奢华，同样，苔丝对教育高过自己的人天生也有评判的标准和品位。对于亚力克这样的有钱人，一百个挤奶女工中有九十九个会借机抓来做老公，但苔丝和伊丽莎白一样，是"自然之女"。她受过一些教育，或者正如她所言："我只有身份是农民，但我天生不是农民！"重要的是，在那件事情发生之前，她并不"太在乎"亚力克；在那件事情发生之后，她"更是根本不在乎"亚力克。

在这时，一直让人捉摸不定的哈代把话挑明了一点儿："她从前怕他，躲避他，他抓住机会，巧妙地利用了她的无依无靠，使她屈服；后来，她又暂时被他表面的热情态度蒙蔽了，被他打动了，糊里糊涂地顺从了他。"尽管顺从与同意不是一回事，"暂时"的欲念与真正想做爱也不是一回事，但这时综合各种证据，也不足以坐实强奸的指控。当然，这已足以让我们讨厌亚力克，同情苔丝。但是，哈代对这个事件的处理是暧昧的，不全面的，与其说是回答了问题，不如说是在故意挑起问题。如果他愿意，他有足够的语汇和勇气来表明亚力克强奸了苔丝；但他没有这样做。与其直抒胸臆指责赤裸裸的强暴，他在惶惑、犹疑、半推半就或"一时糊涂"之中看到更多的戏剧张力。他在这方面的判断是有道理的，因为这让苔丝看起来不大像一个被动的受害者，更像是一个悲剧人物。一辆快速行驶的车把一个孩子撞死，这令人十分悲伤，但这不是"悲剧"。由于外因和内因的意外巧合，导致哈姆雷特荒废一生，这才成就了悲剧。

很快，哈代开始动员苔丝戏剧人生中的另一个角色：自然世界。苔丝想起自己的"时而糊涂"时，觉得很不开心，于是趁黑离开父母家出走，因为她知道，只有在那时候，"活着的苦恼才能减少到最小的程度"。

在小说第十三章结尾的一个漂亮段落里，哈代描写了她在夜间散步，觉得风景表达了她内心的忧伤感受。这种"忧伤的感受"或许可以给她安慰；但后来，她甚至与钟爱的威塞克斯森林和大地也格格不入，她想象自己是"一个有罪之人，践踏了纯真的幽灵之地"。

哈代告诉我们，"她被动地破坏了的只是一条已被人接受的社会律法，而不是为环境所认同的律法，可是她却把自己想象成这个环境中一个不伦不类的人"。正是这种违背自然的感觉，才是苔丝觉得最难忍受的东西。哈代把这个信息"挤"——如果可以用这个字眼的话——出来，因为它太有价值。这个孩子是"自然"之子，换言之，是私生子，但把这个孩子生出来，在她干活的大地上为孩子喂奶，苔丝觉得很"不自然"，"尽管这不是一块陌生的大地，但她觉得生活在这里就像是陌生的外人"。关于孩子的受孕，哈代还停下来把水搅浑一点儿。他转录了牧场一个女工的话。她曾听说，当初那个事情，"并不是哄哄就行"，并说"要是当初有人路过，另一个人（亚力克）就遭殃了"，但哈代也提醒我们，苔丝"性格中有一点不谨慎"。

有一件事情，哈代是交待清楚的：苔丝觉得痛苦，并非因为她未婚生子，而是因为她很"传统"：她觉得在社会上丢人。正如她渴望嫁给她"爱"的男人，对于她大多数家乡朋友来说，这是可望不可求的奢侈或自我纵容，同样，她感觉僭越社会规范，似乎也属于不同的社会阶层，不是她在牧场的工友所能认同。无论如何，正当其他乡村少女出于无私的友谊，开始接受苔丝未婚生子的现实时，她的孩子却生病死了。随着孩子的死亡，苔丝"从淳朴的少女变成了复杂的女人"。

她放弃了父亲这边祖先是贵族的所有想法，决定成为母亲那样的人："我的美貌来自她，她只是一个挤奶工。"她来到另一处乡村，受到热烈的欢呼。这欢呼声反复出现，拉得很长。"这不是山谷的意识在表达，美丽的苔丝来了，而是像平常一样宣布挤奶时间到了。"奶牛做好了迎接她的准备；事实上，它们的乳房如此饱满，乳汁一点一点滴在大地上。可怜的苔丝：尽管这片大地上的群山在欢迎她，但在她异常漂亮的眼睛看来，尤其吊诡的是，因为她毫无必要的罪感——无论多大程度的自愿，她参与了人类最自然的行为——她觉得与这片大地格格不入。对于什么是自然行为，什么是不自然行为，围绕这种悖论的游戏，犹如一股暗流藏在小说之中。

在牧场，苔丝再一次遇见安琪儿。他在学习农牧业，准备前往海外殖民地工作。如果苔丝是自然之女，那么，安琪儿是思想的奴隶。他们彼此的亲和感，根植于对未知的迷恋。安琪儿要对付的是职业问题，信仰问题，以及一个势利的信教父亲的问题；苔丝要对付的是一个并非因爱而生的孩子死亡的问题以及随之而来感到与世界脱节的问题。考虑到苔丝的问题过于复杂，安琪儿的问题又过于缥缈，我们当然容易对安琪儿产生不耐烦。不过，从狭义的角度而言，他是一个好人，他懂得欣赏她更好的一面。他给了她一个来自神话的别称；对此，她说，"就叫我苔丝吧"，他听从了她的话。他们之间生长出的爱是简单的、相互的。对于苔丝，这是全身心投入的过程，带有一点绝望，因为她完全知道命运和生活。她也有些感动，对于与她一起挤奶的少女，她会心生同情，因为她们没有办法得到安琪儿。对于安琪儿，这份感情开始于迷恋她的脸，她的唇，除了一点瑕疵，堪称完美；但正是这一点瑕疵，才使之更富于人味。他们在某些方面并不般配，但不是不可成全。关于伊丽莎白和达西，如果一定是选达西，人们担心的是看伊丽莎白达成多好的协议。关于希斯克利夫和凯瑟琳，他们若结合，读者一定会震惊。但是，对于有一双黑眼睛、表面上很纯洁天真、心里痛苦不堪的苔丝，对于有文化、有一点儿世故、但纯真、禁欲色彩浓厚的安琪儿，他们是真正彼此的关爱，也有未来共同幸福生活的可能。这种幸福，正是因为如此渺茫，所以似乎看起来更加可欲。读者无论有多么担心，都会情不自禁地希望他们好事成真。

冲动之下，安琪儿提出了求婚，但苔丝说不能嫁给他。她不会告诉他为什么。他说会耐心等候，等她回心转意；他的耐心和大度，正好是对缺席的亚力克的批判。读者觉得，如果苔丝此时告诉安琪儿真相，考虑到安琪儿本质上是好人，加之爱得疯狂，他也许会告诉苔丝，他不介意恶人占了她的便宜。经过一番挣扎，苔丝还是拒绝透露她拒绝的原因。"你简直就像在装清纯"他抗议道。这几乎也是我们的想法。

最终，苔丝克服了忧虑，答应了求婚。她抱住安琪儿亲吻时，我们看见她对安琪儿的感情。她认为他英俊，圣洁，聪明。在这方面她走眼了。安琪儿不是坏人，但他"更像是精灵"，"明亮多于热量"；他的感情显得"空灵"和"严整"。他很爱她，但不是像她那样"全身心狂热"去爱。哈代巧妙地暗示，安琪儿正如名字暗示，缺乏性的激情，缺乏相应的原谅和大度。他的确爱苔丝，但他不会为爱痴狂。他没有狂热的性冲动，从而忽略苔丝的小缺点。除非他能借一点亚力克的魔性，用来铸造他思想中动物性的温暖光芒，使自己不仅"明亮"，而且多一点"热量"……

随着婚期临近，出现了一段与自然调谐的动人场面，"在这些美丽的十月下午"，苔丝再次觉得自己是自然的一部分。安琪儿与她一起散步，他也通过她感觉到与自然一体。在感受力方面，他自愧弗如。但这是短暂的田园诗般生活。苔丝仍然觉得自己配不上安琪儿，常为此困扰。安琪儿的反驳尽管巧妙——是否般配，与社会地位无关，只关乎"真实、真诚……美名"——但却弄巧成拙，令她的罪感更深。事实上，她不那么在乎社会地位，她在乎的是"美名"，而这恰是她觉得自己丢失的东西。婚礼没有给她带来解脱，只是一种"缄默的罪感"，她觉得安琪儿没有娶到真正的苔丝，娶的是她"理想的样子"。当客人散去，他们听到公鸡叫了三次，这个细节在影射彼得拒绝基督。有那么片刻，读者会觉得哈代在一幅原本精致画面的前景里挤眉弄眼。此时，安琪儿敞开心扉，告诉苔丝，有一次他"和一个陌生女子鬼混了三天四夜"。听了安琪儿的话，苔丝也鼓起勇气，说出了自己与亚力克的过去。

安琪儿的反应正是她害怕的东西。"我一直爱着的女人不是你，"他说，"是和你一模一样的另一个女人。"他似乎决心要对她作出错误判断，哪怕面前的一切证据都表明，她本质上是——正如小说的副书名——"一个纯洁女人"。安琪儿可以原谅苔丝，但他不再能够爱她。从此刻开始，小说接近于悲剧，因为每个人物身上都有某种不可分解的特征，这些特征都与环境发生了不可避免的冲突。"总的来说，安琪儿温柔而多情，但在他的内心深处，潜藏着一块坚硬的逻辑，就像是松软的土壤里埋着的金属矿床，无论什么东西想要穿过去，都得折断尖刃"。

第一次读这部小说时，我发现安琪儿的反应冷漠到令人难以置信的程度。我想，如果他真正爱苔丝，无论她过去是怎样的人，无论她有什么样的过去，他都应该爱她。现在，我不如此确信。如果你发现，你爱的人并不是看上去的样子，你的感受会是什么？不忠给人的感受类似；就危害性而言，相比于轻率犯下的错误，犯错者一直故意隐瞒某些重要的实情后果更严重。或者，设想一下，你发现同床共枕了三十载的丈夫，根本不是供职于石油公司，而是为英国军情六处效劳，你会如何感受。也许，你会"理解"他没有告诉你的原因，但是，只要想到你对他如同白纸一样透明，而他却如云山雾罩，这难道不会给你的婚姻投上难受的暗影？

苔丝和安琪儿的状况更是极端。一方是一个挤奶女工，有一个死去的私生子——这是遭受近乎肮脏强暴之后的又一次打击——同时，有一种奇怪的念头，觉得自己是自然之女，有一定的文化，渴望高于那么一点她在现实生活中的地位，但却与自然中的家乡疏离；另一方是一个温柔、多情但思想激进的人，一个反抗父亲的无神论者，一个候补的殖民者，一个固执、异想天开的冒险家。但在他们的悲剧中，有着某些普遍的东西。难道我们没有爱上某个人的"幻影"？爱是"盲目的"，对于不希望看见的方面，它会视而不见。在爱之初，甚至会有意无意闭上眼睛，不听理智的声音。如果我们全方位看清了爱的潜在对象，缺点也好，优点也罢……当然好，但这不可能办到，因为我们不仅要用眼睛看，还要用心眼来看。倘若，理论上说，这可以办到，我们能够全方位看清，不难设想，我们全都会爱上同一个人。因此，苔丝和安琪儿的痛苦，虽然独特，令人疯狂，不忍读下去，却的确代表了人类的普遍真理，这就是它如此令人不安，如此感人的地方。

哈代仍然像一个笨拙的歌队一样在小说中隐现。"上帝不在他的天国：这个世界阴差阳错"。当安琪儿和苔丝分别时，哈代让安琪儿陷入反思，他用下面一句话的节奏拯救了情节的突降："看见苔丝过了山峰，安琪儿也转身踏上了自己的路，他不知道自己仍然爱着苔丝。"尽管事件的走向不可避免，但他再次获得了主动。在苔丝对亚力克进行了可怕的报复之后，哈代让她和所爱的人短暂地体验了一下天国的幸福。在逃离法律制裁的过程中，他们在新森林找到一间废弃的屋子藏身，我认为——尽管哈代在此闪烁其词——他们在这里找到了他们精神之爱的身体表现：性爱。如同许多的恋人，他们逃离的是时间。安琪儿"也朝外看。她说的完全对；屋里是爱情、和谐、宽恕；屋外是冷酷、无情"。爱和幸福能够多么长久？一天？一年？像《呼啸山庄》中的凯瑟琳一样，苔丝也望向另一个世界和时间寻求拯救：

> "现在告诉我吧，安琪儿，你认为我们死后还会再见面吗？我想知道。"
>
> 他吻了吻她，不想此时回答。
>
> "啊，安琪儿，恐怕你的意思是不会！"她尽力忍着哽咽说。"我想再和你见面——很想，很想！安琪儿，你和我这么相爱，难道还不会见面吗？"

安琪儿沉默不语，因为他的整个性格已经被他狂热的无神论点燃。小说中三个关键时刻出现时都没有任何事情发生。第一次是安琪儿没有邀请苔丝跳舞；第二次是苔丝告诉他自己的秘密之后，问他是否还爱她时，他没有回答；第三次是他再次用沉默来表明他是无神论者。

重读这部小说时，我认为，在我设想的小说艺术的第三条悖论的考试方面，哈代并没有不通过。尽管有时他简直像小丑一样拼拼命指出眼皮下发生的事情（"公鸡再次叫了起来"），我没有觉得他加重苔丝的个人环境到难以忍受的地步。我也没有觉得苔丝的人生，尽管奇特，就必然不具代表性。哈代成功地说服我们，选择苔丝，是因为她的故事最有趣；不过，其他姑娘的人生不会完全不同。在这方面，他让苔丝在塔尔勃塞牛奶场的女工友也为他努力效劳。她们不仅是一支欢快的歌队；她们还都爱上了安琪儿，其中一人甚至为爱而自杀。

托马斯·哈代的笔下，或许最动人的一句话就是苔丝这声可怕的呼喊："我想再和你见面——很想，很想！"读到这句话时，就像有一把刀子穿过心脏。

它所包含的想法将是哈代诗歌的主题；不久，写诗就成为他余生的工作。

查泰莱夫人

原本就是没有羞耻

康斯坦丝·查泰莱是D.H.劳伦斯1928年小说《查泰莱夫人的情人》中的女主人公。她有着波希米亚的背景，原本是一个快乐的姑娘，像大多数人一样，无忧无虑，蹦蹦跳跳地行走在人生路上，然后突然吃惊地发现，作为成年女人她必须面对的真实选择。

还是十几岁的少女时，她跟着姐姐去了一趟德国，在那里，她被一个甜言蜜语的大学生夺取了贞操。但她对性事没有太大兴趣。在她的心目中，重要的是女性生活的"自由"，她渴望摆脱这个肮脏的现代世界。她认为，男人更加现实，老想着"性事"，简直是一种羞耻。不过，时间和经验将改变她的想法。

在劳伦斯的心目中，"肮脏"主要存在于这个由工厂和矿山构成的机械化的社会。它们令罗宾汉等绿林好汉生活的那个古老的异教的英国风景满目疮痍，把男人和女人原本磅礴的生命力压榨得一干二净。1917年，康妮嫁给了克利福特·查泰莱爵士。这个矿主有一栋棕色石头宅邸，名叫拉格比大宅，一栋"乏善可陈，没有什么特色的建筑"，不过周围面积很大。他们刚度完蜜月，克利福特就上了战场。半年之后，他被从佛兰德斯运回家，"简直是粉身碎骨"，腰身以下瘫痪，不能走路，不能与新婚妻子做爱，也就不能生子嗣。战争最能表现工业化社会的非人化影响，这部小说中的人物在战争的可怕后遗症中极力寻找生活的方式，找到"一小块新的地方生活，获得一点儿新的希望"。这是世界末日之后的景观，男人和女人抛回到原始的生活状态。

在这部小说开头，劳伦斯对查泰莱夫妇所在圈子中人的附庸风雅和矫揉造作有一些喜剧性描写。清脆的短篇和时髦的戏剧不能回答破碎文明提出的问题，拉格比小圈子中乏味的交谈就是最好的明证。康妮努力经营这个缺乏生气的家，同时竭力鼓动丈夫在文学方面一展抱负；克利福特写了一些陈腐"社会"题材的短篇小说，取得了"成功"。在父亲的鼓励下，康妮找了一个情人，一个名叫麦卡利斯的华而不实的剧作家。她对这场外遇并不满意，因为麦卡利斯在做爱时并不投入。他"来"得太快，尽管他能够继续，直到她达到高潮，她还是认为他太"自私"，于是把他踹掉。无论如何，麦卡利斯不适合做长期情人；他是"无法在任何东西上立得太久"的蝴蝶，考虑到他的床技，在这个语境中，"无法在任何东西上立得太久"是一个不幸的修饰语。劳伦斯对于"性事"太严肃，听不到其中的双关。

康妮身上有着某种天真。尽管她附庸风雅、对婚姻不忠，是她那个时代的"解放先驱"，但她生性不善交际。她身上欺骗性的一面是意想不到的低调。她没有咄咄逼人的势利气，乐意体验生活。她既不像特维斯霍尔那些矿工妻子一样算计身价，也不认同丈夫阶层那种干巴巴的贵族义务。她有的是体验极端不安分的感官享受的潜力。

无疑，无论男女，都有许多这样的人，尽管很少人找到他们的启蒙者或导火索。奥利弗·梅勒斯是查泰莱先生庄园的猎场看守，比起康妮，他对生死和自然有更多的经验。他有生活的计划，有一套优先性原则。他的小棚子——他在那里喂养了野山鸡，供前来做客的贵族们射杀——他朴素的小屋子，他的旧军毯，他白色的防水雨布，篮子里的面包，蓝色马克杯装的啤酒，简直就是末日世界之后的"新栖息地"。梅勒斯是战争大屠杀的幸存者，他保留了对更美好生活的记忆；他是村中长老，充当了过去与现在之间必不可少的中介。他鄙视金钱和社会进步的观念，尽管两者他都不难获得，但他喜欢过更简单的生活，更彻底地贴近大地，保留人身上残留的仍然值得信赖的动物性的方面。就社会性而言，他是一个令人感兴趣的混合物，难以定位。他像苔丝一样，精通方言和标准英语；在来这里当猎场看守前，他当过军官，也为地主当过长工，把地主的女儿培养成了教师。

在1914-1918年的世界战争中，飞机和枪炮屠杀了上千万人。这场战争似乎彻底消灭了智人是上帝拣选或优良的族类的观念。对于那些士兵，在凡尔登或帕森达勒的阴森屋子里面嬉戏欢歌的老鼠、鸟儿和兔子，没有任何象征意义，没有任何慰藉的作用；相反，这些小动物的生活表明它们完全无视人类即将来临的耻辱。

尽管他自己没有用如此多的话来表达，但梅勒斯的确代表了人类一线希望的火苗：在对自身和这个世界做了这一切之后，人类能够再次发现尊严，与其他族类共存，不是作为一个更优良的族类，而是作为一个平等的族类，同样有肺、血和渴望。这是一种谦卑的希望。谦卑是理解梅勒斯性格的关键。正如我们看到，他的谦卑在康妮对经验敞开的谦卑态度中找到了呼应。

这部小说的核心观点在当时很激进，今日仍然令人不安。无论是在文学开端之日的作家笔下（《圣经》、荷马、贺拉斯、卡图鲁斯），还是在最初的小说人物中（如摩尔·弗兰德斯、克拉丽莎和汤姆·琼斯），都有性和爱的描写。但是，在英国的小说中，倾向于将两者截然分开，比如，贝拉斯通夫人，这是作者准许汤姆·琼斯去睡的女人，索菲亚·威斯顿，则是汤姆·琼斯要"爱"和结婚的女人。但对于劳伦斯，我们全都知道汤姆根本没有"睡"贝拉斯通夫人，但却完全清楚他什么时候与之做爱，这才是部分问题所在。通过利用委婉语（英语中，"睡""做爱"是用来替代粗俗词语指涉性爱），通过把"仅仅是性"和"纯粹的爱"分开，作家与读者共谋，制造了一个虚假但有害的区分。

一个醉鬼可能去找妓女，干那么几分钟，甚至不知道对方的名字，没有看对方的脸，可以认为，这"仅仅是性"。苔丝发出撕心裂肺的爱的呼喊，想在死后与安琪儿重逢，"很想，很想"，这应该是"性—爱"光谱另一极的"纯粹的爱"。但是，《查泰莱夫人的情人》的潜在观点是，这两个例子，即便如此极端，告诉我们的东西却很少，更何况，认为"仅仅是性"和"纯粹的爱"构成了"光谱"的两极这种想法也是错误的。这部小说暗示，爱和性的关系更加复杂；性不是"纯粹的爱"的失足兄弟，在一段纯洁的关系中只能遗憾的忍受。但是，如果男女能够相互理解，双方有深切而谦卑的信任，如果他们之间身心的联系异常紧密——诚然，这是两个大的条件——那么，性在其最强烈，在摆脱羞耻感之时，实际上打开了一扇门，通向更深层、更加肯定生命力量的爱。劳伦斯说，正是性，如果正确理解，才是更加纯粹的实体，是生命的动力，赋予了生命的能量。如果他不得不重新检查这对古老的二元划分，他可能会重新命名这光谱的两极为"纯粹的性"和"仅仅是爱"。

老实说，这不是一个受人喜欢的观点。在今日这样一个性病高发的社会，年轻女人要操心工作和经济的需求，要关注性感时尚的喧嚣诉求。不奇怪，无论表面看来她们的行为有时是多么离经叛道，她们往往还是抱住古老的两极不放。谁能责备她们呢？在一个后权威的完全失序的世界，任何方面的确定性都聊胜于无。"纯粹的爱"作为"仅仅是性"的对立面，似乎是值得抓紧的体面东西，除非，可以找到更好的价值标准。

康妮是创伤之后的新世界的孩子。她是探索者。克利福特爵士谨慎地允许她说："如果没有性，你觉得不完整，你可以出去找外遇。"不久，好像是接到命令，新来的猎场看守奥利弗·梅勒斯突然出现了。康妮吃了一惊，她先是看见梅勒斯的狗，然后才看见梅勒斯；他有"一张红脸和红须"，打着棉绒绑腿；他像一只林间小动物，在推克利福特爵士的轮椅上山时显得"真的很脆弱"。像劳伦斯笔下许多的男性人物一样，梅勒斯精瘦，但有着坚定的内在火焰。

从这时开始，叙事有了某种东西，某种必然发生的东西，在加速的新感觉。克利福特爵士雇了一个爱说闲话的当地妇人博尔顿夫人来照顾，因此，康妮得以脱身，不再与他有任何身体之间的联系："她呼吸到自由的空气，她的生命即将进入新的阶段。"在林间，康妮和梅勒斯偶遇。梅勒斯正在为野山鸡做笼子。几乎是立刻，劳伦斯从梅勒斯的视点来叙事。这是梅勒斯作为焦点人物的明显标志。我们首先知道的是，当他意识到康妮在看他时，"他的私处突然像被一丝火舌舔过"；接下来我们知道，他"恨她在那里出现"，或许因为他预感到将会发生什么。此刻，梅勒斯正自得其乐地享受他朴素的生活，不希望与女人共享。但不久之后，康妮再次来到那里，他们有了第一次身体的接触。当时，他看见她哭泣，给了她安慰。她似乎哭出了"她那一代人全部的忧伤和痛苦"。值得注意的是，梅勒斯的第一个吻是一个慰藉之吻，弥补在1914-1918年间失去的一切。他们做爱。做爱给他们带来了平静，也带来了忧伤。梅勒斯的忧伤是，他重新感觉到他原以为抛在身后的东西："在他想独自了却一生时，她再次把他和世界连接起来。"

身体对于性爱的感觉变得更加强烈。劳伦斯肆意地描写康妮的高潮感受，"一个感情流体的完美同心圆"，同时将之与无形的自然之力相联系："来自黑暗深处的声音，生命！当他的生命跃入她的体内时，梅勒斯惊奇地听见了身下传来的声音。"

这些段落正是这部小说得以存在之所系，也是引起争议之根源。许多读者发现它们的象征意味浓厚。女权主义者认为它们纯属多余。有些人批评它们十分下流（随着故事的发展，这些文字更加直白）。有些人嘲笑它们过于高雅。有些人抱怨梅勒斯的"生殖器崇拜"或"生殖器中心主义"，他的做爱全是冲刺，很少前戏，把女性描写为享受这种男性支配的做爱，纯粹"大错特错"——所有这些描写代表了男性对被动女性的支配幻想。

在我看来，重要的是，这是对两个特定人物的描写。他们是两个被作者清晰刻画的人物。我认为，劳伦斯并非是说，所有的性都像这样；他的意思是，对于这两个人来说，性是这样。梅勒斯在印度打仗时是中尉。尽管他解甲归田，但很可能，他在生活中还是经常会有军人的作风。他与妻子分居。他的妻子是一个贪婪的悍妇。他与之有过性经验，知道性具有解放、燃烧和毁灭的力量。现在，他只希望与森林里的野生动物为伍。康妮这一代女人，许多人在战争中失去了丈夫。她谦卑低调，附庸风雅，但她也有冒险精神。无论战争给她的丈夫、她的国家以及他们秉持的人的观念带来什么摧残，她都不准备因之而让自己的生命火焰渐渐熄灭。在我看来，从心理上而言，这是可信的，这两个人把世界都看成是世界末日之后的世界，在这个世界上，他们要竭力创造出"新的栖息地"，在最简单的。最赤裸的人际关系中创造出新的意义。

接下来，且让我们逐一分析一下那些批评。首先，小说中肯定有象征意味。劳伦斯用"这人"来指称梅勒斯，设法让人想到《圣经》的力量，似乎梅勒斯就是亚当，代表了所有的人。当然，这正是劳伦斯的意旨。人回到了其根，必须重新开始。但是，或许他在此一语双关：一方面，迫使梅勒斯成为独特个体，另一方面，迫使他象征全人类。一仆二主，这真是有点儿难办。其次，关于这种批评，这些描写到底是十分下流，还是过于高雅？我认为，它们既想高雅，也想低俗；它们想说，在肉欲的行为中，有我们的快乐，我们真正的自我；但因为我们是人，不是动物，所以性既高雅又低俗。用劳伦斯的话说，性可能仅仅是"操"，但也可以是超越的"超"。真的，如果这个行为从来没有超越身体的摩擦和释放的范畴，那么，人类只不过是索姆河战场上出现的那种场景：不但与老鼠和鸟儿为伍，甚至比这些动物还不如，因为人类更加残忍。

至于读者对性的艺术再现如何反应，则是一个相当主观，难以回答的问题。就我个人来说，书中的性描写并不让我觉得尴尬（尽管很显然，许多性描写段落不成功，有些甚至很荒唐），相反，看到屏幕上的性活动，尤其是在公共影院，我倒觉得不适。对于另一些人来说，可能恰好相反。这些是隐私反射，人各不同。我认为一个人只需要尊重他人的感觉即可。但是，绝不能用高雅的笔触来描写性，这种观念是某些在背后暗笑之人的私产，在这个国家，他们往往受过一些特别的教育，并受到这种教育的鼓励。这种观点不同于对隐私的不同看法，因此，我认为，难以获得太多的尊重。

关于文学作品中性爱和色情的区分，有许多讨论，通常，前者得到赞许，后者遭到鄙弃。我认为，这是另一种错误的二元对立，正如"仅仅是性"和"纯粹的爱"。在《查泰莱夫人的情人》中，劳伦斯的性描写最令人印象深刻的是，他描写的既非性爱，也非色情，原因很简单，他不在乎读者的性反应。劳伦斯只关心他的人物：他告诉我们，这是梅勒斯做的事情，这是康妮的感觉。读者的阴茎是否膨胀或阴道是否潮湿，不是他关心的问题。不难想象，这正是为什么人们有时候说他"像个清教徒""一本正经"。性爱书写和色情书写的目的是一样的：都是为了引起性刺激。前者仅仅是后者的升级版，显然，劳伦斯对这两种书写都无兴趣。

至于最后这种批评，梅勒斯有"生殖器崇拜"，这根本不是真正的文学批评。这只是个人的闲话。实际上，我们根本不知道梅勒斯用了多少时间在前戏上，尽管他第一个温柔动作是亲吻康妮的肚脐，劳伦斯可能想要读者认为这是口交的序曲。但是，首要的一点是，有些女人的确喜欢梅勒斯对康妮的做法（多丽丝·莱辛说过多次，在适当的时候，相比于阴蒂的高潮，更喜欢阴道的高潮）。尽管某些女权主义者认为这可能难以接受，但反复的有节奏的冲刺的确是某些女人最喜欢的动作（参见凯瑟琳·米雷的《欲望巴黎》）。政治理论很少能够改变人的精神偏好。但是，更重要的不是轶闻的价值而是真正文学的价值。正如劳伦斯说，这就是事情发生的经过；这就是梅勒斯的动作；这就是康妮的享受；这就是他们抵达的高潮。唯一真正的文学问题是，他描写的东西——他声称是他们所为和所感的东西——是否真正有说服力。

尽管劳伦斯努力推动读者更多地考虑性爱的力量，但他并没有对日常事务视而不见。当然，康妮想知道要是有了梅勒斯的孩子会怎么办，这个想法令她狂喜也合情合理。然而，梅勒斯呢？他失去了独自的生活，也失去了心灵的平静，在与新欢分别时，他变得如此孤独和痛苦。小说第十章结尾有一个令人难忘的场景。他晚上从床上起来，来到情人酣睡的大宅附近。他手持着枪站在没有灯光的车道上，想知道怎样才能溜进"兔子窝一样"的房间找到康妮。此时，陪伴克利福特爵士聊天过夜的博尔顿夫人在等待天明，因为只有到了天明，被炸瘫的克利福特爵士才能放松入睡。当她拉开窗帘看是否天明时，她发现了梅勒斯的身影。梅勒斯忧伤地望着大宅，如同晨曦中的一只动物，在渴求伴侣。看见梅勒斯，博尔顿夫人立刻明白了真相。"天啊！这种想法像子弹一样穿过博尔顿太太的脑海。他是查泰莱夫人的情人。原来是他！是他！"在这里，尽管视点的转换令人不满意，但它并不会妨碍这个场景是劳伦斯写下的最美丽段落之一。有趣的是，这个场景结尾时的一点幽默削弱了其力量，但必须指出，在这里，语域的突变产生了很好的效果。而在小说别的地方，语域的突变效果就没有这么好，有些地方的转变看起来与其说是大胆创新，不如说是马虎草率。

不可否认，这本书某些地方的确荒唐。梅勒斯的一些关于同性恋和女黑人的理论简直可笑；一些本应升华的描写没有起飞。劳伦斯在最佳状态时，他朴实的文字真正具有令人惊奇的品质；他快刀斩乱麻，直抵事件的核心，这些事件往往看起来关乎矿工的生死。你能感受到他的胆力。《儿子与情人》中寥寥几个字，就能让你看清一个人的人生。不过，在《查泰莱夫人的情人》里，有些快刀斩乱麻的地方，纯属敷衍或者是不走心的幽默。

但是，当说到性，劳伦斯总是集中精神。康妮和梅勒斯在暴雨中跳完舞之后，他抚摸着她的胯部，手停留在她的"私处"，谈起她的排泄功能。康妮听得哈哈大笑，正如读者也可能哈哈大笑。然后，梅勒斯用野花编织了花环，放在她的阴毛上。这一幕既温柔又幽默，非常和谐，因为她准备短暂前往威尼斯，在那里，得到她丈夫的默许，她要去怀孕，为拉格比大宅生一个继承人。

在她走之前，梅勒斯做了最后的亲密动作。他从刚才用手指抚摸的"私处"进入康妮的体内。这段文字比较隐晦。在1960年关于这部作品是否色情的审判中，检方要求辩方对陪审团说明，这是不是在描写肛交。[1]

　　虽然有点怕，她还是任他自行其是，一种无因而不羞怯

---

[1] 这部小说平装本的一篇评论立了一功，这篇文章暗示，检方没有理解这里的暗示，辩方顺水推舟，将就蒙混过关。

的肉感在摇撼她，直抵她的骨髓，把她脱到一丝不挂，使她成了一个新的女人。真的，那不是爱。那不是淫欲……这种肉感，焚毁了羞耻，在那最秘密的地方隐藏着的最深、最古老的羞耻。康妮要加把劲，才能任他自行其是……她本以为女人会因羞耻而死；然而现在，她没死，死的却是羞耻。羞耻，不过是恐惧罢了……现在，她觉得回到了她天性的真正基岩，觉得她原本就是没有羞耻。

这是一个困难的片段。不是每个读者都会信服这种说法，"她心底里想要这样做"。时间的流逝也无助于劳伦斯对词语的选择，比如，"这阴茎出猎"。其次，在我看来，这不是所有女人是否"真正想要"这样做的问题，而是一对情人在分离之际，这种亲密行为是否可信，在他们坦诚的性活动中，情感是否被挑起做出这样罕见的举动。这是梅勒斯会做的行为吗？若是，康妮超越羞耻进入没有羞耻的澄明之境，是让人信服的结果吗？男性作家认为可以用来解释女性深层感受的方式，似乎激怒了一些读者，他们认为，一个男人不可能"知道"那样的感受。对于另一些读者来说，他们相信创造性想象力至高无上，那样的时刻仅仅证明，作家有权知道笔下人物的每个细胞。我的观点是，反过来，一个女性小说家有权书写笔下男性人物的任何精神感受。当然，她最好有说服力。这是一种冒险。

正如所有的爱情故事，这个故事的结尾也是不幸。康妮怀上了梅勒斯的孩子，但梅勒斯分居的妻子要求复合。她搬进了他的小屋，找到了他外遇的证据；流言传进了克利福特爵士的耳朵，他赶走了梅勒斯。整件事情开始变得一团糟。梅勒斯在新地方找了份新工作，想法独善其身。康妮不能嫁给他，因为克利福特爵士不会离婚。小说的结束，这对情人天各一方，渴求团聚。

劳伦斯的这部作品现在已不流行。甚至当年为《查泰莱夫人的情人》是否淫秽作品的案子进行辩护的一些学者，后来在提到这部小说时也失去了激情。这部小说的华兹华斯经典版的序言坦言："近来很少有谈论这部小说的著述，因为它已彻底不流行。"

流行往往是一个好向导，不过"好"字应该加上引号。说一切流行的东西都无价值，反过来，说一切被认为政治不正确的、过时的、荒唐的东西有价值，这些说法都很肤浅。文学时尚有时对，有时错，但可能不会总是对多于错。一本书是否流行，既非好向导，也非坏向导，就像书名的长度或封面的颜色一样。你必须带着开放的心态来读。《查泰莱夫人的情人》是一本有缺点的书，许多地方荒唐，但我认为，它是一本美丽的书，核心的观点令人信服。康斯坦丝·查泰莱是一个可信的人物，她想在一个近乎全毁的世界中找到幸福和亲密关系。她几乎找到了渴望的东西，只不过是以完全始料不及的方式。在我看来，这是可信的，幽默的，动人的。

莫里斯·本德里克斯

我宁愿死

罗马天主教之于格雷厄姆·格林作品的意义，正如"命运"之于哈代作品的意义：一场无言的家庭聚会中来了一个喧嚣的不速之客。作为艺术家，无论他们作了别的什么处理，哈代和格林首先都是设法让这个不速之客看起来不仅受到欢迎，而且在他们相当现实、往往单调乏味的背景中看起来颇为自然。他们是否做到这一点，很大程度上决定了小说的成败。

莫里斯·本德里克斯是《恋情的终结》中的主要人物和叙事者。他是一个比较有名的作家，愤世嫉俗。他从小说第一页就表明，无论书名如何，这不是一本爱之书，而是一本恨之书。格林助了他一臂之力。他的题词是有小说以来最忧伤的题词，其中一句题词引自法国天主教散文家利昂·布洛："人的心中有一些根本不存在的地方，为了让这些地方可能存在，人就塞进了痛苦。"

本德里克斯前往克莱芬公园地铁站附近的一间酒吧，和他一个"仇恨"的朋友亨利·麦尔斯喝酒。"庞蒂弗拉克特阿姆斯酒吧仍然挂着圣诞装饰，这些苯胺紫色和橙色的纸带和纸钟，是商业狂欢的遗迹；酒吧女老板把一双巨乳斜靠在柜台上，一脸鄙视地看着顾客。"这个句子不遗余力地告诉我们期待的东西。已经到了一月，但酒吧男老板懒得拆下廉价的圣诞装饰；这些装饰不是为了庆祝快乐的圣诞节日，而是为了商业狂欢；装饰品用的是一种艳俗的色彩（橙色）和一种由某个化学家发明的人造色彩（苯胺紫色）。年轻的酒吧女老板有一对巨乳，她似乎很"豪放"，也可能是戴的乳罩过于宽松；她斜靠在"柜台"（格林可能指的是"吧台"）上，这样子既懒散又风情；但是，尽管她自己庸俗，却对顾客一脸鄙视。这句话里包含了懒散、肮脏、缺乏灵性、性诱惑、性嫌恶、势利和排斥——所有这一切都得到淋漓尽致地表现。作为读者，我们被精确的细节吸引过去，身不由己产生了厌世心态。但是，尽管这种格林式的忧伤令我们沉醉，但我们还是立即担心这种世界观太狭隘，这个句子似乎允诺的主题和人物观念太缺乏野心。

亨利向本德里克斯透露，他觉得自己的妻子莎拉有了外遇，他想征求一下意见，自己要不要去找私家侦探跟踪。结果，去了侦探社的却是本德里克斯。一个名叫萨维奇的人接待了他。听了他的来访意图，萨维奇对他说："这种嫉妒心理也并非不靠谱，本德里克斯先生，不过，我总认为这是真爱的标志。"这句话明显说穿了他的心声；只是出于对萨维奇的鄙视，本德里克斯没有当场承认。私心里，他对自己还是很坦荡："我是一个嫉妒的人……我甚至会嫉妒过去。"不管怎样，萨维奇还是派了他的手下帕基斯去跟踪莎拉。帕基斯回来后，告诉本德里克斯，莎拉的确在与别的男人偷偷幽会，并且举止亲昵。不幸的是，那个男人就是本德里克斯。

这是一个聪明的故事讲法。首先，我们上了当，要去找究竟什么东西让本德里克斯如此愤世嫉俗。不过，我们感觉到不会有充分或有趣的解释：他是这个样子，与其说是因为可以想象和理解的历史，不如说是因为他的作者希望用他作为一个传声筒，传递一种世界的悲观论。但是，随着情节的发展，我们抛弃了对本德里克斯的厌恶，放下了对作者人物观的失望，因为有一个好的理由：本德里克斯知道这个故事。我们现在回到恋情的开始：在电影院看了一场根据他的一部作品改编的拙劣电影之后，本德里克斯带萨拉去吃晚饭。他也邀请了亨利，但亨利忙于公务无法抽身。这样正好，因为他们离开餐厅时，本德里克斯告诉萨拉，"我爱你"。他们去了帕丁顿的一家酒店开房。做爱时，本德里克斯获得了一些快感——但不太多，因为他立刻嫉妒地想到，萨拉到家时亨利吻她。不过，令他宽慰的是，他们还有机会改善做爱的质量，因为他很肯定，这场恋情将会继续。

恋情的确在继续，但带来的快乐很少。事实上，本德里克斯对他新处境的最初想法是："相比于幸福的感受，不幸的感受更易流露。"在这个阶段，萨拉的感受如何，我们几乎一无所知，因为本德里克斯对他者的感受毫无兴趣。当亨利卧病于楼上，他们在楼下客厅的地板上做爱。"高潮来临时，我用手捂住她的嘴，不让她发出那种古怪而悲伤的放纵怒吼。"这吼叫是萨拉的声音，但前面的形容词是本德里克斯使用的修饰语，我们不知道它们是否确切。不妨与康斯坦丝·查泰莱做个对比："正像钟声荡漾，一波一波到了高潮；她躺在那里，最后不知不觉发出了轻轻的呻吟。"或许，这两个女人发出的是同样的声音，差别在于，只有一个男人懂得欣赏；"当他的生命跃入她的体内时，梅勒斯惊奇地听见了身下传来的声音"；本德里克斯呢，他差不多令萨拉窒息。

关于萨拉，我们的确知道，她不像本德里克斯，她没有负罪感，对于她来说，"既然做了，就没有后悔药吃"。在这方面，本德里克斯说，她简直像一个天主教徒，可以通过忏悔把罪行抹除干净。其实，她和他一样，在小说中这个时候，也是一个无神论者。他们之间重要的区别在于，她似乎真的可以做到无私之爱。她不介意他有另一个情人："我希望你开心，我讨厌你不开心"。在这场恋情上，她做了一个奇怪的选择，选择了一个明显做不到无私之爱的男人。相反，对于他来说，"我宁愿死或看着你死……也不愿你和另一个男人……只要你爱了，你就会嫉妒"。

或许，他们的感受，真的不应该用同一个字眼"爱"来指称。在本德里克斯这里，是匮乏和恐惧；在萨拉那里，是自我满足和仁爱。本德里克斯的感受就像一个焦虑的小孩对缺席母亲的感受；萨拉的感受更像是母亲对成年子女的态度。尽管有大量的词汇，但英语还是很难找到合适的语词来命名不同的情感。在颜色词方面，我们更能应付裕如。比如，谈到深苔绿色或娇嫩的珊瑚粉红色，就是公平的区分。如果我们只有唯一的用词"淡色"，画面就没有那么清晰。但"爱"这个字眼必须为许多感情的基本元素服务，为许多感情的基本元素构成的化合物和混合物服务；这些感情的基本元素、混合物和化合物，涵盖的范围至少如同完整的光谱。这还没有算上加入"性"这个元素。

本德里克斯在皮卡迪利地铁线上搭讪了一个女孩，带上她到酒吧喝酒，在那里却发现自己对她没了欲望。"我对萨拉的感情永远杀死了单纯的色欲。我再也不能不带着爱与一个女人做爱。"他开始恨萨拉的不在意，没有他在身边，她照样能欢快度日，而他，一日不见，心中的"恶魔"不断地鼓捣起他的嫉妒心；这魔鬼"与其说是萨拉的敌人，不如说是爱的敌人"。

大约在此刻，格雷厄姆·格林似乎对本德里克斯的叙事力量失去了耐心。他派侦探帕基斯偷走了萨拉的日记（这简直有点难以思议，萨拉会随手记下恋情的整个过程）。格林只用过两次第一人称叙事（另一个例子是《文静的美国人》）。他坦言，这种写法很难。他说，他在这里大胆尝试，是受了重读《远大前程》之后的影响。无论如何，本德里克斯在萨拉日记中发现多处友好地提到他。他非但没有觉得欣慰，反而再次闷闷不乐地想："当你知道，一个人除了父母和上帝之外，别无所爱的时候，却发现和相信有人爱你，这真是一件奇怪的事。"这样的想法可能促使一个人更加珍惜爱他的人；对于大多数人来说，这不是"奇怪"而是"惊奇"的发现；如果格林对他的主人公有更复杂的看法，他应该利用这个时刻挑明。

但是，格林不喜欢偏离一条狭窄的悖论道路。正如他在开篇就告诉我们，这个爱情故事"记录的是恨"。在几乎所有的主要人物中，格林欣赏的与其未解的复杂性带来的漫长满足，不如说是几近冲突带来的短暂战栗。我们联想到《布莱顿硬糖》中的黑帮头目少年平基，或者是《文静的美国人》中的驻越南新闻老记者福勒。他们初看起来有趣，因为只要你期待甲，格林总是给你乙。他总是打破你的预期。他总是给你预期相反的东西，最后，你就根本不期待甲，你期待乙。乙就是你得到的东西——做得干净、小巧而熟练，可惜缺乏变化。

本德里克斯夸耀他作为一个作家的日程：无论天崩地裂，一天五百字，不多不少；若写到半途，定额已经完成，他也乐意就此搁笔；每日睡前，无论何时，最后一件事就是读一遍当日所写。正是这种严守自我设限规则的态度，在格雷厄姆·格林的小说中具有很大的局限。这种所谓的"职业精神"和自律，事实上是主动为自己的创造性设限。我们不必是弗洛伊德信徒，就知道这种习惯背后的动机是怕；怕出格，超出他知道如同机械一样准确完成的东西；怕换手来玩游戏；当然首先是怕失败。格林调制的是一杯刺鼻的鸡尾酒，融合了宗教怀疑、忧伤、酸楚的喜剧、脸谱化的人物，以及自律的文风。但他是一个只上一种酒的酒吧侍者。

许多读者乐意在格林的酒吧里逗留，点同样的酒。我有一两晚上也在那里享受，特别是喜欢那些更多喜剧、更少宗教色彩的作品，或者说是"娱乐性书籍"，诸如《我们在哈瓦那的人》。格林才华横溢，深受欧美两块大陆文脉滋养；他孜孜不倦为其小说寻找新的背景，可以视为是对才华有限之小说家的责备。当天主教看来可以用来与人物及其处境浑然一体时，的确会产生某种令人心神激荡、记忆深刻的东西，最成功的例子就是《权力和荣耀》。但在别的时候，总给人一种循规蹈矩之嫌；这样的句子——当你知道，一个人除了父母和上帝之外，别无所爱的时候，却发现和相信有人爱你，这真是一件奇怪的事——尽管发人深省，但总让人意识到，他有时出于怕而以职业精神之名牺牲掉的东西。

在《恋情的终结》中，那些牺牲掉的东西特别令人沮丧，因为在写得最好的地方，简直堪称壮丽。本德里克斯和萨拉最善于表达的是时间如何成为爱的敌人。格林亲口说，本德里克斯这个人知道，爱一定会带来痛，他觉得长痛不如短痛。至于萨拉，"她没有瞻前顾后。重要的是当下。永恒并非所谓的时间之延伸，而是时间之缺席；有时在我看来，她的放纵近于数学中那个陌生的无尽点，一个没有宽度、不占空间的点"。在这个罕见的共情时刻，本德里克斯的确认识到了爱的痛苦——恋人迫切渴望地老天荒——但他同时知道，这与自然规律相违。像大多数的恋人，本德里克斯和萨拉是两个不同的星球，他们轨道相交时会擦出惊心动魄的火花，但这只是昙花一现，他们摆脱不了受引力支配的命运。这种引力能让他们短暂相交，更能让他们长久分离。

从萨拉的日记中，本德里克斯得知，萨拉打算离开亨利和自己在一起。就在她写短笺告知他时，亨利碰巧回到家，撞穿了这场外遇。萨拉没有离开他，"因为我看到他痛苦的表情"。后来，亨利如实告诉本德里克斯，"我不适合结婚。我娶萨拉，给她带来了很大痛苦。我现在知道那是多大的痛苦。"

一个性无能、爱无能的男人，不应该娶一个渴望性和爱的女人；婚后，他只会令妻子痛苦，这种痛苦必然反弹到他自己身上。亨利洞见敏锐，不过，格林对这个无趣的公务员没有做任何铺垫，让我们感到意外，他居然会有理智与情感的火花。长期以来，亨利和萨拉一直过着无性生活，一些读者甚至会猜测他们从未有过"性高潮"；若是这样，那就难以想象，不是性，萨拉身上到底是什么，最初吸引了亨利。

萨拉的日记也没有透露这段恋情的任何后果。尽管她纠结于本德里克斯对她"甜不甜"，纠结于宗教的想法，但格林没有解释这个疑点，为什么这样一个貌似无忧无虑、热爱生命、风度迷人的女人，会嫁给亨利这样木头人般的公务员，会爱上本德里克斯这样华而不实的作家。格林好像没有为萨拉做充分考虑。[1]

　　尽管会牺牲很多东西，但格林不会忘记加入那个不速之客：天主教。在又一次漂亮的情节转变之后，我们发现，萨拉在与本德里克斯的恋情终结之后，一直在去"见"斯迈思，这个鼓吹理性主义的即兴演讲小册子写手一心信奉上帝根本不存在。萨拉需要去看他，是因为她对上帝起过誓。当初，她和本德里克斯做爱时，一枚德国炸弹落在屋顶。她以为他被炸死了，她就向上帝起誓，只要他活着，她就永远终结恋情。在接下来两年里，萨拉经常去见斯迈思，后者劝她，她可以破誓，不会遭受惩罚。但她就像一条上钩的鱼，摆脱不了上帝的渔线，自小就埋下的天主教良心不时苏醒。这证明，小说中的爱情三角关系根本就不包括亨利，处于三角形顶点的是一个不确定的上帝。

　　格林最后将萨拉的命一笔勾销，免去了麻烦，要接受挑战，为萨拉尴尬的困境提供出路。然后，他再次转变情节，竭力将天主教的主题埋进小说。我们发现，斯迈思的脸上那一个大的紫色胎记"神奇"消失了：这个理性主义者被奇迹吓坏了。在小说结尾，本德里克斯不但恨他自己，恨萨拉和亨利，还恨上帝。他现在感受到

1　这里或许有一个"原型"的问题。可靠证据表明，萨拉的原型是格林生活中的情人，美国人凯瑟琳·克伦普顿。凯瑟琳嫁给了一个英国终身贵族，成了沃尔斯顿夫人（根据维基百科记载："格雷厄姆·格林根据他与凯瑟琳·沃尔斯顿的恋情，创作出《恋情的终结》）。格林对凯瑟琳太熟悉，就忘了在其小说化人物身上——萨拉的性格可以说没有任何特征——进行刻画，读者也就不得而知，尽管有此可能，但对于这样一个有经验的作家，这种忽视看起来还是挺奇怪。几年前，格雷厄姆·格林出了一本新书，主要观点是，萨拉不完全源自生活人物。这本书的出发点就一个，作为英国最著名的小说家之一，格林对人物做了部分虚构。出版商认为这本书值得出版，意在告诉你，需要知道当前所有关于小说家如何创作的流行看法。但即使这本书也没有完全道尽人们的想法。在一次派对上，我听一个大金融家说，他很想看拉尔夫·费因斯和朱丽安·摩尔主演的电影《恋情的终结》，"因为，你知道，我女儿的教母就是现在的沃尔斯顿夫人。"

了上帝的影响："我恨你，上帝，我恨你，似乎你存在。"这个大写的"你"暗示，本德里克斯不再有怀疑上帝的选择。在小说的最后一句话，当他晚上出门去酒吧和亨利喝酒时，他想，"啊，上帝，你做够了，你抢劫我够多了，我太累了，太老了，学不会爱，永远放过我吧。"

这种结尾接近荒唐。这种行为好比臆想，是格林这个天主教作家贴上去的，不是有机生成的。因此，人物的痛苦似乎是作者叠加上去的，而非源自他们内心世界。无论如何，他们的内心世界没有充分呈现。但……尽管小说有种种不足，似乎有个坚硬而真实的东西在其内核。我们可能不喜欢本德里克斯，甚至发现他不可信，但他的确体现了一种狭隘的"爱情观"必然导致绝望。他对萨拉的感觉是性需求和性渴望，然后成瘾不能自拔。他们之间几乎没有温柔。我们难以想象他会给她取昵称，问她的童年，努力把她当同类来理解。她到达高潮时，他用手捂住她的嘴巴。但他的绝望是有说服力的。为什么他不会以"爱"之名来称呼他那杯混合了幽暗渴望的情感鸡尾酒呢？毕竟，他承认，他太老了，太累了，"学"不会如何正确去爱。如果说，他有时就像一个任性的孩子，这难道没有公正地反映出，在强烈的情感驱使下，我们全都像个孩子一样。我们中间哪一个可以说，我们最强烈的情感是纯洁而高贵的情感？我们哪一个可以回到"纯粹的爱"和"仅仅是性"这一错误的二元对立，可以肯定地回答说，我们体验的只是它们最好的部分？在本德里克斯这里，我们首要的感受是，生命苦短，时间和机缘共谋，干掉了我们通过彼此找到幸福的希望。所有的文化都认为幸福有希望，但几乎所有的历史都证明没有。

安娜·乌尔夫

伤害我的那些男人

从二十世纪六十年代末到整个七十年代，英国小说除了少数例外的精品，基本都停滞不前。小说家们似乎停止了他们主要的工作：虚构。相反，他们似乎退回到记录自己的生活，有时甚至懒得掩饰"放进"的是哪一个朋友或邻居。随着所谓的"汉普斯特德式小说"的出现，英国小说落入了低谷。这种单薄小说的主角，往往是一个好色的电视监制丈夫和一个抱怨的妻子。这些小说对文风不感兴趣，视野超越不了街角，不会洞察人物的心灵，主要是因为没有创造人物，只是从生活中"借用"人物；对于主题和结构的运作，也没有想法。这些小说纯粹是糟糕的垃圾。难怪，报纸上开设了"集评"专栏，虚张声势地一次点评六本。偶尔还穿插一些报刊文章，题目是"小说死了吗？"。可以肯定，小说看起来病了，甚至可以说病入膏肓。

作为小说评论家，后来又在一本小型文学杂志当编辑，我读了许多这样的小说。为了编杂志上的"现代经典"等专栏，我有时候请人推荐喜欢的小说。在推荐的当代小说中，入选次数最多的莫过于多丽丝·莱辛的《金色笔记》。对于我上一代的文学女性来说，这部作品似乎已经成了"圣经"。人们都说这是一部典型的女性主义小说。显然，莱辛是一个才华横溢的作家，因此，我完全深信不疑，《金色笔记》就是其推崇者声称的样子。

然而，当我实际翻开这部小说，你猜我是多么惊奇。晃眼一看，这不仅是一本汉普斯特德式小说，这简直是所有这类小说的娘亲。我觉得自己就像是听了十年绿洲乐队之后，才第一次听到甲壳虫乐队的唱片。所有那些绿茶婊，所有那些单向度的恐怖男人，所有这些在"媒体"行业工作并以NW3为压缩文件名来进行沟通的人：这部小说是他们的老窝；这部小说才是源文本。

说得客气点儿，这不是我期待的样子。小说开篇的时间是1957年，当时，安娜和她的朋友莫莉都是三十来岁。她们刚刚剪掉一个名叫理查德的讨厌男人像苍蝇一样的翅膀。理查德是莫莉抛弃的老公，他后来成为女性主义作家非常青睐的一个原型：既横行霸道，又弱不禁风，是个"巨婴"。她们说他是"夸夸其谈的势利小人"，是"反犹分子"。似乎还嫌不够，她们说他应去伊顿公学或牛津大学，在"城里"工作。我们不知道谁更不开心，究竟是理查德，还是嘲笑他的这两个女人。安娜像汉普斯德特式小说中的许多人物一样没有工作。她靠一本小说的版税为生，她和女儿及一个租客一起住在伯爵宫。小说的架构至此好像看不到希望，但有两个潜在的兴趣点：一、安娜对共产党半信半疑；二、她有精神崩溃的前兆。"一切都在崩溃"，这是她在小说中说的第一件事。

安娜的内心生活状态用不同色彩的笔记来记录，这些笔记穿插在小说的情节各部分之间，这些部分讲述了她与莫莉、她们的友人和情人的外在生活。来自同一人物的多重叙事手法的运用，在当时看起来很新颖，今日仍然不寻常。第一本笔记是对在非洲与一群共党分子厮混的长篇回忆。哪怕是"辩证法大师","鄙视那些容忍生活受个人感情干扰的人",他们真正喜欢做的还是喝酒做爱。这些人物参加讨论时一本正经,但他们生活方式轻浮。我们可能理解为什么安娜从一开始就感觉到自我分裂。尽管这些人似乎可笑,但我们至少走出了汉普斯德特。

我们也看见安娜选择男人的眼光不高。正如我们感觉到,如果哈代想要说服我们,农村穷人的命运不好,那么,他就必须要我们相信,在某种程度上,任何随机的生活样本都能证明他的观点,所以同样,一部女性主义小说必须说服我们,其男性人物不是因为他们的缺陷而挑选出来的。事实上,《金色笔记》中的男人都很讨厌,但他们是安娜自己选择的。他们有时浅薄、以自我为中心,但恰恰是因为他们浅薄、以自我为中心,安娜才选择他们。我很快就想,这种设计是否故意要将小说当成"女性主义"作品来读。显然,安娜本人在她的二战岁月——我宁愿死,也不想再过那个时期的生活——感受到排挤,觉得与她在非洲描写的那个自我产生了隔阂。

另一本笔记记录了安娜与共产党的谨慎交往。这些内容好像很过时,不值得被认真对待("昨晚开了作家小组会,我们五个人讨论了斯大林的语言学观"),但我们不妨试一试。这本笔记的写作日期是在1956年苏联入侵匈牙利之前,当时仍然可能忽视关于苏联境内发生的压制、清洗和大屠杀的可靠报道,仍然可能认为苏联是战胜法西斯的胜利者,尽管其社会有缺陷,依然可能认为它至少在追求社会公正。这不容易,但有此可能。诚然,安娜和她的朋友知道这场游戏结束,大势已去,但正如其中一个人这样说:"我们没有脱党,是因为我们不忍对我们追求一个更美好世界的理想说再见。"二十世纪五十年代初仍然满目疮痍、一切都定额配给的伦敦，看来根本没有办法拿出别的东西来替代这种理想情怀。

接下来，莱辛向我们展示了一些安娜自己的写作。这部分采取了自传式小说的形式，讲述了人物爱娜和她与一个名叫保罗的男人之间的恋情。保罗虚荣，结过婚，满口谎言；爱娜像个任性的孩子，她把幻想视为应得。她觉得需要身体上利用男人，希望由此使她感觉是个"完整"的女人。她的自我放纵，她一心要做的冒犯，她的脆弱，令她看起来十分失衡。安娜似乎偶尔感觉到这点，她进入爱娜的故事，指出了其缺点。《金色笔记》中的许多人物似乎都在写小说，他们没有把小说这种形式当成潜在的艺术品，而是作为表现自我认同的自然手段。

滥交的浅薄被直接抖露出来。爱娜写到她的老板："他对女人没有丝毫出于本能的温暖火花，对女人没有像她在保罗身上感受到的那种喜爱。这正是她会和他睡的原因。"她会和他睡，因为他不喜欢女人？爱娜（或者说安娜）是很糊涂的人，但这种决定看起来不只糊涂，简直像是受虐。"我在找伤害我的男人，我需要伤害"，安娜后来坦白承认。

十分奇怪，首先发表性别战争观念的人是保罗："真正的革命是女人革男人的命。"这种观念变成小说人物迷迷糊糊抓住的东西，取代他们遭遇失败的共产主义革命。但无论莱辛，还是小说人物，似乎都没有把这种观念想透。安娜的确在某个时刻发表了这种观念："怨恨，愤怒，是非个人性的情绪。这是我们时代女人的疾病……女人的情绪：反对不义的怨恨，是一种非个人性的毒药。"尽管安娜认为自己是斗士，但她受伤太多，太自私，太病态地依靠男人的"爱",最重要的是,太糊涂,成不了新政治的楷模。

时间对于《金色笔记》一直不够友善,或许不可避免地,它失去了某些显而易见的锋芒。其崇拜者经常提到它是"第一部"谈到女性经验的小说,比如月经;这很难说是多丽丝·莱辛的缺点,因为随后二十年里,几乎所有的女性作家的小说,似乎都觉得有义务描写女主人公的初潮。在1971年写的一篇序言中,莱辛尽量作了合理的解释:"这部小说不是女性解放运动的号角",她写道。她认为时间很快会证明,这场运动的目标"琐屑而古怪"。显然,她为自己的书遭到误解——或许是被其女性主义的崇拜者误解——而感到悲痛:"有些书没有以正确的方式阅读,因为它们跳过了舆论的舞台,把尚未发生的信息定型下来。"她似乎对读者没有能力理解小说结构而失望。这部小说的结构分割成不同的部分,暗示这样的分割方式在人生中是不健康的,安娜的未来有赖于她整合人生中不同部分的能力。

这些观点似乎完全合理。不那么合理的是这种自以为是的急躁观点。莱辛悲叹,英国十九世纪的小说家中没有与托尔斯泰或司汤达比肩的人物,描写自己国家的"精神和道德气候"。她贬低十九世纪的哈代和乔治·艾略特,认为自己才是托尔斯泰等在二十世纪的传人。尽管她急切地宣布"此时有必要做一些免责声明",但人们面对《安娜·卡列尼娜》和《金色笔记》(即便另外算上《青草在歌唱》)之间的鸿沟,还是难以减少一些尴尬。她指责"我们文化褊狭",也难以充分解释为什么人们没有如她所愿对其作品作出反应;这种幅度或篇幅的小说,本身就应该包含可以正确解读的方式。

我们情不自禁地想，这部小说完全是历史的误会。安娜是一个精神病患者，却被误解为女性主义者。小说中的共产主义氛围，当初成为选择，是因为它似乎是历史上最严肃的思想熔炉，现在逐渐看起来很虚伪。人物的滥交不再像是"解放"，而是鲁莽和危害。伦敦北部、精神疗法和通奸，这些社会背景在继起的才华有限的作家手中不断贬值。

非常不幸，因为随着小说的进展，那些一直不离不弃的读者将明白，多丽丝·莱辛对安娜有不同的看法：她将其看成是一个身处危机的女人。但是，这个危机中的女人，不是作为女性主义的楷模，不是在一个男性主宰的世界中定位自己的每个女人；她只是一个精神病个案。一旦你不再将《金色笔记》读作政治小说，而是将之当成心理小说，它就不那么讨厌，相反，会多了许多趣味。在蓝色笔记中，安娜记录了她去看一个精神分析师马克斯太太，她的"糖妈妈"。马克斯太太完全采用弗洛伊德的模式，开始分析她的梦；不寻常的是她，安娜非常抗拒精神分析。这些部分可能看起来过时（精神分析行业是最快强调其演变多么快速的行业之一），读者可能也不大感兴趣，但它们的确证明，莱辛在力求寻找新的手段创造人物。

莱辛自己承认，正是从精神病史的角度，越来越多的读者来看她的这部作品。她说，她收到的信件中，第一大类主要是关于"性别战争和男女之间相互的非人道"。第二大类是关于政治，"或许来自一个和我一样的红色老左派"。"第三类信件，一度很少，现在有赶上前两类的趋势，写信的人在我小说中别无所见，只看到精神病的主题。"

然而，尽管安娜在这个语境中比作为女性主义原型要更加言之成理，这种解读同样有缺陷，因为莱辛对精神分析的兴趣微不足道，不足以让她装饰一幅合理的诊断画面。"安娜和索尔（她最后一个情人）'崩溃了'"，她后来写道，"他们疯了、癫了、狂了，你怎么说都可以。"天啊，"你怎么说都可以"还不够好。人们不会"'崩溃'成对方或他人，他们只是'崩脱'过去的模式"；总之，不会发生崩溃。在这样一部用心描写现实政治事件、包含了许多页剪报的小说中，用一句"你怎么说都可以"来打发主角的核心问题，似乎过于轻飘。

虽然安娜和她的另一个自我爱娜继续在滥交的路上行走，但她们对作为人的"情人"不感兴趣，只是将之作为满足——或者，更多情况下，没有满足——他们饥饿的权利感的机器。你必须深入挖掘你的内心，才能对这些如此病态地以自我为中心的女人找到一丝同情，她们对生活和爱情相当幻灭，将人类半边天的男性看成是非人的种族。当然，安娜选择的男人的确也不是什么好的货色。小说结尾部分最令人沮丧的是，随着安娜的"疯狂"日渐强烈，她选择这些男人做"情人"，到底是因为他们很"渣"，因为受虐倾向成为安娜精神渴求的主要症状，还是因为她和莱辛都真的认为这些人代表了男性，我们越来越搞不清。

我认为是前者。即便莱辛的"崩溃"观没有任何医学的根据，是真正字面上的意义，它仍然是这部结构破碎的小说潜在的原理；我认为我们应该把小说的结尾部分理解为受到一颗极度不安心灵的过滤。这种解读并不会让安娜更讨人喜欢或更加可信，但它有助于解释这部小说的结构。小说的结构要求我们相信，通过允许索尔·格林帮助她写作为书名的金色笔记，安娜最终不仅治愈了她自己作家心理的"障碍"，而且驱散了引发这种障碍的对于青春的错误怀旧。由于看透了她最隐秘的自我，她的笔记，格林能够帮助安娜将她不同颜色笔记中的破碎生活重新整合一体。为什么是索尔·格林，而非其他那些自鸣得意的通奸者，小说没有解释。不过，在安娜受虐倾向的精神错乱中，这可能只是一个量的问题，不是质的问题。换言之，为了"崩脱"进入更好的生存状态，她需要有一定数量的男人，需要探索羞辱的深度。格林，如其他所有的情人，只是她的工具。

这就是我尽力能对安娜做出的合理解释。我从小说中也得到一些依据。小说中写道："我是一个非常脆弱、非常挑剔的女人，我用女性气质作为一种标准或尺度，来衡量和舍弃男人……我是安娜，主动从男人那里找寻失败，却没有意识到失败"；"对于冷漠，我更容易报以回应，因为冷漠不会像柔情一样伤害我"；"我寻找的是伤害我的那些男人，我需要伤害"。

安娜身上最令人心寒的是，即便在她最为精神分裂的时候，她还是能滑入传统的语言。"我绝望地爱上了这个男人，"她在提到索尔·格林时写道。但我们知道，安娜不能像苔丝、查泰莱夫人或萨拉一样去爱，或者说，她不会像这里用的"爱"这个字眼去爱。她只是抓住"爱"这个念头不放。她不像一个虚拟之战中的疯狂老兵，她像一个在校的女生："我忘了这种相爱的感觉是什么，为何梯子上每走一步都让人的心儿狂跳。"我认为，正是在这里极度的自我幻灭中，我们发现了这个人物身上最重要的东西。

　　有时候，可怜又糊涂的安娜好像是反对女性主义的宣传者，比如金斯利·艾米斯，在恶作剧的心理驱使下创造的人物。但是，读者和作者一样，都受困于时代；可以想象，今日对于这部小说不利的一切因素，将来会改变；因此，未来的读者会从新的文化气候带入不同的成见。若是，我猜测，将来读者的兴趣不在于女性主义、"性别战争"或"精神分析"，肯定更不在于共产主义。我认为，这部小说可能被当成关于滥交的书来读。安娜·乌尔夫可能会存活下来，作为不过性生活的一个例子。如果查泰莱夫人向我们表明，性如何打开通向爱之门，那么，安娜表明，查泰莱夫人只是多么幸运的例外。从这种角度来看，多丽丝·莱辛或许比她现在的得分更高，因为她早在二十世纪中叶就潜入性战争的前线，带回了一篇血迹斑斑的报道，不管战局是多么混乱。

尼克·盖斯特

令人震惊的无条件

可以说，同性恋小说滥觞于二十世纪八十年代。它与先前的小说是不同的种类。二十世纪初的例子，比如，拉德克利夫·霍尔1928年的女同性恋小说《孤独之井》或爱·摩·福斯特（开始写作于1913年）的《莫瑞斯》，语气虽热烈，但内容却节制。詹姆斯·鲍德温的《乔凡尼的房间》内容虽很火爆，政客杰瑞米·托普把这部小说送给同性恋小男友，以挑起其性欲，但这只是例外，大多数主流的同性恋小说，都弥漫着悲伤和挫败的气息。福斯特对读者能否接受《莫瑞斯》非常担心，他活到1971年，生前一直拒绝发表这部小说。玛丽·雷诺的确出版了几部关于女性亲密友谊的小说，但她常常发现，写关于公元前五世纪希腊男性武士的友谊更加容易，因为他们的双性恋是"可以接受"的史实。晚年，她拒绝为同性恋权利运动背书。

二十世纪七十年代的同性恋政治和二十世纪八十年代初出现的艾滋病流行，使得缄默看起来毫无意义。报纸破天荒地调查了同性恋者的生活（主要在美国）。那些杂耍一样的"男妖"的残存观念随之覆灭。新出现的理念的要旨是，同性恋者比起异性恋者更适合生存、更强壮英武，胃口惊人、恢复速度奇快。许多传闻的统计数字简直匪夷所思（同性恋者一晚上可以"干"十二次，甚至高达十六次），却被当成修正史学正儿八经地记录下来。

大多数新的"出柜"小说，似乎更关注于记录同性恋经历，而不是利用小说形式的资源。比如，埃德蒙·怀特的《这个男孩的故事》和《这间美丽的屋子是空的》，记录的是一场接一场的性爱活动，其中的人物看起来不过是贴上人名的身体器官。小说中似乎根本没有打算开掘人物、主题或类型。怀特说，他的主要人物自然都是空心的，因为他需要"同性恋解放运动"的效果来为其定义。对于极力想与个性自由的主人公产生认同的读者来说，这种观念毫无助益。艾伦·霍林赫斯特的第一部小说《泳池图书馆》发表于1988年，部分动机似乎是类似的记录冲动，尽管它有一些时髦的幽默笔触，暗示他可能是一个探讨生死问题的作家，这些生死问题不安地隐藏于人类骚动的欲望之后，利用正确的手段，小说这门艺术可能把这些生死问题包裹其中，形成报道，而非对其视而不见。

在尼克·盖斯特身上，霍林赫斯特发现了这样一个人物形象，他能够航行在社会喜剧和终极黑暗，在直人和同性恋世界，在天真和经验之间的美丽曲线上。很大程度上，尼克的塑造是受作者的驱使，作者需要他是怎样就怎样，需要他做什么就做什么。但正如作者淡淡地承认，这个任务看起来可信，塑造得相当圆满。事实上，"人物塑造"不是《美丽的曲线》的主要长处。这部小说以乐谱为主线，相比于描写心灵图景，更关心的是主题和交响。小说中很少分析人物动机，对人物所作所为几乎没有心理的解释。这帮助形塑人物的细节，疏离很少，即使有，往往也只是幽默的笔触或外在的形象描写，只不过这些描写精确，富于暗示。

尼克是一个浅薄的年轻人。他的主要兴趣在于氛围、表面和"美丽"——尤其是通过艺术和性向他展现的美。我们第一次遇见他时，他还是处男，和一个老朋友住在伦敦西区一栋时髦的住宅里；这位朋友像他一样，也是刚离开牛津。尼克看见报纸上一则招聘小广告，于是写信应聘，这样，他遇见了列奥，一个狂热的自行车手，有西印度群岛人的血统。在酒吧喝了两杯之后，尼克带着列奥，走到附近社区公园的树丛和他肛交。对于尼克来说，这不是处男的走火，也不是表演的焦虑。他在性方面表现自然，有强烈的性欲；对于他的性偏好，他在社交方面也表现自如。难怪我们有点儿好奇，为什么他直到小说的第一章才破处。

此后，开了眼界的尼克出入各种豪宅参加派对，抽大麻。他爱撒一点小谎，容易妥协。他和友人过着沉醉的生活，偶尔有些摩擦，他一把抹掉，从不真正放在心上。"有时，在他的记忆中，他假装读过的那些书，简直就像他真正读过的书一样鲜活。"他爱上了生活中酸楚的美丽：漂亮的男孩、白粉画出的线条、古典音乐、宏伟的建筑和亨利·詹姆斯的小说。他身上没有真正的危害；他对这个世界一闪而逝的强烈感情，颇有几分天真的兴趣。他住的豪宅属于一个名叫杰拉德·费登的人，这个夸夸其谈的保守党议员，也是声色犬马之徒，只不过用传统的方式——权、钱和（以微弱劣势排在第三位的）性——追求享乐。他和尼克一样，也可以说人畜无害，颇有魅力，宽和地允许尼克住在他家。作为免费交媾的回报，他总是把尼克带在身边，充当社会润滑剂，跟人争执时，尼克可以出面解围，席上有空位时，尼克可以陪坐，当然，最主要的是，要他照管他们磨人的女儿凯瑟琳。

凯瑟琳被诊断为患有"双相型障碍"，此外，她还有被宠坏的富家女的症状。她抽大烟，喝大酒，交了一个搞摄影的烂人男友（她用一贯的坦率和独特的用词告诉尼克，这人是个"瞎鸡巴操蛋"），后来，又交了一个更烂的房产中介（让尼克恼火的是，这家伙是他想偷偷勾引的）。凯瑟琳自私、冲动、读书少（她发音时像"兔子呼吸一样"会省音），不过，尽管有这些缺点，倒是有些魅力。她看穿了家人和家庭朋友的虚伪。她是唯一的不算计的人；她有洞察力，直率得惊人。她与尼克的友情挺感人，因为他们都是享乐主义者，有许多同样的享乐；但凯瑟琳对于虚伪难以忍耐，尼克却迷恋昙花一现的"美丽"，这为他们的友情投下了不安的阴影。凯瑟琳的经验似乎是说，表面可能有欺骗性，但有时表面正是表面看上去的样子：肤浅。尼克的故事围绕这个悖论展开，最终，他陷入了致命的怀疑。

但是，尼克首先是作为一个情人。在小说开头，凯瑟琳告诉尼克，他是个势利鬼，他回答说，"'我不完全是'……似乎小小的承认就是最好的否认，'我只是爱美丽的事物'"。语含反讽漂亮一转，这是霍林赫斯特的典型句子，也是一个重要的句子。这句话差不多告诉了我们需要知道关于尼克的一切："美丽的事物"是他最爱的东西。几页后，"尼克喜欢闪耀着美之意象的欢快活动，这些意向聚集在金色的未来里等待着他，像阳光海岸上的游泳者"。再次，这里有嘲讽的口吻。作者告诉我们，尼克没有经验，但其中的危险在哪里？小说的第一部分称为"爱的和弦"。尼克第一次去和列奥约会时，他心想，"他的愿望是得到一个二十七八岁、骑着赛车的英俊黑人的爱"。无论这句话写得多么柔情，霍林赫斯特很少错过机会，调侃一下他孩子气十足的主人公。当尼克听说，列奥穿着姐姐的衬衫，"他就爱他更起劲"，再次，"爱"这个字眼用得很幽默。在他第二次与列奥见面时，我们得悉，他"需要真心的赞赏，正如他想要无条件的爱"，但是，他是否真心想要这些东西，还是有值得怀疑的空间。

尼克身上有趣的一点是，他既欺人，也受欺。他狡猾、精明、滑头，部分原因是他不太明白这个世界，或者因为他突然进入幸运的主流。当有人为吓到他而道歉时，"'没关系'，尼克说，他的人生就是一连串的震惊，他多少都已习以为常"。我认为，这句话尖锐而好笑，因为要是他没有开过眼界，尼克可能看上去在弱肉强食。他发现难以区分他的新经验，同时，要为新经验标一个相对价值，也远非他力所能及。"爱的和弦"最后证明是尼克与列奥在一起时脑海中听到的东西，但他不能将它写出来。在一个恐慌的时刻，他好奇地想，这首和弦会不会是受人鄙视的理查德·斯特劳斯创作的，只是为了表明"世俗的恶意"。很快，他"爱上了列奥，到了偶像崇拜的地步"。但这句话出现的语境，第一次看见列奥穿着赛车服，非常喜剧，为激起情感的真实性投下了怀疑。事实是，"爱"对于尼克来说是美学经验，一种主要是想象性的美学经验，类似于在他的"阳光海岸"听巴赫的康塔塔。

列奥决心冷却这段关系之后，尼克开始和万尼在一起。万尼是黎巴嫩人，富有，风度翩翩，也毕业于牛津。尼克先前以为自己高攀不上。这段感情从一开始，就再次使用了"爱"字，只不过仍然语带一丝反讽，"从万尼这里，他只想要爱，今日或许还想要一种臣服"。为了不疏离他有钱有势的父亲，万尼不能公开出柜；甚至，私下里他对尼克都很冷淡，似乎认为与之交往有失身份。当他们在费登家楼上吸毒，听到凯瑟琳和房产中介男友在隔壁大声做爱时，尼克决定报复。在隔壁做爱响动的刺激下，他们也开始做爱，但尼克幻想他是在与罗尼做爱。罗尼是他们在游泳池边搭上的男子。所以，"当万尼抽出来时，尼克紧紧闭上眼睛；他幻想着眼前的人是罗尼，而不是他爱的这个人"。我们后来知道，尼克不再对万尼说爱他，"因为他做完之后总是陷入令人不舒服的沉默"。无论尼克对列奥和万尼是什么感情，这不是苔丝或查泰莱夫人理解的那种"爱"。

这部小说故事内容跨度四年，从1983年到1987年，从马岛之战的余晖到大选的胜利，正是撒切尔主义高奏凯歌之时。不过，这部小说并没有借此打造自己的政治资本。凯瑟琳像学生一样说了一些反撒切尔的话语，她的男友贾斯本是房产中介，这种身份经常用来象征新起的庸俗阶层。费登，既是通奸者，也是金融骗子，但霍林赫斯特对他的态度和对尼克一样纵容。事实上，从某种程度而言，费登和尼克心心相印。小说中最粗鲁的人是一个名叫巴里·格鲁姆的保守党议员，这个人"连招呼都不打"。即便在这里，霍林赫斯特的兴趣所在与其说是政治，不如说是喜剧，"巴里·格鲁姆身上最气人的地方是，他很自恋地想：你想见他，是想自讨没趣。"如果小说真的如某些评论家所言是在"讽刺撒切尔主义"，那么，凭借书写房产中介或议员的内部交易，这样的讽刺策略也太单薄了。事实上，尼克根本不关心政治，他还考虑过在选票上乱画。他和作者的心目中有更远大的抱负。

在小说的最后部分，尼克接待来访的列奥姐姐罗斯玛丽，后者告诉他，列奥死于艾滋病，她在寻找他所有的男友。尼克反复向她保证他很好，"我很幸运，当时我……很小心。"正如尼克说的大多数东西，这句话不完全是真的。但是，霍林赫斯特对这个场面轻轻一带而过，如同一个作曲家，在曲子临近结尾，只是暗示一下主题的回归。

丑闻爆发后，尼克被从梦一样的豪宅中赶了出去。在两个对立的场景中，他奋起挽回他的名誉。凯瑟琳的母亲指责他对凯瑟琳照顾不周，但这样的指责只是表明，她本人并不知道自己女儿服用什么药物。这个回合尼克胜出。接下来，庄重的管家埃琳娜（尼克以为她会为自己倾倒）告诉他，自从他来后，她就认为他是"傻瓜"。尼克以为，她可能说的是他有"一点儿疯狂"。但他理解错了：她的意思是她一直认为他"不是好人"。"什么赞美比起一个聪明仆人的赞美更有价值？"伊丽莎白·贝内特想；反之，什么批评比起一个聪明仆人的批评更加糟糕？

小说结尾时，就像整支乐队一起合奏，声音渐强；你辨别出已经暗示的变奏的主题，现在，这个主题得到圆满的阐释。在向临终的万尼道别之后，尼克将要再做一次艾滋病检测。"他突然想结果会是阳性。"他想象在医生的接待室里听到这个消息时他会如何反应。"他还年轻，在坚韧方面没有太多的训练。"

整部小说中，艾伦·霍林赫斯特把尼克的强大性本能表现得与其艺术偏好非常相称。"美丽的曲线"是霍加斯的美学理念，对于尼克来说，这种艺术理念可见于艺术、建筑、音乐和男性的体型。作为他美学自信的结果，为了像一个名流一样漫不经心、挥洒自如，尼克在很大程度上征服了他的惊奇感。他的第一个情人列奥，他的第二个情人万尼，都死于艾滋病，非常奇怪，这件事实一点儿没有打破他的宁静。在小说结尾几页，像可怕的潮水涌起的一种怀疑是：所有这些欣赏和快乐的领域是否像看上去的样子？它们都同样有效吗？一个人会因爱另一个人而死却不后悔；他可能会为了贝多芬的四重奏而出卖灵魂。倘若尼克的艾滋病检测结果证明是阳性，正如他担心一样，他是否会觉得，他之所以可能面对死亡，是因为这件错事：他见到的不是真"爱"，而是"大腿"。他和万尼最终凑成的不是亨利·詹姆斯的一部经典，而是一本《时尚》杂志。

"这是一种恐惧，由他短暂人生的每个阶段的情感构成：断奶、乡愁、嫉妒和自怜；但他觉得，自怜属于更大范围的怜悯。只有对世界的爱，才是令人吃惊的无条件的。"所以，小说的转折中包含了转折。或许，他爱的对象是否有不同的内在价值，其实并不重要。因为没有东西能够长久，至于是为了轻于鸿毛的东西而死，还是为沉重如山的东西而亡，或许都一样；奥斯卡·王尔德可能就如是想。小说最后一句话揭示了尼克之爱的真正本质："在这个时刻，看起来如斯美丽的，不仅是这个街角，还有一个街角这个事实。"

势利鬼

SNOBS

势利，不仅是指那些自命不凡之辈的心态，他们瞧不起"不如"自己之人。势利还是一种焦虑，牵涉个体与其生活的社会之间的身份意识。从现实的角度而言，小说能够直接进入内心生活；从经济学的角度而言，小说也能传达庞大的社会群体的运作。相比于任何别的文学形式，小说更能审视内心世界和外部世界之间的冲突。因此，毫不奇怪，势利之人（在此使用的是最宽泛的意义）在小说中历来是高产的人物类型。

势利之所以引起读者的兴趣，首先在于它具有一眼就能被看穿的自我欺骗的喜剧性。究竟是什么肤浅的品质或习性，让一个人觉得他比邻人"好"？正是这种细微但决定性的区别，正是势利诱导其受害者掉进的荒唐陷阱，才是读者喜闻乐见的东西。但是，除了喜剧的一面，势利还有更严肃的一面。关心自己的身位，并不必然是性格缺陷。比如，难以想象，任何社会中，一个完全正直、毫不势利之人，若一点儿不考虑自己与他者的位置关系，他会抵达那种幸福状态。如果你从来没有想过与他者如何比较，你会做到体贴、大方？如果你从未服过一剂势利之药，你真的就能说对之免疫？

势利是一种健康冲动的患病孪生兄弟。这种疾病的性质，有许多定义方式。你可以说，这是正常的，在横轴上画出你在家人、朋友和社会中的位置，但势利之人还想象了一条有等级刻度的纵轴为自己定位。或者，换一种方式。阿兰·德·波顿在其新书《身份的焦虑》中，将现代势利定义为一种"提喻"，这个语法术语指的是以部分代表整体。工作就是一个例子。当某人开场介绍自己是律师、护士、店员或小提琴手，势利之人会立刻在他想象的等级结构中进行定位，不会去发掘更多关于此人的品格或经验。在势利之人的心灵中，护士属于一个范畴，下面没有任何区分；因此，在他眼中，无论是弗罗伦斯·南丁格尔，还是一个不讲卫生、偷窃成性的助理护士，都没有区别。甚至，用来代替整体的部分，都没有工作这样具体。比如，这个部分，可能是耳毛、山羊胡或英格兰中部地区口音（所以，如果有势利之人用这三点来判断做人的标志，那么，莎士比亚无一符合，就要出局）。

相比于以上定义方式，我宁愿认为，势利是一种散光现象或聚焦缺陷。我们往往顾名思义，认为势利之人就很愚蠢，但这并不必然正确，正如接下来的小说人物可以为证。事实上，势利之人可能会有洞见，有学识；他们可能非常好奇，知道他者大量的信息；但是，他们不能聚焦在真正重要的东西，比如，他们能看见你前面小树林的形状，但看不到你前面一棵树的树皮纹理，这意味着势利之人容易犯下灾难性的误判。尽管那样的错误在第一次犯下时可能只是一场喜剧，让势利之人觉得丢了面子，但这些错误的后果也可能伤人；它们甚至会毁灭人生。

优秀的小说家知道利用势利这种心态的悖论。我想，很少人会不同意，查尔斯·狄更斯和简·奥斯汀是十九世纪两个最伟大的英国小说家；我认为有趣的是，《伟大前程》和《爱玛》（许多人认为《爱玛》是最完美的小说）核心人物都是势利之人。皮普与爱玛误解自我和他人的方式，使得他们的作者不仅可以描绘出他们伦理教育之旅，时而喜剧，时而尴尬，时而感人，而且可以为他们生活其间的社会呈现一幅细致入微的图景。主要人物这种明亮但时而错误的视野使得其作者可以为这副社会图景增加额外的肌理。肯特郡沼泽地那个守法的值得尊重的世界，那个犯罪和堕落共存的世界，皮普对其间的区别不太理解，变得似乎更加真实，更加相互交叠。《爱玛》中那个复杂的海布利社会，部分是等级社会，部分是伦理社会，在我们看来更加清晰，因为主人公爱玛作为其中的代表，反射回来，就像一场盲人的推搡游戏中的那个"他者"。

其他人物也是一样。他们的生活同样受到影响。乔·葛吉瑞继续活在我们的心目中，不是因为他的个人品质（尽管他的个人品质不凡），而是因为这种方式，皮普的理解力的准星不可靠，他时而被照亮，时而被遮蔽，有时受重视，有时遭背叛。爱玛迟迟拒绝看清摆在面前的东西，急得奈特利先生差点儿下跪。正是这种羞辱的痛苦状态，奈特利先生才完成了自己的情感教育。

正如你会看到，这离"贵族义务"差了十万八千里。在《贵族义务》这本奇特的散文集中，伊夫林·沃和南希·米德福德讨论过英国上流社会指代"餐巾纸"时该说"napkin"还是"serviette"，诚然，这样的文章幽默好笑，但说到底还是很蠢。在优秀的小说家手里，势利可能比这有趣得多，花样也更多。《小人物日记》中的普特尔先生就是典型的势利之人，因为他的眼光有缺陷。他好不容易爬到受人尊重的地位，急于抓住这个位置不放，对臆想出的轻贱和威胁超级敏感，结果看不到一个简单但压倒一切的事实：他是快乐的。

那种缺陷是潜在的悲剧领域，但对于我们，幸运的是，乔治·格罗史密斯是为幽默杂志《潘趣》写作，想要一个快乐的结尾，所以他允许普特尔修正眼光，最终他去掉了翳障，看清了真相。

然而，简·布罗迪却没有得到机会，抵达任何类型的自我认知；事实上，她甚至没有找到究竟哪个女孩"出卖"了她。尽管她的势利是文化上的势利，但这是极不诚实的性格之症状。不像爱玛或普特尔，她没有眼光，却自得其乐，她遭到作者粗暴对待也算咎由自取，至少是在这场宗教阴谋中。这场阴谋像爱丁堡的细雨一样笼罩在书里。

在詹姆斯·邦德的身上，我们看到一种品牌制造的势利的开端，这种品牌制造的势利在过去半个多世纪，一直证明很有活力，不管其他作家如何无情地打发它。像所有的病毒一样，势利也擅长变异。它证明自己生命力顽强，有时销声匿迹数十年，然后以某种新的传染方式重新出现。我们将看到，邦德那种行家的势利，出现的场景情有可原，但对于那些作家，带着他们的名牌行李，跟在弗莱明背后亦步亦趋，没有原谅的理由。本部分要讨论的最后一个小说人物查努·艾哈迈德，他是一个势利的知识分子，十分反讽的是，他恰好是大多数势利的知识分子鄙视的那类人。莫妮卡·阿里的成就在于，她把查努对于自己在世界中位置的散光式阅读，作为一种方式，不仅考察移民的经验，而且考察身份、爱和自欺等永恒的问题。查努的伦敦生活在狄更斯眼中应该似曾相识。

在本书审视的四种人物类型中，势利之人这种人物类型从生活进入小说，受到的干预或改动最少，但对其创作者或投资者来说，获得的红利最大。势利之人和主流小说简直就是天作之合。

爱玛

疯丫头

　　爱玛的问题是，她做事太任性；《爱玛》的问题是，这部小说写得妙趣横生，灵动缥缈，以至于读者的任何评论似乎都注定是废话。正如你在一个夏夜，挽着情人，舌尖还留着1990年份的博林格香槟的余味，前往凡尔赛宫镜厅，欣赏阿玛迪斯弦乐四重奏团演奏莫扎特，你若想将这些感觉诉诸言辞，十之八九白费力气。

　　爱玛·伍德豪斯这个人物很幸运，她生活在一个虚构的世界里。这个世界作为揭示其中人物的自欺、希望和激情的空间，或许从未被超越。也许，与之最近似的一个空间是在《仲夏夜之梦》这部戏剧里。《爱玛》的结构呈同心圆形，情节尽管时有冲突，但看起来几乎没有摩擦。简·奥斯汀好像发现了小说永动机的秘密，读者可以随时进入故事，或过了一段时间再回来，发现小说还在那里转动，令人眼花缭乱。

　　小说的许多动能都是由爱玛本人提供。几乎所有的行为，她都是煽动者、观察者和评论者。爱玛淘气，但我们似乎不介意。她很早丧母，母亲的模样，她根本不记得。正因为如此，我们才有些惯着她，尤其是当我们看见她对自私的父亲是多么包容。一个孝顺的女儿，一个操心别人幸福的姑娘，这就是爱玛。正如爱玛急切指出，正是她，为迟迟未嫁的家庭教师泰勒小姐和丧偶的好人威斯顿先生牵线搭桥，最后喜结良缘。我们知道，爱玛"漂亮"（这是小说开头的第三个词汇）。简·奥斯汀允许我们偷听到奈特利先生和威斯顿夫人谈论她的美貌，让读者知道她的美貌对他人的影响。"尽管她长得十分漂亮，但她似乎并没对此念念不忘"，严肃的奈特利先生承认。所以，按照威斯顿夫人的说法，爱玛不但是"完美化身"，还不慕虚荣。当她操心美丽的哈里特·史密斯——村里寄宿学校中一位无家可归的私生女——的婚事时，她一点没有想要争风吃醋的味道。至此，在爱玛身上，没有任何招人不喜欢的东西，尽管作者的三言两语暗示和奈特利先生的一些严肃评论意味着麻烦在后头。

爱玛谈到哈里特小姐与农民罗伯特·马丁来往时，她的麻烦露出了头角。"自耕农正是我感到与我无关的那种人"，爱玛这句势利的话，让我们悚然一惊。不过，她的话也符合逻辑。准确地说，爱玛认为自己是有闲阶级，应该致力于帮助他人，无论是穷人还是友人。自耕农可以照顾自己，她的关照是一种施恩；如果说她对罗伯特·马丁势利，那么，她想用婚姻"改善"哈里特小姐的地位，表明她对等级观念相当鄙视。

奈特利先生告诉爱玛，她对马丁和哈里特小姐的社会地位相对关系的判读大错特错，自耕农的地位轻松超过一文不名的私生女。他还希望爱玛考虑，马丁是个明白人，哈里特小姐有点傻乎乎。不过，他乐意把这场争论的主战场只控制在社会地位上。他们同意各自有保留意见，但这场争论过后，爱玛的触动更大："她并不总是自我感觉如此绝对满意，并不总是完全深信，她的观点像奈特利先生一样……正确。"这是简·奥斯汀众多温柔的笔触之一，她让我们看见，哪怕是爱玛，她的性格也有改善的余地。

或许，爱玛的问题，与其说是势利，不如说是不成熟。她"还不到二十一岁"，迟迟不愿接受身为女人的束缚。她想在童年的游戏室最后再玩一次，她要用自己的地位和美丽任性一回。当然，爱玛读书少也是一个问题。尽管她规规矩矩分门别类地列了书单，但她根本没有打开，更没有消化；她缺乏自律。爱玛对成人的声音闭耳塞听，对于这样一个没了妈妈，还要负责照顾生病爸爸的女孩，我们似乎也不大好抱怨她孩子气地最后寻一次开心的机会。像我们所有人一样，她需要足够长的时间才会长大。

除了她自身的问题，也有他者感受的问题。换言之，问题在于，她玩的游戏可能会给他者造成伤害。当遭到心爱的女人拒绝时，罗伯特·马丁心情沮丧。但爱玛却怂恿哈里特小姐去追求新来的牧师埃尔顿先生。经历了一连串近乎闹剧的事件后，埃尔顿先生误以为爱玛对他有兴趣。爱玛好不容易才让对方不再想入非非，但她并没以此为戒，认真审视自己。埃尔顿先生浅薄，所以他的失意不必像罗伯特·马丁那样严肃对待；他不爱她，爱玛觉得自己"没有必要自寻烦恼，怜悯对方"；但她至此本应怀疑，她对他者的理解出现了偏差。

小说中有一段话，表明爱玛要理解的东西还有很多。当时，埃尔顿先生自以为是地认为，他会与她成功牵手。对此，爱玛心想，伍德豪斯家在海布里一带，即便排不上第一，好歹也排第二，"财富……直追唐维尔庄园（奈特利先生家）"，可怜的埃尔顿先生，除了有些"经商"关系，根本没有任何人脉。在这一通势利的咏叹调之后，她开始真心痛悔自己做错了，这燃起了哈里特的希望。在此，我们同时看到了爱玛肤浅的一面和值得敬重的一面。抱愧和痛悔，在一部小说的情感景观中往往扮演次要角色，地位次于爱欲和愤怒等情感，但在《爱玛》中，它们却进入最强大的情感之列。这就是小说在情感上而言如此有趣的原因之一。

这个阶段，爱玛的判断呈零散状态。对于埃尔顿先生，她的判断也未全错：他不可能是她的丈夫。但她正确的判断却是出于错误的理由。埃尔顿先生配不上爱玛，并不是因为他庸俗，而是因为他虚荣（后来还有残酷），因此她不喜欢他。爱玛的势利是提喻：她把部分当成整体，所以，庸俗和没有人脉，就是他眼中全部的埃尔顿先生。她对自己的理解同样受到妨碍：她自认为地位"高"于埃尔顿先生，却不清楚自己社会地位的职责，要么嫁一个门当户对的人，要么抛掉门户观念，只为爱而结婚。

《爱玛》一个微妙的地方是，无论爱玛·伍德豪斯还是简·奥斯汀，都没有放弃社会地位的确重要的观念；小说情节的发展倾向于表明，事实上，社会地位的确非常重要，尽管爱玛努力打破门第观念，但这种观念不会被轻易改变。爱玛的使命就是找到一条道路，把对门第观念的尊重，整合进一个情感和道德的框架，在其中为它找一个合适——换言之，重要但非首要——的位置。当然，这说来容易，做起来难，在任何人的生活中都一样，更别说是在这样一个朝气蓬勃的年轻女子（她受人溺爱，一心想紧紧抓住享受更长的少女时光）的生活中。

爱玛暂时的解决办法是否认有任何需要解决的问题。当哈里特小姐问她为什么不结婚时，爱玛立刻展现出她的骄傲和顽皮。"我得遇到一个比我见过的任何人都优秀的，才会心动，"爱玛说，"我宁愿不动心。就目前来说我过得再好不过了。要是结了婚，我准后悔。"这是一个年轻女子矢口否认的口吻，但并非是一个坏女人的口吻。其效果与其说是让人对爱玛产生轻视，倒不如说是替她的幸福担心，因为对于一个年轻、漂亮、富有的女孩来说，这种自欺使她容易受到比她眼光更好之人的伤害。一个品质赶不上爱玛、但更精明地看清事物本相之人会利用她。

当威斯顿夫人的继子弗兰克·丘吉尔来到海布里后，我们的忧虑更深。弗兰克风度翩翩，但明显不靠谱。我们知道这点，因为他太喜欢跳舞，他会只为理发，就去一趟伦敦（事后表明，他有次是去为简·菲尔法克斯买钢琴）。尽管我们担忧其后果，但我们不介意爱玛与弗兰克调情；这可能对她有好处。这类似于《傲慢与偏见》中伊丽莎白和威克姆的调情。尽管欢快的调情对爱玛有着潜在的危险，但我们相信她的聪明和克制，最终会让她清醒过来，甩掉那些年轻的花花公子。爱玛，这样一个朝气蓬勃的姑娘，大部分时间花在照料丧偶的父亲身上，她和弗兰克调情，似乎是无害的放纵；在撮合埃尔顿和哈里特失败之后，爱玛赢回了一点儿我们的尊重。她并非高高在上，不会玩这种爱情游戏，即便事后证明，她实际上是被弗兰克当作追求简的诱饵。

她接下来的麻烦是简·菲尔法克斯；这个女孩出身中产阶级，是个孤儿，美得惊人但一文不名。爱玛不喜欢她。她说不出到底为什么不喜欢，尽管奈特利先生一如既往刨根问底。在这件事情上，奈特利先生暗示，这是因为爱玛嫉妒，在简的身上，她看见了"一个娴于社交的理想自我"。奈特利先生性子不好，对爱玛这个比他小十六岁又没妈妈的女孩，他急于训斥，对他自己的判断，他又迟于质疑；他对弗兰克有敌意，在这件事情上，他几乎像爱玛一样缺乏自知之明。爱玛和奈特利先生之间的争执充满了社会和情欲的张力。爱玛比奈特利先生更聪明、更有趣，她思想感情的活力超越了他的疆域；等她到了他的年龄，她不但会像他一样老练，还会更多介入生活。只不过现在，他利用年龄的优势和略高的社会地位才对爱玛颐指气使，奇怪的是她没有真正反对。他们的关系之所以如此不安，如此紧张，是因为他们在许多层面互动。作者让我们读者意识到，奈特利先生爱的是爱玛，哪怕他自己没有意识到；我们知道爱玛尊重他，尽管他脾气不好，但还是像老朋友一样喜欢。他们两人都意识到彼此的社会地位，一定程度上，他们都是某种阶级命运的囚徒；一股强烈的向心力把他们拉近，这股力量在此阶段强过他们个人的感觉。但关键的因素是时间。奈特利先生并不总能利用他成熟的优势。爱玛需要成长，要变成一个女人，会把她不同的判断和她的性格统一起来。奈特利需要认识到他自满的局限，会承认他嫉妒的原因。但他的机会窗很小。为了定约，赢得爱玛，他需在她成长起来接近他的心智、但在超过他的心智之前抓住她。这是相当微妙的考验。

简·菲尔法斯特收到一个匿名者捐赠的钢琴，有人猜测，这是奈特利先生送的。[1]爱玛打消了这个念头：奈特利先生会偷偷喜欢

---

1 平装本《爱玛》的一篇评论，迫使我回复一下这架钢琴的问题。这篇评论说，没有人猜测，这是奈特利先生的礼物。或许，评论者忽略了爱玛和威斯顿夫人之间的对话（卷二第七章），在那场对话中，她们的确对此事做了猜测，最后收场一句是"该不会是奈特利先生送的吧？"这不是我第一次因评论者失误而"指谬"，我相信这也不是最后一次！

简，更别说准备与之谈婚论嫁。因为这个念头违背了爱玛的社会习俗观念（她说这种做法"可耻堕落"），假如唐维尔庄园的少爷真的与简结婚，那不就自掉身价和村里的话匣子巴茨小姐沾亲带故了。这也意味着爱玛的外侄亨利，她姐姐伊丽莎白和奈特利先生弟弟的儿子，不再有资格继承唐维尔庄园。正是这个因素而非别的，才使得那样一门亲事在爱玛看来难以想象。或者，至少作者是这么告诉我们的。当然，我们可以自由猜测，爱玛的忿忿不平，原因是多方面；我们还可自由猜测，有别的原因，爱玛才畏惧这桩亲事。

我们能够原谅爱玛身上有势利这样一种不受人喜欢的东西，一个原因是简·奥斯汀让我们参与到这种势利造成的幽默，甚至是乐趣中去。罗伯特·马丁是个老实人，鄙视他当然不对；但鄙视牧师埃尔顿新娶的妻子，似乎是有趣而正确的事情。生活中有这样的人，我们每个人都觉得有理由嘲笑他们。他们装腔作势，没有给人留下深刻印象，反而露出了他们的庸俗与无知。想想《弓箭手》中的琳达·斯奈尔。事后证明，她心肠好，但她虚假的声音成为人们嘲讽她的许可证。在现实生活中，或者在电视上，有些人尽力让自己显得冠冕堂皇、无所不知，但拙劣的发音吐词把他们的无知暴露无遗。他们受到嘲笑是咎由自取，因为一旦装腔作势，他们就让渡了做个正常人的权利。埃尔顿夫人是一个例子。她张口闭口就是她在枫树林的房子有多大，她要结交的朋友多时髦，她的"四轮四座兰道"大马车（那个时代的切尔西拖拉机，新富阶层坐的一种马车）多么豪华；在她嘴里，她的丈夫不是"埃先生"，就是"达令"。简·奥斯汀暗示，对这样一个人就该鄙视，因为她总是很在乎自己的身份。相比于埃尔顿夫人，爱玛的势利显得轻微一些，因此会少几分苛责。当然，也有这样的原因在内，爱玛第一次见到埃尔顿夫人，就对其性格入木三分地下了定论。在接下来的场景中，埃尔顿夫人的性格只是在简·奥斯汀的视角和其他人的视角中出现了幽默的变奏。

爱玛的性格如同烈性鸡尾酒。她的偏见可能被粉饰为远见，误判可能被当成耐心不够而得到原谅。她还有一个双刃剑式的品质，那就是她的口才。在一场貌似琐屑的对话中，奈特利先生的弟弟约翰打算把两个儿子托付给爱玛姨妈暂时照顾一下，他调侃地说，她最近忙于社交，可能没有时间管孩子。奈特利先生插话说，把两个侄子送到唐维尔庄园岂不更好。爱玛站在这两兄弟之间，把他们都嘲笑了一通，也自嘲了一番。最后，她对奈特利先生说：

> 可是你呢……你知道我难得哪一次离开哈特菲尔德两个小时，凭什么说我搞那么多的吃喝玩乐，真叫我难以想象。至于我可爱的小外甥，我得说一句，如果爱玛姨妈没有时间照料他们，我看他们跟着奈特利伯伯也不见得会好到哪里，爱玛姨妈离开家一小时，他就离开家五小时——他即使在家，那也是不在看书，就在算账。

若非头脑清晰，你不可能有这样的口才。爱玛的任务就是，不管如何任性，她不会只是时而清醒，而是把头脑清醒打造成她性格中最恒定、最关键的一面。

在《爱玛》的第三部分、也是最后一部分中，读者对女主人公的担心逐渐增加。爱玛注意到，弗兰克似乎对她没有兴趣，但她认为这是因为对方不自信。现在，她处于一个易变的阶段。她的自我认知出现，只是还处于零散状态，还有可能令她难堪，甚至有更糟糕的后果。当埃尔顿夫人结婚后，爱玛在舞会上不得不退居次位，"这简直足以让她想要结婚"。她的心扉微微开启。此时，她与奈特利先生有了最友好的一次对话。她承认，奈特利先生比他先看穿埃尔顿先生。奈特利先生也第一次承认，他的判断力也有问题。他说，爱玛看到哈里特的品质，他没有看到。最后，奈特利先生邀请爱玛赏光跳一曲舞，庆祝他们这种和谐的新关系。接受邀请时，爱玛表示，"我们这兄妹之谊到底不是那么实的，跳个舞又有什么要不得"。听到这话，奈特利先生脱口而出，"兄妹之谊？对，倒真不是那么实的。"

奈特利先生的自欺迅速开始治愈（他宠爱地称爱玛是"疯丫头"），这给了他像侦探一样的观察能力。当爱玛在玩弄这个念头，她现在要为哈里特和弗兰克做媒，奈特利先生正色说道，弗兰克喜欢的不是爱玛，他与之调情只是放烟幕弹，转移注意力，他喜欢的人也不是哈里特·史密斯，而是简·菲尔法克斯。

此时，爱玛就像一颗即将爆炸的定时炸弹。正如伊丽莎白做客达西的彭伯里庄园，爱玛也到访了奈特利先生豪华的唐维尔庄园，只不过她没有想自己多么适合做这庄园的女主人，她想的只是外甥亨利会多么喜欢这里。尽管增加了张力，简·奥斯汀在这里也考验了读者的信任力：难道就没有年轻女子，一闪念之间，想过自己是那样一座庄园的女主人？在博克斯山那场著名的踏青情节中，爱玛这颗定时炸弹终于爆炸。当时，爱玛用玩笑的口吻羞辱喋喋不休的巴茨小姐，奈特利先生责备她一点不体谅一个可怜的老处女。爱玛当场窘迫不堪，"心头是说不出、道不了的烦恼，简直到了怎么捂也捂不住的地步"。从这时起，她的性格中占据主导地位是奈特利先生告诉她的"严肃"而非"虚荣"。当她听到弗兰克偷偷与简订婚的消息时，她情不自禁自责，再次激发了哈里特虚荣的念头。

接下来，她突然变脸，摆脱了内疚感，却掉进了更糟糕的心态。哈里特从来没有明白，爱玛是想撮合她与弗兰克；她一直以为，爱玛是想撮合她与奈特利先生。真相挑明后，爱玛那些隔离"严肃"和"虚荣"、"真诚"和"势利"的心墙轰然崩塌。"几分钟就足够她探明自己的内心了。……一个念头快得像利箭一样，在爱玛的脑海里一闪而过：奈特利先生跟谁结婚都不行，要结婚就非娶她不可！"这时，她变成了一个女人。对于爱玛来说，这是赋权的时刻，也是惊恐的时刻，因为她怕来不及了；对于我们读者来说，这是欣慰的时刻，当然也是伤感的时刻，因为我们伤感地意识到，这个虽不无缺陷但一直非常欢快的女孩的青春岁月，就此一去不复返了。

爱玛的后悔温暖动人。没有敌人会像她自己一样对她的愚行更苛责。最后，她再次与奈特利先生单独在一起时，我们第一次看见她的言辞背后闪耀着真诚而谦卑的光芒。简·奥斯汀没有直接出面描述，而是借用奈特利先生之口，让我们看到，在博克斯山踏青之后，他经受了多少内心的煎熬，他想知道，自己口无遮拦的指责是否越过了底线，自己的自负和坦率是否浇灭了爱玛刚刚燃起的爱的火焰。

但他抓住了机会。"我要不是那样爱你，倒也许可以说上一大堆……我责备过你，也教训过你，你听后都容忍了，能像你这样大度容忍的，我看跑遍全英国也找不到第二位了。"在我看来，这是简·奥斯汀笔下最感人的一幕。正是奈特利先生谦卑地认识到爱玛的大度品质和他自己的种种缺陷，才使得这一幕如此感人。他赢得了爱她的权力，也赢得了她爱的回报。

我合上这本书时，眼睛红肿，正如我四十年前第一次合上这本书。人之造物，无一堪称完美，但肯定的是，《爱玛》是最接近完美的英语小说。在这一场令人眼花缭乱的莫扎特式的演奏中，有任何缺陷吗？我想，我们可能希望，那种"活力"，简·奥斯汀最推崇的笔下主人公的品质，在她笔下的男性身上出现时，她少几分怀疑该多好；我们可能会神往，奈特利先生的性格中要是有几分弗兰克的影子该多好，正如《曼斯菲尔德庄园》中的爱德蒙多要是有几分亨利的影子、《傲慢与偏见》中的达西要是有几分威克姆的影子该多好……但要是遂了你的心愿，你可能又会神往，在凡尔赛宫镜厅的那场演出中，那曲小快板的某个时刻，第二小提琴要是微调半音会如何，或者，刚才喝的那支香槟要是再冷却一点儿会如何……我不确定，在那样稀有的幸福时刻，这些念头是否有益。

皮普

一个平凡的乡下小子

《远大前程》（1861年）的故事令人不安，因为它似乎缺乏公平感。故事开头，我们就看到了菲利普·皮利普，这个肯特郡沼泽地的乡下小子又名皮普。我们还没有开始熟悉他，站在他一边，故事就朝不利他的方向转去。一个无名的恩主给他留了一大笔钱，他离开了简朴的家，一头扎进伦敦社会，宛如投身茫茫大海。此后，一个痛苦的老女人养大的一个漂亮女孩，打碎了他的心。

不过，皮普的最大敌人与自身有关。他的敌人，首先，是成年后的叙事者皮普，他带着无情的自我批判讲述了自己的故事；其次，是作者狄更斯，他虽一向大度，但似乎不愿宽恕皮普因势利和忘义而犯下的错误。无论叙事者，还是作者，似乎都不承认，皮普的所作所为，只不过与大众无异。我们读者觉得，身不由己进入了一个同情的真空。但是，我们在小说开篇遇到的皮普是一个可爱的男孩。这似乎成了我们的责任——无论成年后的叙事者皮普，还是作者狄更斯，还是遭遇，还是其他人物砸向他什么东西，我们依然要保持，我们关于他是一个好人的记忆火焰不会熄灭。这是一份沉甸甸的、有时令人心灰意懒的责任。

对于我们来说，相信少年皮普值得捍卫，这是重要的。我们注意到：他好奇；他想知道"还有一个逃犯"是什么意思；有迹象表明，他比当铁匠的姐夫乔认字更多，哪怕他赶不上后来当了小学教师的乡村少女毕蒂。他的姐姐，也就是乔太太，脾气火爆；他在姐姐手上吃了许多苦，养成了坚韧的品质，对姐夫也多了同情。面对逃犯马格维奇，他颇有心计，避免使用"脚镣"这样的语汇，只是说还有一个逃犯"有同样的理由想借一把锉刀"。作为一个孩子，他最可贵的品质是没有野心。他爱乔，此外别无所求。如同大多数的孩子，他发现支配他生命的东西，一是怕，二是爱。他怕未知的东西；他爱身边最珍贵的人和物：乔、铁匠铺、沼泽地。

少年皮普定格于我们记忆和情感中，关键在于乔在解释为什么不反抗悍妻之时。乔说，他不希望看见妻子像他妈妈过去在他爸爸面前那样跪地求饶。叙事者皮普写道："虽然我很年轻，但我相信那晚我又重新爱上了乔。此前和此后，我们都是平等人；但是，此后，在安静的时候，当我坐在那里看着乔，或者想着他时，我又有了一种新的感觉，觉得自己在心里仰望他。"

这里，有一种超越所有社会分野的道德秩序感，有一种清晰的判断：少年皮普"仰望"目不识丁的铁匠乔，并且应该这样。只有一个天生具有良好判断力的孩子，才可能会有那样的想法。我们相信那样的想法属于少年皮普，因为作为叙事者的皮普不是在为少年皮普道歉，而是在对之进行批判。那段感人的话藏在小说的背景中，是一块失落的试金石，皮普无论如何都必须重新找到。

当皮普被派到雇主郝维香小姐家干活时，他的举止遭到很不友好的艾斯黛拉的嘲笑。他下意识地看了看自己受嘲笑的手和鞋。

"它们从前没有令我不安，但它们现在令我不安，就像是庸俗的赘物。"这个句子的后半段表明，皮普立刻受到了别人话语的影响；但前半句确认了我们需要再次确认的信息：他之前没有意识到那样的东西。

面对艾斯黛拉的嘲笑，他做出了极端的反应，叙事者皮普将这归因于迄今为止他的生活就是"一场与不公的永恒冲突"，与他姐姐的非理性情绪和暴打有关。现在，少年皮普突然醒悟，他的成长过程中不但受了苦，而且一直懵懵懂懂。他走了四里路回家，一路上都在想，"我是一个平凡的乡下小子；我的双手粗糙，我的鞋子厚重；我养成了无赖的可鄙习惯；我比昨夜认识到的自我还无知；可以说，我走的是一条愚昧卑贱的邪路。"

奇怪的是，比起回首往昔的皮普，我们这些读者发现这番话更令人撕心裂肺。在成年皮普淡然的叙事中，有一丝反讽，反过来促使我们更加想要保护这个孩子。他生活的整个世界都在残酷合谋对付他。尽管这种不公让人读起来难受，但它也让人读起来刺激。在小说开篇的六十页里，狄更斯描写了维多利亚时期英国文学中最伟大的场景中的三个场景：墓园中的马格维奇和皮普；圣诞晚宴和在沼泽地里追逐逃犯；皮普第一次去郝维香小姐家，在那里遇见艾斯黛拉。这是小说中的稀有时刻，读者会想，权衡之后，他宁愿接下来的场景不要那么惊人的漂亮；他宁愿欢迎那种不会永远烙印在记忆里的东西——或许是一点家里的情节发展；或许是一个远亲的喜剧性来访；或许是风平浪静几个月的流逝，可以一笔带过……

某种程度上，我们的愿望得到应许——《远大前程》中其他大多数令人难忘的场景集中于结尾——但我们必须经历的痛苦丝毫没有减轻。按照狄更斯的标准，这部小说的篇幅相对较短，从主题而言，焦点非常集中。几乎在每一页，来自家庭和来自社会地位的冲突诉求，将皮普东拉西扯。当他问乔，他是不是很"平凡"，后者对这个字眼的理解不同，他将其放在一个更纯净的语境中理解。"至于是否平凡，我也说不清。你在有些事情上不平凡。你是个不平凡的小孩子。你也是不平凡的学生。"

除了怕平凡，折磨皮普的还有另一种相关的怕。他不仅仅怕看上去没有见过世面；他还怕因为偶然碰见了逃犯马格维奇，他也牵连进去成了罪犯。在他偷了一把锉刀和一块馅饼给马格维奇之后，他梦到牛在追他，骂他是个小偷。他还没有成为小偷，他就觉得自己是个小偷。在皮普的心里，与他不是"绅士"的想法纠缠在一起的，是这种小孩子的怕，怕有人揭露他是个坏小子，是个骗子。他之所以容易变得势利，之所以如此急于"改善"社会地位，一个原因就是想摆脱这种因犯罪而锒铛入狱的怕，想让自己在某种程度上无可指责。但小说从头到尾，都有某个阴暗世界在阻挡他。不仅牛在追他，一个名叫奥利克的浪子也来到铁匠铺，他看起来就像是皮普邪恶的孪生兄弟，作为他的一面镜子，或一个教训，映射那些留恋或离开家乡之人会有什么遭遇。在当地"三个快乐的船夫"酒家，皮普碰到一个"陌生的绅士"。这个人给了他两张一英镑的纸币。这一个偶然事件更令他觉得自己下贱不配，因为让他想起"他跟逃犯秘密串通——在我卑贱的人生中，我先前已经忘了这回事"。利用灵巧的叙事手法，狄更斯将皮普的两种怕混合在一起。皮普不仅害怕马格维奇说的那个邪恶的"年轻人"生吃，而且害怕混得不好让他没有资格得到艾斯黛拉的爱。"我怕的是，在某个不幸的时刻，在我最凄惨、最平凡的时候，我睁开眼睛，看见艾斯黛拉站在外面，正朝铁匠铺的木窗里面看。我老是怕，怕她迟早会看见我"。当艾斯黛拉最终让他亲吻时，"我觉得她赐给我这个粗野平常的孩子的一吻，就好像是丢给我一枚小钱，不值得大惊小怪"。

一个礼拜天，乔穿上他最好的礼服，陪同皮普前往郝维香小姐家。皮普心慌意乱之下，最终对乔流露出鄙弃之意，觉得乔的穿着令自己丢人。那天，他十分难过。晚上，皮普心想，他的人生算是彻底毁了。"最后我还记得，我回到那间很小的卧室，感到十分不快。心头涌现出一个强烈的信念：我再也不喜欢乔的那个行当。过去我曾经喜欢过乔的行当，但现在已和过去不同了……对于自己的家感到羞愧是一件最为不幸的事情，可以说这是一种昧良心的忘恩负义。惩罚是报应，是理所应得的。但不管怎样，我敢保证，这是一件很不幸的事情。"皮普成年后回首往事，强调这是一种"昧良心的忘恩负义"。他的不幸，我们读者感同身受。

难怪，当来自伦敦的律师贾格斯先生找到皮普，给他带来了财富的消息和离开家乡的出路，皮普毫不犹豫就全盘接受。皮普对毕蒂透露，他想成为"绅士"，好配得上艾斯黛拉。随后他可怕地说了一句，"要是我爱上你就好了"。皮普还没有从贾格斯先生那里拿到钱财，就已经有了势利之人的雏形。在他准备前往伦敦时，他对待毕蒂的做法表现出他最糟糕的一面。叙事者皮普不断地挖苦年少的自我，这无助于洗刷他的罪过。在一本浸满痛苦的作品中，这些段落是读来最令人痛苦的部分。小说的第一部分结尾，当皮普独自上路，前往驿站乘坐前往伦敦的马车，走到半路，他停下来，禁不住泪如雨下。这段文字几乎难以卒读："我们无须因为流泪而感到羞愧，上天自当了解我们的心。泪珠就像天上下的雨，可以把积压在我们铁石心肠、蒙住了我们心眼的那些俗世的尘埃洗尽……如果早一些落泪，我一定会请乔送我一程。"最糟心的是，我们觉得，这种悲伤的情景并非真是皮普的错。

小说中一个著名的场景是乔前去看望住在伦敦豪华公寓的皮普。皮普承认，"如果利用金钱的力量可使他不来，那我宁愿付钱"。他安慰自己，幸好可能碰到乔的是同住公寓、对他友善的赫伯特·波科特，不是他的情敌、那个恶心的家伙本特利·达姆梅尔。他最后得出结论："人生在世，往往由于为了躲开最轻视的人，却犯下最卑鄙的恶行。"叙事者皮普的反省尽管深刻、痛苦，但并不公平。皮普没有采取卑鄙的手段，选择地方和乔相见；事实上，是乔请毕蒂写了一封信，定的见面地点；他当然想去看看皮普的新家。这件事中最让皮普觉得丢脸的地方是毕蒂的信，这封信无言地表明，皮普在伦敦期间根本没有写信回家。乔在皮普的住处表现像个傻瓜，皮普觉得很丢面子。但是，我们中谁敢保证，从来没有因为某个亲戚而觉得丢面子？比如，因为年轻人派对上的父母、因为固执的姨妈或因为不善交际的兄弟姐妹？当皮普不再觉得尴尬之后，他的确追出门，在附近的街道去找乔；但乔已走了。这个著名场景最有趣的一面是我们看见，作为叙事者的皮普对作为人物的皮普实际上并不公平：他要求我们看的东西不是我们眼前的东西，因此，我们觉得需要增加我们的情感投入来捍卫皮普。

在回家的路上，皮普发现自己和两个逃犯同乘一辆马车。其中一人正是在"三个快乐的船夫"酒家莫名其妙给了他两英镑的男子。他没有认出长大的皮普，但皮普偷听他告诉同伙，那些钱是马格维奇交给他的，叫他转交为他拿来锉刀和馅饼的小孩。皮普没有好奇地继续打探这件值得感恩的事情，相反，他怕和这个逃犯靠得太近。"简直难以形容，我是多么尖锐地感觉到他的气息在我的脑后，在我的脊背。"到家后，他看见艾斯黛拉，艾斯黛拉对他新的地位无动于衷，但她告诉他，"我没有到处自作多情。我从来不干那样的事"。在镇上，以前那个闷闷不乐的裁缝的学徒嘲笑他摆架子、故作大方；尽管镇里其他人被皮普的华服迷惑，但特拉伯先生家的男孩一眼看出他没有成为绅士，仅仅是个骗子。失望之下，他连乔的面都没有见，就匆忙回到伦敦，尽管"我一回家，为了表示歉意，我就送了一条鳕鱼、一桶牡蛎给乔（作为没有亲自登门拜访的补偿）"。

　　姐姐死后，皮普回去奔丧。这时又有一场与毕蒂有关的苦情戏。尽管这次他去看望了乔，甚至在铁匠铺过夜，但皮普写道，"我问可不可以睡在我的那间小屋，乔一听，很高兴答应了，我也很高兴；因为我觉得，我提出这个要求，简直就像是做了一件大好事"。至此，对于我们读者来说，喜欢某个连自己都不喜欢的人，其压力几乎变得难以忍受。我们只好不断地向赫伯特·波科特和维米克先生求助。年轻的赫伯特没多大用，但他是个好人，他明显喜欢皮普（他给皮普取了一个诨名，可以看出他对皮普不寻常的感情）；维米克先生是一个精明的有爱心的人，皮普找他，他总有时间接待。在我们的支持队伍里，还有一个人，那就是皮普的恩人，这个人还没有公开的身份，不知是男是女；这人赠予的钱财，对皮普来说，与其说是福报，不如说是诅咒，但无论如何，他对我们的主人公肯定是青眼有加。

要把狄更斯写得有趣，这不容易。有时，难以想到别的话可说，只有感叹"这简直好得难以置信"！简·奥斯汀作品中形式上的暧昧，哪怕对于普通的大学新生，似乎都能阐发出一些有趣的东西，但狄更斯的作品效果有时似乎难以解释，显得很神秘。我们知道《大卫·科波菲尔》是他自己最喜欢的小说，也是最有自传色彩的小说；我们知道《雾都孤儿》中有一个名叫鲍勃的小孩在生产鞋油的黑色涂料厂做工；我们知道威廉·杜丽的原型是他自己的父亲，因为欠钱进了马夏尔西监狱。但大多数时间，我们边读狄更斯的小说边想：这些东西来自哪里呀？这些人物的原型是谁？究竟是什么风把郝维香小姐吹进他的脑海？究竟是怎样无眠的夜里让他灵机一动，写下从墓碑后跳出来的马格维奇？究竟是从什么虚空中他拔出这些想象丰满的人物，然后凭着他对自己书写的自信，使他们看起来就像是我们的老朋友？

《远大前程》真是一部非凡的小说。开篇第一句迅捷干脆，显出强大的自信。这部小说具有狄更斯天才的全部特征，这些特征几乎是以一种倨傲的轻松姿态就展现出来。许多场景若是换在其他小说家笔下，可能会喋喋不休上百页，但狄更斯却把它们精准地嵌入故事，无论是从叙事还是象征的层面，都能建功立业。小说人物都生活在原型和现实之间一块奇怪的腹地，非常有活力，总是可信，但也充满了梦的威胁。郝维香小姐、马格维奇、艾斯黛拉、乔……要是离开了这些人物，似乎很难画出1859年的世界。小说中的次要人物，比如乔夫人、毕蒂、贾格斯、维米克，全都与主要情节有机相连；另外一些喜剧性小人物，如潘波趣先生、特拉伯裁缝和伍甫塞先生，他们即便待得再久，也总是受到欢迎。可以说，整部小说有一种无怨无悔、勇往直前的冲力。

结构上讲，小说在所有的层面运行良好。开头的教堂场景对于情节来说极度重要。马格维奇再次出场的时刻确保产生最大影响。在一个暴风雨的夜晚，他来到皮普在坦普尔寺的住地，他上楼，走进刚过二十三岁生日的皮普的房间。"虽然我回忆不起来他的任何特征，但我认出了他！若非风雨吹走了其间的岁月，吹散了其间的物事，把我们吹回我们当初（一个大人，一个小孩）第一次面对面站立的那个教堂，我不可能比我现在更加清楚地认出我的囚犯，现在，他就坐在壁炉前的椅子上。"其他英国小说家都不能像这样用戏剧性的事件为自己服务。其他小说家都不抽去读者脚下的大地，让他觉得在时间中不断地坠落。其他小说家都不能用这么自信的和谐的笔触编排情节和象征。一个原因是狄更斯的心目中有比其他小说家更宏大的构思。另一个原因是，他似乎总是能够找到一种语言节奏产生这样的效果。在这段引文的第一句话中，那个感叹号尽管会遭某些强调文风纯粹之人鄙视，但对于我们读者，如同遭遇一次电击。在第二句中，包含了三个条件部分，就像渐强的鼓声，但显示身份的高潮部分却蜷缩在否定式中（"不可能比我现在更加清楚地认出"），而最关键的"囚犯"一词隐藏在这个句子深处，以便这个高潮击打我们的耳朵时，不是胜利的或肯定的铜乐的声音，而像是弦乐的声音，来自记忆中某个先前的乐章，重新勾引起一种更加微妙的不安感觉，坚信某种东西不可避免。这个句子结尾，正如狄更斯笔下几乎所有的句子一样，声音减弱，回归到家庭的现实空间。狄更斯在《大卫·科波菲尔》中描写斯提福斯溺亡时采用了同样的结尾方式："我看见他头枕在胳膊上，就像我经常看见在学校躺着那样"。在写马格维奇这句话中，关键词当然是"我的"。它径直将我们带回到皮普所做的幼稚区分：一个是"他的"逃犯马格维奇，另一个是沼泽地里的那个逃犯。这是一种承认和认同。他承认，他逃不掉那个犯罪的幽暗世界。但这里的戏剧性在于，"我的"这个所有格形容词能否也促成他对真正属于自己之物的正确认识。对于皮普来说，"我的"也必须包括他的财富，包括他自己真正是谁——沼泽地的孩子还是伦敦的绅士——这个问题的答案。他必须理解他的"遗产"，无论是其字面还是比喻意义。难怪皮普把带着手枪的马格维奇锁在卧室，他在客厅的地板上辗转反侧了一夜。

最终，皮普的确开始帮助我们保持他是一个正派人这种想法的活力。他拿钱帮赫伯特在一个会计事务所谋了一个职位。他明白告诉郝维香小姐，她鼓励他爱艾斯黛拉，对他来说是一件残酷的事。至少，在对他人的看法上，他开始有了清晰的判断，即便他继续爱着艾斯黛拉，哪怕她告诉他，"你说爱我，我知道你的意思，我只当是一种言语形式，仅此而已"。他再次回乡时，郝维香小姐请求他原谅，皮普大度地回应道："我也太需要谅解和指点，没有时间怨怼你。"这是很长一段时间来我们一直想听到的话。皮普开始回报我们在他身上的投资。在吞噬郝维香小姐的那场大火中，他为了救郝维香小姐，不惜双手受伤。

情节的各种线头最后用宽带收束在一起。艾斯黛拉是马格维奇的女儿。另一个逃犯康佩森，他在结婚当日抛弃了未婚妻郝维香小姐。贾格斯的管家是杀人犯，他凭借三寸不烂之舌让她从绞刑架上死里逃生；她也是艾斯黛拉的母亲。但是，这些揭秘没有扭曲我们的信任；它们带着某种必然性从雾中走出来，似乎我们知道，这些关系一直潜藏于迅速而神秘的表层活动之下。我们发现这些关系令人满意，不是胡扯，主要原因是，那个作为母题的虚幻世界——自从皮普梦见牧场上的母牛第一次喊出"抓小偷"之后，这个虚幻世界就一直在追逐他——现在证明不是幻觉，而是真实社会的一部分，在这个真实社会中，良民和罪犯在各个层面密切相关。在这个危险重重的世界里，只是因为名望体面和社会进步的烟幕，才模糊了其间的联系。

在阳春三月那一个场景，皮普最终证明了我们对他的信任是有道理的。马格维奇因为离开了澳大利亚，遭到警察搜捕，为了逃离出去，皮普把他带上一只小船，出了河口，准备改乘汽船。许多批评家已经指出，这里的叙事第一次失去了反讽的层面：作为叙事者的皮普和作为主人公的皮普，他们之间的年岁差异消失，成了一个人，利用这种迅捷实用的方式报答恩情。这位报答的对象，仅仅因为有一次得到一个小男孩儿的帮助，他不惜生命之危，也要穿过世界来表示感谢。皮普不再对马格维奇避之而不及。"我只在他身上发现他对我有着无比的恩情，而他多少年来却诚心诚意、一如既往地对我怀着深厚情谊，感谢我少年时的一顿早餐和一把锉刀，竟以全部的所有和生命相报。现在，他在我的眼里，我觉得他对我的感情比我对乔的感情要高出不知多少。"

小说开头是一场难忘的烟花表演；小说结尾同样难忘，康佩森与马格维奇殊死搏斗之后溺亡。马格维奇临终前，皮普向他透露，他的孩子艾斯黛拉依然在人世："她还活着。她是一个非常漂亮的女孩。我爱她！"皮普与乔也最终和解了："啊，上帝保佑他！上帝保佑这个温柔的基督徒！"在乔和毕蒂的婚礼上，皮普流露出深切而无力的悔恨。难以分辨的是，我们读者到底是因为这些人物所讲述的悲伤故事还是所说的悲伤话语而流泪，还是仅仅因为崇拜和感激狄更斯这个文学天才而流泪，他无中生有地虚构出这些人物，展示给我们看，只收一本平装书或一张图书馆门票的钱。

狄更斯剩下的问题就是如何结束这部小说。他决定打发皮普前往埃及，为赫伯特效劳的那家会计事务所工作。皮普最终没有结婚；他也不可能结婚；他的人生因为小时候一时冲动的善行和飞来的横财而彻底改变。多年后，在伦敦，他带着小外甥——乔和毕蒂的孩子——偶遇上艾斯黛拉。艾斯黛拉以为这个孩子是皮普的，就自顾赶路。令皮普感到一丝安慰的是，他知道"她……心受了苦，方明白我当初的苦心"。

对于这部完美的小说而言，这可能是十九世纪英国人可以设计出的完美结局。这个结局悲伤、无情、毫不妥协，但在这些方面，它与整部小说浑然一体。有评论认为，狄更斯是一个感伤的作家；这个结尾就是对此批评的反驳。《远大前程》是可以想象到的最不感伤的小说之一；在小说中最凄厉的一些时刻，我们有时巴不得有些感伤的成分来缓解凄厉。

天啦，有人劝说狄更斯改变结尾，让皮普和艾斯黛拉在萨梯斯庄园的旧址再次相遇。这第二个版本绝非是一个灾难，它也是现代主要通行的版本。尽管我们知道艾斯黛拉不可能爱皮普，她说得很清楚，她不会有那种爱，但我认为，可以想象，他们未来可能生活在一起，因为他对她的迷恋足以迷住他的眼睛，无视她的真实感受；而她，也可能发现自身的一些东西，一丁点温暖的柔情，即能呼应皮普身上更美好的部分。如此结尾也能令人信服，正如狄更斯承认书写这层关系的难度。"我牵着她的手，一同走出这片废墟；记得很久之前，我第一次离开铁匠铺时，正值晨雾刚刚散去，现在，我们刚走出废墟，夜雾也开始散去，一片广阔的静寂沉浸在月色之中，似乎向我表明，我和她将永远在一起，不再分离。"这句话有修辞的上升，从句中有对失落时光的召唤，最后的限定语还暗含了一个小和弦。

这个改动后的结尾动人，有说服力；但我认为，真正喜欢这部小说的读者，对于它该如何结尾，总会青睐狄更斯本人的最初直觉：狠心到底。

查尔斯·普特尔

我们不是了不起的人物

　　小说家处理势利之人的简便方式，也就是快速获得红利的方式，是采取幽默手段。无论是《傲慢与偏见》中的凯瑟琳夫人，还是《爱玛》中的埃尔顿夫人，她们的虚伪，所有读者都可以放心大胆地嘲笑一顿。大多数小说家的思想天生具有民主倾向。想要为被忽视或被损害之人的经历正名，这种愿望似乎是激发大多数人萌生创作念头的情感之一。但是，如果作家本人就是一个势利之人，情况就变得更为复杂。伊夫林·沃就敏锐地抓住了那些自作聪明之人言行中的微妙之处。在《故园风雨后》中，查尔斯·莱德尔和塞巴斯蒂安·福莱特之间社会地位的差异既产生了喜剧，也造成了双方足以改变人生的不满。但这部小说给人的感觉是，沃也只是敏锐地利用了他们社会地位的差异而已。然而，在"荣誉之剑"三部曲的结尾，在盖伊·克劳奇巴克父亲的葬礼上，沃的面具似乎滑落，我们得以瞥见他为如何用细节书写这场宏大的英国天主教徒的葬礼而搓手。这场葬礼似乎象征着他爱的一切，他个人渴望成为的一切。我不确定我们有时候是该嘲笑作者，还是嘲笑其作品；但有些读者一嗅到作者而非其笔下人物角色的势利气味，就急急退缩。

　　《小人物日记》就踩在这块微妙之地。它提出的微妙问题撕裂了读者群：你能否不加鄙视地嘲笑普特尔先生？换言之，你能否毫不势利地欣赏这部作品？

像其同时代另一部伟大的喜剧小说《三人同舟》，《小人物日记》也被认为是戏仿之作。作者主要的意图不是让我们只嘲笑普特尔，还要嘲笑普特尔日记中嘲笑的那些自以为了不起的日记作者。但才写了几个片段——普特尔在其中发现了他虚构的马脚——他就突然逃之夭夭。或许作者是希望我们嘲笑日记文类，但事实上，我们对普特尔的同情意味着，我们立刻就关心上他，根本无暇去考虑文类的问题。真正发生的是，我们发现自己像生了根，关心这个可笑的银行职员，看他如何备受日常生活的煎熬，在日积月累的细小侮辱中如何迸射出家庭幸福的零星火花。他是所在时代所处阶级的代言人，能够像鳞翅目昆虫一样精确但并不总是友善地分类和定位。然而，他的活力不断挣脱作者禁锢他的讽刺锁链。乔治·格罗史密斯越是想确认普特尔的"小"的本质，越是想用社会规范来框位他，普特尔就越容易超越这些规范。作者越是要求我们将普特尔视为可笑的"他者"，我们似乎越是热切地与之认同，为他的好心喝彩。《小人物日记》中的内容最初只是幽默杂志《潘趣》里的专栏文章，普特尔至多是一个小丑式人物，但这些专栏文章结集为小说形式之后，赋予了他更多令人同情的内涵。

普特尔先生明白自己的位置。也许，作者的本意是希望我们认为他身处荒诞，但我们更倾向于认为他的位置很不错。满足于个人生活中的位置，既可能是精神狭隘的征兆，也可能是谦逊的明证。说了这么多，我们必须承认，普特尔先生是头驴。他那个一脸阴郁的邻居康明斯和他下流的朋友格温联合起来鄙视他。很多时候，普特尔太缺乏幽默，太古板。他被挡在朋友喝酒的酒吧门外，因为他太古板，不会撒点小谎，把门撞开。有时候，他也会崩出一些冷幽默，但在他朋友看来，味道总是怪怪的，比如他给他们取诨名，调侃他们的名字。尽管他身上有许多毛病，却并不妨碍这些邻人和朋友高兴起来就到他家走动，随意在他家中吃吃喝喝，也没有改变我们读者对叙事者的捍卫姿态，担心他的好客有多少花销。

我认为，这部作品的乐趣，部分来自于这样一个人家的生活细节。小说里有上门的推销商，比如，屠夫霍文，他有一家"很干净的铺子"；卖黄油的波塞特，他家的蛋"简直让人震惊"。普特尔家的房子虽小，也有一个住家保姆。看起来这是一个值得羡慕的有序社会，所有商人都可能过上美好生活，他们的世界开始呈现出一丝怀旧的光泽。我们曾祖父母可能就过着那样的生活。

小说中一些非常奇怪的细节，只有同时代的记录者才能写出。今日的小说家若想创作出那样一个值得尊重的人物，会想不到他喝香槟——即便是"杰克森-弗雷尔"这样的名牌听上去也不可靠。我喜欢酒吧内部规定这个细节。这个内部规定写道，在周日，除了法定的营业时间之外，酒吧还可继续招待远游客，只要他们证明自己是"诚信游客"。事实上，普特尔喝了许多酒，除了香槟，还有波特葡萄酒、马德拉红酒、威士忌等。不过，普特尔从来不会把夜里剧烈的头痛和难以抑制的渴水症与他晚餐时喝的酒品相联系。

普特尔是一个势利之人，但他不是一个钻营之辈。"我们是普通人，我们不是了不起的人物"，他告诉一个来客。不过，关键的是他前面说的，"你怎么看我们，就怎么对待我们"。普特尔先生在社会阶梯上找到了适合他的一级梯子，他一生的使命就是守住这个位置不变。当他的老板、衣冠楚楚的珀克普先生来访时，他担心"月桂府"看起来是否整洁、帅气、合适；但当他儿子鲁宾演戏的朋友来访时，他就不那么关心面子。鲁宾告诉他，晚礼服应该配上专门的"短靴"，不要随便穿双鞋，他堂而皇之不屑一顾地说，这些小事不值得他挂心。同样，在普特尔看来，他妻子卡莉那个相当"好"的闺蜜，来自萨顿的詹姆斯太太，对于她那些傻乎乎的时尚潮流安之如饴，丝毫没有感到恐惧。他有足够自信，只要见到愚蠢，他就能认出愚蠢。他唯一担心的是，受詹姆斯夫人的影响，卡莉也要大手大脚花钱。

普特尔的势利主要表现在对外表的迷恋。这种迷恋源于一种怕，他怕丢失先辈千辛万苦获得的社会地位。他是银行职员，工作枯燥，薪水微薄，假期短暂，一向自律（他只有几次小错误），这些都是他为自己最钟爱之物"稳定"付出的代价。他这个人知道穷日子的滋味，穷日子才过去，还记忆犹新，令他胆寒不已。经过两三代人的奋斗，普特尔一家才摆脱伦敦贫民窟里的混乱生活。现在，他担心，儿子鲁宾有可能让先辈的心血付之东流。体面的生活来之不易，又很脆弱。但如同天底下所有的父母，普特尔先生也知道，父母的说教明显不管用，他必须容许鲁宾从自己的错误中吸取教训。

如果势利之人是因眼光有问题所致，那么，普特尔先生的盲视在某种程度上是一种简单的动人的盲视：因为维持自身社会地位的焦虑，他有时看不见自己是多么幸福。他有一个好妻子，夫妻恩爱。卡莉欣赏他的踏实（尽管她还不够包容，难免会为他的自负而生气）；他们会深情大笑；他们会在客厅跳舞；他告诉她很爱她，她叫他"傻老头儿"。这看起来像一场美满的婚姻。他有社交生活，对于一个宣称经常宅家的男人来说，可谓相当活跃丰富，事后证明，这是他的一张王牌，特别是当他外出聚餐熟人为他推荐重要的客户时大有裨益。他有朋友，虽对他有些傲慢，但喜欢与他玩乐。他有爱得心切的儿子，即便担心体面的家庭传统能否传承。他有一个好老板，老板注重他的优秀品质和对银行的长年奉献（并非所有的老板都会这样）。最重要的是，普特尔在贝克菲尔德还有一栋"月桂府"。后来，作为对他忠心效劳的奖赏，珀克普先生为他购下这栋房产的永久使用权，甚至包括那个红色的浴缸和不太灵敏的鞋子除尘器。当初，珀克普问他是否喜欢这里，普特尔回答说："是的，老板。我喜欢这个房子，我喜欢这个环境，我不忍心离开这里。"

麦克·雷1977年著名的电视剧《阿比盖尔的派对》中展现的人物与普特尔的社会地位类似，但这比普特尔先生的出现晚了近一百年。无论作者的意图是什么，在我看来，我们不可能不带势利地嘲笑他的人物。还有什么东西比这更好笑，贝弗利提议把红酒放在冰箱里？

相比之下，普特尔或许是一个可以被嘲笑的傻瓜，但他做正确了很多事。这个人物身上可能有势利的想法，一些社交细节，那些无用的小装饰、室内游戏和分期付款的钢琴等物品，会被人居高临下地嘲笑，但幸运的是，普特尔不止有这些。《小人物日记》极大的愉悦之处在于，主人公欢天喜地地击败了作者的嘲讽意图，有了自己的生命。

吉夫斯

不快的心情会过去的，少爷

关于吉夫斯，奇怪的事情之一是，他很少出现在令他声名不朽的这些故事里。作者 P. G. 伍德豪斯尽管从来没用过套路这样庸俗的东西，但吉夫斯的进场和出场，的确有一个优雅的模式。故事开头，他会进场，正如故事要求，这是早上的第一件事情。他通常端着一杯茶进来，尽管这杯茶可能太浓了一点儿，如果少爷伯蒂·伍斯特的身体状况需要这杯茶的话。在这个阶段，吉夫斯主要扮演一个信使。他会通报来了一次电话、一个访客、一封电报或某件事情的进展。故事随之变得复杂，或者成了一个谜团，无一例外，最终促使伍斯特少爷走访某户人家的乡间宅第。

这对主仆的关系颇为紧张。胡须、晚礼服假衬衫前胸、紫袜子……伍斯特少爷只要稍微失礼，吉夫斯就会不怒自威。通常险些造成冲突。在《谢谢你，吉夫斯》中，伍斯特少爷沉迷"班卓琴"，吉夫斯就愤而辞职。但一般情况下，双方尽量克制，将之保持在低温状态。每当伍斯特少爷开口征询建议，吉夫斯总是遗憾地表示"爱莫能助"。自然，如果吉夫斯上来就快刀斩乱麻，把困难都消灭，情节必然不会变得复杂；然而，要是觉得少些委屈，吉夫斯会否更快出手相助，这点我们无从得知。不过，有此猜测，令这一主仆关系更加有趣。

在"万能管家吉夫斯"系列小说里，我最喜欢的是他们去乡间宅第的时刻。乡间宅第可能是瓦特金·巴塞特爵士的别墅托雷堡，主人虽不好，景致却怡人。伍斯特少爷姑妈家在乌斯特郡的别墅布林克里院也是可选之地，那里有望吃到阿纳托尔做的晚宴。这个住家的厨娘精于制作烤肉和沙司。伍斯特少爷见多识广，但在有些豪华大庄园闲逛，连主人是谁都分不清的时候，他还是颇为惊心。比如，有一次到了汉普郡的德维尔庄园（那里好像在一个3A级景区附近），主人是拥有一种专治头痛药发明专利的阿道克家族。伍斯特少爷走到这个庄园的大前门，听见吉夫斯在耳边用诗人勃朗宁的诗"去黑暗塔的罗兰少爷归来"低声感叹，他低落的情绪也没好转。我想，正是其中的"少爷"字眼，才使这行诗句显得特别刺耳。我怀疑，是否英国小说中还有别的人物，会对"sir"这个单音节词像吉夫斯一样弄出如此丰富的意蕴。在他的嘴里，这个字眼在不同的时候暗含了尊重、调侃和羞辱的味道。对伍斯特少爷来说，没有必要用副词来标记语调；一切尽在对话的节奏之中了。

伍斯特少爷经常派遣吉夫斯带着沉重的行李乘火车去打前站，这样，他可以自由地找个搭便车的小美女，如诺比·霍普伍德，或者干脆一路上自驾着那辆老式的两座车子，听着气缸像个疯子一样呜呜叫个不停。吉夫斯在抵达那些富丽堂皇的乡间宅第后，自认为对当地的布局和伍斯特少爷下榻之处周边的环境已经了如指掌，也就很少抛头露面了。当然，他会适时地熨烫伍斯特少爷的西服，准备他的晚礼服。他也要收集一些情报，要么和仆人厮混在一起打听，要么是混在图书室或吸烟室——在那些地方他往往充当临时管家，传一下黄瓜三明治或小种红茶——的"嘉宾"中谨慎地偷听。下午茶时间无一例外都是喜忧交加。悦耳的茶杯声中，传来七大姑八大姨时而伤心的叹息，时而高亢的笑语。在这样的场合，瓷器饰品破碎的频率高得令人咂舌。这些聚会也为全体人员的出场提供了珍稀机会，就连那些烦人的小家伙——往往是男孩子——也都聚在了一起。

在小说的中心部分，吉夫斯很少显身，他任由伍斯特少爷控局。这相当于第二幕。在这一幕，吉夫斯可能会主动跳出来安慰伍斯特少爷一两声，但更多的时候是隐在幕后不动声色地侍候他人。伍斯特少爷听见"拘谨"的比格、爱说闲话的杜比或者某个刚补充了鱼肝油、被爱情冲昏了头脑的小美女盛赞他的仆人，通常他会冷冷地回应一两声，心中还是一阵暗喜和自豪。

在那样的豪宅，吉夫斯的住处如何？你会想，一定简朴。一间家具很少的卧室，从后楼梯进出，楼梯没有铺设地毯，散发出椴木和油漆的味道。吉夫斯的随身行李既简约又实用；他总能发现需要的东西，这或许要感谢他遗传了舅舅查理·西尔史密斯的超强记忆力，也可能是他自创的一套错误消除法。他的行李包括：一套备用防水裤、黑夹克和腰带；每日换洗衬衣一件；几幅硬领，几枚饰钉；备用领带；斯宾诺莎全集。有时心血来潮，或许还有一卷诗人罗伯特·赫里克的诗集。若是沿着冷冷的走廊前往仆人合用的浴室，裹一件羊毛浴袍就够了（在布林克里院，热水从黄铜水龙头里喷涌而出；但在托雷塔，热水从锅炉里涓涓流出）。至于吉夫斯的睡衣，或许需要大手笔才能描绘。

我们知道，吉夫斯不会四处走动，他像春雨，润物无声；他像春风，来去无踪。他深谙什么时候可能需要他出现。在午宴上，伍斯特少爷往往是不受欢迎之人。他面前摆得像灌木丛一样，还要点一盘三明治、半瓶饮料。然后，他会闷闷不乐地抽一根烟，来一杯清咖；有时他陷入苦恼，甚至忘了吩咐要烟和咖啡，但只要有吉夫斯在身边，这些基本的东西根本就不必开口。

在一天中某个时刻，可以想象，吉夫斯有独处的时间。钓鱼是他喜欢的娱乐之一。在汉普郡的白垩溪流边垂钓，在赫恩湾和他姑妈捞虾，似乎为他提供了必要的休闲。他也"广而告之"，他不大想念阿斯科特赛马会。伍斯特少爷喜欢赛马，这意味着他会独自去法国的里维埃拉，在那里他出馊主意，买一件用餐时穿的晚礼服，上面缀着铜扣。可以想见，阿斯科特赛马会是服饰要求得到吉夫斯认可的少数赛会之一，尽管正装和周末服饰一样，难免有许多失礼的陷阱。除了着装要求，吉夫斯也许会喜欢阿斯科特赛马会的另一个原因，是他有比赛的内幕消息，这样他就有几分肯定的把握打赌。伍斯特少爷问他，是不是把赛马赌注登记经纪人藏起来了，吉夫斯说，"托少爷的福，我赚了一大笔"。

吉夫斯每天更艰难的职责之一是照顾伍斯特少爷的饮酒要求。像许多喜欢喝葡萄酒和谷物酒的人一样，伍斯特少爷给人的印象是比较节制。餐前来一杯鸡尾酒，进餐时来一杯白酒，或许在女士们退场后，再来一杯波尔多葡萄酒……这是他会认可的。但经验告诉吉夫斯，伍斯特少爷随时要喝一杯加水的威士忌，同样，由于解酒功能快，白兰地也是随时配备之物。还有一种"午餐前的烈酒"，这似乎成了午餐前的固定节目。在花园吃三明治，或者深夜来一个煎蛋，他会配半杯果酒。如果是室内的大型午餐，可以想见，必然会多喝一些酒。在伍斯特少爷的心思转到晚餐之前，甚至还在回味鸡尾酒之时，主人又在拽他衣袖——这是他巴不得的事情——嚷着邀请他到枪械室里喝一杯加苏打的威士忌。难以想象，在密室里欢快聚会，他们会只喝一杯。在"万能管家吉夫斯"系列小说里，许多故事都以伍斯特少爷受尽宿醉折磨之后开头（庞戈·崔斯特在德隆家过生日那个故事似乎就是典型），但我们很少看到伍斯特少爷蓬头垢面，疲惫不堪。唯一令人吃惊的例外是在《求偶季节》中他抵达德维尔别墅的那个晚上。不过，为了减轻他的罪过，我们必须指出，那天晚上他在假扮滴酒不沾的葛西·芬克-诺特，和一群耳背、声音高得吓人的七大姑八大姨熬了一个漫长的晚上，喝的是葛西喜欢的橙汁饮料。最后，当伍斯特少爷独自留下和主人——那个身材魁梧、但有些拘谨的埃斯蒙德·阿道克——在一起时，阿道克从他瞧波尔多葡萄酒斟酒器的眼神，似乎若有所悟。他岔开原话题问道：

"我看，给你来点这个好不好？"

我感到这席谈话的拐点再满意不过了。

"好呀，"我说，"你知道我不介意尝一尝。这也算是一次体验。这是威士忌还是干红之类的，对吗？"

"波尔多。你也许不喜欢。"

"哦，我想我会喜欢。"

过了不久，伍斯特少爷就站在椅子上，手里拿着斟酒器，指挥阿道克演唱了一组打猎归来歌曲。假如要我老实相告，我想我会承认，这可能是英国文学经典中我最喜欢的桥段。

在此期间，吉夫斯……好吧，请问，还有什么吩咐？结果就是他在第三幕出来成功救场。在《行啦，吉夫斯》中的高潮部分，因为伍斯特少爷触发了火警，布林克里院[1]的来宾匆匆跑到后院的草坪上，虚惊一场之后，大家发现后院的门不小心锁了，钥匙在管家塞宾斯手里，而他现在九英里外的金汉姆庄园。为了回房间，大家决定派伍斯特少爷摸黑骑自行车去取钥匙。正是吉夫斯，举荐了伍斯特少爷。"是的，夫人，伍斯特少爷会出色完成任务。他是自行车好手。他经常对我夸耀他在比赛中夺标。"这番话纯属子虚乌有，典型地暗示出吉夫斯在第三幕中的施虐倾向。吉夫斯知道如何伺机报复。伍斯特少爷不仅为着装礼仪的失态付出了昂贵代价，还为自以为留宿期间不用吉夫斯照顾就会过得更好而付出了昂贵代价。这次火警，其实是伍斯特少爷在房间笨手笨脚地烫白色晚礼服所致。吉夫斯巧妙地为他背锅（"少爷，我挺抱歉，下午烫完礼服后，忘了把熨斗拿开"）；伍斯特少爷松了一口气，离开布林克里院，就可暂时避免与玛德琳·巴塞特成亲，因此，对于这件摸黑外出的苦差惩罚，他也只好忍气吞声。

吉夫斯完成了甜蜜的报复，伍斯特少爷感到了巨大的解脱，正是这种完美的平衡，使得"万能管家吉夫斯"系列小说的结尾很让

---

1 荷马也有打盹的时候，有一次"Brinkley"误写为"Bingley"。或许最明显的一处笔误是，伍斯特少爷成长中重要的人物之一，他的私立学校校长出场时是"Rev. Aubrey Upjohn"，但在后面的一本书里成了"Rev. Arnold Abney"。这样的笔误虽不多，但很刺眼，奇怪编辑居然没有纠正。

人满意。要是在这对组合中再加一点柠檬外皮，味道似乎更好。在这点上，我应该承认，批评伍德豪斯，正如伊夫林·沃说，就像鸡蛋里挑骨头。结果骨头没找到，蛋汁洒了你一脸。即使你写的是一篇毫无批判性的感谢信，也会让你自己显得是个大傻瓜。这一系列小说中，除了高妙的幽默艺术，没有任何正儿八经的东西。此外，说再多都是废话，只不过是给自己脸上贴金。

但是，还有一个问题，吉夫斯是势利之人吗？……哦，我想他可能是。他是一个保守的势利之人，因为他喜欢世界现在这个样子。正如伍斯特少爷在《行啦，吉夫斯》中所言，"你们知道，在晚礼服这件事上，吉夫斯是守旧的，保守的。"关于这人，人们有时间的一个文本之外的问题是：要是吉夫斯如此聪明，为什么他不赚大钱，何必跟在伍斯特少爷之后擦屁股？既然他在阿斯科特赛马会，可能仅凭一点小费，就能赚到相当满意的一笔，为何不去股票市场翻云覆雨？我们当然可以无趣地回一句，他没资本；但一个更有趣的答案是，吉夫斯不想改变他的幸福生活。

我认为，吉夫斯喜欢去那些可爱的乡村宅第。他可能是屈指可数的几个会赏识厨娘阿纳托尔做的图卢兹小牛肉排的仆人（这个厨娘不喜欢动物内脏）。吉夫斯的早餐也可能喜欢吃熏制的鲱鱼，然后来一片土司，沾些他自己养的蜜蜂酿造的蜂蜜。我怀疑他不大能喝，但从餐室拿回的斟酒器里剩下的一杯玛高葡萄酒，配上一小块芝士，就足以让他的晚餐尽兴。伍斯特少爷是大方的主人；假期也不错；吉夫斯可以巧妙游说主人坐邮轮周游世界，这样他也可以免费享受。他的文学品味尽管不如真正学人那么高雅，但我认为完全可以想见，吉夫斯会去剧院欣赏高雅的喜剧。至于音乐，在我看来，他虽不是瓦格纳的发烧友，但会听吉尔伯特和苏利文，听韩德尔，或者，难过时听舒伯特。（他应该不会听俄罗斯人的作品：吉夫斯和柴可夫斯基……多么古怪的想法。）可以想见，木卫三青年俱乐部提供了充足的室内娱乐机会，比如桥牌、惠斯特纸牌游戏和国际跳棋（难以想象有仆人会忘记时间地和吉夫斯玩国际象棋），此外，还有许多可供阅读的报纸，读一些财经新闻，跟踪与主人圈子可能相关的一些并购消息。考虑到要接待一些挑剔的德国人，我们可能会想，他在伯克利庄园提前预订的那间房条件应该不错，有独立的浴室和舒服的扶手椅。

但重要的是这个幸福的世界不要改变。主要的威胁来自婚姻。吉夫斯说得很清楚，如果伍斯特少爷成婚了，他不会再侍候。这是一个真实的危险。伍斯特少爷年轻，有钱，善良，喜欢靓女，有一串拍拖对象。尽管不该给女人取诨名，但就我所能想起的，"爱哭啼"的弗罗伦丝、"爱说闲话"的霍诺内、"短头发"的罗伯塔、"爱炒股"的宝琳，都和他订过婚。同样，还有玛德琳·巴塞特。伍斯特少爷懒得看她，但因为玛德琳误解了他的意图，他决定出于荣誉，还是有必要同意订婚。

为了情节的浪漫和幽默，我们相信，这些姑娘都有魅力。这很重要；当然，出于写实的目的，她们必然也都有缺陷，否则，伍斯特少爷无从选择。她们中间大多数因为过于活泼，自动失去了候选资格。其中最漂亮的可能是《求偶季节》中"风情万种"的科拉·皮尔布莱特。毕竟，她是好莱坞的演员，混得风生水起；但她有一条猎犬，名叫萨姆·戈德温，这条猎犬很凶，有一次吓得伍斯特少爷落荒而逃，结果他被误以为是坏人，抓进了当地警察局。幸好，科拉爱上了埃斯蒙德·阿道克。沃特金·巴塞特爵士的侄女，"傻乎乎"的拜恩，是另一个活泼而有魅力的意中人。她是《伍斯特家训》——据说这是"万能管家吉夫斯"系列中最好的小说——中的主要人物。小说中，伍斯特少爷需要偷走巴塞特爵士的银色奶油壶。不过，因为养狗（一条凶恶的苏格兰犬），同时脚踩两只船，这位小姐也被排除在外。[1]"短头发"的罗伯塔对伍斯特少爷"直捣龙门"；伍斯特少爷紧急向吉夫斯问策，吉夫斯建议他千万别和那样一个头发"红得炸裂"的年轻女子联姻。在这群拍拖对象构成的女性世界中，罗伯塔堪称"女版的尼采"，完全不靠谱。对于宝琳·斯托克，我一直心怀柔情，正如伍斯特少爷说，她是"我遇见的最漂亮的姑娘"。她的爸爸是美国大亨华斯本·斯托克。一天晚上，在查夫内尔里吉斯村，伍斯特少爷发现宝琳在他床上，穿着他淡紫色的、镶有金色条纹的睡衣。"那天晚上，在露天广场上，那种让我宁愿伤心欲绝也要跪倒在脚下的古老欲望火焰，此时毫无踪迹"，伍斯特少爷对旧感情的彻底否认，我不大相信，尽管宝琳那个威严的老爸的确是个问题。安吉拉·特拉维斯——伍斯特少爷姑妈和她第二任丈夫汤姆·特拉维斯的女儿——或许是最适合的伴侣。关于近亲是否可以结婚，伍斯特少爷引出了这样的《圣经》问题；当"爱说闲话"的杜比嘲讽她在戛纳海滩遭到鲨鱼攻击时，安吉拉也露出了她性格中强硬的一面。我对"高雅的"吉

---

[1] 我手里用的是旧版牛津本。每隔15页，页面下端装订者就标注了书名（*The Code of the Woosters*）缩写，"C. O. W" 1, 2. 3……我喜欢这种方式。我读过一篇文章，印象很深。2004年4月19日刊于《纽约客》，标题为《岂止是玩笑：可爱的P. G. 伍德豪斯的危险之处》。作者安东尼·莱恩回忆起他买下昂贵的《春天的弗雷德叔叔》在美国的第一版："不是因为里面有异文，而是因为，如果可能，我想精确衡量，用不熟悉的印刷字体，文风让人感觉有多大不同。"

诺碧亚·霍普伍德也深有好感，这个女孩"丽质天成"。不过，难以解释的是，她为什么对博科·菲特沃斯那么迷恋。最后，阿加西姨妈丈夫沃普兰斯顿成了她的监护人。伍斯特少爷若与吉诺碧亚成婚，意味着他要经常去阿加西姨妈庄园斯提普班拉。

伍斯特少爷是否结婚，关系到吉夫斯的去留。吉夫斯迷人的幸福世界会否打破，还关系到其他一些更深奥的因素，他必须坚决捍卫。这里面包含规则、传统、习惯、风俗、对错。它们可能看起来琐细，但对于他来说不是。总有人要确保这一切都不变，这个使命就落在吉夫斯身上。我们从小到大接受教育，知道做事有对错的方式：在有些人家，家规寥寥几条，只要熟悉了不贪赃枉法、触犯刑律即可；但在有些人家，家规就如一套百科全书。奇怪的是，家规的数量和严厉程度并不与财富或社会地位成正比；富人或"时髦"的人似乎对礼仪更随意，伍斯特少爷就是例子，至少，在穿着上，他爱怎么穿就怎么穿，才不管什么规则。

但是，某时某地，某人立下了这些"规则"。和女士一起走在人行道上时，我仍然会下意识地靠近街道一侧，以防路过的车马带起的泥浆溅落到女士身上。但有一个圣诞节，我爸爸告诉我们，只有二流子才把台球杆滑石粉放在裤腰袋子里，这条规则对我来说就是新闻。世袭贵族家的子弟也许可以自封"阁下"；不能世袭的终身贵族的子弟当然也可依样画葫芦，但明显是"上不了谱的"。按照吉夫斯的规矩，绅士的裤脚要"盖住"鞋面，"露出一个皱褶即可"。打一个现成的领结，明显是二流子的标志；但你知道吗，在化装舞会上，只有白面男丑角或辛巴达的服饰才认为可以接受？

对这些规则视若无睹是不可能的。考虑自己之前，先体谅他人；为人着想，先弱后强……这些规则当然很好，但过度了，就变得可笑了。当南希·米特福德和伊夫林·沃势利地为上流阶层列出什么该做，什么不该做，这就成了笑话。过去，似乎的确有一条体面的规则：比如在用词上，相比于来自法语词源的英语单词，更应选用源自盎格鲁-撒克逊人的英语单词，因此，你"应该"用"napkin"而非"serviette"，应该说"what?"而非"pardon?"等等。但是，这条规则很快被滥用，堕落成了一场闹剧，人们纷纷小打小闹地花样翻新，吹毛求疵。安息日前，扣眼里可以插栀子花吗？我不知道；但我知道有一个人插了，他一生中许多时间都在研究这种东西，因为沃普兰斯顿爵士奇怪的晚装，他愤而提出了辞呈。"'吉夫斯，有时候，一个人会问自己，"裤子重要吗？"''不快的心情会过去的，少爷。'"

　　我还是个孩子的时候，我想象在某个地方有一本手册，包含了所有这些规则；我认为吉夫斯或许也相信，只是这本书藏在哪个庞大的图书馆，他"说不清，少爷"。显然，不在沃普兰斯顿爵士家里，不在任何皇室的城堡里，因为他们在英国还活得不够长。或许在奈特利先生的书房，在唐维尔庄园，可以找到那样一本无价的手册。不过，在吉夫斯的眼里，把这些神圣的规则印制出来，它们也就贬值了。生活中重要的东西都是以更微妙的方式传递下去，靠"教养"或本能传承。确保这个世界依旧，这是一个少爷的仆人的人生使命。

简·布罗迪

只是一个老处女

缪丽尔·斯帕克的中篇《布罗迪小姐的青春》出版于1961年。当时，肯尼迪是美国的总统，甲壳虫乐队在汉堡开演唱会。但是，这部小说的开场却是另一个年代：1936年。在这历史关头，法国的社会党在执政，德国的希特勒占领了非军事区莱茵兰，意大利的墨索里尼建立了法西斯政权，西班牙爆发了内战。

简·布罗迪小姐在爱丁堡的玛西亚-布莱恩私立女子学校教书。欧陆的动荡似乎离此很远。1936年，大多数英国政客仍然相信希特勒的善意；英国最震惊的事件是爱德华八世逊位。对于布罗迪小姐这一代的女性，关键的事件其实差不多发生在二十年前：第一次世界大战牺牲了大量的男性，她们这一代的许多女性必然成为老处女。

布罗迪小姐与众不同。她认为自己是世界公民，对世界历史和文化热点很清醒。在她自我编织的神话中，她没有嫁人，是因为未婚夫在佛兰德斯战役丧身。她认为自己不但勇敢地接受了命运的打击，而且将这种打击化成一种解放。历史的许多部分她不能改变，只有屈膝忍受，但她决定在余生中做一个自由的现代女性，掌控自己的命运。如果说历史抢先剥夺了她在终身大事上的选择权，那么在其他选择上，她要自己做主。这些选择将有独特的色泽，完全是她布罗迪小姐的特征，她要让这个世界明白，她不是一个悲戚的爱丁堡老处女，而是一个在历史必然性上走向更高台阶的辉煌女性，她的脸上尽管有岁月的沧桑，但终将绽放出胜利的微笑，"善良、真实、美丽"。布罗迪小姐的计划是把自己打造成偶像：供人顶礼膜拜的超验形象。她的悲剧在于，她没有成为启蒙文化的领袖，却成为自我欺骗和她不理解之力的牺牲品。

斯帕克是一个天生的作家，她除了创作长篇和诗歌，还写中短篇小说。《布罗迪小姐的青春》篇幅不长，有时读起来像是随手写在笔记本上，没有修订。尽管具有反学院派的家常气质，让人联想到民歌或民谣，但这部小说并不是表面可能看上去那样一个无足轻重的作品，而是一个具有奇异共振的作品：一部堪称奇迹之书的作品。

布罗迪小姐"班"里的每个女生都有一个赖以"出名"的品质，她们每次出场时，这些品质总会被提到，无论是擅长数学、体育、做爱，还是只有一双小眼睛。这种写法相当于为读者助跑。但除此之外，故事多了一点荷马史诗的幽默色彩。正如在荷马史诗里，提到赫克托，总不忘说他是"驯马者"；提到奥德修斯，总不忘说他"诡计多端"。在第二章，随着故事时间突然向前一跃，小说增添了传奇色彩。在其中一幕，我们回首了一下那些只有十岁的女生的生活；但在接下来一幕，我们就听说一个女生在二十三岁丧生于火海，一个女生当了修女。我们也知道，布罗迪小姐如何遭一个女生"出卖"，被学校解聘，如何在56岁时过世。这种写法的惊人效果是，这些女生在十岁和十六岁时的生活（我们在小说中看到这两个年龄的学年生活）具有一部胶片老电影的魅力：哀婉动人，简直难以置信。

　　一个在学校受排挤的矮小算术老师告诉我们，1936年的布罗迪小姐实际年龄是四十六岁。布罗迪小姐自己决定，她的青春始于1930年，时年四十岁。她提醒教的女生，必须对成长敏感，确保不要误了青春，而要"尽享芳华"。作为自己青春的起点，她"抛弃"了已婚美术老师泰迪·劳埃德的爱，开始与音乐老师戈登·洛瑟恋爱。谈到遭抛弃的劳埃德，她说，"我是他的缪斯……但是，为了把我的青春献给我关爱的这些小女生，我拒绝了他的爱。我是他的缪斯，但罗斯会取代我的位置。"我们知道，布罗迪小姐错了，劳埃德的新情人是桑迪，不是罗斯。关于叙事的一个奇特之处是斯帕克无畏地预料事件走向的方式，因此我们知道的东西比人物多。当小玛丽在化学课上面对镁光灯大惊失色时，我们就知道，她成年后会死于酒店火灾。

　　布罗迪小姐只有责备桑迪与劳埃德先生睡觉。在她心目中，这原本应该是罗斯的宿命，因为她"以擅长做爱出名"。更何况，劳埃德还是罗马天主教徒，不能离婚。布罗迪小姐认为只有罗斯才与劳埃德先生般配，这想法有些爱玛·伍德豪斯的味道。桑迪说，劳埃德先生让她"感兴趣"；但事后证明，她感兴趣的是他的宗教："她离开了这个男人，信了他的宗教，最后当了修女。"一直以来，桑迪的心思"都在宗教上，就像夜空充满了可见和不可见的东西"。劳埃德先生也证明有自己的想法。作为教会的长老，他想娶一个快乐的女人，他可以为她歌唱，她可以陪他玩高尔夫。这种罪恶的安排，布罗迪小姐与他一起在他出生的那张床上睡觉做爱，开始吓到了他。他发现自己更合适做自己的新娘。

现在，布罗迪小姐"班"里的学生不再是"精英中的精英""稚嫩的肩膀上长出的智慧头脑"或老师控制下的任何其他东西。十六岁的她们开始做她们想做的，最极端的莫过于一向不起眼的乔伊斯·艾米莉。布罗迪小姐崇拜佛朗哥，受老师影响，艾米莉加入了西班牙内战，在那里遇难。正是布罗迪小姐对墨索里尼、佛朗哥和希特勒的崇拜，她把这种崇拜狂热地推销给她教的女生，证明了她应该受到惩罚。从对意大利之物的崇拜开始，漫溢成对法西斯的崇拜，布罗迪小姐在某种程度上也唤醒了桑迪的怀疑和批判精神，开始质疑的老师。不无反讽的是，尽管大家公认，培养求索精神是优秀教育的目的，但这从来不是布罗迪小姐教育的目的。她的目的是控制班里的女生，得到她们的崇拜。她似乎无意识地承认，真正的势利之人不能容忍具有怀疑精神的质疑者。

布罗迪小姐是势利的文化人，她对欧洲文化的爱似乎部分源于错位的性（避开了加尔文教徒的眼光，她在"国外"很活跃，曾经爱上一个埃及导游），但是，这种爱可能更多是在表达她的渴望，要在他人眼中显得不同于甚至优于爱丁堡其他年岁和背景相似的老处女。斯帕克在一个简单的解释性段落里表明，1936年的爱丁堡，有大量的中产阶级女性，因为第一次世界大战，失去了丈夫或者失去了嫁人的机会：

　　她们去讲课，尝试靠蜂蜜和坚果维生。她们学德语，然后到德国人居住区散步。她们买了旅行车，开进苏格兰湖区的山野。她们弹奏吉他，支持所有新的小剧团。她们住进贫民窟，分发罐装颜料，教邻居创作简单的室内装饰画。她们祈祷玛丽·斯托普有更多的发明。她们参加牛津社聚会，用鹰眼测试通灵术。

她们没有做的事情是教书。教书的使命留给来自家庭条件不好的更虔信的女性。如果说布罗迪小姐愿意接受社会分配给她的这个位置——这不是那样糟糕的命运，与这些"伟大的谈话者和女性主义者"愉快地在一起——那么，对她和任何女生应该没有伤害。但是，一个有趣的复杂问题是，尽管她天性追求"进步"和爱的自由，她身上的确有一丝传统的虔诚。斯帕克说，布罗迪小姐应该一直是个罗马天主教，因为天主教会可能"接受她飞扬和俯冲的精神，尽管天主教会也会规训她的精神，甚至把她变成一个常人"。然而，采取了一种异想天开的立场，对抗罗马天主教会，沉溺于"她生于爱丁堡的固执一面……尽管这面不太明显"。每个礼拜天，她参加不同的低教会派的新教仪式；尽管她与已婚男人有染，同时过着逍遥的单身生活，但她不准小爱丽丝在礼拜天做侧手翻，"因为在许多方面，布罗迪小姐是最典型的爱丁堡老处女"。

布罗迪小姐是一个怪物。她是一个利己主义者，没有权利做老师，占领年轻学子易受影响的心灵，让她们的心灵充满愚蠢的偏见，由此在她"黑色的罗马形象"周围创造出迷人悲剧的氛围，如同一个光环，令这些姑娘仰视。当她不得不为艾米莉在西班牙之死负责时，她为自己的虚荣和自恋付出了可怕的代价。1939年，她最好的学生桑迪，向女校长"告密"她在传播法西斯主义。布罗迪小姐被学校解职。几年后，她死了，年岁并不算大；死时依然孑然一身，无人悲悼。

但她有活力。"大家都认为，布罗迪小姐班的学生比其他班更快乐……事实上的确如此。"她的一些短处不过是夸大版的人性共同的弱点。最有价值和最有趣的人才发明了他们自己生活的"叙事"；正是如此，极少数人的叙事会像布罗迪小姐的叙事一样多彩、荒谬、极不诚实。她摒弃传统的学习方式并不完全是执迷不悟；引起问题的是她把这种做法极端化："布罗迪小姐班级的学生，除了一个，都像布罗迪小姐一样数数，结果大同小异。"

在加尔文教灰色气息笼罩的爱丁堡，布罗迪小姐的确带来了色彩和笑声。"无论谁开窗，都不会开太多……六英寸足够了。再多就俗了。"斯帕克没有告诉我们，布罗迪小姐说这番话时她心里是否在暗笑；或许到了四十岁，她不再认识到自己是多么可笑。如果你放任自己得逞一段时间，什么是严肃，什么是荒诞，界限也就模糊了。她问班上学生，谁是最伟大的意大利画家，学生回答说是"达芬奇"；她告诉她们，不对，"是乔托，他是我的最爱"。在布罗迪小姐的世界里，奇想变成了教条。对于学生来说，这是误导，具有潜在的损害，是在勾引她们产生个人崇拜；这貌似（但仅仅是貌似）在魏玛、马德里和罗马正在兴起的个人崇拜的无害变体。

布罗迪小姐在这些孩子面前能够"得逞"。但在成年人中，她的自我幻想不会得逞。这恰是于她不利的要害。二战结束后，桑迪遇见老师布罗迪小姐，"她穿着那件过去常穿的黑色麝香鼠皮外套，面容憔悴，浑身寒酸"。桑迪懒得搭理她，"她吱吱嘎嘎的声音……令桑迪厌烦难受。桑迪想，自从我出卖了这个讨厌的女人，一晃已经七年了"。

在十几岁的时候，桑迪的小眼睛就看穿了布罗迪小姐的自欺欺人。当她行走在贫穷的城区，听到"酒鬼令人难以置信的诅咒"，她"开始意识到布罗迪小姐究竟是怎样的人。要不是她以如此特别的方式，自我拣选蒙受天恩，她也一定会像其他老处女一样，以酒浇愁；如果说，其他忍受不了这种生活的老处女以酒浇愁，是一种自杀式行为，那么，布罗迪小姐的行为，更是一种奇异的自杀式的魔法。"

这种洞见是残酷的，但有说服力。难以原谅的是，布罗迪小姐把她生活的失意，改编成了一出受难剧和一出心理剧，将其他人拖入她的孤独生活和她的人为殉难。"一种奇异的自杀式的魔法"，这是一针见血的洞见。布罗迪小姐的"奇异"一面具有无可否认的魅力；她人生选择的"自杀"性质充分显示于她的早逝；"魔法"既暗示了她施于他人的魔力，也暗示了她在自欺欺人的魔力之下劳作。

人到中年，原来喜欢体育的一个女生尤尼斯，现在做了护士，嫁给了一个医生。她对布罗迪小姐的评价是："她有文化。她一个人就是爱丁堡的一台戏。"当丈夫要她详加解释，尤尼斯沉吟半晌后说，"她只是一个老处女。"

詹姆斯·邦德

不太可能的壮举……

2007年夏，我接到我的文学经纪人吉隆·艾特肯的一个电话。艾特肯先生也是伊恩·弗莱明文学遗产的经纪人。为了纪念伊恩·弗莱明的诞辰百年，弗莱明的家人想要找人写一本新的詹姆斯·邦德小说。艾特肯先生受人之托打电话给我，问我有无兴趣写。

我们找了一个僻静处碰面，讨论这个提议。我的第一反应是：为什么选我？此前，我没表现出对邦德或间谍小说文类有任何兴趣，更何况，有大量的专业惊险小说作家可供选择。诚然，十一二岁时，我也为詹姆斯·邦德和阿利斯泰尔·麦克林激动过，但那已是很多年前的事。不过……无论喜欢与否，邦德与福尔摩斯一样，是二十世纪最著名的英国小说人物。我十几岁时，只要听到邦德电影主题曲，浑身总是激动不已。经过五年研究精神分析学诞生的历史，我完成了小说《人迹》，于是产生了写一点轻松的东西的念头。塞西尔·戴·路易斯写过侦探故事；朱利安·巴恩斯写了一系列新潮的私人侦探小说；石黑一雄写了关于爵士乐的小说。我的妻子补充说，伊恩·麦克尤恩每年新年都要扮演阿拉丁的寡母。

我读的第一部邦德小说是《来自俄罗斯的爱》。那年，我十二岁。这部小说是泛麦克米兰公司电影配套版平装本，封底是影星塔蒂安娜·罗曼诺的照片，她穿着斜纹绿松石连衣裙和黑袜。这本书的内容散发出苏联间谍机构浓烈的官僚气息，但我觉得书的封面比内容更刺激。我对其他邦德小说也有一些零碎印象，比如《生死关头》的结尾，邦德和那个女郎（我忘了她的名字！）绑在一条汽艇的后面，当成活饵拖着驶过鲨鱼滩。

最终，我决定按发表顺序读完所有的十二部邦德小说。如果我喜欢它们，我会有想法如何续写一部，然后就可动手。我没有期望这些邦德小说都可传世，但我想，在刚读到第三部《太空城》约四十页，我就想说"好，我写"。邦德系列小说给我的印象就一件事：危险。你一直担心主人公的安全。主人公只有一把火力不足的手枪（正如一个军械维修工告诉弗莱明，伯莱塔是"女士手枪，还不是很好的那种"），一双软靴，一件短袖衬衫。面对人数更多，装备更好，更加狡猾、强大的敌人，他只有依靠自己的双拳和智慧。此外，他还必须要有另外一件东西：残酷。邦德骨子里尽管具有公平意识，但在必要的时候，为了保护自己，保护国家的利益，出于对国家的绝对忠诚，他会做残酷无情之事。我们晚上得以安睡，是有许多无名之人默默奉献。如果我们获得这种特权，管窥他们的世界，总会有刺激的感觉。虽然我们并非必然认同邦德的做法，但其他人那么阴险，那么渴望权力，对我们充满仇杀般的敌视，这不是他们的错或我们的错。如果邦德有时候是个混蛋，那么我们也会绝决地默许，因为我们生活在动荡时代，他是我们的混蛋。那时我没有想过，我最终有一天会写邦德是一个势利之人。英雄，他当然是；恶人，他有时必须是；情人，他有味道。但势利鬼呢？

我决定接受弗莱明家人的提议（我自加了一个条款，我必须首先找到一个有力的故事），接下来的问题是，我这一部邦德小说的背景应该设置在二十一世纪的当下，就像丹尼尔·克雷格新近主演的那部令人印象深刻的电影《皇家夜总会》一样，还是设置在二十世纪的某个时期。我征求弗莱明家人的意见，他们说家人之间有分歧，选择权交给我。这对我来说是一种慰藉，因为此时我已知道，我唯一的出路，不是翻新一部邦德电影，而是在做文学致敬。作为一个项目，把故事背景设置在当下，看起来不仅是投机的做法，更是缺乏浪漫的表现。对于我来说，潜回历史中某个（我依稀记得的）时期，是一种刺激的挑战。我利用弗莱明的写作方式，设法创作他若活着"还会写的一部小说"，这种想法在我看来不仅有价值，写作技巧层面也有挑战。这部作品可以当成一束花环，摆放在弗莱明的墓前，感谢他给我和不同年代无数的学童带来的纯洁乐趣。

弗莱明最后一部小说《金枪人》发表于1965年，最后一部短篇故事集《八爪女》发表于1966年。这意味着我"增添"的这部弗莱明作品最可能的背景是1967年。1967年旧金山的"爱之夏"。我不知道邦德会不会很喜欢，但"爱之夏"可能给我一个喜剧的里程碑。毕竟，邦德的公寓就在国王大道旁边，所以他必然会撞见抽大麻的嬉皮士，听到喧闹的摇滚音乐（我们知道，甲壳虫乐队可能进入了邦德的视线，只不过他要戴耳套忍受其音乐）。

设定了故事的年份之后，我尽力梳理出邦德小说中情节的基本要素：场景，反面人物及其专业领域，邦德女郎，家庭结构，常规人物以及一些小器具。场景容易选择。尽管你可能认为弗莱明的足迹遍布世界各地，但其实有一个庞大的区域他没有涉足：中东。在《詹姆斯·邦德及其世界》这部指南里，亨利·钱瑟勒写道：

> 邦德从来没有消失进北非的露天市场，迷失在中东的沙漠……弗莱明……对摩洛哥北部古城丹吉尔没有兴趣……"建筑物上颜料脱落，街道上到处是痰和小便，更糟糕的是，那里住的阿拉伯人都很肮脏，他们仇视所有的欧洲人。"他对黎巴嫩的贝鲁特有类似的看法……关于阿拉伯国家的一些东西，弗莱明从来没有喜欢过。在《大都名城》中，他把整个中东贬为"世界的贼窝"，一笔带过，直接跳到印度。

弗莱明忽视的区域就是我公开的目标。尽管二十世纪六十年代的贝鲁特是一个寻欢作乐的大都市，但黎巴嫩这个国家对今日读者缺乏回声。我需要一个时期作背景，我也需要这个背景仍然有一点可怕或不安的回响。伊朗有优势，它是后来老布什总统所谓的"邪恶轴心"国家之一，它与苏联（以及1991年苏联解体后的俄罗斯）接壤，1967年，它在巴列维国王的统治下有一段开明时期，所以邦德应该能遇到不戴头巾的伊朗女孩。伊朗和俄罗斯……这个背景组合在我看来不错。虽然邦德一生都在与苏联战斗，但我不确信他是否到过苏联境内。深入敌后，这背景会给人毛骨悚然的感觉。

我认为，邦德系列小说似乎可以分两类：一类是间谍故事，其中的敌手是"斯莫西"或其他一些冷战机构；另一类是冒险故事，如《生死关头》和《金刚钻》，邦德在其中更像是国际刑警。

在后一类中，邦德卷入黑帮破坏活动，理由只需要上司简短的一句话，"首相担心"钻石、黄金或什么别的东西的价格。这些冒险故事的节奏虽然更好，但那些间谍故事的确有另外一层威胁的味道。因此，很明显，我要做的是两全其美。

一个出色的反面人物需要有令人胆寒的专长（至少比诺博士擅长的鸟粪拍子要胆寒）。我觉得奇怪的是，尽管在《最高机密》，在《霹雳弹》的开头，都信笔提到过毒品，但经营毒品从来没有成为邦德小说中反面人物的主业。鸦片是毒品之王，可以干净利落地与伊朗背景相连，因为伊朗东边邻国阿富汗的赫尔曼德省就是罂粟种植区。1967年，消遣性毒品的用途在西方第一次成了一个重要的问题，像伊朗和俄罗斯一样，毒品似乎在当年是个热点话题，在当下依然能够引起共鸣。

我对1953年美国中情局在伊朗（此前称波斯）策划的政变一直感兴趣。这场政变推翻了伊朗总理穆罕默德·摩萨台。摩萨台将油田国有化，清除了英美的利益。他倒台后，代之而起的是巴列维国王。负责操纵这场政变的中情局官员柯密特·罗斯福写了一部关于这场政变的回忆录，有助于我们了解内情。我对美国卷入远东、特别是法属印度支那的问题也感兴趣，我第一次碰到这个问题是在格雷厄姆·格林的小说《文静的美国人》。这些边缘地带问题的作用是为我的故事增添一些（不必太多）政治背景。最后我想做的是放缓故事节奏，但从现实生活中借用一点额外的威胁或一点儿摩擦似乎是个好主意。

那些处于道德灰色地带的历史事件也可能有助于我创造一个不太像是从哑剧中走出来的反面人物。我曾经读过一篇关于商业大亨鲁伯特·默多克的文章，印象很深。他说，他的反英热情主要是因为在牛津读书时遭到某个不理智的同学嘲讽，结果就造成了他一辈子都仇视他所谓的"英国权势集团"或者某种同样懒惰的建制派。我认为，这样的反面人物会更加有趣，如果他说的一些东西并非妄想或夸大，而是具有真实（或相当真实）的政治基础。就连帝国的崇拜者都承认，帝国的故事并不全是教会学校和铁路，对英国的仇恨激发出了我小说中反面人物戈纳博士的某些性格。我给了他一部关于帝国罪恶的书，让他再发明两三件罪恶。

另一方面，我也不想丢失读者期待的弗莱明笔下粗线条反面人物的怪诞。或许，政治观念暧昧是好的，但要有一个度。我喜欢那些有点身体怪癖的反面人物，比如《生死关头》中反面人物，其实就是一个靠巫术起死回生的僵尸，他不会死，更难用一把女士手枪击倒。我父亲曾经告诉我，他有一个大学同学，断了右手，装了一只猴爪，我当时想，这还能做动作不。这个反面人物，可不可以有个副手？《金手指》中的奥德贾伯是个很成功的人物角色，他喜欢空手道，喜欢吃猫。奥德贾伯是成功的反面人物。可以说，夏格林——这个越南人，专门折磨法国天主教会修女和越南小孩——也是成功的反面人物。我忘记了在哪里看到过他把铅笔插进他人耳朵的折磨人的方式。也许是我臆造出来的。

其他必不可少的人物有邦德上司、上司的秘书以及为邦德照看切尔西房子的苏格兰"宝贝儿"梅。菲利克斯·雷特这个角色似乎也挺有用。我十一岁时，受同窗好友法利·维克尔的影响，第一次接触邦德小说，从此就喜欢上了菲利克斯。在我们演的邦德游戏中，法利总是当邦德，我演这个被鲨鱼搞残的中情局人物菲利克斯。我也喜欢《来自俄罗斯的爱》中的卡里姆·贝。他是伊斯坦布尔情报站的站长，经验丰富。我小说中在德黑兰的人物大流士·阿里沙德的角色与之类似，结局也类似。2009 年 7 月，在温切斯特的一场派对上，英国军情六处的官员责备我不该让外国人担任这个角色，但我认为他没有理解，邦德服务的"间谍机构"与军情六处不是一回事。我们知道这点，因为邦德的上司 M 和 Co. 提到军情六处（MI6）或秘密情报处（SIS）时指的是不同的机构。如果弗莱明笔下的情报机构有外国人当站长，我也有足够的理由这样写。

接下来要考虑的是邦德女郎。我对这个角色有点担心，因为今日刻画一个全身穿着比基尼的女郎，有些人可能不耐烦。另一方面，按照政治正确创造一个俯首帖耳的小姑娘也没有意义。邦德女郎斯嘉丽，生活在多姿多彩的二十世纪六十年代，穿着短裙，坐着敞篷车，她接受的教育比邦德好很多，精通三语，有音乐天赋，在巴黎投行工作。弗莱明笔下的邦德女郎比我预料的要有趣。每个人有她自己的想法（即便是《诺博士》中的霍尼奇，她最大的梦想是到迈阿密当个妓女）。在某种程度上，她们大多数都被父亲、情人（比如《金刚钻》中的蒂夫尼）或极权国家（如《来自俄罗斯的爱》中的塔蒂安娜）伤害。在《来自俄罗斯的爱》中，莫斯科一个译电员马马虎虎取了一个姓氏，弗莱明用了一个段落来说明，她的先辈可能与俄国沙皇与关系。在《太空城》中，事后证明，那个邦德女郎不但是个正儿八经的公务员，还与另一个人订了婚，她根本不会和邦德睡觉（不过令邦德一饱眼福的是，一枚炸弹从悬崖上掉下来时，她的衣服被炸弹气浪吹走）。但是，贞洁路线不再是弗莱明关心重蹈的路线。既然有了一个邦德女郎，有两个又何妨？有斯嘉丽，为什么不可以有波比？说到邦德和斯嘉丽的性爱，我认为，我可以比弗莱明写得更真实，不那么程式化。事后证明，这是一个灾难性想法。令我觉得尴尬的是，好像他们做爱时，我也在场一样。我把另起炉灶的稿子撕了，发誓贴紧弗莱明的风格，描写邦德"干活"的场面：迅猛而暴烈，但在某种意义上又相当单纯。显然，在这方面，轮不到我来教邦德新的技巧。

我注意到，弗莱明许多小说都采用了序幕的手法，效果似乎不错。序幕总是出人意料地从某个可疑的人物开始，他在故事中的地位和作用只是后来才揭晓。因此，我决定为邦德的法国对手雷内·马西斯也设置一两个场景，在我看来，巴黎的贫民窟是这场序幕自然而言的选择，那里是毒品走私的终点，我们在那里看见毒品走私引起的暴力和苦难。还有一个固定套路，我最后真正想模仿的，是设计一场比赛。《皇家夜总会》和《太空城》中是牌戏，《金手指》中是高尔夫球赛。什么比赛弗莱明没有用过呢？足球？板球？橄榄球？唯一似乎能满足条件的其他比赛，要求在场观众相对较少且有作弊机会，那就是网球。巴黎有许多网球场，地点可以选择塞纳河边的豪华郊区，时间定在大型午宴前。虽然并不是每个人都认为网球是一项有魅力的运动，但喜欢网球的人肯定比喜欢高尔夫的多。

接下来我要谈谈风格。如果我真要向弗莱明致敬，我就必须像他一样写作。我喜欢模仿其他作家，出版过一部小品文集《开心果》（碰巧里面收录了调侃弗莱明的文章）。这种戏仿的手法就是先找出一个作家的典型风格，然后适度进行放大。换言之，你的风格大约是该作家风格的1.2倍。但是，我要写的这一部邦德作品，我认为关键是在逼近弗莱明的风格线时来个急停（毕竟，邦德电影也尝试过自我戏仿，《王牌大贱谍》等电影甚至走得更远）。因此，我的想法是创造一种与弗莱明的风格八成相似的风格：能够让人想起这是他的风格，但不是完全在复制，更不是放大。理解这种风格本身不是太难。弗莱明学过像新闻人写作，曾在莫斯科的路透社记者站工作。他的新闻写作风格显而易见：以短句为主，喜欢用主动句，喜欢选择盎格鲁-萨克逊词源的单词，少用形容词，更少用副词，几乎不用分号。奇怪的是，弗莱明唯一像打了鸡血的文风，是在描写机器之时，比如，描写邦德的宾利，《霹雳弹》中的汽艇或《金刚钻》中的蒸汽火车。

风格是一回事，语气（作者语词中的隐含态度）是另一回事。语气是弗莱明最精明的地方。我会把他的语气描写成一个精英主义者的口吻，但不乏包容性。他笔下的国际航程、赌场、美女、枪和惊险的豪饮，都在对读者说：这就是邦德的世界，也是我所知的世界，现在，你也进来吧，感觉是其中的一部分；你，本质上也是我们排他性的铁三角中的一员。

说到火车和汽艇，我想起另一件必须做的事：找一种刺激的交通工具。我在邦德系列小说中注意到，邦德对小器具不太感兴趣，电影中他用的小器具是电影的附加品。这让我松了口气；但是，他需要某种令人印象深刻的便捷交通工具，这是没有办法省掉的。碰巧，我在网上寻找伊朗里海边的避暑胜地，浏览到一个网址，专门介绍"里海怪物"。这个怪物其实是苏联冷战时期设计的一种地效翼艇，水陆两栖。网站上形容这种翼艇的文字也是"邦德式"的交通工具。网上还悲叹说苏联建了六艘，保密工作很好，外人都没有听说过。作家就像推巨石上山之人，终日劳碌，厄运连连，但有时候会好运来临，获得意料之外的休息。

邦德这个人物也给我带来一些问题。弗莱明最后留下的邦德，其实是一具躯壳：洗了脑，筋疲力尽，不适合做任何事。因此，我必须首先让他复原。这证明是有帮助的，因为这让我自己慢慢摸索，进入这个人物。我读邦德系列时，注意到他的消费习惯：烟头上有三根金圈的莫兰德牌香烟，海岛棉短袖衬衫等。他用的枪在不同时期有变化，从贝雷塔女式手枪到火力更猛的德国瓦尔特公司制造的PPK手枪。弗莱明有一篇杂志文章《如何写惊险小说》，解释了他为什么标明了商品名称。他最初这样做，不是炫耀鉴赏力或品牌的势利心态，而是作为一种手段，把完成了某种令人难以置信壮举的英雄带回到人间。因此，如果邦德穿过鳄鱼出没的沼泽地，赤手空拳地击败五个拿着机关枪的杀手，最好的收场莫过于一片土司，外加古柏牌的牛津果酱？但是，弗莱明很快对品牌的选择更有兴趣，变得更加古怪，他会指明邦德喜欢什么年份酿造的香槟，在什么温度下喝才适宜。他在乔纳森-凯普出版社的编辑威廉·普罗莫也比较挑剔，他改动了一些细节，还建议增加了一些细节，结果在弗莱明晚期的作品中，有人认为，邦德从一个行家变成了大惊小怪的人。西里尔·康诺利认为，弗莱明走得太远，邦德身上完全没有异性恋的气息。在一篇戏仿之作《邦德勇闯度假营》中，康诺利要邦德奉上司指令，乔装成女人，前往切尔西的一家酒吧，参加易装晚会，搭讪一个值得怀疑的陌生人，结果这人是他易装的上司。

我全盘接受了所有这些品牌细节，因为它们对邦德这个人物和读者的期待都至关重要。有人问我笔下的邦德吃了多少蛋，我只能说，弗莱明吃的蛋更多，因为弗莱明相信，早晨是每个人心中最喜欢的一顿。不过，邦德的喝酒习惯的确给我一点烧心的感觉。在《太空城》里与雨果·德雷克斯的关键牌戏之前，他喝了一大瓶伏特加马爹利，一瓶里加产的沃尔夫斯密特伏特加，一瓶1946年酿制多姆-佩利尼翁香槟，外加半包苯丙胺。牌戏结束后，他又喝了一大瓶白兰地，一瓶香槟。像普特尔先生一样，邦德不愿将宿醉归因于饮酒过量，他只是怀疑苯丙胺与香槟不能相混。在我笔下，我也热衷于让雷内·马蒂斯诱惑邦德喝一点儿酒，前提是无害于他的健康。马蒂斯选择的是五级庄巴特利庄副牌红酒，一种不太适合女子喝的酒。为了给人留下深刻印象，邦德最后在巴黎乔治五世酒店下榻处和斯嘉丽狂欢时，按照自己的意愿点了一些酒。伊朗巴列维王朝时期，在亲西方的德黑兰，可以随心所欲地喝到各种酒。

关于邦德在品牌方面的势利心态，相关文字已经很多。重点是，能够分辨细节，关心细节，对于一个特工，这种习惯关键时刻会救命。因此，邦德的吹毛求疵在我看来是他的职业病。本·麦金太尔在《弗莱明和邦德》一书中还有一个观点，"许多间谍活动很枯燥、危险、难受，因此，间谍往往会自找乐子，对物质享受感兴趣。或许是这个原因，间谍在休假时会纵情声色。"麦金太尔在"邦德的奢侈生活"一章中就是专门探讨。类似的讨论可见亨利·钱瑟勒专著中"一个人和他的时代"和"饮食正道"这两章。我在写作《魔鬼可能在意》一书时，非常关注邦德的品牌意识和消费习惯。如果你读了麦金太尔和钱瑟勒的相关章节，你会对此有更多的了解。

邦德势利的消费习惯对二战后的英国读者不乏吸引力，因为这让他们想起，除了果味牛奶冻，除了食物配给，以前还有过另一种生活。他们中间一些人可能对那些外国东西闻所未闻；有时，甚至弗莱明似乎也不太确信，比如，他给邦德一个鳄梨当甜点时，显然，马爹利中加的"半杯开胃酒"，会给这种饮品带来一种金鸡纳霜的恶心味道。

在诺博士的总部，邦德注意到，"这块香皂是法国娇兰产品'阿尔卑斯山之花'"，这暗示了诺博士这个反派人物对细节关注的精细程度，连他囚徒的浴室用品也不放过。尽管很多读者，包括我自己，也不知他葫芦里卖的什么药。弗莱明的遗产在这方面是没有帮助的。越来越少的作家，尤其是机场畅销小说类作家，注意到细节往往要为一个目的服务，他们只是一股脑儿把自己能想到的品牌名称抛出来，产生的效果不过是"看我的女主人公，她难道不富有吗？"甚至在《虚荣的篝火》那种备受喜爱的小说中，难以想象，汤姆·沃尔夫那样一个敏锐的社会批评家，要是指出路易威登行李箱具是庸俗之物，他会有什么好处。你应该想得到，正如布雷特·伊斯顿·埃利斯在《美国精神病人》中昭示，对品牌的疯狂追求，最终必然会带来血淋淋的后果。在那部小说中，主人公帕特里克·贝特曼是一个连环杀手，他像疯子一样，一口气说出了他穿过的每件衣服的制造商。但可悲的是，机场畅销小说类作家继续在作品中堆砌品牌名字。或许他们没有读过《美国精神病人》。

邦德这个人物，最重要的一点，他是可信的，可信到简直难以置信。金斯利·艾米斯1968年续写了一部正式的邦德小说《孙上校》，用笔名罗伯特·马克安发表。他曾经说："弗莱明先生完成了不太可能的壮举，他把极度浪漫、非常自恋、（有人甚至会认为）完全过时的人物放进一个秘密特工的躯壳里，看上去却那么可信，精神上可以为人接受，形象上与我们现代人无异。"这不是金斯利·艾米斯写得最清楚的句子，但我认为它的确传递了他的惊奇感，在亲自续写了一部邦德作品后，他发现那样一个"不太可能"的人物非常"可信"。

当我帮助笔下的邦德恢复身心，进行格斗健身训练时，他的反应必然有点迟钝。我认为在前面铺垫的场景中，他也有反应迟钝的感觉。在那些铺垫场景中，我努力揣摩他的心理，他的情绪，他的忧郁，我也遇到了障碍。我认为，邦德身上有一种忧郁——弗莱明在谈到邦德服饰的颜色时表达了同样的意思——但这种忧郁抗拒弗莱明的探照灯。最初，我不太担心这点，但后来随着故事加速，它越来越成为问题。在我通常写的小说中，不会提前透露戏剧性的事件；若有必要，我一般会减缓叙事节奏，让读者有时间消化情节进程。如果这是电影，你可让枪声回荡或背影渐渐隐去；但在小说里，你必须用语词。因此，这是绝佳的时刻，让人物盘点动机或回首往昔。然后，当你重新回来继续讲故事时，读者有时间消化事件的冲击。

在描写《魔鬼可能在意》中的动作时，我不时有这种慢下来加以深化的冲动。但我没办法对邦德的心理过程进行满意地刻画。我尝试对他进行心理描写，但这些心理描写往往令他显得吹毛求疵或者反应迟钝。我能让他说清前面一个动作的意义，但那是他允许我看见他内心的反思。因此，我将那些心理描写的部分勾销。为了达到改变节奏的目的，我会引入另一个人物，主要是斯嘉丽，至少暂时将焦点从邦德身上移开。但事实上，对于我来说，邦德的活力全在于他的动作：喝酒、打斗、走动和飞奔。在巴黎、莫斯科和德黑兰的动作不多的场景里，我依靠他绵绵不断的批判意识——无论是对其他人的判断，如那个可疑的中情局人员泰勒，还是对食物、饮料、车子和女郎的判断——来让我们理解他是怎样的人。这种写法看起来更奏效。

这可能听上去，好像在我心目中，邦德是一个空洞或未完成的人物，但事实上不是这么回事。当我把思想、判断和动作注入到他身上时，我对他理解得越多，我越觉得，弗莱明实际上——用金斯利·艾米斯的话说无论这看起来是多么"不太可能"——创造了一个真实人物。邦德这个人物的性格，取决于他与外部现实的关系。这些外部现实有各种面具，有时威胁生命，有时充满喜剧。这是真实生活中一个可以辨别的人物类型，即便出于明显的原因，这种类型在主流文学中不受青睐。如果你有勇气，你可以通过我这部《魔鬼可能在意》追踪到一个潜文本，在这个潜文本中，我在引诱邦德这个人物，想法让他按照我的意志低一点儿头。在这个过程中——当然主要是遭到他粗暴的拒绝——如果幸运，最终可以解码一点他的DNA。

查努·艾哈迈德

农民中的王子

莫妮卡·阿里的《砖巷》在2003年出版，受到追捧。读者佩服作者气势恢弘的理解力和舒放自如的形式。在这本处女作中，这两点很醒目。许多人表达了感激之情，认为作者从一个明显感觉到没有得到充分报道的战场——移民经验——发回了报道。在谈到这本书时，追捧者用了"新闻"这个语词，因为他们觉得带来了一种人们在思考什么的报道，尽管正如我们将看到，这种报道后来在文化正确性这个熊坑中引起了麻烦。

《砖巷》真正有意义之处在于它展示出作者的天赋和幽默，以及贡献了一个名叫查努·艾哈迈德的出色人物。查努是一个四十岁的孟加拉移民，在伦敦东区生活了十六年多。我们初识他时，他刚刚与少女娜兹宁结婚。他们是经人介绍。娜兹宁来自孟加拉农村，家里人都没什么文化，她飞到伦敦来成亲。娜兹宁在小说中占据中心位置，大多数事件是通过她的眼睛来观看。但是，迄今为止，最有趣味的人物还是查努。

查努是一个势利的知识分子。他毕业于达卡大学，后来又从几所普通的英国院校获得文凭，他为此挺自豪。他能随口引用乔叟和狄更斯；除了印度大诗人泰戈尔，他还读过大卫·休谟等苏格兰哲人。查努自认为是知识分子，他在地方议会办公室工作，自觉犹如明珠暗投。他瞧不起那些锡尔赫特人，因为这些来自孟加拉的同胞都是农民，没有一个上过大学。在给《贝克斯莱赫广告商杂志》寄去的一则自传故事中，他把标题定为"农民中的王子"。他的升职对手是威尔基。这家伙中午去酒馆吃饭，总是晚他半小时回岗位。查努鄙视威尔基，与其说是因为威尔基英国式的粗野，不如说是他只有一个、最多两个中等教育普通文凭。

查努是一个"潘趣"式的人物；像普特尔先生一样，他可能源于假面喜剧，这种十六世纪意大利流动的传统戏剧，深刻影响了英法的戏剧家。在这种假面喜剧中，"普尔契内拉"式的人物成为打老婆的人，反过来，遭到生活和环境教训。如果你减掉那些实在的暴力，你能够在"潘趣"先生——"普尔契拉内"的英国后裔——身上不仅看到普特尔和查努的影子，还能看到大多数英国喜剧电视主人公的影子，如托尼·汉科克、梅因沃林船长、艾伦·帕特奇和戴维·布伦特等等。但是，娜兹宁最想要的是查努不打她……这点很重要。

尽管自认为是崇高的启蒙式人物，但查努很穷，住在肮脏的议会公寓；他还很胖，需要娜兹宁用剃刀去挑令他痛苦的鸡眼。不难想到，地方议会对他的升职理由视而不见，却选择了为没有文化的威尔基升职，查努一气之下走人，做了出租司机。他不明白，为什么这个世界就不能像他自己那样高看一眼；他不明白，尽管他喜欢读书，追求教育，或许值得敬佩，但这并没有让他在别人眼中不是一个可笑之人。这种反差构成了喜剧。"这里的人不知道我和那些农民的差别，我是带着文凭坐飞机来的，他们是从船上跳下来的，头上只有虱子。"

小说以喜剧方式引出了一些关于社会和个体如何适应社会的严肃问题。查努能够理解，为什么伦敦东区做工的白人怕他们的穆斯林邻居：这是因为他们怕这些新移民将来在权力等级上爬到他们头上，正如伦敦东区的老移民那样，比如来自法国的胡格诺派教徒，来自东欧的犹太人等；他们喜欢认为身下还有一道安全网，一个更遭鄙视的群体。但是，令人不安的是，查努期待处于权势地位的"传统"英国人，比如那些在地方议会中身居要职的英国人，在他和那些锡尔赫特人之间作明确区分：他是一个有学问、有内涵的人，那些锡尔赫特人是农民，只配去拉黄包车。但事实上，地方议会官员等人没有作那样的区分。对于他们来说，查努还是一个"巴基佬"，跟其他"巴基佬"一样是个移民。威尔基从酒馆慢吞吞地回到岗位，依然有工作；威尔基这个人不会挑事，不会为了过斋月，在"错误"的时间里想要请假。

莫妮卡·阿里刻画查努这个人物形象的技巧是让他既可笑又辛酸。查努是经人介绍的婚姻的受益者，我们可能期待不喜欢他；但我们的期待没有满足。我们会笑他，但我们也会为他抱不平。我们觉得查努的价值是好的价值。教育事实上是人具有的最重要的东西。教育对于穷人孩子来说是唯一找到更好生活的可靠方式。但光有书本知识够吗？英国每年数十亿英镑的政府财政预算说是这样的。剑桥或哈佛的研究生院都是建立在这样的信念之上，能否获得奖学金，靠的是你的书本知识，不是知识的实际运用。英国的政客已经决定，一半以上的年轻人必须有大学学位，即便要求完成高等教育的工作数量仅仅只占一成。在查努身上，我们看见这样一个大学毕业生：拿着文凭，空有一身知识，却没有可以匹配的岗位。对于他来说，真的是没有合适的地方安放他对知识的激情。

读了洛克、休谟和萨克雷，查努还是没有从中找到自我意识。他是理想主义者，因为他期望英国本土人都精神崇高，他也总是认为同胞不错（当然锡尔赫特人除外）。但除了书本知识，他对这个世界的运行方式一无所知；他理解白人工人阶级的一些动机，但直到小说结尾，他在英国生活了三十年，依旧没有看穿这个国度有多愤世嫉俗。身为娜兹宁的丈夫，他对这个角色没有深刻认识。他只是认为，娜兹宁是听他使唤的妻子，他似乎从没想过她有内心生活。尽管他以自己的方式善待妻子，但他没有想过，一个来自孟加拉乡下、不会说英语的女人，将会以完全不同于他的方式回应西方都市生活的挑战。查努认为普世价值观凌驾于文化和宗教之上；但活在单语世界中的娜兹宁更接地气，在为生存而抗争的过程中，反应更快，适应力更强，更为务实。她生的第一个孩子是男孩，死于襁褓阶段，草草地按照穆斯林的习俗埋葬。这个孩子让她想起家乡许多死去的孩子，"想起叔伯姨姑家的孩子，他们来到世上，然后匆匆离去，好像走错了一间屋，道歉之后就转身出去"。最终，她后来又生了两个女儿，但她们被英国文化"同化"，动辄生父母气。她还有一个喜欢参与政治的年轻情人。这是一个非常悲伤的故事。

莫妮卡·阿里的父亲是孟加拉人，母亲是英国人。她出生在孟加拉，在英国博尔顿长大。小说《砖巷》后来被拍成了纪录片。在取景地拍摄时，当地的居民提出了抗议。戈尔曼·格里尔质疑阿里为孟加拉裔英国人代言的权利，批评查努是一个不负责任的人物，因为这是"一种纯属漫画性质的决定性力量"。格里尔写道：

> 莫妮卡·阿里是英国文化的近邻，离中间地带不远。她用英语写作，她的视角是英国人的视角，无论她是否允许自己为一个孟加拉乡下女人代言。她忘记了她的孟加拉；要是她想记住孟加拉，她是不会忘记的。但是，说到写一本小说，她变成了我们多元种族性的一个信物……阿里创造了她自己版本的孟加拉特性。作为一个英国作家，她非常清楚，对英国读者来说，什么是貌似古怪但实际可信的东西……一个作家也许可以宣称她热爱和尊重自己创造的人物。但让人心痛的恰是这个：她敢于创造他们。
>
> 阿里不关心这种可能性，对于那些真正创造了"砖巷"特色文化的人，她的情节可能看起来像发生在别的地方。因为英国人对他们中间的孟加拉人知道很少，更不关心，所以这些孟加拉人第一次在一部英语小说中出现，具有一种纯属漫画性质的决定性力量……英国读者被她塑造的孟加拉人物迷住，但"砖巷"里的一些锡尔赫特人从中没有认出自己……对于身无别物之人，有自尊很重要……孟加拉裔英国人会觉得更好，如果不读或者在这部纪录片出来时不看《砖巷》。[1]

1　戈尔曼·格里尔，《现实在反咬》，载《卫报》，2006年7月24日。

这篇文章很快引起萨尔曼·拉什迪爵士的回应。他称格里尔教授的论点"狭隘、伪善、丢人"[1]。"这种观点暗含双标的种族主义",拉什迪写道,"要迎合格里尔,具有英国和孟加拉两种血统的阿里,阿里就必须剥夺她的一半传统,要被她的英国性而遭贬低,与她背景相同的批评家,也同样被剥夺英国性,但他们中间大多数人肯定会坚持,他们的英国性是天赋的权利。"

查努会如何看待这样的争论?他会开始质疑格里尔和拉什迪——这两个英国批评家,一个来自澳大利亚,一个来自印度——的种族或公民身份吗?他会认为这样针对个人(或女人)偏好的问题很不体面?无论你怎样理解这种争论的口吻,它引起的问题不是没有道理。查努是一个虔诚的穆斯林?一个合格的英国佬?一个真正的孟加拉佬?一个很势利之人?或只是一个人?

他肯定有人的弱点。当他厌恶白人激进青年的荒唐行为时,他骄傲地让两个女儿戴上穆斯林头巾,但是,当他被所在社群一些闹分离的"农民"激怒时,他告诉娜兹宁,给两个女儿穿裙子。他贪吃,不爱动,结果落下胃病,不过,过胖的体重终于减下来了,为此他四处得意地炫耀——"靠的是意志力",他说,"还有胃溃疡",他承认。但是,他担心,体重减得太多,看起来就不像工厂老板,倒像黄包车师傅。

在娜兹宁对丈夫的态度中,莫妮卡·阿里注入了另一种势利。"只要查努醒着,他就在思考,他的想法就写在脸上。娜兹宁心想,他就像个孩子,学习认字,必须把字念出声来。"她观察他如何用

1　萨尔曼·拉什迪,致《卫报》的一封信,2006年7月29日。

电视。他从来不看电视，但一直开着电视，像留在房间角落的炉火，偶尔换换频道，画面就出现不同的色彩。她注意到，查努像爱玛一样，并不固执，他总担心完不成手上的学业。一天，娜兹宁看见他坐在朋友家，双腿张开，盘着脚丫，穿着上衣，"像进屋领工钱的花匠"。因此，娜兹宁的身上也有一些势利的东西；在这个"自然之女"身上，也有苔丝和伊丽莎白的影子。她与年轻情人卡里姆的性爱狂欢，表明她超越了宗教和乡村教养的羁绊。关于娜兹宁，一个有趣的问题是，她社会地位的上升多大程度上依靠她接纳的西方习俗。在伦敦，她适应环境，改变行为习惯，开始蓬勃成长，至少可以应对城市生活。相反，查努却坚持更纯粹的看法，谨守他认为的普世标准，最终遭到英国抛弃，只有选择回到家乡，他希望家乡的人能够认清他的卓越品质。无论是娜兹宁，还是查努，他们人生的沉浮，决定性的因素不是宗教信仰，也不是文化问题。查努的英语说得更好，读的英国文学更多，但最终在英国感到如鱼得水的是娜兹宁。最终改变他们人生的因素不是文化、宗教或性别，而是个人性格。小说题记取自赫拉克勒斯的一句话："性格即命运"；这不是说"民族决定了文化"。

查努和卡里姆是娜兹宁的生活中最重要的两个男人，他们不是同代人，这带来了一些张力和喜剧。尽管他们在一定程度上代表了移民态度的转变，从第一代的敬畏到第二代的敌视，但他们各自的态度都不是典型。卡里姆是伊斯兰活跃分子，在他那一代的年轻人中他属于少数；查努有太多的癖好，太矛盾，太自负，太大众，干不了写小说这样枯燥卑微的活，成不了文化象征。

"这个世界上，尊重非常匮乏，查努也在缺乏尊重之列"，阿里写道。她开始赦免这个人物。查努读了沃伦·黑斯廷写的孟加拉的荣耀，想象自己与那些受启蒙者一道；娜兹宁没有听说过沃伦，但她指出，孟加拉两个伟大民族英雄是锡尔赫特人。查努的大度灵魂中有某种英雄成分：他不会被那样的细节缠住，改变他对锡尔赫特人的头上满是虱子的看法；他也不会死守他的宗教。他对妻子指出，他们两人之所以是穆斯林，只是因为莫卧儿人的统治，孟加拉在成为伊斯兰国家之前，两次遭异教统治，一次是佛教，一次是印度教。他会从其他宗教汲取智慧：佛教思想、基督教寓言、印度哲学。

这也是我们理解查努的关键。娜兹宁不知道，丈夫是否发现了她与卡里姆的外遇。莫妮卡·阿里巧妙地让娜兹宁和读者怀疑查努已发现，只是出于宽容才决定保持沉默。因此，查努除了蠢笨，也善良、细心、大度。这样一个人并非无关紧要，并非只是最新文化新闻的符号。

的确，查努与其他小说中的移民人物相似，明显的例子是扎迪·史密斯《白牙》中的萨马德和维·苏·奈保尔《毕斯沃斯先生的房间》中的同名主人公。《白牙》出版于2000年，和《砖巷》一样受到热捧，主人公萨马德也认为自己的知识分子地位高于他人。《毕斯沃斯的房间》出版于1962年，查努可能从毕斯沃斯身上继承了颇为喜剧的自尊。但是，最终，查努身上多重的矛盾和无穷的自欺，让他更像是狄更斯笔下的辉煌人物；他让你想到的不是一个纯粹漫画式的人物，而是你的叔叔，甚至有时是你自己。莫妮卡·阿里带我们进入此前可能从来不会见到之人的生活；接下来，通过耐心的细节堆砌，她开始揭示更复杂的机制，展现笔下人物的内在真实，她的细节越详尽，这些人物似乎越会引起共鸣。有时候，圆形会变成方正；吊诡的是，一个人的个性越特殊，他就成了一个越普遍的人物，对我们所有人在言说。这是唯有优秀小说家才能够做到的东西。"新闻"或许最好还是留给记者去写。

恶人

VILLAINS

很大程度上，恶人和英雄一样，在小说中都是错位的。不同的是，英雄源于史诗，恶人源于戏剧。当现实主义变成小说的主要形式，恶人的戏剧性方式开始成为尴尬。但恶人在小说中幸存下来，表明他可能还是一种有用的人物类型。

在一本小说中，恶人知道眼下发生的事情；他有情报；他握着情节的钥匙（无论是"钥匙"这个语词的字面意义还是比喻意义）。佐伊·海勒小说《丑闻笔记》中的芭芭拉·科维特，不仅操纵着她的受害者，还控制着写给读者的故事："讲故事的任务落在我的手中"。《白衣女人》中的福斯科体现了知识丰富的魅力；威尔基·柯林斯面临的挑战是如何收放只有福斯科才知道的细节，同时抓住读者的期待。福斯科也是一个外国人，这个身份给了他额外的神秘感。他可能有神秘的欧陆力量（化学，催眠术）……这是他的英国对手沃尔特·哈特莱特不具备的。而且，福斯科是一个"count"（伯爵），这个头衔英国没有，英国类似的头衔是"earl"（伯爵）。但是，英国小说中的恶人很喜欢"count"这个头衔，包括布拉姆·斯托克笔下的德古拉伯爵和安·拉德克利夫哥特小说《奥多芙的神秘》中的恶人蒙托利伯爵。

恶人是一个勾引者。有时，这种勾引与性无关。比如《雾都孤儿》中的费金，他用欢笑、食品和偶尔的善意勾引奥利弗。《金银岛》中的约翰·西尔弗似乎是一个催眠者："他那双深不可测的灰色眼睛看着我，眼神里有一道难以抗拒的清澈寒光……那些时候，我情不自禁地冒出一种说不清道不明的怀疑，他在窥探我的心灵……"《白衣女人》中的福斯科是一个性勾引者。正是利用性诱惑，他防止最有价值的对手玛丽安·哈尔科姆看清他的邪恶。在塞缪尔·理查森小说《克拉丽莎》中的恶人罗伯特·洛夫莱斯这里，对于书中连篇累牍的勾引和抗拒场面，性是明显的驱动力。但是，洛夫莱斯勾引克拉丽莎睡觉的心机令读者如此刺激，作者不得不重写小说，强调洛夫莱斯极不道德。这种危险总是存在的，恶人在对阴谋感兴趣的读者心目中很有魅力，结果读者搁置了道德判断，挫败了作者的道德教诲意图。我总觉得这就像是一场政变，马尔科姆·布雷德伯里小说《历史人物》中的恶人霍华德·柯克，尽管各反面都令读者反感，但明显是个难以抗拒的勾引者。

恶人往往不仅有知识和性的权力，而且有语言的权力。洛夫莱斯许多时间喜读诗歌。作者为应对洛夫莱斯出口成诗，还查找过诗选，有时看起来，洛夫莱斯需要这种话语方式来维持他欲望的热度。纳博科夫小说《洛丽塔》中的亨伯特依靠文绉绉的语言让他不法的欲望看来不无道理。芭芭拉·科维特用辛辣的话语揭露同事和她的牺牲品精神空虚。

2005年，我写了小说《恩格尔比》。动笔之初，我不知道叙事的迈克·恩格尔比会是一个恶人。我知道他的声音不太对，就像收音机频道稍微没有调准时发出的声音，但我不知道他会把我带向哪里。读者的反应让我明白，他们判断小说人物的标准不同。一个读者告诉我，她喜欢迈克·恩格尔比。我说："哦，你发现他干了什么事之后再做决定。"她回答说："不，哪怕我发现他干了坏事，我还是喜欢他。"

二十世纪初，随着一种基于精神分析学的新价值体系的出现，恶人身上的戏剧遗产变得更加笨重。如果每个人的动机可以解释，恶人的观念可能看起来迂腐。在法国，左拉的小说坚持一个信条，人物受社会环境决定，这使得道德高尚变得无关紧要；在爱玛·包法利夫人身上，福楼拜刻画了一个喜欢白日梦的通奸女性，小说不是把她视为值得警醒的对象，而是作为一个富于暗示的有趣个案。左拉1867年的小说《红杏出墙》讲述了特雷莎·拉甘和情人杀夫的故事，但小说设法将她当作"科学"案例处理。莫里亚克1927年的同名小说讲述了特雷莎·德斯盖鲁毒杀丈夫的故事，但小说中为她开脱的理由是她窒息般的婚姻和资产阶级的可怕生活。[1]某种意义上，这些作品都是后伦理时代的小说，它们肯定也是后宗教时代的小说。

一个罪犯，应该找理由为他的罪行解释，这种观念在英国小说家中很少得到呼应。这个现象令人迷惑，特别是你考虑到，那样一种情形的自然戏剧性，外在生活和内心生活之间、社会规范和个人现实之间的张力，在别的地方都是严肃小说的主流。对于英国作家来说，恶人往往还是情节的仆人，最多是行为的发起者。在保罗·司各特的《拉吉四部曲》中，罗纳德·梅里克是一个后弗洛伊

1　正如亨利·詹姆斯尖刻地说，"杂货店那种愚蠢可怕的生活……给法国文学做了绝育手术"。

德时代的恶人。他是一个坏人，但他的坏是出于特定的原因；他事实上有充足的心理病理学成因，小说呈现给我们的也是一个完全可以用病理学术语来解释的坏人。他明显很不同于费金或福斯科，在后两者那里，我们没有看见他们的童年经历或动机分析。梅里克的阴暗心理形状不是我们的形状，但他在我们身上引起共鸣。我们都知道，我们人格的独特形状，我们的欲望、弱点和长处，在错误的环境中可能变形走样。梅里克身上有趣的一点是，尽管在"理解即宽恕"的意义上，他是一个现代角色，但保罗·司各特事实上没有要求我们原谅他。尽管司各特一丝不苟地把梅里克的有意识和无意识的欲望都展示给读者，梅里克依然是一个恶人。

芭芭拉·科维特是升级版的梅里克。她是我们的同代人，她的环境没有梅里克那样怪异。对于梅里克，你会觉得，发挥一点你的想象力，你能理解他；但对于芭芭拉，你会觉得，只要你生活的这一把纸牌改变一点，你可能就是她。

英国恶人的演变轨迹是完整的。洛夫莱斯的出现，受戏剧影响很深，有时他给朋友贝尔福德的信还包含舞台指示。这条轨迹的顶点，与许多别的东西一样，出现在狄更斯笔下，在那里，舞台背景完全消融于小说情节，如《老古玩店》中的恶人，矮子奎尔普，他喜欢喝加热的白兰地，有办法"让自己更狂暴和愤怒……有办法烧开他的怨恨和恶意"。到了维多利亚时期结尾，恶人身上的戏剧遗产再次使这种人物类型失衡，结果出现了传奇剧一样的恶人，如布拉姆·斯托克的德古拉伯爵和史蒂文森的化身博士；《白衣女人》中另一个恶人珀西瓦尔·格莱德爵士似乎是从哑剧中走出来。弗洛伊德及其追随者尽管最初在英国遭到忽视，但最终为小说家施以援手，他们强调动机是普世的、可感知的。至于这种强调是否科学，暂且存而不论。

　　你可以说，二十一世纪的恶人和十八世纪的恶人的主要区别是，今日的恶人更难指认。你会斜睨一眼洛夫莱斯，离费金远远的，但你不会再看一眼芭芭拉·科维特。这恰是她可怕魅力主要所在。

罗伯特·洛夫莱斯

与月亮搏斗

　　《克拉丽莎》是最长的英语小说，罗伯特·洛夫莱斯是其主要人物。它的篇幅是《战争与和平》的两倍，在上百万的单词空间里，洛夫莱斯的激昂情绪、色欲野心、智谋手段和疯狂决心让其他一切（包括那个与小说标题同名的女主人公）黯然失色。这部小说是意志的战争，最后以交战双方死亡告终。事实上，洛夫莱斯是犯罪的恶人，因为他强奸了一个女人。在信仰清教的作者眼中，他是恶人，因为他的色欲体现了堕落之人的低级本性。但在他自己的眼中，他是恶人，只是因为他设下"圈套"——他用这个语词来指他的骗局。就连这层意义的罪过，他也想为自己开脱，因为它们不过是令人不快的手段，目的是勾引克拉丽莎，而这个目的并不丢人。在文学意义上，他是恶人，因为他有全部的恶人特质，效仿塞缪尔·理查森的小说家会将它们注入自己笔下的恶人身上：只有他负责小说情节及其动力；他活跃、迷人、表面上有魅力；他的自我优越感见于他对语言的乐趣，他比其他人物更能有效地利用语言。大多数的坏人都能言善辩，正如《洛丽塔》中的亨伯特说，"你总能指望一个杀人犯妙笔生花。"

　　但是，围绕洛夫莱斯这个人物，有一个根本的悖论；对于读者来说，他真的是恶人吗？这是一个历史事实：理查森的许多读者对洛夫莱斯抱有同情，认为他不那么坏，明显可以改造，要是克拉丽莎有更多自知之明，可能就不会遭到强暴。理查森对于读者这种反应很吃惊，他在后来不同的版本中做了大幅修订，强调洛夫莱斯是恶人，尽力剔除任何事例，免得给读者的想象留下依凭，对这个恶人产生同情。有些添加部分的调子显得怪异，比如补充的这个情节——洛夫莱斯骗安娜·豪（克拉丽莎的通信友人）、她的妈妈和女仆上船，然后任他摆布——缺乏洛夫莱斯的强烈诗意，好像只是为了抹黑洛夫莱斯而随便塞进去。

结果，我们看到的是一个很分裂的人物，这个人有时像发了疯，情绪不稳定，或者可以说神经不正常。尽管洛夫莱斯有机智和魅力，但他身上也有一个空洞。他擅长利用他人，但很少理解他人。他有反社会的迹象。看起来部分是因为作者想象出的内心压力，但也可能来自一种张力：一方面，理查森对洛夫莱斯有道德要求，另一方面，人物有独立的能量，一旦释放，在开明的读者心目中会产生影响。这个魔鬼一旦出了魔瓶，我们有时会有这种感觉，创造他的人只有亦步亦趋，尽量减少他旺盛精力的破坏。

理查森借助克拉丽莎写给安娜·豪的信——信里引用了他人对洛夫莱斯的看法——吊足了读者的胃口，期盼姗姗来迟的洛夫莱斯登场。如果理查森想写的是一部传奇，那么，他笔下的这个男主人公看上去再放浪迷人莫过了。他既节俭又大方；他花钱有节制，珍惜这种财务自由，不与家族财产发生瓜葛。从性爱的角度而言，他是一个公害——他的佃户看见他要进家门，立马要把家中漂亮的女儿藏起来——但他没有一个情妇，他喜欢"追新"或不断的挑战。他有一帮好友，有些"和他一样坏"；他很能喝酒，油嘴滑舌。他老谋深算，人很幽默，爱"开别人玩笑，也不介意别人开他玩笑"。如果是简·爱或伊丽莎白·贝内特那样令人生畏的浪漫女主角，他会是一个劲敌；但，天啦，克拉丽莎·哈罗只有十八岁，她不够机智或成熟，根本不是洛夫莱斯的对手。小说开头，她羞涩地展示出的那点调情或交友的天资，随着她回到一个固定位置——在围城中生长——也迅速收敛。尽管这个过程从心理学而言是站得住脚的，这可能是她这个年龄和背景的女孩会有的反应，但它剥夺了小说的复调和活力，把越来越多的聚光灯打在洛夫莱斯的身上，由他来提供叙事能量。

洛夫莱斯喜欢在聚光灯之下，他身上有一种詹姆斯一世和王政复辟时期戏剧的遗产（理查森是清教徒，他可能没有看过这些戏剧，不过有证据表明他看过悲剧，更何况，作为职业印书商，他应该读过这些作品）。洛夫莱斯第一次在哈罗家亮相，是由于克拉丽莎的哥哥攻击他，他用剑还手，伤了詹姆斯的手臂。哈罗一家代表了新兴的有权势的中产阶级，靠"经商"发家。克拉丽莎的家人抱成一团，对堕落贵族洛夫莱斯充满敌意，他们怂恿心爱的克拉丽莎接受罗杰·索姆斯，这个人虽然讨厌，但身份是受人尊重的地主。哈罗一家人的选择让洛夫莱斯暗地开心，因为他知道，来自父母那种笨拙的包办婚姻，只会激发克拉丽莎对他的兴趣。

直到第31封信，我们才第一次遇到自己口中的洛夫莱斯，我们看见他是多么狡猾、焦虑和聪明。"我所有的担心都来自于在这个霜块心里是否有一席之地"，他告诉他的狐朋狗友贝尔福德。克拉丽莎代表了女性向他提出的最大挑战；他过去只爱过一个女人，但那个女人对他不忠实，现在，他要得到克拉丽莎，作为对那个女人的报复。"不管她的朋友多么警惕、不可救药，不管这个女人是多么谨慎和保守，我都要把她拐走——这是多么了不起的胜利！简直是战胜所有女性的胜利！"

在克拉丽莎与家人抗争，不听从他们的安排时，洛夫莱斯为她提供了希望，帮她离家出走，还含糊其辞地向她求婚。他躲在哈罗家的花园角落过夜，在"矮树丛中的常春藤洞里"给她写信。他的落款是"爱慕你到绝望的洛夫莱斯"，不难想象，任何十八岁的姑娘读到这样的情书难免动心。事实上，他那个"霜块"的心的确融化了一点点。克拉丽莎同意到花园见面，然后被骗进他的马车到了圣奥尔本。在那里，她写信给安娜，透露她干了一件惊天动地的事情："你很快会听说……你的朋友克拉丽莎·哈罗和一个男人跑了！"

现在，我们听到更多的消息是来自洛夫莱斯，正如他夸耀自己的成果。"她就在隔壁！——现在她就是我的了！——永远是我的了！"他简直难以相信自己的好运，特别是哈罗一家就这样稀里糊涂地落入他的圈套："这家子人真笨，联手帮倒忙，让我得逞。"对于克拉丽莎，他现在迫不及待要做个谦谦君子，体贴周到，他要学习宗教，竭力"改过自新"，好配得上心爱的姑娘。但在给贝尔福德的信中，他又是一副胜利者的口吻："总之，我心里充满快乐。我睡觉都会笑醒，醒时都在欢笑歌唱……为什么？——我还没有完全改过自新！"

可怕的是，这不仅仅是好笑。克拉丽莎是一个好姑娘，但她不能永远是处子。成为洛夫莱斯的又一个"战利品",还有什么比这更可怕?克拉丽莎的问题是,落入了一个不可能脱身的陷井。她既没有回家的希望,被迫嫁给那个可笑的罗杰·索姆斯,也不可能嫁给洛夫莱斯,和他一起周游。洛夫莱斯的得意骗局并不是看起来的那么美。如果不是胁迫,克拉丽莎或许会"从"了他;他需要设计一个圈套供她选择,两恶相权取其轻,选择和他睡觉,并且这种选择还要是她身上那个自然女性的自由选择。

现在,克拉丽莎开始糊涂了。"我担心的是,每次看见这个男人,我越来越摸不透他是怎样一个人……他看我的眼神越来越有深意,我真是这样想的;但并不多些严肃,也不少些欢快——我真搞不懂他眼里的意思。"她说不清,但不等于他也道不明。洛夫莱斯觉得"再没有比舞文弄墨更光彩的事"。他虽无作家之名,但至少有作家之实。他妙笔生花地写道:"这么一个让人神魂颠倒的美女,又是这么警惕,要是能智胜她,我会变得多么自豪!在想象中,我比过去高了半丈。我现在可以俯视芸芸众生。昨晚,我变得更加放肆。我脱帽走去看那个地方是否烤焦,我以为那个地方拂掉了一颗星;在我重新戴上帽子前,纯粹出于任性和心情轻松,我准备与月亮搏斗。"

理查森小心翼翼地带领读者走近欲望的巷道。"我教过许多人穿衣,帮助过许多人脱衣,"洛夫莱斯想。像一个名副其实的花花公子,他多次谈到克拉丽莎的穿着;如果不是一心一意地追求,往往不会那么注意鞋子和裙子。借助洛夫莱斯之口谈论克拉丽莎的穿着,理查森可以巧妙地邀请读者想象她的身子。洛夫莱斯也并不羞于谈论她的肌肤，他甚至看到了她肌肤之下的血脉。"啊，贝尔福德，手绢遮住了她的乳沟，遮不住她那无与伦比的美！"他似乎看见她的心在衣衫之下跳动……

洛夫莱斯相信——他差点儿情不自禁地引用亚历山大·蒲柏的《致一位女士的信》——每个女人"心里都有一个浪子"，"他人心动，而我行动"。换言之，女性的娴静外表是假象，只是出于社交礼仪；女人和男人一样好色。他这样想的理由是，正如浪子喜欢一脸端庄的女人，那样的女人"通常也喜欢浪子"。他说："这从何谈起？还不是人同此心！"后来，在第228封信中，他写道，"任找一个女人，我会向你证明她会耍心计"。因此，他把自己的两个主要特征——放浪和耍心计——投射到所有的女性身上；他真正是与女性产生了认同，这正是他作为一个花花公子有说服力的地方。但他也是一个职业勾引者，不动感情，善于应变。他讲了自己如何当着女人面开黄色玩笑，甚至展示淫秽图片，用以试探她们的反应，看看她们有多风情，他是否容易得手。他一心一意喜欢她们的服饰，她们的头发，她们的举止。这让我想起米奇·萨巴斯，菲利普·罗斯杰出小说《萨巴斯的剧院》的主人公。萨巴斯不工作，因为他一门心思泡妞。这是一件太严肃、太耗时的事情，没有时间去干工作那样的琐事。萨巴斯和洛夫莱斯的共同之处在于，能够与女性产生认同，真正崇拜女性，但在必要的时候，会抽身出来，站在一边，把她们看成是极地引力。

罗伯特·洛夫莱斯是一个很奇特的人。过度似乎是他的常态。他没有丝毫顾虑，就在哈罗家花园角落的荒凉树丛中过夜，在那里，他单膝跪在"苍苔"上，头上的假发和身上的麻衣都凝结了冰霜，他用僵硬的手指握笔，在搁在另一只膝盖上的信纸上给克拉丽莎写情书。他的双脚由于血脉不通而麻木，当他想站起来，好几分钟，居然撑不住他的身子。但"爱和愤怒"最终让他血脉偾张。他对克拉丽莎的服饰和肌肤的描写，事无巨细，表现出神经质式的执迷，他对"肌肤之下"的想象，有着疯狂的渴望，这让他有时看起来神经严重失衡。毫无疑问，他也有好的品质，这见于他的判断力、机智和大度，但他努力压制这些好的品质。当他力劝克拉丽莎和他远走高飞，他对她说，她父母在花园已经碰到了他，人们会知道她的名声受到连累，这时，他开始嘲笑自己计谋得逞的想法："离开朋友，远走高飞，她会不会决定委身于这个她决定不要移情别恋的男人呢？……写到这里，我放下笔，捧腹大笑一阵。"这种笑声中有某种恶魔性的东西，因为与环境脱节，正如心理学家所说的"不合时宜"。但读者不大会谴责这样一个有反思能力的王尔德式人物："我想，既然她这样谨慎，又终日忧伤，她肯定会想我整一些恶作剧解闷。别人这么看重我，我自应尽力，至于是否会让她失望，我顾不上。"

洛夫莱斯把克拉丽莎带到伦敦，他没有告诉她住的是一家妓院。一天晚上，妓院失火，洛夫莱斯飞奔到克拉丽莎房间"救美"，他发现她"只穿了一件内衣，酥胸半露，秀足刚穿上鞋"。在洛夫莱斯大惊小怪的愚蠢举动中，不乏喜剧的成分。他觉得对方是在勾引自己，于是忙不迭地替对方宽衣解带——"一团团美景朝我销魂的眼睛纷至沓来"，他写道——结果不但让面前这个"霜块"觉得奇怪，他自己的欲望在那一脸"冰霜"前也迅速溃败。在这个语境中，他用的"销魂"一词在请求我们谅解，表明他是身不由己，但似乎也有阴险的味道。他说，他"放过"了她，但他相信自己有"权利"不放过她。他没有和她做爱，他独自羞愧地下楼。他羞愧，是因为他怕青楼的女子嘲笑他出师不利，其中两个还是他先前的"战利品"。在这一幕中，理查森准确地捕捉到欲望的潮起潮落，从幽暗的萌动，到荒诞的勃发，再退回到幽暗之处，一方面，引人对洛夫莱斯心生一点同情，另一方面，也是直面欲望的复杂机制。

似乎这种张力还不够，有时还有一种感觉，知识广博、能言善辩的洛夫莱斯，看起来不仅受性奴役，还被修辞奴役。他把自己比作汉尼拔，把克拉丽莎比作很可能陷入落网的小鹿或小鸟。他经常出口成章，我们禁不住好奇地想，一个人要是诗都背不了两首，会否有那样的激情。他用轻浮的语词建构，避免面对不快的判断。"我的心里，有一个充满心计的恶人；我怀疑，他过去在那里，将来还在那里。只要做了任何坏事，他就开心——我这个主人简直拿他没办法！——可是，对于这样一个长着三角斑纹的恶人的冲动，我的头却总是听之任之。"他把自己的冲动描写成身体某些器官（头和心）的事情，然后将之拟人化为一个"恶人"，从而拉开了与这些器官的距离，似乎它们是独立的生命体，不服从于他统一人格的控制。洛夫莱斯的人生被他经常引用的他人诗歌的光芒照亮，结果有时候似乎完全疏离了真正的自我。批评家伊恩·瓦特认为，克拉丽莎的自我同样分裂，因为外在的限制，她不能定位或相信她对洛夫莱斯的热情。但是，即便她能认清自我，即便她成长在一个不那么富裕的中产阶级和清教气息不那么浓厚的家庭，即便她结交的朋友——无论地位高低——多么自由放任，她真的会对洛夫莱斯动感情吗？这看来是一个巨大的假设，尽管有许多暗示，借用王尔德的话说，她对他"远非冷漠"。当洛夫莱斯在伦敦生病，"吐了许多血"，克拉丽莎发现自己对他很关心，她告诉安娜·豪，对他的这种新感情"教会了我许多，让我更加了解自己"。在这封信（第212封）里，她似乎快要"爱"上他。"我希望我的理性看透他的不完美，给我足够的力量……让我能够压制激情——我们不就是靠理性偶尔借给我们的一点光管住自己的吗？"这个句子中间的破折号形象地表明，在她即将破裂"屈服"，"压制"一词和这部大书中的每一个字词，都暗示出这个十八岁的姑娘的DNA，有趣的是，让她看起来不只是洛夫莱斯嘲讽的"霜块"，或者安娜·豪笔下那个的"只调情、不上钩"的女孩。克拉丽莎的家姓"Harlowe"，发音令人不安地联想到"harlot"，即"妓女"之意。选用这个姓氏，似乎是想让事情复杂化——潜意识里暗示克拉丽莎会为了一个价码服从——在我看来，这个价码的名称就是独立：换言之，她是要出于自愿与洛夫莱斯睡觉，不会想到这是性（斯卡拉和他睡觉是为了性）和生活（查里布迪斯与罗杰睡觉是为了生活）之间的一个选择。

这个漫长的故事其实是一个死结。但我们能保持兴趣阅读，原因是我们感觉到有巧妙腾挪的空间。约翰逊博士认为，"克拉丽莎总是喜欢某种东西胜过真理"，但我们觉得她模糊知道这是什么东西。从一开始克拉丽莎可能就"爱上"洛夫莱斯，但她没有意识到自己的感情，因为她的自我认知因为对性的恐惧而遮蔽。到了她能承认那种感情的时候，洛夫莱斯的举止已不配她去爱。也可能有某个时刻，洛夫莱斯对于克拉丽莎的感情停留在混合了欲望、挑战和蔑视的刻度，在这个刻度上他把自己的感情净化成某种接近于爱情的东西；但在那时，克拉丽莎不再能够回报以爱。正是这种时间把和谐的情感摧毁的感觉，赋予了这部小说一个悲剧性的维度。

当洛夫莱斯的修辞冲动稍稍平息，可以理性地面对自己的伦理位置时，他豁免了自己，不为错误的信仰或邪恶的意图负罪。他承认，他的"圈套"具有欺骗性，但他的目的只是勾引。他想，他不是勾引所有的女孩，他只是勾引克拉丽莎。而且，她没有嫁人；所以他不会给别人戴绿帽。他暗示自己并非是一个坏人，他只是一个有自我意识的老实人；大多数男人如果老实承认，会像他这么干——想法勾引克拉丽莎·哈罗上床。

但是，这种心平气和的间歇时刻是很少的，在克拉丽莎从辛克莱尔太太家中逃走之后变得更少见。洛夫莱斯疯狂地认为，"也许是某个恶人拐走了她，这个人比我更坏，却没有我那样爱慕"（第228封信）。他追踪到汉普斯德特，装成一个患痛风的老人去看望她（这个场景配有舞台说明，表明理查森小说人物受戏剧观念的影响）。克拉丽莎被骗回到辛克莱尔太太的淫窝。在那里，洛夫莱斯写信向贝尔福德透露，他考虑霸王硬上弓。"但是，我能避免出此下策吗？——我已穷尽其他办法了吗？我还有别的手段可用吗？"他说服自己，只要他夺了她的贞操，她羞于启齿告人，就只好心满意足地嫁给他。再次，他不认为自己是个耍诡计的小人。后来，在一个可怕的时刻，克拉丽莎告诉他："在我心目中，你就一直是那个恶人，永远休想让我做你的老婆。"

那件事情的细节——往轻里说——无足轻重。我第一次读这部小说是在十九岁。在那件事情过去了好多页后，我才意识到人物的态度发生了变化。我漏掉了什么东西吗？是的。那是第257封信。这封信这样写的："现在，贝尔福德，我写不下去了。这场恋情结束了。克拉丽莎活着。你谦卑的仆人，洛夫莱斯。"我可能不是第一个读者，眼花缭乱地读完近九百页火热的文字，最后眨了眨眼，错过了一个轻描淡写的高潮。我生自己的气。这就像摸黑去登珠穆朗玛峰，在快要返回营地时，才发现已成功登顶。

然而，现在重读这封信，我想它的简短恰如其分。它的简短，可能是出于礼节性的回复，可能是出于理查森的道德顾虑，但它却那么言简意赅。在这短短几十个语词中，弥漫了性交后的忧伤。过去，激情、机智和博学的洛夫莱斯，像一个巨大的气球一样，被他修辞的风箱鼓起；现在，他泄了气。我们感觉到他的失望，这与其是说因为他渴望已久的性爱不过如此，不如说是因为他用错误的手段获得了某种东西；而正是这种本来不可得到的东西，才塑造了他的人生，让他的人生充满动力。

费金

一只令人恶心的爬虫

关于《雾都孤儿》，首先让人注意到的是那种模仿史诗的风格以及这种模仿所暗示的信心不足。前者是受菲尔丁的影响，后者是按照狄更斯本人的标准而言。这是狄更斯早期的作品，他写的第二部小说，最早在1837年开始连载，其时，他的第一部小说《皮克威克外传》连载尚未结束。他从写作《雾都孤儿》中获得的一些经验，可能融入了《皮克威克外传》的后半部分。有批评家敏锐地指出，这是一个明显的例子：一个作家的第二部作品影响了他的第一部作品。

尽管在某些方面显得犹豫，在某些方面显得笨拙，《雾都孤儿》与狄更斯最好的作品依然有着共性：我们奇怪地感觉到，他描写的东西本来就是在那里的东西。济贫院、尘土飞扬道路上玩耍的孩子、一帮小偷、从套在烟囱上面的绳子溜下来的比尔·塞克斯……这些人和场景似乎是集体记忆的一部分，只需要狄更斯发挥想象力来照亮。当然，我们会叹息一声，道奇、南希……你们还好吗？但是，《雾都孤儿》中看起来最具原型色彩的人物是费金。这部小说情节颇为俗套，艺术手法颇为稚拙，但这并不妨碍费金的形象越变越大，生命越活越长。

这很奇怪，因为费金根本不是原型人物。只是由于狄更斯对他的定罪，把他描写得很凶狠，才使他看起来像原型人物。他网罗了一帮小孩当小偷，偷富人的钱包，偷表，偷手绢；他还是强盗头子塞克斯和妓女南希的幕后。他是这些孩子的叔叔，是南希的皮条客，是塞克斯的保护伞，但他首先是一个犹太人。这最后一点最奇怪。他的犹太身份并不见于任何宗教礼仪或进餐仪式，事实上，我们第一眼看到费金时，他在烤香肠，应该是猪肉香肠。他是犹太人，只是因为狄更斯反复说他是。没有证据表明，拉皮条和偷窃是十九世纪犹太人的专职，尽管长期以来，犹太人没有投票权和公民身份，必然意味着他们经常要扮演犯罪角色，但狄更斯认为费金是犹太人，似乎是一时兴起，甚至可以说是随机指定。或许，这个身份听上去有些异国情调或色彩；或许，是为了与土生土长的比尔·塞克斯的"伦敦佬"身份形成对比。奇怪的是，犹太身份并没有为费金带来任何别的东西。他的宗教和文化背景可能只是他身上的一部分，对他的行为没有任何影响。

这并不十分奇怪。狄更斯创作生涯中，大部分时期都处于亢奋的想象状态，加之作品在报刊连载，不可能一开始就对全部细节有通盘考虑，尤其是那些人物塑造的初始细节。费金设计为犹太人，只是因为一个犹太人形象自动刻在狄更斯的脑海：蓬乱的胡须，油腻的长发，像是个叔叔一样，偶尔发一下善心，狡猾，性别特征和犹太性征都不明显。所有这些特点似乎走到一起，打成了一片。可能，狄更斯有意无意地想利用读者心目中犹太人放高利贷的形象，所以，读者会看到，见到手下的小孩偷来的财物时，费金爱不释手的样子。不像偷窃和拉皮条，放高利贷是维多利亚时期犹太人的一个突出的行当；嘲笑爱不释手把玩赃物的费金，读者可能发泄一下他们在现实生活中对还高利贷的愤怒。但是，我感觉，狄更斯对于费金的犹太性不感兴趣。老是纠缠这个问题，就像开始反复争论塞克斯那条狗的品种。这不重要。狄更斯甚至懒得给费金取一个犹太名字（他后来对《我们共同的朋友》中的瑞亚先生也是如此）。费金是一个爱尔兰人名字。这也是狄更斯小时候在一家鞋油作坊做工时一个小工友的名字。重要的是，我认为对于狄更斯来说唯一重要的是，这个名字与人物很般配；它可能是名，也可能是姓；关键是它把这个人物身上不同的部分统摄起来。这个名字起了作用；从此，人如其名。对于费金来说，其犹太身份，是内在的，但也是随机的，正如《董贝父子》中那个恶人卡克经理长了一口龅牙一样。

但是，有些读者会抗议。狄更斯反复用"犹太佬"称呼费金，特别在他最坏的时刻，在一些人看来似乎是在极力暗示，他的邪恶象征了整个犹太民族。小说中还有一个犹太人，他的出现对改变狄更斯的立场没有任何帮助。这个犹太人叫邦尼，在一家肮脏的小酒馆里当招待，"他比费金年轻，但差不多一样邪恶、面目可厌"，当塞克斯问："这里有人吗？"他用鼻音回答："鬼都没有一个。"这是有据可查的事实，在《雾都孤儿》的后半部分，狄更斯接受了各种批评，不再那么频繁使用"犹太佬"称呼费金，而是用其正式的名字，尽管这是一个爱尔兰人名字。有可能，在《我们共同的朋友》中，狄更斯塑造了一个善良的犹太人瑞亚先生，是向受他冒犯的读者伸出的橄榄枝，但狄更斯对费金的"真正"感觉或打算是什么，我想你的猜测会与我一样。我的猜测（暂且不论这种猜测是否有价值）是，狄更斯只不过受创作的激情裹挟，根本没有种族歧视的意图。但这并不意味，他写的内容没有冒犯他人：这些东西的确刺耳；他也肯定想到了这一点，所以至少相应地修正了称呼费金的方式。另外据说，在晚年公开的阅读场合，当他假装费金的声音时，狄更斯不再流露出让人想起这是东欧人或意第绪人的口音。

狄更斯写恶人，通常的手法是用长焦镜头把他们塑造成老谋深算的高手，欺骗正直善良的人。他激起我们的愤怒，引发我们的义愤。我们对《大卫·科波菲尔》中的希普或《小杜丽》中的卡斯比的最终覆灭欢欣鼓舞，因为我们看见，这么多年来，虚伪的他们给我们喜欢的人物带来了很多苦难，比如小杜丽轻信的父亲或"滴血之心庭院"中的穷租户。

但费金不一样。他的开场白是奥利弗第一次听到的暖心话——"很高兴见到你"——不止说暖心话，他还有暖心之举，他最初的举动是给了奥利弗香肠、杜松子温酒和咖啡。他也是这个孩子生活中第一个真正陪玩儿的成人，尽管这只是一场偷手绢的游戏，但是这个动人的场面无论怎么高估都不过分。正是有了这个场面，才暗示出先前文学书写中一个缺席的世界：作坊里住满了童工，他们忙得没有时间游戏。我们知道，费金是冷酷的主人，他会惩罚查理和道奇，让他们饿着肚皮上床，甚至把他们踢下楼，如果他们从街头空手而归。但是，即便这里，费金还是有一种吸引力，因为他说起自己的难处，不是作为罪犯无赖可销的难处，而是作为穷人家长的难处，要依靠外面那个残酷的世界才能做到收支平衡。如果费金身上有任何犹太人的原型，那是犹太母亲的原型。

对于狄更斯来说，费金效果很好，原因就在于他喜怒无常，难以捉摸。费金身上有些温暖的东西，但他是懦夫。他不是"好"人，但他是唯一给奥利弗的生活带来欢笑之人。他有正邪两面，关键时刻，我们不知道哪一面占上风，尽管我们有不寒而栗的预感，那是费金先前与塞克斯的一次谈话，说起要是奥利弗逃出去，走漏了消息，该怎么处置他。塞克斯说，必须"小心照看"。费金点头称是，"要是他向新朋友告密，我们可以掐断他的喉管"。

在其他时刻，看起来狄更斯在强迫自己使费金显得比他自然的本性更坏。"这种夜晚似乎只适合于犹太佬之类的人出门……这个邪恶老人，看上去像一只令人恶心的爬虫，从泥浆和黑暗中爬出来……趁着夜色蠕行，想找肥美的内脏饱餐一顿。"这段文字令人不安，不只是其中的反犹主义色彩，还有这种感觉，小说家像一个控制者，把一块预制板强加在活人身上。我们甚至胆敢说，狄更斯对费金的了解还不如我们。

但是，证据越来越对费金不利。他诡秘地踢了一脚正在酣睡的塞克斯。他说有办法"搞定"奥利弗，让他为自己卖命："只要他满脑子都在想，自己是一个贼，他就是我们的人，一辈子就是我们的人！"于是，费金给奥利弗看真实犯罪案子"泰伯恩传奇"的报道，让奥利弗对这些传奇故事痴迷不已。费金还与奥利弗同父异母的哥哥蒙克斯串通。他让南希改行，不做小偷，去当妓女。小说中甚至有暗示，他手下的小孩可能不只偷东西。在现实生活中，那样一帮小偷还可能做男妓，吸引来自伦敦西区的客户。不过，为了减轻一点费金的罪孽，我们会辩称，狄更斯在这方面的暗示并不明显。对费金最不利的证据是，在听说南希出头干预奥利弗的事情时，费金故意激怒塞克斯，怂恿他不惜一切手段让南希闭嘴。当愤怒的塞克斯趁着夜色准备溜出去杀人之时，他假惺惺地求情，这无异于火上浇油。"'比尔，你会不会太狠了一点儿？'……'我的意思是'，费金最后觉得完全没有必要再装下去，'为了安全，不要显得太狠。用点儿心机，比尔，不要硬来。'"他就像《麦克白》中的那个幽灵，告诉麦克白要"血腥、大胆、坚决"，唯一的区别是，他是个怯懦的幽灵。

费金是坏人，不过，狄更斯没有着力理解他为什么坏、如何坏。费金、塞克斯和南希等人的生活，为社会政治提出了一些问题，但狄更斯并不用心审视。罗斯·梅利和布朗劳先生给了南希从良的机会，但她选择回到熟悉的生活（"我是往昔岁月的囚徒"），似乎这是命中注定，似乎她根本不想从良或过幸福生活。或许，"幸福"吓倒了她；或许，她不知道幸福是什么。"我这号人，"她告诉罗斯，"除了棺材盖，连片儿瓦都没有，生了病，或者死到临头，除了医院的护工，身边没有一个朋友。我们把一颗烂掉的心，随便给哪个男人，让他填上我们父母、家人和朋友过去填满的位置，或者我们苦命的一生中始终空着的位置，谁还能指望搭救我们呢？"这番话里深藏着宿命论，每个受害者都会拥抱这种论调。但即便这里，也有一种本能的深刻同情，狄更斯在他后来的小说里会更多渲染。事实上，这里可以窥见一个作家发现自己天才时的欣喜。不管狄更斯作为社会改良者的声望如何，他最有说服力的时刻，总是在这些义愤中，而非在对政治的细节描写里。历史学家已经指出，狄更斯写作《雾都孤儿》时，小说中描写的涉及儿童和穷人的压制性法令业已废除。

然而，在小说中，善良似乎只存在于社会结构之外。法律、官吏、国家、济贫院，与不法之徒塞克斯和费金一样，都不公平、不友善。大官范格、小吏班布尔先生、济贫院院长考尔妮夫人，他们都是公务员，但和那些不法之徒一样毫无操守。唯一通向正义之路是贿赂鲍街侦探，贿赂梅利夫人的仆人，绑架蒙克斯让他承认阴谋害人。必须作恶才能行善。在《雾都孤儿》中的伦敦，不可能有幸福、美好和守法的生活。在这无序的世界里，费金必须自谋出路，狄更斯留给读者的感觉是，生活就像梦一样的大舞台，舞台上，塞克斯和费金的堕落世界和梅利或布朗劳先生家的美好世界，交替闪现。在这两个世界里，法律和道德都是分裂的。

费金这个人物，在某种意义上，能量盖过了他置身于其中的这部小说。他是《雾都孤儿》的叙事者——除了为日复一日的故事提供前进动力，还因知悉各色人物复杂背景，频繁穿越回到过去——更是小说的心脏、灵魂和气味。甚至狄更斯想在写作中途休息的时候，他也承认，"我真难舍下费金这些人。"我们注意到，他说的不是舍下"奥利弗"或"罗斯·梅利"……这是难以抗拒的，布朗劳先生如是善良，何不再写他一幕。

小说家往往对笔下表现最佳的那些人物有一份温情，费金在这个意义上是《雾都孤儿》中最成功的人物。狄更斯的道德不是维多利亚时期教会的道德；事实上，小说中最后一句在为奥利弗那个遭唾弃的母亲求情，哪怕她一时"脆弱糊涂"生了一个私生子。因为狄更斯心胸宽大，处事灵活；有时候在我们看来，在写费金的时候，他采用的那种间离效果，是人为的夸大。这是一个孤儿迷失在黑帮世界的故事，对于狄更斯这个公众人物来说，清晰表明道德底线似乎挺重要，即便这样做有时违背他自己作为小说家的判断。他觉得有必要严厉对待费金，在读者身上造成了一种不快的张力。有人认为，这正是狄更斯还不成熟的表现。在他晚年的小说《我们共同的朋友》中，尤金·雷伯恩和布拉德利·赫德斯通就没有作者的干预，而是在同样的激情冲动之下自由发展，依靠自身之力就成了"恶人"。

在结束费金的故事时，狄更斯似乎遇到了麻烦。"这个犹太佬爱走极端，"他写道，"我搞不懂他。"因此，他做了一件走投无路时常做的事：他再次抖擞精神，迎接挑战，结果就是这出色的一章"费金在人世的最后一夜"。在小说中狄更斯第一次用了费金的视点，让我们通过他的眼光见证了法庭一幕，只有几个小时可活的费金，他在死亡的强烈幻觉下挑拣出了一些细节。他看见一个年轻人在小本子上为他画速写。年轻人的笔尖断了，开始用小刀重新削铅笔。费金很想知道这张速写与他是否相似。他看着法官，推断他的衣服值多少钱，是怎么穿上身的。陪审团一致认定他有罪，费金只有以自己是"一个老头儿"为由要求轻判。至于他被指控犯了什么罪，小说中不太清晰，批评家约翰·萨瑟兰指出，他没有犯下任何死罪。但狄更斯将法律操于己手，所以当费金被带下法庭时，其他等待提审的犯人没有认为他是可怜的老头儿，而是把他看成邪恶的化身，他路过时，他们疯狂地拍打着栅栏，辱骂他、嘘他。

独自关在监狱（克鲁克申克描绘过这样一个难以忘怀的场景），费金想起过去看见过绞死的人。他们像可怕的幽灵接二连三地前来抓他，他拼命用手捶打着门窗。一个狱卒送来一盏灯；另一个狱卒陪他过夜。可想而知，是怕他自杀。他被捕那天，人群中飞来的东西砸伤了他的头，他在木床上简直度日如年，此时，狄更斯把修辞的螺丝越拧越紧。人们来到新门监狱，不是来为他求情，而是来看他是否还关着。布朗劳先生和奥利弗来探监。奥利弗请求他祷告，但我们知道，费金没了宗教信仰，因为"与他同一教派的几位长老曾来到他的身边做祷告，被他骂了出去。他们又进来一次，打算奉献一番善举，他干脆把人打跑了"。一怒之下，他放弃了自己的宗教信仰。最后，他根本算不得是犹太人。

小说最后一章交待，奥利弗和养父布朗劳先生生活在一起，有了新家。附近的教堂矗立起了一座简朴的墓碑，碑上刻着奥利弗母亲艾格尼斯的名字。在这件事情上，小说结尾几行表现出狄更斯本人传统的道德观念：仁爱和善良超越了社会规范和宗教伦理。这些话语散发出自由主义的慰藉之光。但是，在新门监狱的绞刑架上，小说中最大的一号人物还是被无情地送去见他的造物主。在此背景下，那一抹自由主义的光芒也难免微暗。

福斯科伯爵

他的私藏棒子

二十世纪，情节驱动的小说在批评界失宠。甚至有人用狐疑的眼光审视狄更斯，理由不仅是他的小说有时感伤，还因为它们实在是有太多的事件。二十世纪中期最有影响力的批评家利维斯博士只愿把《艰难时世》放进他的英国小说经典殿堂。反对情节的倾向似乎始于亨利·詹姆斯名声大噪的晚期小说。在那些作品中，兴趣点在于塑造动机的思维过程，换言之，距离行为本身有两层。这看来是符合逻辑的，如果这就是高雅艺术（当时的确是），那么，其反面（有故事的那些小说）必然是低劣艺术。这种倾向到了维吉尼亚·伍尔夫和詹姆斯·乔伊斯的时代出现了加速度。《达洛维夫人》和《尤利西斯》最明显的特征之一就是小说里什么都没有发生；两部小说的根本目的就是在纸上复制生活的经验，此外，是要把那些感受重塑成不那么分子式，而是更加有形的东西。这样的冲动此前一直是诗歌的领地，但伍尔夫和乔伊斯的洞见是看到，只要叙事摆脱了情节的专制，那么小说能做同样、甚至更好的工作。小说还有一个红利，正如所有学文学的学生都从老师那里知道，非线性的叙事结构似乎更适于描写一个被战争破坏的世界；小说模仿《荒原》中的破碎诗歌意象，模仿1914年前在巴黎的现代派画家那样打破画面。

综观二十世纪，以情节为基础的小说，其股价在持续下跌。故事似乎成了那些"公共图书馆"作家——如查尔斯·摩根、休·沃珀尔和J. B. 普里斯特利——的专门领地，然后被各种类型小说作家进一步拉低市值，成为惊险或侦探故事。到了1970年左右，几乎没有"主流"小说家允许任何严肃的事件插大足于他们的草地。约翰·福尔斯不安的名声折射出这种共识。福尔斯作为作家的伟大才华，尽管有某种文学技法，但主要在于他对于叙事的敏感。有时，正如他自己承认，叙事如此醉人，他简直难以控制，他举了自己的长篇《巫术师》为证。他的这种叙事才华，让他在英国主流批评界里没有朋友——在二十世纪六七十年代，英国主流批评家认为故事的整个观念都是值得怀疑的——尽管美国大学对福尔斯的地位有不同的看法。

情节的地位何时开始恢复，难以说清。或许，是在越来越多爱思考的作者重新审视托尔斯泰的时候。正如伍尔夫所说，在托尔斯泰那里，"事件"对艺术目的至关重要。托尔斯泰笔下一些重要的时刻就是事件的发生或者对事件的预料。比如，《战争与和平》中安德烈公爵在奥斯特里茨战役中受伤倒地，仰望着拿破仑的眼睛；皮埃尔乔装成农民前去刺杀拿破仑；《安娜·卡列尼娜》中的列文在吉迪的马车路过时，从车窗里瞥见了吉迪的面容；沃伦斯基落马输掉了比赛；安娜死于站台……当然，如果这些事件是排练好的戏剧的一部分，它们会变得更有分量。因此，在许多方面，最有效的情节时刻不是在某个大场面发生，而是在其预兆出现之时，正如安德烈公爵在猎场小屋的阳台上碰巧偷听到阳台下面娜塔莎和索尼娅在温暖的夜里聊天时，我们就听到与未来关联的令人刺激的暗鼓声。

或许，重新考虑情节的地位，来自于再次审视普鲁斯特，最后承认，《追忆逝水年华》中的确发生了很多事件，只不过花了很长的时间。很长一段时间，左拉最为人推崇的小说是《小酒店》，因为它情节很少，看起来比他别的小说更"有机"；但到了二十世纪末，越来越多的人承认，他的《红杏出墙》和《萌芽》才是真正刺激的小说，其成功之处恰在于对事件的处理方式。福楼拜和普鲁斯特一样，都是现代主义小说家的典范，但是，重新审视他的创作发现，《包法利夫人》中不仅包含了许多事件，有些事件还相当耸人听闻。所以，到了二十世纪末，至少作家中（并不必然要包括批评家）重新出现了一个大致的共识，事件本身并无庸俗高雅之分；这是一个如何处理的问题。

在托尔斯泰那样的大师手里，情节发展不仅可能是事件的发生，它还可能具有象征的意味；它还可能戏剧性地象征内心生活。英国小说中的一个例子是《大卫·科波菲尔》。在雅茅斯海滩，斯蒂尔福斯遭遇船难，善良的渔夫哈姆前去救他，不幸遇难，后来，斯蒂尔福斯的尸体也冲上岸。在这令人心跳停止的一幕，狄更斯的写法与普鲁斯特如出一辙：他让时间消失。在他的笔下，我们透过当下的事件，看到了深远的过去，看到了万物的关联，看到了转瞬即逝的人类情感。斯蒂尔福斯先前拐跑了哈姆的妹妹小艾米莉，让辟果提一家蒙羞。大卫小时候经常到辟果提家玩，他和这家人的深厚情谊是他一生快乐的源泉。现在，他很自责，因为是他向这家人引荐了斯蒂尔福斯。斯蒂尔福斯是大卫读书时崇拜的偶像，大卫幼年丧父，所以把对父亲的崇拜转移到斯蒂尔福斯身上，对斯蒂尔福斯产生了错误的认同和判断。要是他早知道斯蒂尔福斯是个危险人物，他不会将他介绍给这体面的一家，让他认识他们非常宠爱的漂亮女儿。最终，大卫来到沙滩，站在冲上岸的亡友尸身旁边，"站在他害死的这家人的废墟中间——我看见他头枕在手上躺在地上，就像我以前经常看见他躺在学校那样"。当过去和现在那种可怕的必然性揭开时，我们脚下的大地仿佛开裂。这是维多利亚时期文学中最崇高的场面之一。我们必须承认，这种崇高效果的获得，不是依靠直接书写或借助心理活动表现生死等抽象问题，而是依靠对一桩死亡事件的密切掌控。

狄更斯的朋友威尔基·柯林斯在叙事方面没有那么大的抱负，他很少让所叙之事发出共鸣；但他的《白衣女人》却是讲故事的精心之作，简单而纯净。这部小说发表时，曾被看成是"感伤小说"，这是一个轻蔑的术语，指的是每次连载结尾时都会设计一个恐怖事件的小说。但是，就情节设计而言，这部小说在1860年问世时突破了模式，因为它借助书信、自白和日记，串联起了不同叙事者的内容。但显然（对于特罗洛普来说再明显不过），小说中只有一个讲故事的情报源，控制着所有的叙事者，整部小说从来没有失去其强大的前冲力。作为接受过二十世纪反情节的文学教育的孩子，我直到2009年才读这部作品。我错过了多少乐趣！这是一部激动人心的小说。此外，这部小说里有许多压抑和扭曲的心理，让人感觉到某种幽暗的东西，在事件的洪流背后起作用。

直到写了两百余页，福斯科伯爵才在故事中现身，尽管他的出场早就备受期待。用那样一种方式刻画人物，告诉读者他会是多么迷人，这往往是机场畅销书小说家的拿手好戏。对于柯林斯这等才华的作家，采用这种方法，不惜冒着遭遇反高潮的风险，表明他对这个人物很有信心，对吸引阅读小说连载的读者的注意力也有信心。福斯科的出现，让人松了一口气，因为到这个点，小说里主要的恶人珀西瓦尔·格莱德实在令人失望。珀西瓦尔这个准男爵，留着胡须，拿着手杖，简直像在玩杂耍。小说女主人公是美丽的劳拉·费尔利，她和（我们喜欢的）画家沃尔特·哈特莱特情投意合，但是，珀西瓦尔的到来，打破了作为小说核心的这份恋情，他是前来履行婚约。但是，作为恶人，珀西瓦尔爵士有两方面不具备：尽管他脾气不好，但看起来不够聪明；尽管我们一想起他和劳拉上床就不寒而栗，但他很少流露出性威胁。

为了完成引入福斯科伯爵的任务，柯林斯利用了他最可靠的叙事者玛丽安·哈尔科姆。玛丽安是劳拉同母异父的姐姐，她是维多利亚时期文学中最令人信服的女主人公之一。她忠实、机智、富于激情，但出人意料的是，她身上多毛，丑陋得有点可怕。她皮肤黝黑，有一点点胡须，额头很低，男人一样的大嘴巴，浓密的黑发，但身材却很修长。她活力和智力兼备，而这恰是劳拉·费尔利和沃尔特·哈特莱特欠缺的。后两者的名字已经巧妙暗示出一个是枯燥乏味的金发女郎，一个是老实木讷的青年男子。我们认为，玛丽安的优点还不止于此。珀西瓦尔爵士、沃尔特和劳拉像波洛克剧场里的剪纸木偶一样只会玩室内游戏；但玛丽安和他们不在一个层次，她需要一个配得上的对手。

此时，福斯科伯爵登场了。"我急着见这个伯爵，"玛丽安心想，"我想知道是否会喜欢他？"玛丽安对期待中伯爵的兴趣，"远胜于那位伯爵夫人"。劳拉熟悉他们两人，但她不告诉姐姐福斯科是怎样的人；她想玛丽安自己"先下判断"。对于劳拉的缄默，我们心怀感激，因为她对福斯科伯爵的看法几乎可以肯定是正面的。我们所知道的是，福斯科伯爵和伯爵夫人是珀西瓦尔准男爵的朋友，他们还一起结伴旅游。正是这个准男爵，将要偷走漂亮的劳拉，他似乎在某些方面卷入了一场阴谋，要把安妮·卡瑟里克——作为书名的那个白衣女人——禁闭在一个乡下疯人院。

最终登场的福斯科伯爵给务实的玛丽安有着深刻印象。"这种印象可以三言两语来解释。他看起来像一个会驯服任何东西的人。如果他娶的不是一个女人，而是一只母老虎，他也能够驯服。要是他娶了我，我宁愿对他百依百顺。"明智的玛丽安所想的第一件事，是要嫁给福斯科伯爵——即便福斯科伯爵的年纪大到足够当她的父亲，即便他"巨胖"，并且她承认过对胖子有偏见。对福斯科伯爵的印象，玛丽安非但没有"三言两语"说清，相反，洋洋洒洒花了十余页。

柯林斯主要借助玛丽安的眼睛，把福斯科伯爵描写为一个两极化的人物。这恰是此人有魅力的地方，也恰是此人值得怀疑的地方。他很肥胖，但脚步却很轻盈。他看起来像拿破仑，但却是沙龙里的人物；一个甜言蜜语的情夫，但却没有大军指挥。他是意大利人，对于英国人玛丽安来说，他那顶"伯爵"（count）头衔很可疑，因为这个头衔在英国社会并不存在，英国社会只有类似的"earl"头衔，但他英语讲得很好，"从他的口音，几乎听不出他是外国人"。他是一个熟悉的"外国人"。他有棕黑的头发，金黄色的皮肤。他不是黝黑的那不勒斯人。他的头发是染的吗？他在某些方面有"上流"血统吗？他穿着脂粉味道的时髦马甲，但对玛丽安有着异性恋的魅力。至于他的眼睛……"那是我见过最深不可测的灰色眼睛；有时散发出一种难以抵挡的美丽寒光，逼使我看着他，让我百感交集。我看着他时，我宁愿没有这样复杂的感受。"

福斯科的矛盾映射出玛丽安的矛盾。她很丑，但有魅力。我们喜欢她的心灵，她的性格和她修长的身材。她的荷尔蒙中究竟有着什么东西，让她既阴柔又阳刚？她的魅力是文学意义上的魅力，因为在现实生活中，她浓密的低眉会是性欲的杀手。但在书页上，我们看不到她的低眉；我们听到她的声音，跟随她流动的慧心；我们记得沃尔特第一次从背后看到她纤细的臀部。我们相信福斯科伯爵是一个肉欲主义者，或许他会想出一种做爱方式，看不到玛丽安黝黑的脸。似乎她能激发异性恋的男子身上潜在的同性恋倾向；但她的诱惑似乎比这更有趣，因为她的性取向并不明晰。许多被勾起欲望的单身人士写信给柯林斯，问玛丽安是否有现实生活中的原型，能否介绍认识。

玛丽安想，福斯科伯爵尽管"约莫六十岁"，但依然灵活阳刚；在朋友珀西瓦尔爵士家中，他轻而易举就奠定了龙头地位。他似乎有罗萨里奥或罗密欧的全部气质，但又极度惧内，他会故意炫耀地宠爱他那个一脸寒霜令人讨厌的妻子，后者反过来也对他百依百顺。为了维系那样的控制和忠诚，他在卧室之内必须对她采取某种措施？或者正如玛丽安说："他规训她的那根铁棒从来不带在身边示人——那是一根私藏棒子，总是藏在楼上。"玛丽安时常想到这个胖子的"私藏棒子"，从柯林斯对性事轻松幽默的态度来看，他可能意识到这是一个下流的双关。

尽管具有拿破仑式的品质，福斯科伯爵却似乎像小马驹一样焦虑。"他像劳拉一样，听到突然发出的声音，总是不由自主地恐慌，"玛丽安说。但是，任何人都能假装恐慌。他真是那么神经质吗？珀西瓦尔爵士打自家品种很高贵的西班牙猎犬，他看不惯，但他要是看到一条带链子的凶狠的侦探犬，他的第一反应几乎总是伸手去抚摸它的头，似乎要用催眠的力量，驯服羞辱这只动物。他"像一个老处女那样喜欢"他的凤头鹦鹉，喜欢落在他身上的金丝雀，喜欢爬过他马甲下面赘肉之间的仓鼠。但是，善待宠物是一回事，善待他人是另一回事。后来在小说中，他大方地把自己大半块水果馅饼给了一只猴子，但对街头化缘的管风琴艺人却分文不施。他不知道在那时有人在观察着他，所以我们不妨认为，柯林斯想用这件小事让我们看见一个真实的福斯科。一个关心动物胜于关心同类的人，不是一个好人。

更为常见的是，通过不断地中和矛盾，柯林斯强调了值不值得信任的问题。我们不知道福斯科的行为多少是演戏，多少是真实。尽管他对伯爵夫人和玛丽安展示出性权力，但他对水果馅饼、奶油和糖梅的喜爱，他听到音乐潸然泪下，其中有某些东西，意在暗示他不只是大男子主义。"关于福斯科伯爵，我似乎写得太多！"玛丽安在第一次描写之后说，"我只能重复，哪怕只是短短一面，我对这个伯爵的确觉得有一种奇怪的半推半就的喜爱。"

读者不会认同玛丽安的迟疑不决。我们不喜欢福斯科伯爵。他自大、浮夸、傲慢。玛丽安告诉我们，他是多么迷人，但我们才不会承认他迷人。他说的话一点不吸引人，毫无新意。他很啰唆；

正如他在房间里占的空间大，他的话语占的空间也大。我们想知道更多白衣女人安妮的消息，我们想知道更多珀西瓦尔爵士难言的"秘密"。福斯科伯爵让我们烦躁；他让人生气。但是，我们的确和玛丽安一样有一种怕的感觉：这个伯爵难以捉摸。尽管我们倾向于认为他是个恶人，但我们不知道他如何作恶。

我们不喜欢福斯科伯爵的主要原因，是他带出了我们喜欢的玛丽安身上最坏的一面。我们需要她身上最好的一面，以免恶占上风；我们不喜欢看见足智多谋的玛丽安屈从于这个可笑的伯爵的"魅力"。她说"不相信会受影响"。她谈到那只在他肥胖身子上爬行的仓鼠，这个景象"不知为何让我很不愉快。我情不自禁浑身就起了鸡皮疙瘩"。不知为何！我们认识和崇拜的玛丽安实际上聪明得多。

接下来，福斯科说了一段名言，聪明的罪犯如何才不会被做事慎重但呆板的警察抓住；在1860年，罪犯可能智胜新组建的破案警方，这个观点会让读者恐慌。但这也是福斯科伯爵最夸海口、明显不可信的时候："啊！我是个坏人，格莱德夫人，我是坏人吗？……我只是说了别人的心里话！"然而，值得尊敬的玛丽安纠缠的是这个想法，只要你不和他作对，他就会对你好。"不要与伯爵为敌"，这是她给劳拉的忠告。她的潜台词是，你对他公平，他对你就公平。她盲目相信福斯科伯爵，这是她唯一的弱点；柯林斯利用了这个弱点，为他非常重要的情节增加了张力。

不久后，玛丽安写道，福斯科"允许我……第一次见识了他是一个感伤主义者"，他穿着非常花哨的马甲，"似乎在他非常花哨的服饰和他最深层的感情之间有着某种隐秘的关联"。他"悄无声息"地走到她身边说:"你肯定喜欢这个令人激动的朴素的英国黄昏……你看,亲爱的女士,树上的光影在消逝! 它难道没有像插入我的心一样插入你的心?"无论是玛丽安的心里,还是福斯科伯爵的心里,想的都是这个朴素的词汇"插入"。

有时候,福斯科和玛丽安似乎代表了对立的原则。一个是有脂粉气的男人,一个是多毛的女人,双方都以自己的智商为傲,彼此以某种奇怪的或施虐-受虐的方式获得"互补"。他们的战斗是围绕安妮的自由和生命,劳拉的幸福和那两万磅的钱财。但我们经常感觉到(这是小说看起来不仅仅是在讲故事的地方),他们真正的战斗是个人的战斗,涉及性别和身份的根本形式。

在一个著名的场景里,玛丽安站在阳台,听到楼下福斯科伯爵和珀西瓦尔爵士在落地玻璃门敞开的房间里商量事情。福斯科赞扬了她的智商,将她比喻成一个男人(很奇怪,他赞扬她的口吻让人觉得他是同性恋)。比起珀西瓦尔那个"弱不禁风的金发小姐"(劳拉),他更喜欢玛丽安,但是,接下来,就像一个人对自己的稳健判断来了劲,他用糖水来为玛丽安的健康干杯。可以想象,在珀西瓦尔爵士的酒柜里,是不会有汽水的。

当柯林斯让我们看见,福斯科伯爵一直在阅读玛丽安的私人日记,性的张力抵达了断点。福斯科伯爵手写了一份"一个真诚朋友的附言",用认同的口吻对日记做了评论,尤其是对关于他的文字描写部分深表赞同。他遗憾地表示,他们是两个对立面,要是在另一种人生,"我是多么配得上哈尔科姆小姐,哈尔科姆小姐是多么配得上我"。这部小说的迷人之处,首先来自于多变的叙事策略,其次来自于两个主角之间倒置的性张力。在这部小说中,这种互文

"插入"的时刻的确是神来之笔。

《白衣女人》非常精巧的情节，取决于劳拉和安妮的相似。沃尔特第一次碰见安妮时，她正从一个乡村疯人院中跑出来。事后证明，她是被珀西瓦尔爵士关在疯人院里，是他长期布局的阴谋的一部分，旨在染指劳拉的钱财。在这个阴谋里，福斯科提供了智谋和策略。最终，劳拉和安妮的身份实际上被珀西瓦尔和福斯科调包，所以劳拉发现，在安妮早逝之后，自己被关进了疯人院。珀西瓦尔爵士的大秘密终于揭晓，他是私生子；为了消灭罪证，毁掉他伪造的那份父母结婚登记证明，在一个乡村古教堂里，他丧生于火海。毫不奇怪，安妮和劳拉是同父异母的姐妹。此后，沃尔特、劳拉和玛丽安三人一起过着幸福生活。这种亲密的结局安排，是否是作者淘气而为，不得而知。

至于福斯科伯爵，他剩余的故事是装饰音和喜剧。有一个场景是劳拉体弱多病的叔叔亨利叙述的。福斯科去康伯兰看他，两人第一印象"极佳"，但没有持续多长时间。亨利沉溺在自己的世界，无暇他顾，渐渐不喜欢福斯科。"他看起来就像扩散的西印度群岛的瘟疫。他这么胖，一定携带了许多斑疹伤寒病菌……我立马决定打发他走。"后来，"他又说了一番话——这家伙真啰唆，简直是没完没了"。吃午饭的时候，福斯科像一头猪一样，吃着他喜欢的水果馅饼和奶油，亨利情不自禁地评论说，"这是什么人啊！胃口真大！"像一只停止的钟，亨利也有他难以忍受下去的时刻。

柯林斯围绕福斯科这个喋喋不休的人物制造出的所有暧昧，最终的效果是要我们渴望看到此人的行为动作，从而管窥其本色。在一部早期的惊险小说中，吊起读者的胃口，希望看到人物更多的行为动作，这是个好主意，只要你能满足那样的渴望，在此意义上，柯林斯圆满完成了任务。在他结束与福斯科的游戏之前，柯林斯还留了精彩几笔。有一段关于伯爵的滑稽描写，是他在伦敦的歌剧院炫耀自己对音乐的高超领悟力。看到这一幕，我们难免好奇，想知道演员斯蒂芬·波特扮演的胜人一筹的滑稽剧，是否受此启发。福斯科第一眼看见沃尔特那个身材矮小的意大利老朋友佩斯卡，小说中第一次表现了他的心神不宁，甚至可以说不只是心神不宁，实际上是担心性命。令读者感到极大满足的是，本来就应该是佩斯卡——这个在第一章中留下的线头——现在应该出来收紧故事所有的线索。然后，是福斯科伯爵写他的"忏悔录"，在此过程中，可以看出他的自以为是，他利用仪式和巫术控制伯爵夫人。写到中途，他坚持要"打个盹，以便养好精神再战"，这的确是非常幽默的补笔。

福斯科伯爵死后，遗体放在巴黎某个陈尸室，一个前来瞻仰的法国女人只有一句评论："这个人真帅。"肥胖、邋遢、上了年纪的死者，他仍然有魔力。整部小说中，福斯科的力量来自于性。小说结尾透露，他根本不是那么聪明，也不是那么邪恶。他是意大利某个秘密教派的成员。这个身份就像是一个学童的错误，他没有从中捞到任何好处。如果他真是拿破仑式的人物，他何必插手这样一个小小的丑闻，为一个身份可疑的汉普郡准男爵出谋划策，帮其获得区区三千英镑的年收入？福斯科伯爵真正掌控的不是诡计、邪恶或世故，而是性权力。《白衣女人》更关心的是这个东西。

斯蒂尔派克

一个问题少年

马文·皮克的《歌门鬼城》(1946-1959)，如同托尔金的《指环王》(1954-1955)，是奇幻小说三部曲。托尔金的地盘是自然风景，他笔下的霍比特人具有人类的思想感情。尽管霍比特人的名字，除了那个忠实的仆人萨姆，都是生造出来的怪名，但在其他方面，《指环王》中的世界，运行的原理与我们世界的自然原理无异。这就像是孩子的游戏，玩具娃娃或泰迪熊取代了人的位置，但游戏是在孩子真实的生活空间——房屋和花园——发生。霍比特人的他者性使他们非常可爱，偶尔能够做点奇怪的事情，但《指环王》中奇幻游戏的成功依赖于与我们生活的近似。

然而，皮克的奇幻小说世界几乎是托尔金的反面。皮克笔下的人物是和我们一样的人，但景观却是超现实的景观。不同于《指环王》中的中土世界，皮克创造了"歌门鬼城"，这是格伦伯爵家族的城堡。小说开始时，这个家族的主人已经是第七十六世伯爵西帕尔克拉夫。世上有哪个历史丰富的国度，其中一个伯爵家族延续了两千余年？西帕尔克拉夫爵士的仆人包括厨师斯维尔特、忠实老管家弗雷、医生普鲁斯考勒、奶妈斯拉格、"祭司"苏达斯特和巴昆丁，以及校长戴迪阳。

托尔金把笔下的人物放进现实世界；皮克把笔下的人物放进超现实世界。在托尔金那里，没有模糊的边界，我们容易接受他的霍比特人，其行为在可预测的范围，正如一个孩子能够接受英国儿童文学作家伊尼德·布莱登笔下玩具城的"规则"。然而，皮克的小说世界不好预测，轮廓比较模糊；它不是中土世界那样一个舒服的地方（尽管里面有史诗般的漫游和可怕的海妖）。"歌门鬼城"需要读者对小说真实性的问题抱有更加宽容的态度，但这对于一些读者来说，一直是过分要求。他们说，奇幻小说是给青少年看的；的确，对"歌门鬼城"顶礼膜拜的读者，像顶礼膜拜其他作品的人一样，其激烈的态度可能令人讨厌。

我好多年没有敢涉足奇幻小说领域，所以提心吊胆地读了前面几章。我能够完全投入其中，是在斯蒂尔派克走上舞台中心的时候。这个男孩在斯维尔特把持的那间地狱般的厨房中当学徒。他走上中心舞台，为静止的城堡世界注入了动力，此前，城堡里的其他人都在刻意保持城堡千年不变。我们读者抓住斯蒂尔派克不放，因为他提供了娱乐，这符合我们的要求，也满足我们不站队的心理。我们最初不关心他是好人还是坏人，部分原因是他看起来有完全可以接受的动机，就是逃离厨房的奴役，部分原因是我们已经清楚，这部小说不会为我们提供复杂的道德或心理判断；它的旨趣在别处。

尽管皮克立刻把斯蒂尔派克刻画成一个有缺点的人，不值得信任，但这个男孩想要改变自己生活的欲望，看上去并不是坏事。城堡需要动摇；计划需要开启；斯蒂尔派克正是合适人选。尽管他有心机，会权衡各种情形利弊，以便因势利导，对己有利，但他向上爬的心理，本身并无可鄙的东西（他是真正在城堡的社会阶梯上一步步朝上爬）。

皮克在斯蒂尔派克这个人物上的成功，是将其染上危险色彩。首先是这个人名，它让人联想到控制和运动，联想到某种与捕食相关的东西，比如，长着尖牙的食人鱼或中世纪步兵的武器。小说中是这样描写的："他的肩膀很高，从头到尾闷着不开腔。他仇恨师傅[斯维尔特]，鄙视其他学徒。他藏在阴暗的柱子后，避免被师傅发现。"他的眼睛"喷着成人的怒火"。很长一段时间，他的心里有着某种东西一直在溃烂。他"长了几根胡须"，眼睛"小、黑红，但惊人地专注"。他的脸上"像戴了面具"，可以想见，意在暗示他总是需要掩藏心思，不过这也是某种精神疾病的征兆。他的眼睛就像秃鹫或猞猁的眼睛，这是贴切的比喻，因为依靠视力的捕食动物一旦发现远处的捕食对象，就不会转移注意力；自然选择已淘汰了没有那种捕食能力的动物。但是，那样的动物看不清全局。这是斯蒂尔派克的问题，也是他最终覆灭的根源。

我们发现斯蒂尔派克挺聪明，这让我们松了口气。他的聪明表现在他能很快利用管家弗雷对厨师斯维尔特的仇恨。由于相互仇恨，弗雷和斯维尔特一直争吵不休。斯蒂尔派克长得丑陋（"他长得奇形怪状"），但他意识到，他有着某种动物的魅力，能够用来捕捉伯爵十几岁的女儿费莎。费莎的"天性与他完全相反"，他们见面时，皮克第一次让我们进入到斯蒂尔派克的内心。"他高高的脑门后一直在动心思。尽管他自己很现实，但他能看出她充满了想象……他知道，她的单纯背后是他不可能有的某种东西……要赢得她的青睐，他必须投其所好，顺着她的话说。"

用现在的医学术语来讲，一个人若患了某些类型的"人格紊乱"，就不会产生"他者"的观念；这样的人不能"移情"，不能想象他者的思想感情，不能理解他者甚至有思想感情。这是具有"反社会人格紊乱"（过去常称为"神经病"）之人的特征。有趣的是，斯蒂尔派克能够把自己投射入费莎的心灵。他不理解他在那里看到的是什么，但他知道如何从中牟利；他知道，要赢得费莎的信任，他必须做一些戏剧性的东西，但又"简单朴实"。而朴实，是他发现最难做到的。他必须设法。"他不是艺术家。但他可以惟妙惟肖地模仿艺术家"，成为一个"不用欣赏但能理解对象"的人。

斯蒂尔派克对纯洁少女费莎的操控，整部作品中有精彩刻画。费莎被他"神奇的长句"唬住，认为与他在一起"就像看来自另一个世界的人，背后有另一套思维逻辑"。皮克告诉我们，斯蒂尔派克"就像岩石中间的一条蛇"，他对这个姑娘没有感情，"他崇拜美，但他不会被美感化。"皮克尖刻地表现了他们的互动。"他表演出的尴尬可以乱真"，或者，"他像毒蛇一样溜进她的怀里"。小说中有一处，斯蒂尔派克抱住费莎，费莎禁不住心襟摇荡。她以为斯蒂尔派克是个淳朴之人，被她弄得意乱情迷，结果却发现在那一刻，他们躺在她过世奶妈的坟地。后来，斯蒂尔派克为了控制住费莎，做好了强奸的准备——在他的计谋中没有任何色欲考虑，只有权力游戏。

名义上拉拢了费莎之后，斯蒂尔派克继续努力争取城堡中大多数居民，包括伯爵两个"愚蠢"的孪生妹妹科拉和克莱斯。他的意图是获取"权力"，他用这权力做什么，我们并不清楚，主要是他自己也没有考虑这个问题。科拉和克莱斯是献给他计谋的"礼物"，"在这一刻太管用了"。他的问题恰是"在这一刻"。"生活真有趣"，他后来想，"他寻思，一切都可能有用。一切。"

在他爬到城堡中的显位（尽管不是正式官职）过程中，斯蒂尔派克有过一段短暂的政治经历。在这个阶段，他呼吁伯爵两个妹妹要有平等意识。但这似乎不是皮克或斯蒂尔派克太感兴趣的主题，一旦短期收益到手，平等的政治主题立刻遭弃。可能，皮克在这时想到的是二十世纪三十年代现实生活中独裁者的出现，希望对他们进行影射；但斯蒂尔派克这个人物和他置身其间的世界，在我看来，似乎没有因这种暗示——小说在"影射"历史或具有讽喻意图——得到强化或解释。不过，尽管我主张不宜将小说中的城堡过度解读，有些读者还是倾向于认为它有纽伦堡的影子。《歌门鬼城》三部曲第一部写于二战期间，所以，那样的解读也不算奇怪；我也没有说，虚构的小说不会汲取现实生活中的类似素材。与皮克的创作同时，乔治·奥威尔写了两部小说，《动物庄园》和《1984》，这两部小说产生影响，全靠与现实的密切关联。我个人认为，《歌门鬼城》三部曲不需要那样的关联就能自立。究竟它与现实是否相关，这是见仁见智的问题。

"歌门鬼城"三部曲第一部《泰特斯诞生》结尾时，斯蒂尔派克就已改变。在第二部《歌门鬼城》开始，作者向新读者概述了第一部的内容，把他说成是十恶不赦的人物。他因权力而败坏。"如果说他以前粗粝狭隘的胸膛里还有一颗良心，现在，他已经把这东西挖出来丢掉。"他用计唆科拉和克莱斯放火烧了城堡图书馆之后，斯蒂尔派克现在将她们囚禁在住处等死。

他曾经拜师图书馆长巴昆丁门下，希望学习城堡的历史和秘籍，希望有朝一日能够取而代之，坐到城堡权威的位置。当他觉得自己学到了所需知识，就想法除掉老师。图书馆失火，他们从火海中逃出，跳入城堡的护城河。斯蒂尔派克虽得救，但脸上留下了疤痕。他采取理性方式攫取权力的最后一项计划失败，从现在起，他成了一个魔鬼，受尽追逐，精神分裂，没有固定的目标。斯蒂尔派克的衰亡与城堡继承人泰特斯的逐渐成年同步。显然，斯蒂尔派克就像是走投无路的麦克白，泰特斯如同后起之秀麦克道夫。出人意料的是，马文·皮克从血统论的角度赞扬泰特斯。这不仅是因为斯蒂尔派克变成了需要清洗的威胁和恐惧，更多的是因为需要重新恢复事物的自然秩序。随着泰特斯成为新一代伯爵，所有关于"平等"的言论现在看来古怪而荒诞。

对于斯蒂尔派克这样的幻想人物，你若寻找其心理"动机"，必然会徒劳。他的算计和残酷，不是因为从前的经历，更不是因为"创伤"，或者对他刚过去的童年中某种东西的"补偿"（三部曲开始时他才十七岁）。他身上有些方面根本没有解释，最明显的是他的口才，他的口才给费莎留下了深刻印象。小说中没有暗示他的博学是怎么来的。他完全是出于作者的文学需要而被塑造的人物。他是典型的情节发动者；没有斯蒂尔派克及其野心，就没有这部作品。

皮克最接近于解释的地方，是暗示斯蒂尔派克的问题源于他卑微的出生带来的局限。在一部心理小说中，我们或许可以指出，斯蒂尔派克的最终失败是教育或教养的失败。说白了，他出身太卑微，不能做城堡的继承人；他教育不够，不能谋大事。他的狡诈是街头混混儿的狡诈，不是密室政治的狡诈。正如普鲁斯考勒医生问，"我亲爱的孩子，你到底是一个问题少年，还是一个没有任何思想的标准年轻绅士？"当势利的老管家弗雷想到斯蒂尔派克睡了费莎小姐时，他深感震惊。"什么意思？简直是亵渎！太恐怖了！每想到此，他暗地里就咬牙切齿。"

斯蒂尔派克的过去虽然没有得到呈现或想象，但在七百五十余页的叙事篇幅中，他的人生进程的确得以铺陈。改变他的，毁灭他的，使之有趣的，是这个事实：他虽然邪恶、狡诈，但最终还是算计不够。"他做了想做的事情，他做了推进其计谋的努力。"然而，他没有将计谋置于更大的视野，只是忙于处理一个接一个可以操控的危机。或许，他最后不再有任何目标或动机；毕竟，他改变不了出生，"成"不了新一任格伦伯爵。无论如何，在巴昆丁死后，斯蒂尔派克不再是情节的驱动者。像洛夫莱斯或费金一样，他收缰勒马。现在，情节跑到了他前面；他被不断上涨的潮水和城堡合法继承人的出现逼到死角。他的困境虽在道德意义上是"咎由自取"，却有一种普遍性的噩梦因子在里面；他的两足已深陷于血泊之中，"要是不再涉血前进，那么，回头的路也是同样使人厌倦"。

罗纳德·梅里克

黑暗的心灵

　　罗纳德·梅里克是保罗·司各特"拉吉四部曲"的主人公。作品背景是1942–1947年间英国统治下的印度。1983年，格拉纳达影业公司将之拍成十四集（每集一个小时）电视连续剧《皇冠上的宝石》。今日，这种规模的改编难以想象。片长十四个小时！拍摄时间长达两年，拍摄地点为印度各地和英国曼切斯特的格拉纳达影业工作室……演员阵容中有明星雷切尔·肯普森和佩吉·阿什克罗福特，但主要角色选用的是不太知名的演员：蒂姆·皮格特–史密斯，阿特·马里克，苏珊·伍尔德里奇和杰拉丁妮·詹姆斯。读完这部作品后，我又看完了十四集的电视剧。电视剧有些地方不够精彩，让人情不自禁觉得，要是拍十个小时——最多十二个小时——就够了，不过，剧中的主要表演仍然有说服力；肯·泰勒的脚本值得尊敬，本身具有戏剧性；导演克里斯托弗·莫拉汉把握住了司各特原著的交响结构。剧中最精彩的片段意味着它仍然是我看过的最好的电视剧。

　　至于四部曲小说本身，电视连续剧播出时有一个传言，小说写得不好，不值得费时阅读，尤其是观影十四个小时之后，更不值得去读。后来，这个传言被证明是假的。四部曲小说中有许多与印度独立相关的政治斗争细节，今日大多数英国读者可能会有兴趣。当然，有人认为，小说中那个没有结婚的女传教士芭比尽管被作者不动声色地处理得很好，但占的篇幅还是太多。"拉吉四部曲"平装本长达两千页，若是遇到一个文字敏感、动作麻利的编辑，可能会被压缩两三百页。尽管有这样那样的不足，但请考虑一下：这样的四部曲，其抱负，是多么宏伟；其人物，是多么精辟；其结构，是多么坚实；其感情，多么悲悯；其主题，多么和谐；其回声，多么动人。

拉吉四部曲的故事很简单。一个羞涩的英国志愿者护士达芙妮·曼尼斯，被几个喝醉的印度青年农民强奸。案发地点是小说虚构出的英军驻防小城马亚坡的比比哈尔花园。当地警长罗纳德·梅里克曾经向达芙妮求婚，但遭到达芙妮拒绝。案发后，他把一个受过英国教育的印度青年哈里·库马尔抓起来。为了把强奸罪名扣在哈里头上，梅里克警长故意把达芙妮的自行车放在哈里家门外。通过折磨关押中的哈里，梅里克警长以此满足自己施虐的性冲动。普通的英国人倾向于认为，尽管梅里克警长有点下流，但那样粗糙的"执法"，在一个政局动荡、幅员辽阔的国度，对于维护法律秩序来说有时是必要的。但哈里的政治同道和一两个具有自由主义色彩的英国怀疑论者却不这么看。围绕这件强奸案，有着种种问题；案子悬而未决，疑云四起。

这就是全部的故事。四部曲小说的结构形式是同心圆，中心是强奸案及其后遗症。隔了几百页，又补充一些犯罪当晚的新细节和供词。叙事呈现两种方式：一是线性叙事，一是圆形叙事。时间在流逝。小说故事还牵连到与强奸案没有直接关系的人物的生活，最主要的是莱顿一家。莱顿是一个步兵少校，二战中成了德国战俘。出狱之后，他回到印度和不忠的妻子身边。萨拉是家中的长女，她对父亲很孝顺，但心里时刻有强烈的冲动，想过浪漫的人生；苏珊是家中的二女，她患有精神病，她的前夫在战争中身亡，后来她嫁给了前夫的战友梅里克；梅里克为了救她的前夫，不幸被烧伤，破了相。小说中，政局在演变，人物的生活在继续；老人死亡，孩子出生。但是，就像一只秃鹫盘旋在一堆尸体上，情节仍然不断地绕来绕去，从新的角度审查和阐释比比哈尔花园的强奸案和梅里克警长对哈里的性虐待。历史在继续，但过去无从逃避。

梅里克从进入情节的那一刻起就一错再错。他太投入工作，但他的工作没有回报。他不是好的士兵，也不是好的商人。他是警长，必须与当地的不法之徒打交道：酒鬼、滋事者和盗贼。他擅长维持秩序，但这没有为他赢得渴望的尊重。官员鄙视他，因为他当兵时没有国王的委任状，只在文法学校读过书。我们后来知道，他是家中独子；父母年事已高，他们在街角开了一家小店；他的祖父母"曾经在军队服役"。梅里克接受的那种扎实的文法学校教育，今日大多数人会认为简直是求之不得，但在二十世纪四十年代英国统治下印度的上流阶层中，这种教育令他蒙受羞辱。他没有像其他军官一样上过公立（或私立）学校。其他军官大多数毕业于齐灵波洛公学。这个虚构的公学对过去散落在英帝国这个角落的学生有着强烈的（颇有喜剧性的）引力。

因为厌恶其他军官的势利，我们倒更愿意站在梅里克的一边，但是，我们随后发现这不是一个好的位置。梅里克身上有着某种残酷的、遭排斥的和机械的东西。我们可能不会排斥他的"背景"，但他几乎任何别的方面都遭我们反感。保罗·司各特在四部曲中用了许多叙事者和视点，但除了有精神病的苏珊，没有一个真正同情梅里克的人。不过，似乎每个人都提供了一块梅里克这个讨厌家伙的破碎拼图。

起初，梅里克是"警察局里最让姑娘中意的单身汉。他相当帅气，只不过眼里永远带着嘲讽之意"。当梅里克约达芙妮外出时，其他少女都很羡慕。达芙妮是个羞涩的姑娘，得到梅里克垂青，她有点儿受宠若惊。但梅里克身上有一样东西她无法视而不见："他的举止（自然还有他举止之后的东西）让人讨厌。"路德米拉修女来自东欧，她在马亚坡办了一家疗养院，她的说法更尖刻："梅里克先生一点儿不坦诚。他做事的方式是错的，像逆时针上发条的手表，大家都知道是正午十二点，他显示的是晚上十二点。"

正是在路德米拉修女的疗养院，梅里克第一次见到哈里·库马尔，当时，哈里正在水泵下赤着上身洗澡。梅里克饱了一顿眼福，正如查泰莱夫人第一次观看梅勒斯洗澡。梅里克用印地语向哈里打招呼，但出乎意料的是，哈里不会讲印地语：他在英国受教育，上的是齐灵波洛公学。梅里克知道，哈里经常和达芙妮见面，但他不知道他们关系是多密切。哈里不喜欢梅里克，因为梅里克认为，棕色人种比白色人种低贱；但梅里克有些畏惧哈里，因为哈里的举止和风度是他缺乏的。让梅里克觉得痛苦的是，他鄙视眼前这个男人，但又情不自禁被他吸引。他心里还没有承认，他喜欢的是男人，不是女人。他还要过很长一段时间，才能直面他对这个半裸的印度男子的真实感情，他既希望鄙视对方，但又觉得受到对方威胁，在对方面前感到自惭形秽。梅里克指望他的工作和拉吉的社会结构给他提供帮助，这是完全符合时空的。至少，他的工作和拉吉的社会结构是安全而稳固的；这些东西的势力大于个体的力量。他会罗织罪名，趁机将哈里抓起来审问；这样一来，他就能够妥善地保管自己的欲望，不为外人所知。

但路德米拉修女看穿了眼前的事件，梅里克"早就盯上了哈里，选中他作为牺牲品……为的是更加密切地观察吸引他自己身上黑暗的那种黑暗……哈里是黑暗的心灵；梅里克是黑暗的灵肉……因为梅里克是一个没有爱之能力的男人。他只会惩罚。梅里克想要的哈里，不是曼尼斯小姐"。

梅里克对哈里做的许多事情尽管不可接受，但还是在正常的范围。高级军官里德准将回忆说，梅里克告诉他，如果他"有时候违反规则，让（印度犯人）自己拿钱赎身，他相信，自己维护社会秩序的目的是好的，实现这一目的的手段也就无可厚非。他说，他一想到达芙妮那样正派的姑娘，本该过上文明的生活，结果却被哈里这家伙欺骗，他就几乎'气昏了头'，更何况，那家伙还占了英国公立学校的便宜"。里德准将认为，"梅里克警长明显是在盛怒之下采取行动，他相信（哈里和其他被拘捕的人）有罪，攻击了一个他明显喜欢的姑娘"。指控强奸"可能不贴切"，但这些人的政治活动记录表明，他们完全可以按照印度国防条例来"处置"。

里德准将指出了一个办案程序的问题，但他对梅里克警长的态度没有反感。这里，对于梅里克来说，存在着另一种冲突。与他的世界观一致的，是里德准将这些人，他对他们又怕（因为他们有地位）又鄙视（因为他们愚蠢）。他想赢得尊重的那些人，比如达芙妮，却又躲避他。达芙妮的日记动人地记录了她努力喜欢一个对她善良而专注的男人，但她难以忍受这人对她和哈里之间友谊的指指点点。当她说自己不在乎哈里的肤色或种族，梅里克反驳说："说肤色不重要，这是为这种关系找的最古老的托辞。肤色重要。肤色是根本。肤色极其重要。"

达芙妮的日记折射出一个有爱的独立的精神，相对于我们在小说开头遇到的那些传统的上流女性，这种独立精神更加复杂而有趣。保罗·司各特笔下女性人物的生活是其四部曲中的一大奇观；司各特的充满同情的想象力一直在飞翔，似乎没有任何瑕疵。达芙妮死于难产，在四部曲的第一部结尾，描写了她的女儿帕尔瓦蒂。帕尔瓦蒂也许是哈里的孩子，也许不是，她穿着淡红色的纱丽服，在一家院落——以前达芙妮就快乐地生活在这个院落里——的花园里上声乐课"她的皮肤是淡棕色，长长的黑发有时候在一些光线之下可以看出带一点红色，是印度北方人常见的那种头发颜色"。第一部曲结尾响起的是帕尔瓦蒂——这个在爱与暴力、偶然和历史必然中诞生的孩子——唱的早安拉加曲。这是我读过的最让人魂牵梦绕的小说形象之一。

在四部曲第二部《毒蝎岁月》中，梅里克答应给一个心地单纯的年轻军官泰迪·宾厄姆当伴郎。泰迪将要在郎布尔迎娶苏珊·莱顿。梅里克是临时调遣到部队，后来升至少校。在婚礼上，有人向他投了一颗石子。事后证明，这不是他遭受的第一次骚扰事件。即便后来梅里克离开了警队，仍然被关在监狱里的哈里的朋友和政治同道，对他依然不依不饶。梅里克的真面目逐渐从其他渠道揭露。布隆劳斯基伯爵是白俄罗斯人，同性恋，在郎布尔担任行政职务，他故意说了一句关于某个帅气的官员的话，套出了梅里克真正的性倾向。梅里克承认，作为泰迪的伴郎，他是"最不好的人选"。

而且，达芙妮的姑妈曼尼斯夫人设法重审强奸案。一个名叫罗文的年轻警官提审了关押中的哈里。哈里告诉他，梅里克首先用短手杖撩起他的生殖器官进行检查，然后把他的屁股打开花，最后将手杖上的血抹在他的生殖器官上。哈里相信，梅里克也希望受毒打。"他要我也打他，我认为他真的是想我也打他。"

梅里克警长告诉监狱内的哈里，最重要的人类情感不是爱而是蔑视。"他说一个人的人格即在嫉妒和鄙视之间保持平衡"。正是在这一幕，保罗·司各特带领读者进入梅里克黑暗的心灵。这个男人表面上恪守纪律，实际上已完全失控。他的公共职责和私人感情之间的分界线完全消失；但他用殖民官僚制度的全部力量来放纵和掩盖他自己的施虐/受虐冲动。这极为震撼的一幕最令人不安的一点是，哈里不知道达芙妮死了，不知道她还生了一个孩子。

二战中，梅里克与泰迪一起出征缅甸，镇压与日军势力勾结的印度民族起义军。泰迪愚蠢地想要向梅里克炫耀，如何成为一个优秀军官，他希望一支印度巡逻队回心转意，重新向过去的帝国主子投诚。但在向他们喊话时，"似乎是泰迪本人发出信号"开火。交火中，泰迪中枪身亡，梅里克失去了一只手臂，在从吉普车里逃生时严重烧伤（奇怪的是，他最先救的不是上司泰迪，而是没有官职的司机）。萨拉到加尔各答的医院来探访他时，梅里克把泰迪牺牲的过程讲给她听。他希望萨拉明白，齐灵波洛这些英帝国的公学教育出来的都是一堆废物，但泰迪在萨拉心目中的地位并没有因为这个故事而逊色。她认为，无论是勇敢地去策反叛军的泰迪，还是英勇救人的梅里克，都是疯狂的表现。尽管没有人会怀疑受伤的梅里克英勇无畏，但萨拉注意到了他像布娃娃一样的蓝眼睛，"眼光凌厉，却又心不在焉，既不表示接受，也不表示拒绝"。后来，她告诉姑妈："真的，他吓到了我。"

保罗·司各特说第三部《沉默的塔楼》是"慢动作"。主要内容是关于老修女芭比，她到印度传教，渴望找一份有用的工作，结果却遭受种种羞辱和拒绝。她逐渐产生了幻灭，宗教信仰出现了动摇。小说中有一幕，她坐在路中间，手推车掉了一个轮子，行李在周围散落了一地。某种意义上，她象征了英国在印度遭到排斥。但她也是一种不妥协的人物，如《爱玛》中的贝茨小姐，只把她们心里的黄金献给最有耐心的小说家。在这点上，应该指出，有些喜欢寻找"原型"的批评家设法从作者生活中找"根据"，用来阐释拉吉四部曲中的女性人物。他们认为，达芙妮、芭比和萨拉不是二十世纪中叶英国小说中最成功的三个虚构女性；相反，她们是"根据"保罗·司各特的生活方面，因为司各特本人是……同性恋！要接受这类思维，你需要相信这种假说，同性恋的男人和异性恋的女人的心理景观几乎等同，没有任何区别。我们从这两类作家写的每一本书中知道，这不是真的；但对于那些寻找"根据"的批评家来说，这种假说是不可抗拒的，因为这意味着他们没有必要面对这是作家在虚构的可能性：作家只是"在设身处地虚构"。

尽管芭比是第三部的焦点，但梅里克这个人物的一块块拼图还是陆续安放到位。在一处部队的临时营舍，泰迪和梅里克被分到同住一间，泰迪注意到梅里克受过良好锻炼的身材——"你可以数清他有几块腹肌"——和他过度整洁的装备。这让我们想起，在泰迪和苏珊的婚礼上，布隆劳斯基——他在流亡西方之后显然读过弗洛伊德——看见梅里克在捡五彩纸屑，就对他说，爱干净的人"总是把过去的错误一笔勾销"。泰迪认为"梅里克看起来像是机器制造的，在等待别人来给他断电"。一天晚上，泰迪发了高烧，他感觉到屋里像站着一个穿长袍的帕坦人。过了许久，我们发现，这不是梦，梅里克喜欢装扮成帕坦人，在夜晚外出，搜寻情报——或许也是为了寻找有性虐待倾向的同性恋人。

在火车站，哈里的姨妈匍匐在梅里克的脚前，请求他释放哈里。我们知道，正是他政敌的迫害，梅里克才离开了马亚坡，离开了警队。但他受到的性骚扰并没有结束。一辆女式自行车——这辆车让人想到达芙妮——被丢在他的阳台，地上潦草地写了粉笔字。在前往山区避暑小镇潘科特看望莱顿一家时，梅里克发现自己一路与芭比同行。芭比意识到他们之间有某些尴尬，"空气沉闷"。出身虽然一般，芭比却令梅里克印象深刻。梅里克撒谎说，他"处理曼尼斯小姐案有功"，所以被调动到部队里去。

在孀居的苏珊身上，梅里克看见进入拒绝他的主流社会的最后机会。借助同性恋的讹诈手段，他接触到她的精神病档案，利用他在档案中发现的东西，他在苏珊面前装扮成一个"真正懂"她的男人。在第三部小说结束的部分，梅里克娶到了苏珊，行为变得更加肆无忌惮。盖伊·皮隆是梅里克手下一个具有独立思想的年轻警员，他认为梅里克"觉得有必要接近一个有敌意的人，他知道自己必须依赖敌意","没有敌意，他就没有满足的东西，用以衡量他行为的效果"。与此同时，梅里克渴望暴露。皮隆认为："他这种人喜欢在非常狭窄的安全带里作业，不大在乎名声。他在招灾惹祸。我认为，他骨子里有一种找死的欲望……他有一种堪称天才的才能，找到密码或密码的组合，打开一个局面，为己所用。"

梅里克结婚后，将一些年轻的男妓带入家中，把他们伪装成花工和家仆。梅里克的敌人开始渗透这些男妓，蚕食他长久压抑的欲望。一度，梅里克控制住自己的行为。现在，他当上了陆军中校，佩戴上了特制的高级军官军衔，享受着婚姻带来的受人尊重。保罗·司各特写道，梅里克的继子爱德华，这个小孩害怕每一个人，唯独不怕梅里克，哪怕梅里克只剩独臂，脸又破相。司各特写这个小孩，是想酌情减轻一下梅里克的罪行，还是将此看成一个信号，梅里克从爱德华母亲秘密的精神病历中学会了如何对待小孩，小说中并没有交待清楚。梅里克允许苏珊照料他，照料他痛苦的残肢，这种角色让苏珊觉得，她再次对他人还有些用。在另一个刺激的场景里，梅里克用他的假肢引诱一条眼镜蛇主动朝他攻击，借机用他另一只健全的手中的弯刀将之砍死。在他身上，勇气和残酷总是能够达到完美的平衡。

作者对梅里克这个人物的构思堪称恢弘，分析堪称细腻，但读者渴望的却是梅里克的死。装扮成帕坦人，在与一个男妓交媾——按照布隆劳斯基伯爵的说法，或许是他生平第一次——之后，梅里克被对方用他身上的礼仪性腰带勒死，然后用他身上装饰性的斧头分尸。这次性行为虽然最终给他带来了安息，却颠覆了他的种族优越论。在死亡中，他和受虐的毁灭会了面，这种受虐的毁灭，正是他炫耀性的施虐和从未解决的自我仇视心理一直渴望勾引的东西。

保罗·司各特暗示，没有梅里克这样的人，英国殖民下的印度就不可能有效运转。没有梅里克，就没有出口茶叶，没有英国殖民者的利益；当然，对于被殖民的印度来说，也就没有铁路，没有民用基础设施，没有教会学校。在"拉吉四部曲"最后一部《分赃》中，司各特借助罗文的眼睛，全面审视了这种观点：

> 即便有人怀疑，梅里克犯了大错，但这种怀疑，也尽量消除其影响，决心不要正式承认。在哈里一案中，梅里克用未经证实、本来不应采纳的证据，判处哈里有罪。这个案子是一个特别令人不愉快的大错，因为那样的证据，在少数几个人的良心之中，似乎成为挥之不去的重负。梅里克（营救泰迪）的勇敢行为和随之得到的表彰，在罗文看来不无反讽。这种反讽应该合理解释普通行政人员最初持有且从未真正改变的看法，那就是，在那桩强奸案中，梅里克迅速采取了直接的报复行动。这种报复行动，一度让在印度的英国人受到畏惧和尊重，一度让印度成为这样一个地方：在印度的英国人不仅是在操作一部法律和秩序的机器，而且还在进行统治，同时承受统治的恶果。

梅里克的罪行不在于他落井下石，而在于他让个人的感情僭越公民和军人的职责。他迫害哈里，因为他受到性吸引。除了抽打哈里，或让哈里抽打，他还喜欢玩弄哈里的生殖器。从根本上说，他将达芙妮的自行车放在哈里的屋前，因为他觉得，如果他能长期把哈里弄进监狱，他就可能控制住自己的欲望。在这个目标上，他失败了。他带着短手杖四处活动——对于一个警察和一个趾高气扬的军人来说，这柄短手杖就像奇怪的小小的阴茎符号——或许这是同一柄短手杖，他过去经常用来撩动和检查哈里的生殖器。

梅里克多次认为白人男子若与"黑"女人交往就会堕落，他强调"鄙视"，强调阶级、阶层、差异和敌意等，这些都是他的种种努力，要把他自己对于满足施虐和受虐的欲望"正常化"。他潜意识里认为，如果每个人都在追求这种欲望，那么，他就是正常的。梅里克的事业或"方案"就是他疯狂地——几乎是英勇地——想要利用压制性的军事和公民结构，让英国殖民下的印度这个外部世界象征和认可他自己的性变态。

在"拉吉四部曲"里，保罗·司各特利用了我们所谓的历史红利。尽管达芙妮、梅里克、芭比和萨拉是纯属虚构的人物，但我们也知道，现实中有成百上千类似之人。这为他们的故事带来了额外的哀伤和回响。作为小说人物，斯蒂尔派克的成败，靠的是他在那个虚构世界里的"努力"，但梅里克让我们觉得不安，利用的却是我们的历史知识。受种种欲望驱使（到底是什么欲望，有时候他也搞不明白，但作者却以巧妙地方式告诉了我们读者），被精确地嵌入复杂而变化的社会结构，梅里克象征着心理现实主义的胜利。他不仅能够向我们昭示人心的黑暗之地，而且能够显示我们真实而痛苦的历史阴影。借助他的虚构人生，我们胆战心惊地丰富了对于我们是谁的理解。

杰克·梅里杜

这里没有成人吗？

威廉·戈尔丁的《蝇王》出版于1954年。杰克·梅里杜是小说中的坏男孩儿。他是儿童杀手，所做的事情让我们现在联想到模糊的闭路电视录像、灵车、号哭的人群和愤怒的小报。对于那些小报的读者来说，他们的问题是，如果真有杰克那样一个儿童杀手，他是否应该获释，是否有权"由纳税人供养"过上匿名生活。但这部小说的读者必须问的是，杰克真的只是一个个体吗？

自出版以来，这就被视为完全正确的观点：尽管《蝇王》是一个刺激的故事，但其重要性不在于人物刻画或人物行为，而在于他们告诉我们关于童年和人性的东西。换言之，人们认为小说有一个神秘的意义，如同一个寓言或者讽喻。这种观点为人接受，有许多原因。首先，这部小说的时空背景与我们有不少差异。故事时间似乎开始于我们历史之外的一次核战争之后，地点也可能是我们地图上找不到的一个小岛。作者好像极力摆脱现实主义写作的一些束缚。其次，那些飞机失事后幸存下来、被海水神秘冲上小岛的孩子，面目差不多都相似。比如，相对于"拉吉四部曲"中的芭比和萨拉这两个好女人的差异，《蝇王》中分别代表好孩子和坏孩子的拉尔夫和杰克，其差异并没有用细节充分展现。显然，这种细节的节省是作者有意为之。

但是，从这种角度来看《蝇王》，其逻辑等于是说，因为背景不精确，人物在某种程度上呈脸谱化，所以作者就有了夸大他们行为的自由。如此一来，这个警世故事的"教训"，不是说孩子会像那些完全不现实的时空中高度脸谱化的人物一样真的会变成野人，而是说我们所有人都有一触即发的暴力倾向。换言之，"文明"的幌子单薄而脆弱。因此，以传统的寓言方式，《蝇王》为了传达这个道德意义，首先把事件简化（表现于人物刻画），然后把事件夸大（表现于人物行为）。

赞成这种解释，是因为其逻辑连贯一致。反对这种解释，是因为这个简单事实：当你读这部小说时，感觉不到这就是戈尔丁想表达的意图。相反，这部小说的力量似乎在于我们相信，里面的事件不是寓言中夸大的事件，而恰恰是、真正是那些孩子——任何孩子——都会做的事件。小说中的人物在某些方面没有得到充分刻画，原因是戈尔丁需要从这道方程式中去除个体的心理动机，以免读者会说，这些男孩是被某个邪恶的头目误导，要是换一些人，结果就会不同。换言之，戈尔丁要表达的是，小说中孩子们的行为，既不简化也不夸张，是如实的体现，因为那就是人会做的事情，任何人都会做的事情。一群十二岁的男孩子，可能是群体精神自然占主导的唯一人群。因此，戈尔丁笔下的主要人物极少有不同的心理特性，这是有道理的，因为这公平地反映出他在审视的典型人性。

但是，小说中的人物显然还是有区别的。比如，那个热得晕倒、有些古怪、不合群的孩子西蒙，他"内心有着巨大的秘密，不愿人走近"，就与罗杰不同。罗杰天生具有攻击性，他后来成为杰克的打手或亲信。猪崽子依然记得英国的郊区世界，留恋那个世界代表的一切，他不同于拉尔夫。拉尔夫自从来到荒岛的那一刻，就立马想要创造新生活。小说里还有一群更小的男孩，吃水果的"小屁孩儿"，大约六岁左右，"他们过着自己独特而热烈的生活"。我认为，对于戈尔丁来说，人物刻画的挑战不是"表现得像神话"，而是表现"有限"的心理动机，这些孩子的确有明显差异，但有两个重要的限制条款：在一群十二岁的孩子（尤其是同吃同住的孩子）中，差异性远远没有共性重要；其次，任何个体身上即使最独特的个性也不足以影响群体行为的结果，哪怕换用完全不同的群体，这种行为的后果依然不变。

因此，杰克在群体行为中必须既是独特的个体，也是普通的一员。这种混杂了共性和个性的人物刻画，对于戈尔丁来说，无疑是挑战。

拉尔夫"眼神温和，嘴上留情，毫无恶意"。他是一个好孩子，但还未定型。相反，杰克最初被认为是"一个神秘的东西"——某个不知名生灵的一部分，这个生灵只向一群穿黑衣的唱诗班孩子显身；这群唱诗班的孩子衣服左胸上都有一个银色的十字架，只有杰克的十字架是金色，绣在帽子上。他跳上唱台，"披风飞扬"：一半像天使，一半像魔鬼。他开始的问题都是问成人在不在："这里没有成人吗？"他认为海螺要由成人来吹。对于他来说，没有"成人"是一个问题；在某种意义上，对于拉尔夫或猪崽子来说，这不是问题。离开了成人的监管，拉尔夫很开心。猪崽子身体不好，必须依赖成人社会，所以没有成人，他很焦虑，但他理性地保持了自信，他的记忆中依然留存了英国郊区世界，那里有他的配镜师和姨妈们。然而，对于杰克来说，没有成人的世界，他吓坏了。拉尔夫想要的是享受一个没有成人的世界，猪崽子想要的是记住一个成人的世界；杰克想要的是重新创造一个成人的世界。在没有一个真正男人的不安世界里，杰克认为，"成人"是他的使命。

亚当·菲利普斯是作家，也是心理治疗师，他这样对我解释："杰克这样做，因为在所有的孩子中，他最恐惧……杰克是一个演绎成人观念的孩子……因为他设法说服自己，他不需要父母。"当拉尔夫赢得第一轮投票成为他们的头目时，杰克脸上的麻子消失在"屈辱的红晕"之下，但当他获得受命，带领唱诗班的孩子们外出打猎时，他和拉尔夫带着"羞怯的好感"对视了一眼。在第一次杀猪时，杰克迟迟下不了手，他觉得"刀子好沉，怎么也落不下，捅不进去"。他"成人"的活动还有待练习。

在杰克的心目中，模仿成人的最佳办法之一是制订规则。"先要制订许多规则，任何人若有违犯——"他的话没说完就遭打断，但显然他认为违犯者应该受到惩罚。这是成年人的做法：法律、政治、法庭、监狱。杰克通向"成人"之路证明，与规则只有断续的联系，与强力有更强的关系。他从胖墩猪崽子的鼻子上一把扯下眼镜用来生火；需要火，来自于他提倡的"规则"一面；但从别人脸上扯下眼镜，是一种违反规则的野蛮行为。对于他这样一个人，规则可以灵活变动。当猪崽子要求大家都听他号令，因为他手上有象征秩序的海螺，杰克立刻修改了规则："海螺在山顶上不管用，你闭嘴！"

杰克第二次出去打猎的时候，他已磨炼出来，变得心狠手辣。他开始说脏话；他的眼光"如箭，近乎疯狂"。对于拉尔夫，他"有一种强烈的冲动，要将其赶尽杀绝，这种冲动逐渐将他吞噬"。后来，他承认，他外出打猎时，他有时候觉得自己好像是猎物。他和拉尔夫都怕蛇，怕一种"小动物"，怕一种莫名的想法，这座荒岛可能是一座凶岛。在他后来所谓的"努力表达人类痼疾"中，西蒙说出了这些怕，他如此说的时候，也把自己标记为危险的东西，可以处置的东西。这个小社会已经产生了一个禁忌——不要提黑暗，西蒙打破了这个禁忌。

猪崽子此时仍然固守过去世界家中的规则。"他想解释人们为何从来不是你想象的样子"。无论是他姨妈的家，还是这座荒岛，都不是我们想象的样子。但拉尔夫和西蒙之间出现了分歧。"他们分道扬镳，就像两块经验和感情都不同的大陆，无法交流。"作者没有挑明他们的分歧，而是任由分歧继续。小说里有一个漂亮的段落，写的是一个六岁左右的小男孩亨利在自娱自乐，但是，在他"自娱自乐"的时候，罗杰开始朝他周围的水面扔石子。罗杰在测试亨利周围那道看不见的边界，"由他父母、警察和法律构成的保护线"。杰克将恐惧转移到成人的实际活动中，说脏话、打猎。罗杰冷静考虑的是直接用禁忌来取代匮乏的文明。

对于杰克，正是脸妆，让人摆脱了羞辱和自我意识；正是这种伪装及其赋予的自由，最终使他展开屠戮。在伊甸园中，萌生出羞耻的意识，是亚当和夏娃"堕落"入宗教语言之时，用进化的术语来说，就是在"成人"之时。羞耻是自我意识的副产品；就我们所知，意识是智人的属性，人类独有的特征。杰克把"成人"的过程视为收获的过程，变得像成人一样的残酷；但这个过程同样可以看成是丢失的过程，丢失禁忌，回到人类堕落前的状态。

猪崽子指责杰克让火熄灭，一同熄灭的，或许还有他们得救回到英国的机会。就在这时，杰克的"蓝眼睛里射出那道利箭般的寒光"。这里，不是"一道"利箭般的寒光，而是"那道"利箭般的寒光，表明这种目光是杰克习惯性或独特的目光；其他孩子不会有。杰克先下手为强，一拳打中猪崽子的腹部。打斗中，猪崽子的眼镜摔碎。火堆重新点燃，但情况已发生了变化。"可是，拉尔夫没有意识到，他和杰克的联系已掐断，丢在了别处。"杰克带领的打猎队为众人提供了食物，但并非所有人都感恩，他很愤怒。毕竟，对于其他孩子来说，只有他才是"成人"。"杰克环顾四周，寻求理解，但发现只有尊重。"这对于杰克是艰难时刻——这或许是所有社会中公众人物或领袖的宿命。他们希望有人能够理解，他们越界了，不应该再用普通人的标准来衡量。领袖想要赢得掌声、甚至是爱，但却只能获得冷冰冰的尊重。杰克觉得受到孤立；他的愤怒被描写为是"猛烈的、令人生畏"，尽管仍是受恐惧驱使。他轮流数落他人，说他们"只知道像个女孩儿一样哭哭啼啼"，什么都不做——"至于恐惧，你们必须像我们一样克服。"

杰克击败恐惧的方式是借助暴力，这种方式并非必然是对环境做出的"错误"反应。他说，"如果有野兽，我们会穷追不舍。我们要围住它，打！打！打！"他的话让我们想起早期智人的磨难，想起他们的态度，不仅是对于采食的态度，而且对于其他族类的态度，比如尼安德特人，早期的智人将他们视为对手，必欲除之而后快。用达尔文的术语来说，对付未知之物的最好办法是消灭它。这也是杰克对付挫折——他觉得自己为了变成真正的男人付出了巨大代价，其他小孩却不会心存感激，他因此深感挫折——的最好办法。事实上，他奋斗的唯一结果似乎就是受到孤立，将他置于一个孤独之地，在那个地方，他比从前更容易成为他想克服的恐惧之猎物。

戈尔丁对杰克的人物刻画，依赖拉尔夫来演对手戏。杰克和拉尔夫的关系，就像《雾都孤儿》中的费金和奥利弗，相互依存。小说里有一个奇怪的小段落，戈尔丁特地让我们瞥了一眼拉尔夫的家庭生活：他出身于伦敦周围一个郡，爸爸是海军，妈妈已不在，家道小康，生活温馨舒适，床头有故事书，睡前有一碗加了糖和奶油的脆玉米片。这些都是杰克没有办法比的生活。他们似乎渐行渐远。有一次玩棍棍猪游戏，其中一个小孩扮演大家追捕的"猪"，突然游戏失控，这时拉尔夫感觉到"挤压和伤害的念头占了上风"。正是在这个时刻，尽管戈尔丁对拉尔夫和杰克做了明确区分，但通过强调潜在的相似性，他还是在两个人物的刻画上面坚持共性和个性并存的原则。这部小说的成败仰赖于这些共性背后的个性是否有效。

杰克要求再一次举手表决，看他现在能否当上头领，但没有人选他。他流着羞愤的眼泪离开，继续带人去打猎。杰克和罗杰又住了一头母猪，罗杰将矛头插进了猪屁股。"母猪倒在他们身下；他们死死压在母猪身上，感到心满意足。"戈尔丁不需要更多的暗示，"心满意足"就足以表明，此刻在进入青春期的男孩生活中所具有的力量。《蝇王》中女性明显缺席；一个真正的弗洛伊德主义者或许会说，女性明显的缺席意味着女性明显的在场。

靠民主手段没有获得支持成为头领，杰克能够最终胜出，是通过为追随者提供更多的冒险，更多的"乐趣"，是通过克扣不加入自己队伍之人的食物。拉尔夫和猪崽子站队错误。此时，拉尔夫的精神已出现分裂，一方面，他极力想保持人格，另一方面，他觉得有部落的返祖现象在将他吞噬，已记不得他上岛的初心。猪崽子的心智更坚韧，他的心目中仍然装着过去的世界，他提醒拉尔夫：生火，那是获救的希望；回到"有房子、有街道、有电视"的世界。

现在，至少杰克是取得了胜利。"权力就在他棕色的前臂隆起的肌肉；权威落在他的肩上，像猿一样在他的耳中啼叫。"某种程度上，你觉得，他获得了权力或权威，因为他必须比他人克服更多的恐惧。现在，甚至猪崽子和拉尔夫也发现，自己"急于在这个疯狂焦躁但颇为安全的社会中占据一席之地"。在一次雷雨中，这些孩子玩棍棍猪游戏，他们把"猪"围住，用削尖的棍子将其捅死。这次扮演"猪"的是西蒙。费伯出版社的编辑查尔斯·蒙特斯不仅劝说戈尔丁删去了一些介绍这些孩子如何上岛的序章，还劝说戈尔丁不要把西蒙刻画成明显的基督受难形象。蒙特斯认为，隐喻的意图越隐蔽越有效。

在这场恐惧的高潮之后，杰克发现自己进入了奇怪的威权王国，在那里，其他人会执行他的意志：出于恐惧，出于羞耻，出于好战。边界已经跨越。现在，杰克没有必要作恶，他就是恶。拉尔夫、猪崽子、孪生兄弟萨姆和埃里克，当时也在谋杀现场。他们是帮凶，尽管他们否认："那次游戏，四个孩子没有一个参加，但提起它，却使他们全都不寒而栗。"

杰克的孤立看上去如此贴切。在小说结尾，他发现自己受人尊重，不再需要弄脏自己的手了：正是罗杰，撬动山顶一块巨石，滚下去砸死了猪崽子。从这一刻开始，戈尔丁在叙事中提到杰克时不再直呼其名，而是以"头领"相称。正是他的领头和榜样——借助暴力克服恐惧——鼓励罗杰这样的天生暴力倾向明显的孩子打破了文明社会的禁忌。

这个故事要有普世性的力量，我认为，戈尔丁就有必要抛弃这个念头：若是换一帮孩子，结果将会不同。要达到这样的目的，他显然需要克制对个体的描写。因此，在这样一部精心撰写、认真编校的小说中，最奇怪的一个段落是让我们读者瞥见拉尔夫的家庭生活。奇怪的是，这个段落居然保留下来，因为它与小说其他部分格格不入。即便对于拉尔夫来说，这个段落引起的问题也比它回答的问题要多。不过，小说原本最重要的一个段落却不在小说里面，那就是，一幅类似的杰克家庭生活剪影。如果给出了这幅剪影，就有将杰克这人解释为或常规化为一个个体之风险；这会使他太像杰克，太不像任何其他孩子，这会有损小说的效果。

但是，限制人物刻画并不意味没有人物刻画。小说中的孩子各有特色。这是一个极其微妙的挑战。戈尔丁也成功地克服了挑战。这种挑战要求戈尔丁，既要给这些孩子清晰而动人的身份，同时要表明，即使换一帮孩子，同样的事情依然会发生。这是不可避免之事。杰克是一个恶人，并非因为他是杰克·梅里杜；他既是杰克·梅里杜，也是恶人。

芭芭拉·科维特

长久的孤独

佐伊·海勒备受推崇的《丑闻笔记》出版于2003年。她告诉我，在最初的计划中，没有芭芭拉·科维特这个角色。当时，我的感受是，就像碰巧发现一则莎翁1602年的笔记，上面写道："喜剧。丹麦老臣，喜欢夸夸其谈。他有两个二十出头的孩子。儿子休假一年送出国。女儿整日梦想爱情。单亲家庭的考验。第一稿完成。或许需要另一个人物。可能是女儿的男朋友。一个谈吐优雅的人？"

离开了芭芭拉，就不成其为《丑闻笔记》，正如离开了哈姆雷特王子，就没有《哈姆雷特》。海勒或许开始是想写一个"丑闻"，想写一个女教师和一个十几岁学生的绯闻，但"笔记"是芭芭拉的笔记，的确如此，她对这本书的贡献在书名中就得到承认。这部小说的成功，依赖于一种语调：芭芭拉的语调。第一人称叙事明显牺牲了不同的视点：我们只能通过唯一的过滤器了解人们的想法和感受。这是压力的标志，让叙事者来为其他声音代言，"碰巧发现"另一个人物的笔记，正如格雷厄姆·格林在《恋情的终结》中处理本德里克斯一样。这种用他人笔记来增援的做法，暗示叙事者唯一的声音已经失败。我们只需回想一下，《麦田里的守望者》中

317

的霍尔顿·考尔菲德就以那样的方式求助。芭芭拉笔记中根据希芭告诉她的东西，重构了希芭和学生康诺利之间的一些场景；但这些场景仍然是用芭芭拉的声音叙述，似乎她是躲在角落的偷窥者。第一人称叙事要求小说家约束自我，如果你发现叙事者的声音——或者那种声音发现你——诱人、聪明而危险，就像芭芭拉的声音一样，那么，这种叙述手法就有效。如果读者能够看到叙事者对事件的理解有局限，这种叙事效果会更好。至于产生局限的原因是缺乏真诚还是洞见，这并不重要，只要局限可见。

在我看来，"不可靠叙事者"这个概念和现代新闻主义写作的陈词滥调一样根本没用。要求任何人讲述一个故事，事件的版本必将受到其经验和感知的影响。想象一下《哈姆雷特》中格特鲁德对事件的叙述。想象一下"拉吉四部曲"中梅里克对事件的叙述。因此，如果被邀请来叙事，所有完美的人物都将是不可靠叙事者。或许，小说中创造出的唯一"可靠"叙事者是亨利·詹姆斯笔下作者的全知叙事。我认为，芭芭拉作为叙事者的成功之处在于这个事实：她很大程度是可靠的。她幽默而尖酸的话语既刺伤了她的受害者，也暴露了她认知的局限。这是一个快乐的叙事声音，进入作者的脑海，它完全具有自己的声音和节奏；简直可以说，那样一个人物在为你写作。

芭芭拉冷静，有自知之明，具有自我批判精神。在她的前言中，她将自己与希芭相提并论。希芭就是丑闻的女主角，一个比她年轻的教师。她写道："并不是说希芭比我聪明。我想，任何客观的比较都会认为我受的教育更多。（希芭懂一点艺术——就算她懂吧；尽管她出身好，但书读得实在是少。）"这段话让我们对这两个女人有点儿了解，正如芭芭拉提到希芭"漫不经心的直率"，芭芭拉认为，这是一种"阶级特征"：希芭是"我唯一认识的真正上流人士。她漫不经心的直率让我很奇怪"。在整部小说中，芭芭拉和希芭之间有一种喜剧性的反差。芭芭拉勤勤恳恳、深思熟虑、谨小慎微，但最后一无所成；希芭漫不经心，有许多钱，许多性，许多朋友，吸引了更多的同道。

读者要花一点时间才能摸清芭芭拉的门道，看明白她的叙事哪些是真实，哪些可以说只是她"芭芭拉的臆造"。最初，她抱怨，报道这桩丑闻的新闻记者都描写了她的手提包——非常普通的一个手柄提包，上面有一幅刺绣，画的是两只小猫——但没有一个人清楚，她这样一个六十岁的坚毅女人是否意识得到包上的猫咪发出的信号。在同一页，她透露："我天真地希望，能够作为希芭的代言人，反驳针对我朋友的一些亵渎和敌意，让人们看清一点她复杂性格的真面目。"这个阶段，我们不知道她说的是真是假。后来，我们知道，这不是真的；这是芭芭拉自圆其说的典型例子。希芭的性格根本不"复杂"，或者说，在芭芭拉的眼里肯定不复杂，很大程度上，她只是认为希芭"古怪"。当然，比起报纸上的形象，任何人的性格都更"复杂"，但随着故事进程，我们知道，那样的自圆其说对于芭芭拉来说是必要的，目的是为自己开脱罪行。她做了一件坏事，但不希望承担后果，因为那会稀释这件坏事带给她的快乐。

海勒这部精湛的小说唯一的缺陷是核心事件的可信度。经常（绝非"一直"，为了稳妥起见使用"经常"），难以置信，四十二岁的希芭，一个母亲，出身优越，爱好艺术，自由自在，她会真正与一个十五岁的普通男生发生关系。在依据小说改编成的电影中——希芭的扮演者是凯特·布兰切特，她好像打了特殊的彩色——这明显是不可能的。但是，在小说中，没有美得不可方物的凯特拉远我们的距离，而是用芭芭拉叙事的冷静镜头来促使我们共谋，我们暂时放下怀疑，往往还是可能的。

很奇怪，这种可信度的压力为小说增添了另一层张力。小说不仅用慢镜头展现了希芭人生中途撞车，还蕴含了另一种痛苦，想知道芭芭拉能不能将其好友故事讲得令我们相信；这是芭芭拉这个叙事者最吸引我们的地方：她手里握住娱乐我们的钥匙。她不仅控制了情节，还必须使之可信。我们如同孩子一样坐在她脚边，希望相信她讲的故事。她干枯的私生活越清苦、越真实、越缺乏想象，我们越信任她讲的故事。因此，当她说，"为了确保我的叙述最大程度的真实，我开始拉出希芭在圣乔治中学工作生活的时间线。我把它和这份笔记手稿晚上放在我的床垫之下"，读到这里，我们禁不住开心得跳起来。这正是我们想要的那种疯疯癫癫的伪科学。

我们相信芭芭拉，因为她对描写他人有很强的自信。那个荒唐的数学老师布莱恩·邦斯笨手笨脚地想撩希芭，穿着他那件丑陋的新衬衫"转圈圈"；校长帕布里曼先生是野心勃勃的官僚；胖得绝望的苏霍奇，怀孕后吃惊地发现没有人"注意"到她变成了大"块头"（苏霍奇一直是大块头，芭芭拉"没有"看见她与孕前"有何区别"）；希芭平庸但傲慢的丈夫理查德，侧身看着电视，让人知道他不感兴趣；理查德与刻薄的前妻恶心地藕断丝连，这个女人患有恼人的类风湿关节炎，但却虚荣地声称尚在"初期"……这些尖锐的小小蚀刻，不仅好笑，而且表现出芭芭拉清晰的看法，尽管有失厚道。正是依靠这种清晰的亮光，我们理解了她为何迟迟不和盘托出她离开邓弗里斯某所学校第一份教职的细节。如果说对于之前一位女教师詹妮弗·多德也有一种"误解"，导致了名誉受损的威胁，那么，很可能她们双方还有过错。如果芭芭拉不对，甚至错得有些离谱，这也好，因为这为她现在讲的希芭故事带来了更多风险。

芭芭拉幽默而真实，充满恶意，还有一点点疯狂，这些性格只有在她与希芭打交道时才体现得淋漓尽致。只有在她与希芭打交道之后，她才成为焦点。说得温和一点，她对希芭的行为充满矛盾；她礼貌但不屑；需要对方但又残酷对待。"半个学期之后，我放弃了那些小小的友好动作，不再努力向希芭示好。我故意把我对她的热情冻结成鄙视。"她大声嘲笑希芭在教员室里说的蠢话；她故意慢半拍，表示她对希芭穿着的异议；她故意令希芭难堪，拿一根安全别针要她收紧裙子宽松的下摆。但不管她怎么做，希芭都"坚决不承认我对她有敌意"。这是多么沮丧的事！

芭芭拉很孤独。她的孤独有令人生畏的精确列表。吸引她靠近希芭的，与其说是对性的渴望，不如说是对陪伴的渴望。芭芭拉发现，她不能靠人格魅力吸引友谊，所以在她六十出头之后，只好采取讹诈。对于诱捕希芭，她没有具体计划，只有等待机会。当得知希芭与康诺利有染，她认为这会是把柄，但她很聪明，没有选择直接讹诈。更何况，那会有什么效果呢？她总不能说，"做我的朋友吧，否则，我会向校长和警察揭发"。她需要操纵局势，让希芭心甘情愿成为她的朋友或者俘虏。

芭芭拉的性取向不清楚。她鄙视新闻媒体报道希芭和康诺利师生恋的方式，鄙视那种简单的爱情归类和小报式的道德义愤，好像除了规定的性，其他一切性活动都是不可接受的或是"性变态"。她暗示她很开明。她只佩服一篇报道，这篇报道猜测康诺利或许不是处男，它继续反问哪个热血少年不想和希芭做爱。芭芭拉也可能享受性爱，正如她可能与詹妮弗有过愉快的性爱。但真正让她焦虑的是，别人看到她和詹妮弗外出，不会认为她们是同性恋，而是嘲笑她们是可悲的老处女。无论如何，在她的需求列表中，性爱次于陪伴。不太清楚的是，她首选的伴儿会不会是女人。当她谈起孤独，这是她的核心话题，她说"一个公交车司机的手偶然碰到你的肩膀，一股闪电般的渴望就直插你的大腿根儿"。我们认为，这里的"公交车司机"指的是男人。在改编成的电影里，芭芭拉的性取向似乎成为棘手问题。电影版不仅改变了故事结尾，还把芭芭拉定位为捕食性的同性恋人。电影制片人通常假设，电影观众不能像小说读者那样处理同样复杂的问题。这似乎是特别奇怪的假设，因为这部电影既然是根据小说改编，可以想象，制片人自然希望能够吸引大量的小说读者走进电影院观影。当然，这种假设看起来也不是立马就可改变。不过，《丑闻笔记》的电影版还是有许多亮点。帕特里克·马伯编剧为芭芭拉设计的尖刻台词与原著中的描写难分轩轾；我特别喜欢芭芭拉的扮演者朱迪·丹奇，她在回忆希芭谈起这段丑闻开始时的味道，"在最初的性狂欢之后……"朱迪在说这句台词时，你似乎立刻听见她在"性狂欢"这些字眼上重读了一下。

数学老师布莱恩·邦斯邀请芭芭拉外出，芭芭拉以为是"约会"。布莱恩和她吃完午饭，带她回到他肮脏的单身宿舍，然后告诉她约会的真正意图，是他"迷恋"上了希芭。芭芭拉一方面觉得布莱恩荒谬可笑，一方面觉得自己先前的想法自欺欺人。她气愤的是，自己被当成尿壶，接住他人的秘密。现在，她终于等到了良机。她看准时机，用羞辱的口气决绝地告诉邦斯，教员室的老师几周来一直在嘲笑他白痴一样的"迷恋"。她告诉他，希芭和男生有染。

羞愤之下的布莱恩肯定把这件事捅给了校长。芭芭拉泄露了朋友的秘密，心生罪恶感，但她灵机一动，漂亮地先发制人，她立刻跑去警告希芭，说她觉得布莱恩"好像"怀疑她和康诺利的真实关系。丑闻爆出后，警察介入，一切似乎真相大白。芭芭拉看见可怜的布莱恩进入男卫生间。她对着他的背影怒骂"小杂种"。

芭芭拉出人意料的魅力在于我们与她产生了很多共鸣。她爱操控人，残忍，不诚实，但她很有趣。她针对其他人物的虚荣和自欺所说的许多话不仅正确，而且似乎值得说出。我们觉得，生活中需要更多的芭芭拉；至少，生活中需要更多的人对胡说八道保持零容忍。在小说结尾，希芭搬进她的公寓同住。我们暗地里喜欢芭芭拉，但我们还是认为这个结尾令人毛骨悚然。芭芭拉说服希芭，她没别的地方可去。希芭已发现（恰恰是读了我们一直在读的笔记：这是一种理查森的写作手法），向布莱恩泄密的是芭芭拉，但她接受了现实，更重要的是，她承认芭芭拉的友谊不仅是她最后的救命稻草，还是她唯一的救命稻草。她心甘情愿地成了俘虏；在芭芭拉犹如长期病房一样的孤独里，她也患上了斯德哥尔摩综合征。笼罩在小说最后一页的那种奇怪的平静，让人想起《1984》结尾栗树咖啡吧里的温斯顿·史密斯。希芭逐渐爱上了老大姐。

致谢

　　这部书最初的构想是作为一档同名电视系列节目的配套性读物。2008年，BBC的Basil Comely和Mary Sackville-West问我是否有兴趣做一档谈论书籍的系列节目，我犹豫地说"好吧"。Basil和Mary安慰我，我们可以一起找些值得"谈论"的东西来做节目；他们还向我保证，我在电视上会表现很好。前一个方面，他们的确说到做到。

　　最初的念头是，这个系列不应该谈论小说家的生平，只谈论他们的创作。BBC二台现任台长Janice Hadlow建议，最好不要泛泛地谈论小说，而把焦点放在小说人物。此后，伦敦大学学院John Mullan经常跑到伦敦西区的一家咖啡馆和我们见面，在那里我们讨论了可能的小说人物类型和具体的对象。这档节目的发起人是时任二台的台长Roly Keating和艺术栏目负责人Mark Bell。作为在不同想法的人士之间穿针引线的关键人物，Mary的任务最艰苦，另外，在有时类似于伤员临时收容站的地方，她还身兼医务员。

　　最初物色的四个导演是Phil Cairney（"英雄"），Kate Misrahi（"情人"），David Vincent（"势利鬼"），Adrian Sibley（"恶人"）。由于情形突变，David承担了大部分的任务。在此之前，Phil和我多次去了波多黎各（拍摄"鲁滨孙"一章）和纽约（拍摄"塞尔夫"一章），Adrian和我在喜马拉雅山中部会合（拍摄"梅里克"一章）。我要感谢所有的导演，尤其感谢David，他对我这个主持新手表现出英勇的耐心。我也要感谢Judith Robson，她是不知道疲倦的编辑。

感谢摄制组里的Justin Evans和Sam Al-Kadi。他们很有才华，工作勤奋，极好相处。我们在德里为Justin庆祝了四十岁的生日，在Shepherd's Bush为Sam举办了婚礼。我从Justin那里学到一点电视制作的知识，从Sam那里捡到一些有趣的新词。

感谢制作协调人Sara Cameron。没有她的打气和提前为我准备的保暖内衣，有时在严寒中一早出发简直难以忍受；感谢助理制作人Caroline Walsh，他在零下十度中战胜了流感和对他有失公平的调侃；感谢研究员Charlotte Gittins，非常抱歉，把黑刺李杜松子酒放在了她的汽车前座杂物箱。

感谢助理制片人Lucy Heathcoat Amory和Bex Palmer；感谢研究员Toby Bentley和Simon Lloyd；感谢档案研究员Kathy Manners和Peter Scott；感谢Patrick Acum，当Justin不在场时由他掌镜。感谢Jacmel Dent和Sarah Baxter照料好我在伦敦西区的家。

许多见习自愿者来来去去，他们没有报酬。特别想感谢Anne Meadows，她不仅读完《克拉丽莎》，对洛夫莱斯这个人物还有许多想法；特别感谢Ben Masters和Bridie Bischoff，他们为一些小说人物的接受史撰写了背景笔记，毫无疑问，他们将继续做出成绩。

感谢Amelia Aspden, Fionnuala Barrett, Eleanor Burton, Alexandra Carruthers, Stephanie Cross, Alexandra Dewdney, Roma Foulds, Tom Garvey, Madeleine Gillies, Tom Goble, Marianne Gray, Emma Harrison, Jane Harrison, Oli Hazzard, Sarah Hunt, Charlotte Kelly, Kathleen Keown, Alexandra Lewis, Zeljka Marosevic, Alexander Moss, Katherine

Newbigging, Lydia Nicholas, Alex Nicole, Carina Persson, Eleanor Priestman, Emma Pritchard, Polly Randall, Emily Ryder, Laura Shacham, Nick Tanner, Hugh Trimble, Lizzie Webster, Kathrynne West, Florence Wilkinson, Sarah Williams 和 Lottie Young。我希望这份"经历"对他们来说是值得的。

感谢下面的人士耐心地抽出时间接受访谈：Monica Ali, Martin Amis, Simon Armitage, Melissa Benn, Bidisha, Alain de Botton, William Boyd, Joanna Briscoe, Michael Caines, John Carey, Jonathan Coe, Richard Dawkins, Omid Djalili, Helen Fielding, Aminatta Forna, Nick Frost, Bonnie Greer, Joanne Harris, Robert Harris, Ronald Harwood, John Hegarty, Zoe Heller, Charlie Higson, Alan Hollinghurst, John Hurt, Marina Hyde, P. D. James, Liz Jensen, Boris Johnson, Sadie Jones, Pratik Kanjilal, Brian Keenan, A. L. Kennedy, Hari Kunzru, Norman Lebrecht, Mike Leigh, Penelope Lively, Tim Lott, Blake Morrison, James Naughtie, Rowan Pelling, Adam Phillips, Tim Pigott-Smith, Ian Rankin, Ruth Rendell, Peggy Reynolds, Simon Schama, Matthew Sweet, Mark Tully, Jenny Uglow, Natasha Walter and Kate Williams.

在准备这本书时，我要感谢文学经纪人 Gillon Aitken。感谢 BBC 读书栏目 Albert DePetrillo 和 Laura Higginson。感谢 John Mullan 对初稿提了许多有益的意见。感谢我的妻子 Veronica 在编辑等事务上的帮助。

有人鼓励我把对一些小说的最初反应包含进去，因为他们认为这是一件有趣的事，想知道我在不同的人生阶段对同一部伟大作品有怎样的不同看法。有些读者若不喜欢这些零碎的印象，可以自行跳过。

既然这份致谢名单已经略长，既然书里频繁提到我的学生时代，或许，我应该再用几行文字感谢当年帮助我阅读的老师。他们是 Mr and Mrs Sexton; Anne Sanderson; Alec Annand, Michael Curtis, Michael Fox, Philip Letts; Professor Derek Brewer and Dr John Harvey。

我成功地自我放纵了这么久，现在，我想借此机会，感谢我很思念的父母：感谢母亲教会我如何阅读，感谢她忍受我含糊不清地展示我新学的技巧；感谢我的父亲提供了这些书籍和给予的鼓励。

最后，我想说明，使用现在这个书名，责任并不在我。BBC的一个高层下令，这档电视节目要用这个名称，因为今年流行将主持人的名字嵌入节目名称中。我的想法——同时也是我妻子的想法——是用"英国小说人物"。我希望，将来再版这本书时，能用这个我们喜欢的书名。

塞·福
2011年2月于伦敦

参考书目

英雄

Amis, Kingsley, *Lucky Jim* (Penguin Modern Classics, 2000).

Amis, Martin, *Money* (Vintage, 2005).

Conan Doyle, Arthur, *The Complete Sherlock Holms* (Vintage Classics, 2009).

Defoe, Daniel, *Robinson Crusoe* (Penguin Classics, 2004).

Fielding, Henry, *The History of Tom Jones* (Vintage Classics, 2007).

Orwell, George, *Nineteen Eight-Four* (Penguin Modern Classics, 2004).

Thackery, William Makepeace, *Vanity Fair* (Vintage Classics, 2009).

情人

Austin, Jane, *Pride and Prejudice* (Vintage Classics, 2007).

Bronte, Emily, *Wuthering Heights* (Vintage Classics, 2008).

Greene, Graham, *The End of the Affair* (Vintage Classics, 2009).

Hardy, Thomas, *Tess of the D'Urbervilles* (Vintage Classics, 2008).

Hollinghurst, Alan, *The Line of Beauty* (Picador, 2004).

Lawrence, D. H., *Lady Chatterley's Lover* (Vintage Classics, 2011).

Lessing, Doris, *The Golden Notebook* (Harper Perennial Modern Classics, 2007).

势利之人

Ali, Monica, *Brick Lane* (Black Swan, 2004).

Austen, Jane, *Emma* (Vintage Classics, 2007).

Dickens, Charles, *Great Expectations* (Vintage Classics, 2008).

Fleming, Ian, *Complete Novels and Stories* (Penguin Modern Classics).

Grossmith, George and Weedon, *The Diary of a Nobody* (Vintage Classics, 2010).

Spark, Muriel, *The Prime of Miss Jean Brodie* (Penguin Modern Classics, 2000).

Wodehouse, P. G. *Various from the Jeeves and Wooster series* (Arrow Books Ltd, 2008).

恶人

Collins, Wilkie, *The Woman in White* (Vintage Classics, 2007).

Dickens, Charles, *Oliver Twist* (Vintage Classics, 2007).

Golding, William, *Lord of the Flies* (Faber, 2009).

Heller, Zoe, *Notes on a Scandal* (Penguin, 2009).

Peake, Mervyn, *The Gormenghast Trilogy* (Vintage Classics, 1999).

Richardson, Samuel, *Clarissa, or The History of the Young Lady* (Penguin Classics, 2004).

Scott, Paul, *The Raj Quartet Volumes 1 and 2* (Everyman, 2007).